LA SEÑORA ORDÓÑEZ

MARTA LYNCH

LA SEÑORA ORDÓÑEZ

EDITORIAL SUDAMERICANA
BUENOS AIRES

DECIMOTERCERA EDICION
(Octava en Editorial Sudamericana)
(Primera en Colección Narrativas Argentinas)
Noviembre de 1987

IMPRESO EN LA ARGENTINA

*Queda hecho el depósito que pre-
viene la ley 11.723.* © *1987, Editorial Sudamericana S.A.,
Humberto I 531, Buenos Aires.*

ISBN 950-07-0063-8

*a mamá,
detrás de su muralla*

El hombre puede ser derrotado,
nunca destruido.

ERNEST HEMINGWAY.

PRIMERA PARTE

Todo iba a empezar como tantas otras veces, el mismo acto, los mismos movimientos, hasta el aire del dormitorio tomaba una consistencia espesa, aun las maderas de las camas y el recuadro ancho y gris de la ventana. Con tristeza todavía, sin·fuerzas para decir que no, pensó que la cosa se desparramaría sobre ella. Podría haber dictado a su marido cada actitud. A eso la llevaba el largo matrimonio y aún abrió los ojos una vez más y en un ángulo absurdo advirtió la esquina izquierda del cielo raso sin molduras, algo como un chispazo en el que entraba el cuarto, los muebles y la amable realidad, todo sin razón aparente, mientras el rito comenzaba y ya sí, entonces, sobrevino el asco y la rebeldía interior.

Raúl la acosaba hábilmente. Lo sintió con el pantalón piyama sobre la carne y con infinita repulsión bajó ella misma el elástico hasta palpar las nalgas musculosas. Si al menos fuera piedad, pensó desesperada y todo su cuerpo huyó con espanto de la cama, es decir su verdadero cuerpo porque ella se había aferrado a su delicada esquizofrenia como un artista que preserva con pudor lo mejor de sí.

Pensó: no es posible, ahora insistirá en besarme y si llega a la boca me sentiré muy mal. Tanto mejor —sollozó con un gemido seco que él entendió como de placer— ojalá hubiera sido de esas felices mujeres a las que tanto da una cosa como otra. Pero sólo tuvo la conciencia de ese beso espeso y el beso vino peor que de costumbre, más húmedo, más absurdo, como son siempre los besos sin amor, mancillándola, y mancillar es una palabra para la madre, para la abuela, para las mujeres de otra época en que cosas como esa que ocurría ahora en su cama se absorbían a ojos cerrados,

sin comunicación, como un último y necesario sacrificio
para retribuir la casa, los proveedores pagos y los hijos entremezclándose en el afecto. El beso fue entonces hacia el
lado izquierdo de su cuello y sobrevino la envidia y la melancolía por aquellos que amaban todavía; el beso de Raúl,
el olor de su saliva y su manía de repetir obscenidades para
devolver al acto algo de esplendor. Pero del comienzo afortunado sólo quedaban algunos gestos y la bestialidad, el
ridículo despanzurrarse sobre las sábanas revueltas en tanto,
un desconocido a veces, un hermano otras, introducía su mano y su hálito por la intimidad. Cuando bajó por el cuello,
todo se hizo inevitable porque él acometía la empresa con
una última generosidad, con masculina cortesía de procurarle placer, procurándoselo generosamente, sin usura, con
caricias que la ofendían y excitaban a la vez. Sabe que si
me acaricia todo terminará en seguida, insistió estudiando
el hecho con voracidad, como el cirujano sobre el vientre
abierto en la camilla. Era curioso asomarse al mecanismo
infinito de su cuerpo y a los restos de una sensualidad poderosa, viva aún, en tanto la sentía despertarse como una
bocanada liberadora. Reconoció la sensación erótica, la placidez y la perfidia con que su cuerpo recibía aquellas caricias
indeseables, plegándose a ellas, respondiendo devotamente
como una alumna aplicada. Ya la cosa se hacía tolerable,
tristemente deseable y agradeció la oscuridad del cuarto que
impedía a su marido ver el rictus de su cara, que era de
dolor, de auténtica desesperación, la cara de una mujer que
va a llorar junto a un cuerpo que empieza a retorcerse de
gusto y a responder. Tan ridícula como debía estar, el camisón arrollado casi hasta el cuello mientras Raúl la apremiaba
con la sana glotonería de sus buenas relaciones, también su
cuerpo de hombre liso y blando, un cuerpo maduro que
pesaba sin piedad, cada día más, ávido y hábil, tan preciado
por otras mujeres que necesitaran de aquella idiota pantomima, no por ella que nunca consiguió entregarse. Aún faltaba
un escollo y sumergiéndose en el cenagal del coito por há-

bito, recibió el impulso imperioso de Raúl, siempre joven, con una aterradora y amable disposición para el sexo tal como él lo entendía, tantos besos, tantos apretujones e íntimas caricias; con frecuencia empecinada, de haberlo permitido, hubiera sido el suyo un forcejeo diario. Entonces, en perfecta dualidad, sintiéndose vejada y miserable, cedió con todas sus reservas y se puso a desear ella misma las posturas de gimnasia y los miembros de Raúl junto a los suyos; sus ardores coincidieron con el ronco llamado de la carne y se dejó hacer. Respondió a su vez, lo admitió para herirse mejor, íntimamente, pensando que de ese modo se hundía y que ya no iba a ser posible respirar. Todo estaba en orden. Los prolijos órganos alistados en su cuerpo con mágica precisión responderían; al fin y al cabo aquel dúo grotesco era el origen de la vida, la humanidad entera había pasado por aquello, la historia recogía ávidamente el devenir de cópulas semejantes, confundidas con amor. También ahora sus órganos le exigían la entrega; ya los balbuceos, las palabras desatinadas y los besos no eran tan intolerables. Era preciso poner orden en la cosa. En un relámpago se vio a sí misma cruzando tranquilamente la calle Directorio. Ya faltaba poco. Movió acompasadamente las caderas, tomó a su marido por los hombros y lo afirmó:

—Vamos —susurró con rabia, con desprecio, con humildad, con melancolía—. Vamos —insistió.

Era un segundo en el que precisaba liberarse de todo lo que amaba en sí, otro Raúl, su delicadeza, el acto por amor y sollozó de nuevo, ambos en la búsqueda furiosa, un cuerpo de mujer, un cuerpo de hombre —cualquier hombre o mujer hubiera sido lo mismo, reemplazándose—, quizá ni antes ni después, pero sí en el instante último, un signo positivo para penetrar, uno negativo para recibir, fuera el que fuese, ya estaba y sintió la ola explotando en algún lugar de su cerebro, suspiró y escuchó con pena el resuello de Raúl y su placer que pareció intenso en un principio, que se desdobló, que se quebró en dos o en tres, que se deshizo al fin porque

la mente había vuelto a purificar su noción de acto y cuerpo
y la gran ola de deseo quedó convertida apenas en una leve
oscilación de agua estancada. Algo se deshizo, quedó colmado, magramente interrumpido sería el término preciso, como
si la corriente sensual dejara de fluir, como una última y
avara respuesta miserable a su deseo. Sabía que era una
respuesta pobre. Tenía memoria de las grandes convulsiones
del amor, de la explosión final, del fin, del espasmo
prodigioso al que se suceden una y otras palabras de ternura
hasta el frenesí de afecto y gratitud por la persona amada
que procura el placer. Lo había sentido con Raúl. Pero el
placer pasó sobre la cama tan raudamente que ella volvió a
las lágrimas en tanto su cuerpo satisfecho se vaciaba y ya
no pensó otra cosa que en salir de allí y apoyando las palmas
de las manos en los hombros de Raúl lo apartó con fuerza.
Él cayó hacia un lado besándola al pasar, besó su cara con
una satisfacción que tenía mucho de tristeza. Pero no había
piedad hacia su marido sino piedad por ella. Saltó de la
cama sin mirarlo, estaba desnudo y su gran cuerpo era impúdico y feo en su desnudez. Corrió de puntillas ya con la
cara cubierta por las lágrimas, vencida; otra vez la habían
poseído como tantas infinitas veces, casi creía haberse pasado la vida en un inmenso vacío sin deseo, con el infinito
desencanto de que no fuera más que eso, tan cándida en cada
cosa que le tocaba vivir, abrigando la esperanza del milagro
o de la maravilla. Salió del dormitorio y en el otro cuarto
se dejó caer sobre el lavabo. Abrió las dos canillas y se
arrancó el camisón. Puso sus pechos bajo el chorro frío, sus
pechos largos y pesados de mujer madura, ahora enrojecidos.
Una bocanada de asco, un ímpetu purificador le permitió
hundirlos en el agua y entonces lloró de veras, se echó a
llorar por todo lo que no tendría nunca, por lo que había
perdido y por aquello otro que existía en algún lugar del
mundo que no era el suyo. La señora Ordóñez lloró por el
amor como una niña castigada hasta que las lágrimas, el
agua y la piel de los pechos se mezclaron y ella se distrajo.

Apenas terminamos de comer, Alicia tuvo la idea de traernos. De ese modo no ha de esforzarse en sostener la conversación; o habrá facilitado —como siempre— el negocio número mil de su marido. Al otro lado de la mesa Raúl conversa con ella, una mesa diminuta a la que nos asimos todos como náufragos al borde de un bote salvavidas, los náufragos de este insólito balneario, de las comidas casi elegantes y del aburrimiento. Son dos mesitas esta vez ya que en el Casino se nos añadió Polack, un empresario hábil, un hombre de ojos aguados con su pasado neblinoso de empresas inciertas, quiebras y resurrecciones.

Y Alicia insistió para que la pobre Rosa accediera a ser de la partida de modo que la tengo al lado, la pobre, tan flaca y terrosa, tan roída por lo suyo como una piedra pulida bajo el agua. Si digo que casi me alegró encontrarme con Gigí, y eso que la gente no deja nunca de reírse ante sus gritos. Digo que encontrarme con Gigí me dio un cuarto de hora de fugaz tranquilidad. Creo que fui yo quien lo llamé a la mesa —Alicia contuvo apenas su impaciencia—, lo llamé con entusiasmo, hubiera querido declarar que adoraba su homosexualidad como un hallazgo lleno de fantasía y de delicadeza. Lo amo entre estos idiotas que beben Coca-Cola —porque también se niegan a beber— y hablan de sus hijos y de sus casas estupendas sin ceder en cuanto a la absoluta imposibilidad que tenemos de intercambiar otra cosa que no sea hipocresía, tedio o tristeza.

De modo que aquí estamos, Raúl muy cerca de mi silla convencido de divertir a Alicia. ¿Qué piensa esta mujer rubia, esta amiga postiza, esta impecable y tersa mujercita que ni siquiera es mala? Ella lo atiende con una continencia decorosa como ignorando que Alfredo, su marido, y Polack están también del otro lado de la mesa salvavidas, esforzán-

dose en mostrarse llenos de entusiasmo y de naturalidad, con
la certeza de haberlo conseguido desde que son ricos. Entonces advierto que Rosa, la pobre, se muestra ingeniosa ante
la lenta y caudalosa multitud que pasa frente a nosotros.
Atisbamos cuidadosamente porque las mesitas estratégicas
dominan la entrada del Casino y aun parte de la sala de
juego, y de ese modo los hombres y mujeres vistosamente
disfrazados de verano, van y vienen, se hacen estridentes y
nos llenan el oído con un clamor confuso. Recién advierto
que me cuenta la historia de un suicidio con muchas citas
de Fromm, ahora el caballito de batalla de mujeres como
ella o yo, Rosa más que yo, dado que aún conservo a rama-
lazos los destellos de algo que fue un cuerpo, una cara
hermosa y mi ansiedad. Rosa, en cambio, se entrega con
trágica evidencia a eso que la come, una enfermedad penosa
dirán los diarios cuando haya muerto o quién sabe sólo es
la desdichada forma de envejecer de ciertas mujeres.

—Sí —insiste hablándome con un especial enamoramien-
to—. Elena fue de mal en peor hasta que se estrelló en
Punta Ballena con el automóvil.

La bahía, hirviente bajo el sol, con la misma reverberación
de los mares de mi infancia, cuando mamá me llevaba en
pos de sí, con esa curiosa mezcolanza de amor y soledad, la
certeza del verano cegando a la niñita hermosa que tosía
y tosía y que bebe ahora juiciosamente su vaso de jugo de
tomate, enardecida al escuchar y decir estupideces, y Alicia
que sonríe gentilmente ante la avalancha mundana de Raúl.
Gigí tercia por su lado con su vocecita venenosa y explica
cómo es que la primera bailarina se cayó de jeta no bien
pisó el escenario en el primer cuadro de "Las Sílfides". ¡Qué
placer para Gigí! Una mujer en desgracia, tan ridículas como son con sus pechos y el deseo oscuro de que se las quiera,
la insolente posibilidad de engendrar hijos, tan uncidas a la
naturaleza las pobres mujeres, cebos inocentes, marejadas
confusas de caderas, piernas que engordan pavorosamente y
la condena de la carne señalada por la maternidad, la oficina

o la celulitis. Pobrecitas, gime Gigí, con un borbollón de palabras, de frases, de monstruosas alusiones, de la pobre Menganita, la pobre Fulanita, todo bien mezclado, adereza- do, acicalado y confundido con la literatura.

Pero aun así la cara gordinflona de Gigí es mi espacio abierto en tanto escucho a Rosa que me explica cómo es que Marx y Freud son los hombres más grandes de la época, concepto harto ingenioso en ella, depositaria, heredera feliz, poseedora de fábricas de cemento, la más grande fábrica del país, lo que significa de algún modo la posibilidad de ex- plotar con ingenio a medio millar de obreros hostigados y de viajar a Europa cada vez que se le ocurre.

Hace calor. Hay gente y colores, un excitante contenido humano alrededor de las mesas de ruleta y punto y banca, con sus croupiers sombríos, las caras macilentas, esos hom- bres impasibles deslizándose con la mirada sobre los que juegan, haciéndome pensar que miran —al pasar— como si uno fuera trasparente, adivinando en mí a la oscura jugadora pobre. Raúl no puede darme más de tres o cuatro mil pesos cada noche y con eso no he de adentrarme en la honda pasión, no es posible jugar decentemente con esos pocos pesos que marcan nuestra innata condición de matri- monio medio.

Después de medianoche, Alicia, Rosa y yo envejecemos pavorosamente. No hay noche que pase sobre una cara de cuarenta y pico que no sea implacable. Alicia, con su piel hermosa y su continente de casada fiel, tampoco sale airosa. Ni las demás mujeres del conjunto, de derecha a izquier- da hacia el salón de juego, a espaldas de Gigí que chilla cada vez más alto; los del bar lo notan y comentan, ellos conjeturan acerca del tintineante maricón de nuestra mesa.

—Veo lo que pasa a mis espaldas por la expresión de Blanca —grita Gigí.

El doctor Olmos —también de la partida— lo escucha sorprendido y me pregunto si es que se reconoce en Gigí o si se escandaliza. Recuerdo los hermosos poemas inéditos de Olmos. "Llévame contigo hasta las terrazas, con sus hondas reposeras y el mar al otro lado."

——Los ojos de Blanca —insiste Gigí.

Los demás asisten complacidos, con la aquiescencia de Alfredo y Polack, los hombres de negocios a quienes Raúl atiende de hemorroides. Zozobrando en el borde de la mesa, me aferro al sentimiento de solidaridad que me une a mi marido. Pero Raúl ha decidido esta noche mostrarse fatuo y bromea con Alicia, como una forma sutil de humillarme frente a ese rostro virginal al que la medianoche va a terminar por destruir. Quisiera que Raúl no fuera tan sutil ni tan prolijo ni tan escrupuloso. Que olvidara esta noche al menos, las hemorroides de Alfredo y las posibles aberraciones fisiológicas de Polack. Yo amé empero la intrepidez de este hombre que ahora zumba con su untuosa cordialidad social, estival, de veraneo. Y acudo a él mientras el rostro redondo de Gigí se desintegra, las palabras de Rosa se esfuman en el aire, el doctor Olmos vuelve a ser alguien que escribe como tantos, a la vez que todos juntos veraneamos y pasamos esta noche. Digerimos el jamón y los melones a la vista de una espesa multitud, tan semejante a un zoológico ambulante; las mujeres que circulan cerca de nosotros son vistosos pájaros, con sus colorinches, sus arreglos largamente meditados, confusas cacatúas que mueven su plumaje y graznan a mi alrededor. Arduo trabajo ha de ser adquirir por último un aspecto saludable de animal enjaezado. Imposible para mí que me fatigo, la silla apoyada ahora en la pared decorada en oro y ocre y estos pantalones de seda natural que me aprietan una barbaridad. Interminable pasaje de esta multitud de gente satisfecha, cálidos adefesios que me derriten de piedad el corazón en tanto Alicia explica cómo es que a esta hora de la noche los adefesios resultan infinitos, y eso con su cruda seguridad de mujer que sabe conducirse, que lleva encima lo mejor, que siempre pudo elegir, victoriosa en su empeño de fingirse sobria y distinguida, expre-

sando libremente todo ese viejo cúmulo de perversidad y
mentira de nuestra vida.

Me ahogo. Trato de hacerme oír con la ardiente animación
de momentos como ése, apoyándome en un buen diagnóstico
de Raúl. Aún escucho a Rosa destilando su amargura de
mujer flaca, fea y engañada, temerosa ante Gigí y su charla
en la que confunde fechas penosas, peligrosas para todos,
el año 20, el 25, el 27 la fecha de mi nacimiento, fingiendo
ingenuidad, gozando de un privilegio, el jovial y alegre
convidado al paso, añadido a las mesas estratégicas de estos
empresarios.

La gente se exhibe tostada por el sol. El perfume de Alicia delata firmemente su esplendor económico. Los temas
se suceden con la incongruencia de lo que se conoce a medias. Hablamos de teatro, de las pasas de Corinto y Gigí
suspira de placer ante el recuerdo de Corfú; hablamos naturalmente de ese bastardo que de una forma u otra está de
Presidente o de la adquisición de un cuadro; quiero decir
que ellos comprarán un cuadro valioso, hacen citas, se po-
nen de acuerdo, al día siguiente en la exposición de Berni,
a las seis en punto. Ahora también siento amor por el ir y
venir de los insensatos que se ahogan como yo, plácidamente,
en el Casino. De las mesas de juego llegan Alfredo y Polack,
satisfechos por haber ganado un par de miles de pesos con
esa impúdica buena suerte de los ricos. Al sonreír, la piel
de mis mejillas se endurece. No he de extraer del bolso
esa polvera miserable en la que me reflejo. Más vale responder a la pregunta de Alicia sobre una muchacha de blanco,
sonriente y agraciada, que me saluda desde lejos.

—Fanny Hirsch —miento sabiamente. Ella es sólo una
mujer que no recuerdo, una amiga ocasional. Pero necesito
que Alicia me crea popular en esa muchedumbre entusiasta
del verano. No la señora Ordóñez, Fanny Hirsch, porque
todos sabemos la historia de los Hirsch pobres y de los
Hirsch ricos.

Y Raúl me lo agradece. Quién sabe ahora dirá que le

arregló las tripas y para darle tiempo bebo otro trago, ahora
tibio y asqueroso del jugo de tomate; quisiera beber gin o
un vaso de whisky, lleno hasta el borde, o un vino turbio
y espeso que me despojara de mis telarañas, desfalleciente
como estoy, con sueño y con jaqueca, con la nariz que suelta
grasa bajo las brillantes luces y el aire del mar que llega por
las ventanas bien abiertas. Esta es una noche cotidiana. Una
noche en todo normal. Aunque más no sea gracias a Alicia
y a Polack que desaira apenas a Raúl hablando sin mirarlo,
o a Alfredo, que también olvida prestarnos su atención
mientras atiende con fervor el discurso del amigo número
uno de la noche, el amigo flamante, el empresario hábil,
el potentado. Admiro la recia impasibilidad de Raúl que
aún insiste en dialogar largamente con Alicia. Y todos es-
peramos que Alfredo llame al mozo para pagar lo consumido,
pero éstos no sueñan moverse por lo visto. Empiezo a sudar,
a pensar en lo que llevo adentro, a desear, a evocar el Río
de la Plata y Buenos Aires. La noche se desploma bajo el
ácido placer de ver las caras de Alicia y Rosa con las mismas
marcas de la edad y del cansancio, los ojos que enrojecen
con las horas, las líneas de rimmel como el crudo rastro de
nuestra madurez. Me pregunto por segunda vez qué es lo
que hago aquí con este delicioso maricón que nos aturde
y el doctor Olmos y los amigos que me invitaran a comer
ya hace unos cientos de años, temprano, esa misma noche.
Soy una presencia o un testigo que no puede asimilarse a
los demás. Se confunden frente a mis ojos, este Raúl que
es un médico gentil de vacaciones y Rosa, que descubre la
necesidad última de gritar cómo es que le duele aquel cuerpo
suyo corroído por la decadencia o la enfermedad. Los chi-
llidos de Gigí impiden la conversación y si hablo de los que
sufren, Rosa se sentirá aludida. Todos comenzamos a encontrarnos empastados con los adulterios, los suicidios, las
burlas y desplantes relatados por Gigí, que habla y habla
como una rueda que girara locamente. En tanto las mujeres
disfrazadas despiertan admiración y algunos dejan las mesas

de ruletas con deseos de ir al baño. Yo sonrío, yo me desin-
tegro, estaría por decir que voy a esfumarme y me pregunto
cómo es que no puedo ser lo que son los otros. Asida a la
mesa del bar, las manos de Raúl, las de Rosa, las de Polack,
las de Alicia, evocando los espíritus del balneario de moda
y del aburrimiento. Yo soy una mujer y me aburro. Me aburro. Miro a mi alrededor. Me aburro.

Porque ellos, los padres de Blanca, vivían en un típico
departamento de la clase media; hay que ver que el país
aún no había tomado celeridad en su camino descendente
cuando Blanca cumplió los quince años.

Era una gente de contraste, sin exceso de buen gusto,
pacata y tímida, que parecía andar en cardumen. Una familia
hosca, dolorosamente avenida, tan argentina en su naturaleza
e ignorándolo todo del país. Origen confuso aquel del vasco
brutal que hiciera fortuna con su enorme campo de La Pampa y el bello italiano sin empuje arrojado de Bologna por
la miseria. Ellos, sin embargo, los Maggi, se creían argentinos con un orgullo sin discriminar, adhiriéndose a la historia de Grosso y a las pequeñas tradiciones, empecinados
en una escrupulosa incultura, todo apenas suavizado por los
gustos costosos de la madre, ama sombría, Soledad Lafuente,
de la que Blanca heredara lo peor y lo mejor, quizá sus
ojos doloridos, aquellas almendras vencidas hacia abajo que
concedían a su cara una importancia insólita. Soledad fue
a dar al matrimonio como quien confunde una casa por otra
en una calle desconocida. En la penumbra de una ochava,
tras la ventana enrejada sin sabor antiguo ni graciosa tradición, Soledad aguardó el paso de un buen mozo, entrado
en años, que supo mantener sus frases encendidas a través
del tiempo. —"Nunca vi ojos como esos. Pasé una tarde
como tantas, y allí estaban sus ojos."

Hubo, como se esperaba, obstáculos y cartas para guardar

cuidadosamente. Con su barbilla corta y sus piernas demasiado gordas, Soledad entró en la familia venida a menos
que habitaba un largo corredor sobre la calle Independencia.
Su padre le había enseñado rectitud y ésta se quebraba como
un rayo de sol implacable en la tierra húmeda; sobre la
probidad del vasco cayó un aluvión de fantasía, de deudas
ignominiosas y de óperas de Verdi cantadas a voz en cuello
durante el lavado de la ropa cotidiano; cayeron los cuñados
potenciales y alborotadores, las mujeres de la casa, con su
honda belleza meridional y sus pretensiones de ser, su orgullo. La huraña muchacha dejó la casona del barrio de Flores
para adecuarse al cúmulo de mezquindad y maravilla que
le ofrecían y ésa fue la boda de Soledad Lafuente, tensa y
conmovida en su traje de civil, atenta algo más tarde a la
cruda realidad de un hombre dormido a su lado. Quizá
entonces creyó oportuno soñar, optó por una fantasía desata-
da y se sintió mucho mejor. Como tantas otras, Soledad
aceptó el coito sin amor como una dura concesión a su
naturaleza fría o a fuerza de fingirse fría terminó por convencerse. Fue cosa de cumplir el decálogo penoso escrito
en alguna parte con lágrimas y sangre y deseó la maternidad
como un hecho natural, la maravillosa trampa de egoísmo
por la cual es lícito obtener un par de seres enteramente a
la disposición de sus gestores, hijos que aman a sus padres
y padres que aman a sus hijos, fatalmente, un par de niños
que coronen ese estado permanente de los hechos y actitudes,
en los mejores cánones de la convivencia humana, para
amarse y servirse lealmente y hasta que la muerte nos separe.
De tal modo aquella hermosa matrona fue lo más nefasto
que se puede ser. Sin embargo, durante mucho tiempo Blanca la amó con ese triste empecinamiento de los niños que
no quieren destruir en seguida la colección de mitos familiares.

Todos conocían bien el afecto de la niña por su madre;
aun con lo poco que salían de casa, la gente notaba una
devoción intensa cuidadosamente conservada porque la fa-

milia Maggi había construido alrededor de sí un mundo
diminuto para no desentonar. Eso era en parte obra total
del padre, un bioquímico oscuro, de temperamento ardiente
y hermosos rasgos físicos, aferrado a sus tres mujeres —Soledad y las dos hijas—, siempre perseguido por ideas obsesi-
vas sobre la virginidad, la decencia e indecencia, acatadas
en una juventud casi mitológica, prostibularia y admirable.
Ernesto Maggi reinaba en su casa con el despotismo de un
pequeño rey. Soledad, oscuramente, tomaba parte en la co-
media, acatando las órdenes del macho, suspirando —Blanca
había mamado aquel desprecio, aquel suspiro infinito y
desarticulado— como única protesta audible hacia el reinado
del hombre, que era muy cómodo a la vez, poniendo a Dios
por testigo, inclinados padre y madre sobre la cabeza de
"las chicas", dos informes y sanas desconocidas que vivían,
se alimentaban y dormían rígidamente controladas, que miraban con envidia la vida de los otros y se preparaban para
lo que hubiera de venir con un escuálido arsenal de nociones
falsas y lugares comunes. Eran cuatro, entonces: Ernesto,
Soledad, María Teresa, la mayor y Blanca; una real familia
de insensatos.

Una real familia, pensaba Blanca en su lugar del comedor
con muebles falsamente Chippendale y la mesa a la que
quitaran un par de tablas para acomodarla en el departamento; los dos aparadores, los falsos juegos de plata y la
vitrina impoluta, bajo llave, donde brillaba el juego de cristal tallado, legítimo Baccarat, tan preciado en familias como
ésa. Estudiaba con melancolía el gran cuadro de confusa
firma —mamá lo había comprado en un remate de Thomp-
son—, con la joven cursi y bella sin embargo, una niña de
fin del novecientos, los cabellos atados en la nuca, y una
firma ambigua. Percibía cada movimiento familiar como el
latido de la sangre al pasar bajo su cuello, la monotonía
diaria fluía mansamente con su cuota de seguridad. Blanca
creía recordar en la infancia un ritmo distinto: eran tiempos
flamantes de auge económico, casi el destello de oro de una

época patria, de un país en involución que asistía a la decadencia lentísima, agónica de la familia. Su aguda sensibilidad
se hizo cargo de la transformación: papá en una cabecera,
mamá en la otra. Como la mesa era pequeña y ovalada los
dos lugares dejaban de tener el significado atribuido a las
grandes cabeceras. Nada es grande aquí, pensaba frente a
su plato de puchero. María Teresa comía plácidamente, enfrentándola. Entonces a Blanca la vencía una ternura honda
por aquella hermana mucho mayor —ella había nacido once
años después cuando nadie la esperaba, quizá la madre, por
horror, por salvarse, una hija que saque todo de mí, lo
mejor y lo peor, madre vampiro, madre cataclismo—, María
Teresa que era buena, violenta y fantasiosa. A veces, durante
el almuerzo, las muchachas iniciaban para divertirse una
charla fraternal. Pero aquello equivalía a transitar terrenos
peligrosos porque el señor Maggi dominaba el arte de la
gran violencia familiar de modo que la charla podía desatar
una furiosa tempestad coronada con imprecaciones y porta-
zos. Podía —si el Júpiter paterno lo deseaba— deslizarse
hacia una planicie anegadiza de convicciones, de conceptos,
de ese cúmulo pegajoso de ignorancia y anacronismos que
el matrimonio, a dúo, tomaba por experiencia. Nadie podía
prever las consecuencias de una charla inocente según los
vientos soplaran bien o fuerte. Júpiter entonces atronaba por
motivos más profundos que una irritabilidad visceral y terrible. Como quien advierte una buena pintura primitiva
bajo la restauración, Blanca tomó conciencia del carácter de
su madre, la Castellana, la mujer de tragedia, la dueña —tanto que se parecía a todo eso—, que tejía la trama familiar
con mano firme.

—El problema de papá es adentro de la cama —opinó
inusitadamente María Teresa una noche en que la tormenta
había interrumpido la comida de las ocho de la noche.
Blanca la escuchó tapada por sus sábanas y mantas hasta la
cabeza. Ambas susurraban porque el padre exigía que dur-
mieran con la puerta del cuarto bien abierta; corría viento.

—Es en la cama —insistió la mayor, con despechada fe
en su descubrimiento. ¡La cama! También conocía Blanca
el tormento de atisbar en la oscuridad los movimientos de
la gran cama matrimonial. Ellos la habían habituado a dormir en la misma habitación desde pequeña, mimada, desvalida. Tenía que dormir allí. Era gracioso comprobar cómo
es que la pequeña se aferraba a la mano de su madre antes
de cerrar los ojos y constatar sus celos oscuros, sus ávidas
desesperaciones de medianoche reclamando el brazo, el aliento, los dedos presentes de mamá. Era gracioso. ¿Para qué
desprenderse de aquel lindo monigote que jugueteaba con
las sombras de sus dedos, que pegaba su cama colegial al
lecho de sus padres y luego, de rodillas, rezaba por ellos con
una cara cómica de estampa de primera comunión? Cualquier excusa resultaba aceptable a los Maggi como pareja
y aun en forma individual. Que la pequeña durmiera allí
era una forma de retrasar el temido período de su creci-
miento o dicho en otra forma: de usarla más y mejor. La
chica mientras tanto espiaba, los grandes ojos en la incestuo-
sa intimidad del matrimonio. La habitación permanecía
débilmente iluminada con la pequeña lamparilla —como la
Virgen del Carmen y el escapulario en el pecho nacarado
de mamá—, todo oscilando en una espesa oscuridad ha-
bitada por los olores familiares, las expectantes miradas de
los santos desde cuadros y estatuillas, también el crucifijo
de falso marfil y la siniestra conjunción del cuarto conyugal
y de la niña. Ella espiaba conteniendo la respiración, porque
el menor gesto equivalía a comenzar el diálogo confuso
del hombre y la mujer:

—¿Ya se durmió? —preguntaba Maggi.

A veces Soledad pretextaba, interponía frases, se volvía
amorosamente hacia la chica que fingía dormir en la camita
de barrotes lustrados. De ese modo las noches fueron heridas hondas para Blanca. Cada crujido del elástico, el tintinear del crucifijo, el silencio culpable de los grandes en sus
cosas, la pareja sacudiéndose en la otra cama en tanto ella

argumentaba, si sería o no posible el grupo humano, el nudo, el desborde que adivinaba en sus padres. En la cruel oscuridad hubiera querido perforar el aire de las once de la noche, de la madrugada, como bestias en acecho, sus padres, bestias entonces, sus padres contrabandeando en la penumbra una relación absurda a base de crujidos, jadeos y silencio. Sin que la nena sepa, a espaldas de la nena pero frente a sus ojos, casi sentía sobre sí las caricias de Maggi, casi era suya aquella anticuada pechuga de mamá, semioculta por el camisón de hilo largo y blanco, como un sudario. Hasta que un día por fin los vio. Su madre tenía pasados sus brazos alrededor del cuello de él —dentro del otro, el enemigo, el hombre del camisón vetusto, de la cargada bacinilla bajo la cama—, lo abrazaba, no cabían dudas. El Júpiter a quien había que besar a la hora de dormir, o cuando regresaba o salía para el laboratorio, estaba encima de mamá, en una pose loca, sacudiéndose los dos como condenados. Ellos acometían la misma empresa enardecida, desconocida para Blanca a quien prohibieran las palabras beso o parto como condenables. Se sacudían e hipaban, cuando Blanca quiso morir o gritar hasta que atinó a tironear con fuerza el brazo de su madre, gimiendo, con ánimo aún de simular que despertaba tras una pesadilla, más avergonzada por ellos que por sí, con una tormenta despiadada de inquietud y celos devorándola. Llamó y tironeó cuanto pudo hasta que su madre borró con solicitud la loca expresión desconocida y tornó a ser mamá tierna y devota, sobre la cama de la nena, y la espantable visión desapareció.

Esos fueron entre otras cosas sus padres. Los padres monolíticos, los pétreos padres, inmutables, eternamente solemnes, injustos e implacables, padres de la medianía, del vuelo bajo, de los principios esenciales que luego en la calle ya no eran principios ni esenciales. Los padres abnegados, los torpes, involuntarios ciegos del departamento de la calle Alberdi, cuya puerta aún se cerraba a las ocho de la noche, como un manotazo fuera de la época, asidos con voracidad a sus

dos chicas, los inmutables, asquerosos padres a los que había
que amar. Blanca, dual y sensible, era quien más se empe-
ñaba. Amar a mamá, al menos porque la historia, los libros
de psicología, el doctor Pestalozzi, el cura en el sermón del
domingo, todos insistían en el amor santo. La madre entonces, la Castellana, aferrándose a su Blanca porque había
sido la hija postrera, esa que debía recoger sus lágrimas y
suspiros.

Desde su hondo sitial, en el lado izquierdo de la mesa
brotaba la voz materna:

—Ernesto —preguntaba suavemente—. Ernesto: ¿cómo
te ha ido hoy en el laboratorio?

Ni amor ni amistad, sólo complicidad honda con el varón
que la desflorara sin astucias veinticinco años atrás. La hija
menor admiraba boquiabierta el largo rostro bello y dema-
crado en el que se inscribían los dolores y del cual Soledad
estaba discretamente envanecida. Nadie acertaba bien con
los dolores de la Castellana: había vivido protegida por el
orgullo posesivo y ciego de papá Maggi. Que a Soledad y
a las chicas no les falte nada era la consigna.

—Papá es mejor, discreto y limpio —argumentaba Teresa,
entrando en la farsa ella también. Estaba cómoda con papá,
fanfarrones y extravertidos ambos, con esa generosidad inútil
y abierta de los que dan sin saber bien por qué ni lo que dan.
De modo que mamá había vivido protegida con sus casas y
sirvientes a los que imponía un sello monacal, las casas
sucesivas atiborradas de objetos de gusto discutible, un tapiz
mediocre en el que un pavo real huía de un pastor; una horrible lámpara de flecos de inspiración turca, los falsos muebles Chippendale adquiridos el año en que Maggi logró
aquella súbita inspiración en el laboratorio y ganó con eso
una fuerte suma de dinero. Había sido un ácido o una sal,
nada importante aunque fructífero. Pero todo sirvió para
que Soledad, que había gustado de la mesa, se volviera más
sobria cada año; se descarnaron sus grandes caderas de matrona, se aficionó a los vestidos y sombreros costosos y a los

abonos del Còlón. Su corazón, su estómago y su cutis trasparente mostraban a la hembra de buena carnadura que se
daba una vida monótona, a gusto y saludable. Lo demás bien
podían llenarlo los sueños o las vacilaciones sobre lo que
pudo ser, como el recuerdo velado y pudoroso hacia el des-
leído mayordomo de la estancia, su oscuro candidato de cabellos rubios, con el que cambiara requiebros y miradas sin
mayores consecuencias, el candidato virgen aureolado por
la ilusión de aquella mujer extraña, cuyas virtudes resplan-
decían como una corona de espinas. Y Blanca lo sabía. La
adolescente diminuta aferrada al amor materno descubría
con esfuerzo cada incoherencia, cada detalle, cada error.

—Que Dios te ayude —auguraba Soledad a Ernesto, be-
sándolo en la puerta de la casa a la hora de partir hacia el
laboratorio. Las chicas asistían a la ceremonia como dos
cuzcos juguetones, apenas un paso más atrás, ruidosamente
cariñosas, algo chabacanas también, sonrientes ante el menudo episodio cotidiano. Y el día pasaba de alguna forma
sin emoción ni trabajos que requiriesen heroísmo, sin dolor
ni ingenio, hasta que Júpiter regresaba a su reino desde el
Laboratorio. El mundo exterior, pues, se continuaba en el
pequeño harén, dentro del cual los celos de papá encontraban campo propicio. Bien lo admitía Soledad, alargando
algo más su cara dolorosa, con una queja digna y extendida
al resto de los hombres ruines, voraces, implacables, gusta-
dores de placeres. Ella tejía vigorosamente una trama emba-
rullada de frases en las que siempre resultaba vencedora la
ilusión frente a la materia, el espíritu frente a la bestia. Con
ellas abjuró del más recatado amor en una atroz batalla de
criaturas que para ser humanas debían contenerse, que huían
del contacto carnal o de la cama. Tal fue el alimento espiritual de Blanca Maggi en su solitaria adolescencia. Ella se
contentó con pasearse entre poemas leídos a hurtadillas,
aturullándose entre el misterio del amor que es ilusión si
no es sexo y las idas y venidas de su padre, como referencia
al mundo exterior, como eje de la real familia, como esfuerzo.

Digo que los Maggi descubrieron desde siempre la manera de sobrevivir inventando el mundo. Como ese mundo era pequeño y pequeños quienes lo habitaban, ellos no desentonaban sobre la llanura. Había leyes a las que adherirse: nadie hubiera puesto en duda la honestidad de Soledad, la honorabilidad de Ernesto, o la virginidad de las chicas.

—Los celos de papá —explicaba Soledad— lo hacen víctima más que verdugo.

Las chicas debían comprender. Los celos de papá habían alejado a los pocos amigos y parientes y, aunque el feroz egoísmo de la Castellana coincidía con el del hombre, en eso admitía el reproche:

—Tu padre no es sociable, tu padre está cansado, vos sabés como es tu padre.

No, no lo sabía. Su padre era el desconocido que le repugnaba, cuyo olor en la piel le daba vértigo y cuyas largas y absurdas conversaciones familiares la llenaban de aflicción. Ese hombre cariñoso a veces, cargante y prejuicioso siempre, no era sino el tipo al que la Castellana se abrazaba, el confuso hombre del camisón, la bacinilla y las partes viriles, abultadas y violáceas, entrevistas cierta vez al salir de la habitación. Aun así guardaba imágenes del pequeño déspota de la calle Alberdi, en otra casa más atrás en el tiempo y más modesta, más laberíntica y discutible, tan a la moda turca como las otras. Ella, sobre los hombros de su padre joven, siempre lejano, oportunamente alejado por la mano de mamá. La nena es mía, es mi hijita adorada, la que tiene mis defectos y mis virtudes. Sobre los hombros de papá que canturreaba zamarreándola.

—Chinchín, pumpún, chinchín, pumpún.

Y era poca cosa para dar pie a un afecto, a ese primer amor imperioso, a la dulce ligazón primitiva. Tras el portazo, tras la tragedia cotidiana sobrevenían las penosas castidades de la pareja, el desamor de Soledad, la fidelidad a ultranza, el amor convencional amparado por la libreta del Registro Civil y esas dos hijas ferozmente custodiadas —los besos, los pechos, el himen de las chicas, los primos peligrosos que pasaban el domingo en la casa, el himen, el himen de las chicas (sirve más que el corazón)— están gordas, están limpias y duermen ocho horas. Sólo basta conservar el himen. Aquel padre hostil que no atravesaba la reserva de la más pequeña de sus hijas y en compensación se inclinaba por la otra. Ante eso, Blanca amaba a Soledad aunque fuera Ernesto quien se le metiera debajo de la piel. Era el hombre del abrazo quien la lastimaba. Era el desconocido con lentes de Quevedo y espesa pelambrera blanca que nada conocía en la chica fuera de su indócil sumisión. Y fueron Maggi y la Castellana, en primer lugar, los que enseñaron a Blanca a simular.

Después me decidí, con un extraño placer en humillarme, concentrándome en el juego que aprendiera desde el momento mismo que pasé a ser la señora Ordóñez. Tomé conciencia del calor de Buenos Aires en enero dando vueltas alrededor del teléfono. Disqué y esperé, muy emocionada, entre el calor, el cuerpo y el teléfono, pero todo fue natural, porque escuché la voz de Andrés que a su vez habló: tosí y dije, Andrés, con un tono inadecuado, casi como el de la mujer que atiende un conmutador.

Pero la voz al otro extremo del hilo no se inmutó, nadie podría dudar de mi sensibilidad y ciertamente supe que la voz de Andrés era suavemente fría. Pudo ser el teléfono, la distancia o lo estará escuchando su mujer, pensé ahora alterada por esta absurda manera de reencontrarse después de tantos días. Esa misma voz, ese teléfono, me habían despedido de Andrés: te abrazo, Blanca. ¿Me abrazas? No me abraces, Andrés, porque entonces nadie podrá desprenderme de tu cuello (había sido exagerada y pasional), en el momento arremetía ciega, imaginaba.

—Estoy muy bien, che.

—Muy bien. ¿Entonces, trabajaste?

Se refería a la política y a las consecuencias del congreso partidario en Córdoba.

—¿Y qué otra cosa?

No se sacudía ante mi regreso; sólo ese pequeño matiz de irritación. Pero yo había esperado mucho tiempo —un largo mes de veraneo— entre los empresarios, las tardes de tedio y de melancolía, que la voz de Andrés se escuchara en el teléfono. No era el caso de darme por vencida ahora; ir hasta el fondo significaba la acostumbrada maniobra de ceder en todo lo posible hasta que la circunstancia hubiera madurado. Entonces vencía la circunstancia.

—Andrés: quiero verte.

Titubeó apenas un instante. Con una voz educada de profesor que escalona el horario de un alumno, dijo:

—Bueno, hoy no, che.

Y me divertí con este nuevo dolor idiota. Déjeme que piense, imaginé. Esta hora y la otra están tomadas. Le haré un lugar mañana, si es posible, hable, despache rápido. Casi me parece verlo y escucharlo: estas mujeres fastidiosas, che.

—Si querés mañana. A la tarde, a las cuatro, bloqueemos desde ahora el tiempo necesario.

Me reí.

—Me hablás como si fueras una de esas grandes burguesas que lo exigen todo para sí. Una de esas mujeres de la calle Santa Fe. Nunca me dedicaste más de diez minutos.

—Sí, es cierto —no era mal tipo, se ablandó, se puso conciliador.

—Mirá, chiquita —el mote me gustaba tanto o más que él, chiquita, neña, un mote cursi, ramplón, para una Blanca real.

—Arreglemos ahora —qué gentil, pensé, poniéndome babosa antes de advertir que lo que Andrés quería era suspender la llamada del día siguiente—, arreglemos hoy: a las cuatro y media. En el subsuelo, donde otras veces.

De la clandestinidad le había quedado la manía de las interferencias en la línea. Yo traté de imaginar al otro o a la otra, a sueldo de los militares y de todos sus servicios infinitos, con el auricular alerta escuchando esta cita precisa, concebida por la fascinadora mentalidad de Andrés, su férrea disciplina de ex marxista, tan lejos de mi cabeza dual, con su rapidez de cirujano. Los que escuchaban imaginarían de esto una gran cita.

La hermosa voz de Andrés:

—Chau, linda.

Susurré la despedida dolorosamente. Había pasado un tiempo desde que nos conociéramos en el congreso partidario, más de un mes, tan frío y distante, asido a su fe política como a una muleta irremplazable. Y así debía ser: Andrés sin el misterio del partido andaría desnudo por la calle. Pero aún guardaba ardientes y locas esperanzas.

Mañana, pensé, arrojándome en la cama para reflexionar a gusto.

Enero y la casa sola continuaban un zumbido de motor alrededor de la cama, de mi dormitorio, de las ojeras, hasta la desastrosa sensación de no hallar lugar ni ocupación ni sentido de la vida que la rodeaba. Enero, pues, era mi pauta siniestra. Hacia adelante los meses conjugaban posibilidades con el mismo margen de los naipes. Un ancho mazo de meses y días prietos, a mi edad, un ancho mazo manoseado. Enumeré los aniversarios, el Sábado Santo, las fiestas patrias, San Martín de Tours, en seguida otra vez la Navidad, también la siniestra pauta de las fiestas forzosas. Habría que atravesar esos cenagales, respirar y sonreír, mover un pie delante de otro y luego conceder plácemes y recibirlos, y cabría la cuota de dolor, el malhadado acertijo de largos días, orlados de agorerías y algo de placer, siempre los mismos, la férrea ubicuidad de una vida normal, al menos casi lo era hasta ahora, la asquerosa vida normal de la gente intrascendente, tan grave y única como las grandes vidas, acaso ese sucio mazo manoseado es lo que se tiene, la posibilidad de unión con otras criaturas y la cuota concedida por aquél. Ya estaba cansada antes de comenzar el juego.

Repetiría gestos, exclamaciones y viajes; clamaría por los otros, escucharía las voces familiares como un rígido reloj que controla la entrada y la salida. Ya me sentía agotada antes de que el maldito mes de enero diera la señal de partida. El año sería la repetición de tantos otros con los obstáculos cotidianos, la cuota de alivio, la violencia interrumpiendo la monotonía habitual con creciente empuje. Bienvenido, pues, el nombre de la antigua droga, el hombre y el amor, o acaso eso que tomaba por tal, la terca ansiedad puesta en un nombre de varón, en la variable fisonomía colocada detrás de un teléfono, de una firma, de una cita fugaz en un recoleto lugar de Buenos Aires. De bruces en la cama, yo tomaba mi ser adolescente para huir del mes de enero y de los largos días conocidos, de juiciosa sucesión, echaba mano a mi dosis de emoción, de intriga y de esperanza. Pero Andrés había pasado nuestra cita al día siguiente con una seguridad pedestre y allí estaba, de bruces también, llenando toda la casa. Entonces fui a dar sobre el recuerdo de Luchino como quien se felicita de encontrar un conocido en una fiesta a la que se asiste por casualidad, Luchino que era el nombre de quien fuera acaso la cara de aquella vieja alquimia, una vetusta y modesta cara del amor, tiernos esos dados que señalan nuestra buena suerte, siete sería un número para Luchino esta vez, un número cabalístico cuando la campanilla del teléfono resonara obedeciendo aquel dedo trémulo marcando el seis, el nueve, el cinco, casi como si también eso fuera una jugada y no el gesto maquinal. Ya Luchino se sabría elegido y su patética angustia de postergación dejaría de ser por un segundo; me llamó, diría antes de descubrir —como todos— la pequeña trampa. De tal modo Luchino, al responder el llamado desde la Biblioteca Nacional, sería el sistema de llenar las horas impuestas por Andrés.

Y al ser atendida pedí por Luchino con ese extraño nombre de príncipe italiano justamente ahora que los italianos también demostraban ser distinguidos. Ya no era una vergüenza mostrar italianos en la sangre, y aun podía decirse con cierta dignidad:

—Mi abuelo se llamaba Malafuocco o Giovachini.

No estaría mal del todo. Pero Luchino se llamaba así por un capricho de la madre y el resultado era aquel extraño nombre Luchino Corach por el que pregunté en seguida. Un año antes lo había llamado diariamente empeñada en escudriñar su decoroso mundo de bibliotecario. Me divirtió desarmar la máquina de incubar resentimientos que era Luchino, interrumpir sus tardes polvorientas para escuchar sus escenas fantásticas, sus encuentros con los triunfadores, con los que pasaban de largo por el recinto sombrío y silencioso, por los que vivían fuera del olor a papel y moho o tentar su virilidad agotada, toda esa tristeza sideral, ese gran fracaso que a veces lo nimbaba tanto o mejor que un hálito. Evoqué su frialdad, nerviosamente, cuando una voz me preguntó qué es lo que quería:

—El señor Corach —requerí, imaginándolo en su escritorio descolado y sucio, sobresaltado cuando el ordenanza le anunciare a la señora Ordóñez.

—¿Quién es? —dijo Luchino con violencia.

—¿Por qué hago esto? —pensé, mientras contestaba vacilante.

—Soy yo: Blanca.

Luchino cortó la comunicación y el ruido llegó como una sentencia. Pero la sorpresa me hizo bien.

Volví a discar, pero ya la comunicación no se hizo, así que me vestí como pude y salí de casa corriendo, llamé a un taxi que pasaba. Como poseía la envidiable facilidad de olvidarlo todo, apenas pude recordar la dirección de la Biblioteca; la di por aproximación y me recosté con la misma sensación de asombro. Eran las cinco de la tarde y faltaban 24 horas para la cita con Andrés. Los dos meses anteriores se borraban de ese modo, ya no sería posible confiar en el azar o en mi habilidad para reencontrarlo. Había entrado en el nacionalismo por un hombre; no caería en el

gran partido misterioso por este otro; aun así la reflexión
resucitaba una imagen, la noble y exótica figura de Andrés,
su bella voz y los defectos físicos —el rostro albino, su
blancura de hombre de antes— que me obligara a recibir
como un placer.

—¿La dejo aquí? —preguntó el chofer.

Estaba cerca de la esquina.

—Gracias, adiós.

Luchino se acercaba caminando por la misma acera, cuando lo alcancé. Lo miré de abajo hacia arriba con ese dejo
infantil que no puedo perder.

—Bueno: ¿qué hacés? —dijo, como quien usa toda su
paciencia para soportar a un niño.

Luchino se preguntaría acerca de la autenticidad de aquella loca aparición.

—Blanca, yo no quiero verte.

Estaba muerto de miedo. Pero había detenido el paso y
ya no me eludía. Perdido, pensé fríamente. Ahora necesitaba
la reverencia de alguien, que Luchino —aunque fuera Luchino— se quedara un par de horas, que ocupara mi tarde,
que cediera de algún modo.

—Acompáñame, hombre —dije.

Luchino me tomó del brazo y echó a andar como si lo
persiguieran. Había que buscar un café y entonces me burlé.
¿Qué sería mi vida sin cafés ni taxis? Mi vida de ruleta,
tantas chances, tanto color.

—Allí hay un café —dijo Luchino.

Nos sentimos en el viejo hogar caminando entre mesitas
de mármol falso, buscando el rincón para parejas, con el
zumbido de los ventiladores y el largo mostrador de fórmica
con la máquina italiana de café. Estar en casa. No olvidaba
el destierro en aquel asqueroso balneario sin máquinas de
cafés ni amigos. Nos sentamos.

Tuve delante de los ojos el rostro agotado que me recordaba a un santo o un mendigo. Luchino envejecía como si de
tanto dirigir la Biblioteca también él estuviera cubierto por

el polvo. Nunca aprendería a vestirse. Había comprado esta vez un traje de calidad ínfima, cuyos fundillos colgaban, mal cortado, un traje lamentable. ¿Cómo habría sido estar en brazos de Luchino? Sentí repulsión y hasta un pudor tardío.

No era posible haber pensado seriamente en mantener una relación con Luchino: una no se acuesta con un buen tipo al que no se estima demasiado. Las mujeres por lo general cuidan mucho cosas como ésa. Eligen sus hombres, las mujeres no suelen ser tan idiotas. Sin embargo, mientras él me miraba entre asombrado y compungido, decidí ser justa.

—Fuiste un amigo formidable —dije, y lo dejé mudo.

Traté de explicarme una vez más cómo es que no me comprendía y cuántas veces en las largas tardes de nuestras tristes relaciones me sentí morir de aburrimiento. Mentí con toda mi alma insuflando vida a aquel pobre fantasma, aquel lamentable reflejo de mi inseguridad, al capricho pobre y doloroso que ya no era o que no había sido nunca. Sólo Luchino pudo imaginar algo semejante a la comunicación donde no había más que piel desintegrada en un reproche ácido. Me sentí feliz por esconder a fondo su secreto y de que él se embarcara ahora en su amargura; al fin y al cabo, era también una manifestación de amor.

Le pregunté violentamente por Andrés.

—¿Lo llamaste? ¿No pudiste resistir la tentación? ¿Antes de irte quisiste dejar en orden tus asuntos, demostrarme que desde ahora el que te·importaba era Andrés? Se comentó el encuentro de ustedes y que a vos te habían invitado por equivocación.

Andrés apremiándome en el hall del gran hotel donde se celebraba el congreso del Partido.

—No me mires así, linda.

Recordé complacida aquella tarde a la que Luchino se refería pero sonreí tramando la respuesta. Ceder a medias; necesitaba la confirmación de Luchino porque estaba sola, la tarde sería insoportable si regresaba a casa y un hombre como éste, en cambio, que me había interesado, podría gustarme un poco todavía. El hombre sentado frente a mí en un café. Cuando me tomó las manos sentí el contacto como bueno y confortable. Una linda piel morena y sana que no me repugnaba. Pero nunca aceptaría otra vez a Luchino. Nunca. Nunca. En seguida hablé largamente.

—Vos pensás tan mal de mí. Me imaginás peor de lo que soy.

No. Yo no estaba enamorada de Andrés, jamás había cruzado una frase de amor con Andrés, no lo había visto siquiera. ¿Acaso Luchino vio a Andrés durante sus vacaciones? Quería sacudirlo como a una vieja alcancía a la que extrajera una última moneda. ¿Lo había visto?

—Conozco a Andrés desde hace veinte años —dijo Luchino—. Conozco sus flaquezas, sus pequeños ribetes de rufián; le habrá gustado estar con vos, lucirte, decir que la señora Ordóñez come de su mano. Lo conozco.

Sentí placer. Dolor después. Todo se mezclaba, lo que no era novedoso. La vida se da siempre en crucigrama, impacto sensorial, negación, cinco letras, dolor, amor. No estaba mal descarnar, vejar a Andrés.

—La gran preocupación de Andrés —dije con perfidia suave— es que los demás confirmen todo lo bueno y lo importante que él se considera a sí mismo.

Me moría por Andrés. Era Andrés el que debía estar allí en lugar de la melancólica cara de santo o de mendigo de Luchino. Era la novedad y el misterio de Andrés lo que necesitaba ahora, en vez de esta larga y bella cara polvorienta.

—Luchino —dije—, yo sé que allí donde esté, donde me lleve la vida, de algún modo o de otro estarás vos; como uno tiene el aire, las cosas de la infancia —maldito si podía acordarme de la infancia, pero Luchino siempre terminaba hablando de la infancia y le parecería bien—, las queridas cosas, como quien vuelve al regazo de las monjas que nos enseñaron a leer, el barrio, la iglesia, las monjas, Dios, sé que estarás conmigo.

Lloré bajo esa catacumba de palabras. Desde que Andrés interpuso su pretexto supe que iba a llorar. Amor mío: ya lloré por vos. Luchino: creo que lloro por él. Los hombres son un sexo imbécil. Me moría de pena oyéndome y además sufría de veras por Andrés.

—Yo estaré —dijo Luchino.

Yacía incrédulo con el enconado arrobo con que se me entregara, incrédulo de que todo lo que se le ofrecía fuese verdad. Mordía la moneda de oro para comprobar su legitimidad. Luchino, lleno de entusiasmo, me acariciaba abajo de la mesa con sus bondadosas manos cálidas de hermano. De pronto se puso cargoso, lo que no era nuevo. Me había saturado a menudo, y aún recordaba con delicia la ruptura y el paso leve por la calle Venezuela, alejándome para siempre de la Biblioteca. El ciclo se había cerrado y su deber consistía en decirme que me amaba, escuchar mi monólogo de pesadumbre e insistir en la convicción de que Andrés valía poco.

—¿Lo viste durante las vacaciones? —pregunté con sobria animación.

Quizá advirtió la celada. Miró fijamente el borde de la taza de café.

—Me habló muy bien de vos. Estaba fascinado.

Andrés. Ya había pasado una hora y si conseguía descargar la tensión, el dolor se haría soportable. Pero Luchino volvía a la carga pidiéndome ahora que me acostara con él, con esa cruenta chabacanería que tomé una vez por falta de artificio. Nunca me acostaría con Luchino y ya quería irme aunque el desdichado se inflamara acariciándome con violencia, exigiéndome que dijera la verdad. Él exige la verdad también —me dije—, pero la verdad es una entelequia deprimente como los principios de la Castellana. En la entereza de Raúl había verdad. La verdad entonces me producía horror. Entonces supe ponerme frívola y Luchino se enfureció llamándome ramera y encontrándose ante el nombre de Raúl. Oír a Luchino hablar sobre Raúl era una profanación. Alguien escupe sobre la tumba de mi madre, pensé casi distraída, un mozo de cuadra escupe sobre la lámpara del Santísimo Sacramento. ¿Cómo podía Luchino hablar de Raúl? ¿Cómo podía aquel ruin, aquel patán, estar hablando de Raúl? ¿Cómo podía nadie decir Raúl sin caer en el fervor? Raúl navegaba fuera de ellos, de la visión, de la lengua, del mensaje soez, navegaba impoluto y único. Quería ahora irme del café, mientras Luchino me reprochaba todavía mis ingratitudes. Me había sido muy útil y eso bastaba. Si Andrés, a quien no acababa de evocar, me hubiera conservado con él, no recordaría ahora la presencia de Luchino. No sabría que existe. Estaría en brazos de Andrés. Le sonreí:

—Me gusta tanto verte —dije.

Luchino me tomó del brazo con esa horrorosa costumbre conyugal que tanto había detestado en él.

—¿No es mágico esto de encontrarnos cada vez? —dijo atrayéndome— ¿no es el mismo acto delicioso?

—No es nada —pensé sombríamente— es tu orgullo, tu vanidad de macho.

Había conseguido pasar al fin la mitad de la tarde, eran cerca de las ocho, sólo bastaba prometer ahora, sonreír con un aire colegial mientras avanzaba por la calle Paraná como quien está libre de pesares. Luchino no era enemigo para mí. Preguntó:

—¿Puedo besarte?

Y en medio de la calle lo besé fingiendo algo de ardor y confusión, aspirando el viejo olor a piel que tan bien conocía y que ahora pasaba a la historia. Andrés, al menos, me evitaba algo como eso. Volví a sonreír. Crucé la calle y me sentí más libre.

Aquella mañana de octubre del cuarenta y cinco la gente pasaba en grupos por la calle Alberdi hacia Rivadavia, ocu-

paban camiones, se reunían en las esquinas, todo con una
nueva cara de agresión. En lo de Maggi, la radio funcionaba
sin parar. Ernesto decidió no ir al laboratorio porque aún
una fe irracional, vagamente revolucionaria y la monotonía
de la vida se quebraba en parte con aquel mundo sorprendente que trasformaba las calles de Buenos Aires haciéndola,
de pronto, una ciudad vital. Con la cabeza sobre el viejo
receptor, los ojos entrecerrados, el hermoso torso inclinado
tal como si le costase un gran esfuerzo, el padre de familia
escuchaba la revolución de otros, el paso de un tiempo de
trasformación. Gente desconocida —la provincia, las afueras, el suburbio— se habían puesto a existir. ¡Qué ocurren-
cia! La Argentina había sido siempre hermosa para la gente
cuerda que se porta con decencia y que da de sí lo que
todos esperan. Tierra de paz, faro de Sudamérica, hija dilecta
de la madre patria, tierra de brazos abiertos. Ahora reventaba una infección, invadía calles, salía a la ventana; se
desperezaba entre los rieles del Ferrocarril Central de los
ingleses, asustaba a la Buenos Aires rica, linda y progresista.
Asomada al balcón abierto sobre la copa de los árboles, la
Castellana vio una extraña y desconocida multitud, fea como
todas las multitudes, oscura y mal trajeada.

—Son descamisados —exclamó muy unida a su marido
ante la amenaza indescifrable.

—Dejame oír —contestó Ernesto bruscamente.

Se sentía más hombre, más radical, más padre de familia
ante ese insólito accidente que turbaba la placidez del mundo. Las hijas, acodadas en la mesa Chippendale, escuchaban
también, calculando que el magro paseo de la tarde —el
paseo por Florida— quedaba descartado. Cualquier circunstancia era buena para que los Maggi decidieran poner a sus
hijas en custodia: el 1º de mayo, los conatos de revolución,
el carnaval y los días de fuegos artificiales. Cualquier extra-
viado podía andar suelto por las calles de Dios, un disparo
de bala, algún borracho; todo eran partes del mundo ame-
nazante, fuera del balcón.

Sin analizar, Blanca estuvo con aquellas escalofriantes multitudes y el nombre del caudillo llegó a ella con un hálito excitante. Iba a recibirse de maestra en pocos meses, discretamente, sin laureles. La Castellana se mantuvo firme en la convicción de no elegir para sus hijas un colegio snob, de modo que allá fueron, a su tiempo, a un internado de tercer orden, con la mezcla curiosa que era a la vez la mezcla del país, hijas de obreros, de algún profesional, la hija de un general, de una modista. En ese ambiente ralo, detestada por las monjas, Blanca consiguió reinar. Ahora se recibía de maestra sin vocación y casi avergonzándose de la confusa profesión de mediocridad y miseria, cediendo nuevamente a papi y mami en paz con sus hijas maestras. Pero el cuartel y la multitud sacudían la modorra de un tiempo nacional gordo y dichoso. Y ahora esa gente que decía existir, recorría de norte a sur la capital, con la historia de Avellaneda —quién iba a suponer que podía existir el mundo más allá de Avellaneda y sus puentes— moviéndose según el ardor y la fantasía popular, esa gente a quien la Castellana descubrió en camisa.

En la radio, el relator cambiaba la orientación de sus arengas. La furiosa resistencia verbal a la ocupación de la ciudad fue remplazada por informaciones cautas: el Gobierno creía, era prudente. ¡Oh! argentinos, patria de Belgrano: se escuchaban aquellas voces, los reclamos, el clamor. Algunos recordaban la L de Liniers, la O de Orellana, la A de Allende, pero los desconocidos seguían avanzando y reclamando en verso, con bombos y cantos a medias soeces. Cantaban a voz en cuello, infatigables. Ernesto comenzó a bramar. Las chicas se miraron asustadas, aventadas las últimas posibilidades de salir aquella tarde. No era un paseo excepcional, pero significaba escapar de casa: recorrer las mismas calles, primero Florida hasta Santa Fe, por Callao hasta Rivadavia, un insólito y largo camino sólo permitido a sus piernas jóvenes, sus charlas fraternales y sus alegres aunque inocentes formas de atraer a los hombres. Teresa

mantenía viva una técnica prolija de provocación: la mirada
sorprendida, el gesto de promesa, el mohín imperceptible
en la cara muy llena de color, un oscilar de la cadera. Blanca
se avergonzaba. Odiaba el homenaje callejero de los hombres pero adoraba a Teresa, su punto de apoyo humano y
familiar. Quería a aquella hermana llamativa y lenguaraz
con irritación, con esa suerte de conmiseración que también
es una forma de querer. Teresa, más baja de estatura, entonces más hermosa que la otra, aceptaba ese cariño como
una consecuencia natural de las relaciones familiares. Debo
inclinarme, pensaba Blanca observando a su hermana, inclinarme también en espíritu como se inclinaba ante las
maestras y sus compañeras de colegio porque la pobre chica
era ya, en aquel año, una grulla demasiado vistosa, un extraño animalejo que se distinguía del resto de la especie.

De tal manera, papá Maggi se indignó cuando su pequeño
mundo quedó interceptado por la voz que desde la radio
denunciaba un nuevo orden de cosas.

—¡Comunistas —bramaba el hijo del bello boloñés—,
conservadores, fascistas!

La Castellana se unía a su opinión:

—Pero comunistas no, porque él es militar —dijo sagaz-
mente—, un hombre tal como lo muestran las fotografías,
un hombre bien vulgar.

Teresa y Blanca miraban el reloj del león echado. Eran
las doce. El conflicto podría solucionarse antes de las cinco
de la tarde porque en el país todo el mundo conocía aquellas viejas revoluciones familiares. Al fin y al cabo, la Argentina no era un país sino un modo de vivir. Aquella
discreta combinación entre el regimiento sublevado, el Reino
Unido y las fuerzas vivas terminaría en la tarde con un
cambio apenas perceptible de nombres para el mismo régimen. ¿O no? ¡Cuán difícil resultaba orientarse ahora que
papá Maggi tan pronto vociferaba contra la oligarquía como
se tornaba intratable considerando al pueblo!

—Es muy difícil resolver —pensó Blanca desalentada; toda la barahúnda familiar le sentaba mal y cuando ocurrían cosas como ésa, la Castellana, por lo común tan disciplinada, pasaba a repetir con fervor los conceptos conyugales. Por un momento el óleo de la joven que arreglaba las flores, el reloj y los falsos juegos de plata vacilaron. Que nos hagan polvo, rogó Blanca fervorosamente. Abrigaba la esperanza de que el laboratorio, la sólida casa de departamentos y los cimientos familiares fueran a dar al demonio. El relator bramaba ahora en favor de la asamblea que desbordaba la Plaza de Mayo, ya vigentes las anécdotas que encendían de fervor, mujeres que se quitaban los calzones y hombres lavándose los pies.

La Castellana los llamó a la mesa. A partir de entonces ellos tendrían tema para largos años; desde ese instante el caudillo reinaría en la mesa familiar, en la reunión de las bodas de plata o en el funeral. Ya no habría forma de ignorar el hecho sorprendente extendiéndose sobre el país como una representación inusitada. Aquellos pies ignotos remojándose y las camisas enarboladas como estandartes darían la señal de partida. Bajo la infección, un cuerpo nuevo pugnaba por salir, un cuerpo feo y sangrante, como la cabeza de un recién nacido extraído victoriosamente en medio del dolor y el miedo. La fantasía iba a hacer pedazos el pequeño mundo de la calle Alberdi y Blanca comprendió en seguida que en ese mediodía su padre se preparó a morir.

Mamá sirvió el almuerzo con su aspecto regio de fortaleza sitiada. Usó más que nunca su desdén laborioso por todo cuanto la rodeaba y se sirvió de una irritante obligatoriedad. Ah, madre condenada. ¿Por qué motivo la vida ha de ser un trabajo forzado?, pensó Blanca sin levantar la cabeza del plato. Se sintió agotada en tanto Maggi vociferaba contra la revolución de papel y mugre y las novedades preanunciadas por la radio. Profetizando desastres, echaba de menos los tiempos de seguridad en que el país cosechaba "trigos por millones para todo el mundo, tiempos en que la gente creía en la familia sin dejarse infectar por los ricos y los

comunistas. "¡Mugre, mugre!" Aún evocaba con odio la
historia del menor de sus hermanos que había entrado al
Partido Comunista.

—Lo hemos perdido —dijo Maggi después de una violenta reyerta familiar.

Algunos de sus hermanos lloraban. Los cinco que quedaban sin amarse, intacto el viejo odio, la vieja rivalidad y el
desarraigo de Bologna, sentían vergüenza.

—Acordate de Emilio, Soledad —dijo Maggi a su mujer
con un tono especial. Pero Soledad había querido bien
a su cuñado y era su error. Ni Ernesto ni el resto de los
hermanos Maggi comprendieron. Como un confuso desafío,
ella encontró atendibles sus razones, decorosas sus ideas, el
pobre Emilio parecía desear lo suyo con limpieza de objetivos. La actitud de Soledad ocasionó tales molestias que Maggi optó por prohibir la entrada de su hermano en casa. De
ahí que Blanca recordaba a su tío como a una fiesta de la
que Maggi pasaba a retirarla antes de la medianoche.

—Emilio no —dijo Soledad angustiada—. Éstos ni siquiera son —bajó un poco la voz— comunistas, alocados,
idealistas —quién sabe eso alentaba una rebeldía secreta—:
éstos son sólo chusma.

—¿Chusma, mamá? —preguntó.

Oyó también el bufido de Teresa. ¿A qué insistía Blanca
en dialogar? De ese modo malograría definitivamente el
paseo por Florida. Ella necesitaba ir a Florida porque en
la puerta del Centro Naval había descubierto un tipo:

—Delicioso.

—Delicioso —pensó mirando a su hermana menor para
detenerla.

—¿Chusma, mamá?

Mamá, que lo guardaba todo desde las viejas pañoletas
de abrigo y los dientes de sus hijas, deteniendo el tiempo,
una vuelta de tuerca y el tiempo invernaría sobre el departamento brillante en su limpieza, el tiempo de las chicas, de
Ernesto, el tiempo de su bello aspecto de matrona. Dete-

nerlo todo y volver a los landós y a las tardes plácidas en
que podía salirse a la ventana, a la languidez de un piano
mal tocado y a los sombreros importados de Francia en la
tienda Ciudad de Méjico, lo más chic.

—¿Qué vas a decir a tu madre? —rugió papá lanzando
el tenedor sobre la mesa. Ahora el temor correría por su espalda, a ella la atemorizaban los gritos, los insultos y la
violencia—. Chusma, sí, tu madre tiene razón, todos esos
desarrapados y esa multitud de reas que han brotado en la
calle para el pillaje. Porque la gente decente ya no tiene
cabida en el país. Ya les dije que la radio y el biógrafo
arruinarían las costumbres y eso viene de muy lejos...

Se refería a Uriburu en el año 30 cuando todos menos él
habían demostrado lo cabrones que eran. Todos los argentinos lo habían demostrado menos él, presente en el laboratorio como soldado que era.

—En este pueblo de carneros y cagones.

Pero la pequeña Blanca insistió.

—Esta gente tiene derecho a lo que hace. En cierto modo
también somos nosotros.

La servilleta blanca voló hacia el aparador y el tenedor
de Maggi quebró su plato.

Soledad interpuso su cara de Madona:

—¡Por amor de Dios, Ernesto!

—¡Qué amor ni amor! —gritó papá.

¡Oh, papá! Ellas se criaban en medio de mitos fabulosos
como el pasado de papá que ahora irrumpía en la reyerta
y era leyenda de familia. Es decir: se aceptaba un pasado
neblinoso en el que papá había sido tan buen hijo y tan
púa al mismo tiempo cuidando de su madre loca y de sus
hermanitos. Un pasado aceptable de muchacho indócil que
se acostaba con la hija de un coronel en plena revolución
del 4 y la emprendía a tiros de fusil, a lo macho, en las
demás escaramuzas. Papá había sido un poco loco —Soledad
y las chicas lo admitían ciegamente— como conviene que
sea todo aquel que luego ha de ser un hombre de provecho

Así fue que la familia se acostumbró a vivar a Hipólito Yrigoyen como una concesión al desorden que ya reinaba en el país. Hasta que Blanca, a fuerza de reflexionar, comprendió que su padre no había conseguido ni siquiera una entrevista de Yrigoyen y sus andanzas revolucionarias quedaron convertidas en cenizas. Yrigoyen había permanecido sordo y mudo demostrando poca fe en aquel denodado partidista.

Pero papá tenía convicciones:

—Hay que vivir para ver... bah, no seré yo quien lo vea porque tendré la suerte de morirme antes. Ustedes lo verán, infelices. Lo que va a llegar. Muerto Hipólito Yrigoyen no ha nacido en la Argentina otro varón de tal especie. Y nadie me pregunte en esta casa si estos holgazanes y estas reas tienen algo que ver con mi país. Esto se ha terminado, hombre.

Su gran puñetazo sobre la mesa hizo derramar el agua de los vasos.

Blanca esperó el segundo que llegó en seguida:

—Quise decir...

—En esta casa no se hablará de Perón.

—No quise hablar de Perón, papá —objetó.

—Esta es una casa digna. La revolución no cuenta —dijo papá.

En el 90 papá Maggi había peleado a favor de los radicales; eran pavorosas frases prehistóricas: ella tenía 16 años en el 45 y su padre peleó por la patria en el noventa. Todos querían otro país. Aunque papá hubiera demostrado una curiosa adhesión por su causa popular vivando a Rosas y a Don Leandro N. Alem, o vociferando contra Rosas según girara su exaltada imaginación, o perorando en pro y en contra de Sarmiento. Ahora volvía a relatar acerca del día en que se había presentado solo en el laboratorio como una muestra de coraje civil, justamente cuando la revolución del año 30.

—...cuando Uriburu traicionó y dio vueltas al país...

¿dónde está la democracia entonces? Todos, a excepción de
Elpidio González y papá Maggi demostraron lo que eran.

—¡Un pueblo de cagones!

—Hay que tener banderas —dijo Blanca irritada.

Y Teresa se resignó a no dar su vuelta por Florida aquella
tarde en tanto Ernesto Maggi blasfemaba y Blanca echábase
a llorar.

Lloró todavía un buen rato en el borde de la bañadera
de patas herrumbradas que le hacía bien porque estaba fría
y era blanca y mamá la había pulido hasta dejarla reluciente.
Oyó la voz de su tía Cora que llegaba a la casa pidiendo
información. También había intentado querer a Cora, pero
un día Cora aportó lo suyo, dejando caer como al acaso la
sospecha de que Ernesto se había casado con Soledad Lafuente sólo ante los ruegos de sus padres. Lo relató minuciosamente, con su feroz curiosidad de mujer sin hombre
que no perdonó nunca a su cuñada el haberse acostado
santamente. Ahora Blanca soñaba con que todos se murieran,
se imaginaba en plácida libertad sin Ernesto ni la Castellana,
sin tíos maldicientes y aun sin Teresa. Sola y libre de esa
reciprocidad de amor que no era amor ni nada, ahora que
el pasado de papá se rompía frente a las hordas sin camisa
invadiendo la calle, por la existencia de un jefe militar que
sonreía desde un balcón en tanto abajo la multitud vociferante demostraba todo lo temible, lo patente, lo irremediable que es una multitud. Blanca se adhirió a la nueva
causa secreta y fervorosamente porque cualquier variante era
mejor que lo pasado. Extraviada en su oscura condición de
estudiante secundaria, ignorante y simple como la mantenían, asida a los restos de las estatuas de papá y mamá, a
la inconclusa estatua de Yrigoyen, quiso gritar su asentimien-
to pero era difícil conseguirlo con una noción o dos sobre
la historia de Grosso, de Levene y de Sommariva.

Para servir a la patria insistió, con una vocecita acongoja-
da. Es una buena gente la que anda por ahí, es la gente de
trabajo.

Pero papá golpeó también la puerta del baño y no tuvo más salida que refugiarse en la pieza que compartía con Teresa aún seguida por la curiosidad de Cora, por las miradas furibundas y las amenazas, sintiéndose apaleada y tan ridícula, que acabó por serenarse.

Todavía escuchó el ruido de los platos que mamá y Teresa quitaban de la mesa y esa fue la única contribución de la familia Maggi a la revolución de "chusmas" que reventaba en la calle.

Me miré al espejo después de enjugarme el agua de la cara y de los pechos. Volví a ponerme el camisón y regresé a mi cuarto. Raúl seguía tendido sobre el lado izquierdo de la gran cama conyugal y yo, de espaldas, quise atrapar el sueño. Hay que aferrarse a la modorra empujando los pensamientos hasta meterlos en el cono de sombra donde prefiero mantenerlos. Aun en la penumbra descubro la tensión entre nosotros como si él me reprochara el acto mecánico y ritual al que nos hemos sometido. Volviéndome, alcanzo a ver el cuadrado gris de la ventana a espaldas de Raúl. Pero ahora la ventana es apenas un reflejo que contemplo desvelada con los ojos empañados por las lágrimas, acunándome. Cada noche es más difícil escoger un pensamiento porque entro en la edad en que casi todos los recuerdos son dolorosos o traen consigo lo que es preciso olvidar.

—¿Por qué quisiste regresar a Buenos Aires? —preguntó Raúl bien despabilado.

Cada vez que me posee, también él debe sufrir.

—¿Por qué regresar a Buenos Aires en pleno verano? —insistió Raúl.

Insistirá de modo que mi respuesta suene como otra forma de derrota. No es cosa fácil copular para una pareja con tantos años de casados, tantos que es casi imposible sentirse mutuamente, y hasta uno acaba por irritarse en sueños, sudando en el punto donde las pieles se tocan o escudriñando los gestos durante la inconsciencia. ¡Si tan siquiera fuera posible desprenderse de esta inmunda piedad! Me tranquilizo imaginando unos días próximos de relación fraterna.

—¿Por qué lo hiciste? —preguntó Raúl.

Debo mostrarme razonable ya que si reñimos Raúl podría exigir al día siguiente una reconciliación, quizá necesite afirmarse nuevamente en esta posesión precaria que nos hace daño y que comparto con sus enfermas y ayudantes: ¡con qué asombro recibo los ardientes homenajes de que es objeto mi marido! Él arrastra en pos una larga estela de voluptuosidad y candor, lleva adheridos como vistosas etiquetas, cartas, llamados, ruegos femeninos, ardientes deseos, goces, ingenuas declaraciones, actos embozados, insinuaciones perversas. Un largo catálogo de amor lo acompaña. Dejo hacer como si fuera otro. Y si lo pienso a fondo, desde que lo vi, fueron dos personas superpuestas coexistentes quienes me sonrieron, me amaron o me asistieron. Siempre somos dos personas y no existe posibilidad de armonía en ese largo rebote de cara o cruz. Sólo una mirada o un acoplamiento fugitivo para el anverso y el reverso de lo que siempre somos.

Lo cierto es que Raúl tampoco repara en sus etiquetas de colores y más bien me es sanamente adicto. Sólo que se esfuerza a menudo en cosas como ésta de hacerme el amor nocturno sabiendo que me espanta todavía. En un principio se lo dije: que las noches despertaban en mí sensaciones miserables. El crujido de la cama, la tos de una de las niñas, reproducen las viejas imágenes imborrables, como el roce de la bacinilla después del movimiento de sábanas y el jadeo; luego, la pregunta incierta:

—¿La nena se durmió?

Me revolví furiosamente contra mi marido. Qué hay si ahora le dijese: volví porque quería estar de nuevo cerca de Andrés. Ahora Andrés sería una compulsión violenta sobre la misma cama donde había yacido a medias entre lágrimas y estertores. Volví porque me moría lejos de Andrés, pensé venenosamente, pero estaba dispuesta a mostrarme tolerante y dije:

—Te olvidás que María Luz debe preparar una materia. Que estábamos gastando un dineral. Vos mismo decís que hay veces en que te descubrís como la víctima de la expoliación de la familia.

Raúl lo aceptó con ironía:

—Yo sería feliz de estar íntegramente en paz con mi mujer y mis hijas. Es triste y es inútil, Blanca.

Obtengo a menudo el sonido de una vocecita adolescente. La usé:

—No entiendo, Raúl, ¿qué te pasa, che? ¿No hay sueño esta noche?

Extendí mi mano en la oscuridad porque sabía que este era un consuelo infalible. Algo me rechazó dentro de él, pero era muy tarde, y ya debían pesarle las largas horas de consulta y sus dos operaciones diarias. Sentí sus labios cálidos sobre el brazo en una despedida amable.

—Hasta mañana —dijo mi marido disponiéndose a dormir.

Soñé con una mujer desconocida. Era un sueño querido, un buen sueño que uno se inventa para darse ánimos. Durante muchos años lo había reencontrado empeñada en darle caza. Durante años había encontrado en sueños aquella mujer vieja y querida. Cuando la puerta se abría para darle paso, veía la hoja abierta de otra puerta en el lado opuesto de la habitación por la que la mujer huía. Pero era un buen sueño y volvía a una calle encerrada entre paredes y todo resultaba alegre y confortable: como un ajedrez que se jugara solo y bien. Gocé largamente con esa triste cordura que uso para mis fantasías.

—Querido, querido —murmuré, llevando mi boca al borde de la almohada. Aquel sueño amable y lleno de delicias, sin destinatario, debía durar algo más. Ahora mamá me reprochaba con aire de extrema gentileza, y me reprochaba amar

y haber sido feliz entre las paredes de una calle prohibida.
Pero yo insistía:

—Querido, querido.

Raúl respira fuerte. Yazgo a sus espaldas con las manos
juntas. También él sueña y tal vez soy yo parte de su sueño:
ruego generosamente porque los sueños de Raúl sean felices.
Si vuelvo a dormirme con las manos sobre el vientre quizá
mi sueño amable perdure. Ahora la Castellana tenía para
una mujer fantasma un reproche helado:

—¿Mi hijita? Mi hijita sería incapaz de una cosa como
ésa.

Pero tu hijita había sido capaz de revolcarse bien desde
los tiempos de su primer novio, había deseado morir, ani-
quilar, había fornicado hasta que la gran voz del sueño se
gastaba.

—Por favor, mamá, por favor, dejame salir.

La madre preguntó:

—¿Adónde quiere ir, querida?

—Quiero ver la calle —gritó ella con una voz de la
infancia que llegaba en la oscuridad.

—Ha desaparecido —insistió la Castellana.

—¡Por favor, mamá!

Y cuando intenté moverme, el suelo estaba pegado a la
suela del zapato y crujía como los resortes de la cama. No
podía moverme un centímetro, sin dolor o ruido.

—Se despertarán las chicas —dije.

Y desperté yo. El cuadrado gris está ahora casi blanco
anaranjado. Raúl duerme sobre su derecha y estoy en casa.
Esto es ahora mi casa y parte de mi vida, algo tan natural
como dormir o respirar. Me dormí como una niña esta vez.
No parezco tener más de ocho años y estoy sentada en el
piso de mi viejo cuarto de los juguetes. Me abrazo a mamá
como si ella fuera un hombre y mamá me devuelve las caricias con actitud severa.

—Ya lo hice, mamá —dije seriamente.

Entonces mamá se volvió tosca y fea; hizo un gesto espantoso y se echó a reír. En el sueño también mamá había perdido la vergüenza.

Aun así me desperté con buena voluntad porque algo quedaba en mí de la noche y vi a Raúl vestirse despaciosamente, canturreando. Él y yo somos vacío, un hombre y una mujer que se visten sin nada que decirse.

—Otro día de calor —dije desde la cama.

Nunca duerme uno todo lo precioso que debe ser dormir; acaso dormir es un olvido maternal; es no esperar, no recordar, no sentir, la niña ovillada en su cama de soltera con su cuaderno en blanco. Ahora sé exactamente el orden de mis horas, de las obligaciones y, sobre todo, del aburrimiento. Casi envidio a Raúl atado al yugo diario con esa certeza de ser endemoniadamente útil a mi mujer, a mí y a la colectividad. En un cuerpo sano reside el ojo de Dios. Una de mis hijas entró para ocupar el teléfono en mi habitación y me da espanto contemplarla, alta y rozagante, un ser adulto que crece a la vista de todos como un calendario permanente. Me estremecí. Quise ser gentil.

—Si querés, hoy te pasaré a buscar por el consultorio —dije a mi marido y él accedió utilizando el cortés entusiasmo con que a menudo disimula su impaciencia.

¿Por qué no? De aquellos años que pasamos juntos resta un piadoso sometimiento. Raúl cree vivir con la suerte de amarme todavía o al menos de gozar una aventura redonda y fragante sin percibir la disonancia. Nunca vi un hombre más seguro de estar vivo.

Dejo la cama para ver el sol sobre la calle. Puedo contar los días, cada etapa de mis años; me asombra el equilibrio y la perennidad de las cosas materiales como si el único secreto del mundo consistiese en mostrarse y vegetar. Quince años de la vida son ocupados por una obsesión maligna que modela todos mis resortes interiores, mi manera de sentir y hasta mi cara. Ahora sufro el cansancio que marcan las comisuras de mis labios y los diminutos abanicos de los ojos.

—Dios —dije mirándome al espejo por primera vez en la mañana.

Raúl me besa como siempre, despidiéndose, en tanto María Luz ocupa un lugar sobre la cama y nos observa. Mi vida es una carrera de postas entre marido e hijas que se turnan pasándose de mano una pequeña banderita para recordarme mi responsabilidad. María Luz dijo desde su lugar:

—¡Qué lindo sería morirse ahora!

Observa sus manos a contraluz, las manos de Teresa.

—O mejor dormir —le contesté—, dormir durante un mes entero.

Nos contagiamos la pereza con este largo enero en el que nada hay por hacer sino dejarse estar y ya nos aburrimos. Ella es torva pero simple. Es una niña y me desalienta el hecho de que no pueda comprender. Mis hijas son piadosas; hay entre nosotras un acuerdo tácito de no molestarnos demasiado aunque ellas exijan una buena forma de vida.

Y luego está el espejo. Me lanzo sobre él a tiempo que María Luz se desliza por la casa, de cama en cama, oscilando entre las revistas americanas y el tocadiscos que aúlla día y noche. A puertas cerradas y sin las hijas ni Raúl, está el espejo. Con un gesto de sorpresa, prevenida, a veces trato de mirar lo que otras ven a su vez con la esperanza de encontrar el viejo rostro donde aún la vida no ha impreso todo cuanto me ocurriera: 40 años de ocurrencias ahora, una bella, cruel y maldita edad de mujer.

Entonces miré la pequeña línea azul más allá de la curva de la pantorrilla. Al ensancharse se perdía, formaba una medusa cuyos brazos subían hasta el muslo. La puse crudamente al sol: resaltaba bajo la piel blanca, sin vello, lisa, bien cuidada. Levanté el ruedo de la falda con cierta impaciencia, como un actor que atisba tras el telón al público reunido en la sala. La carne en pliegues suaves mantenía aún la línea que individualizara mi pierna: curioso comprobar cómo es que se contrae, forma una tumefacción, cae —en

la parte superior del muslo— aunque trato de darme la
ilusión contraria, levantando la piel con la palma de la
mano. Necesitando cerciorarme de que aquello es irremediable salto sobre el rostro; primero el vidrio, después con
franca decisión en el espejo. La luz del mediodía muestra
un terreno inexplorado. También las mejillas sufren igual-
mente. ¿O será la luz? Pero dando la espalda a la ventana,
de todos modos descubro las líneas nuevas —dos—, podría
jurarlo, absolutamente nuevas desde ayer, como los trazos
suaves de un lápiz sin color. Están inscriptas a ambos lados
de la boca, y más arriba, siguiendo el curso inverso de las
lágrimas, los ojos surcados por estrías rojas y finísimas y
los pequeños abanicos exteriores. Pero lo más notable es
el cansancio y la revelación de ese rostro nuevo donde el
pasado está más claro aún que en la memoria, y luego, al
quitarme la bata, otra vez la araña azul y la sombra de una
piel que se aja sin remedio. Casi escucho el roce del tiempo
que trae la decrepitud a mi piel y en cualquier momento me
pondré a gritar. Abajo, en la calle, algunos hombres discuten
el color de la alfombra hasta el ascensor, entonces me aparto
vivamente de la ventana, sin dejar de vigilar el cristal reluciente y es la misma imagen, como la figura de una vieja
muchacha disfrazada, quien golpea, de nuevo, despertando
un interés apasionado. La piel, sobre todo, los muslos, que
han perdido su poder, se derrumban, engordan, casi una
masa irreconocible como la de las mejillas que marcan surcos
semejantes. Pero asimismo me contemplo implacable, convencida de que alguna vez habré de decirme la verdad y
eso ocurre ahora sin previo aviso, un día como tantos otros
en el que el lechero ha dejado en el palier de servicio las
botellas que se entrechocan y la puerta chirrió al abrirse,
levemente, y el teléfono sonó también, dos veces, una de
ellas por un número equivocado.

Las venas bajo la piel, la carne de los muslos, y las líneas
simétricas que no hay forma de verlas desaparece; un par de
cosas bien presentes. Casi siento que no se trata de mí sino

de otra mujer, afortunadamente una mujer desconocida y
cuyo destino puede dejarme impasible. Lo he sentido muchas
veces en la playa, frente a mujeres que han dejado de ser
bellas, irritándome al comprobar en un cuerpo ajeno, eso
que se me viene encima y que seguramente no tiene posibilidades de detenerse. Cuando la bata de seda se aplasta sobre
mis senos siento piedad frente a una cosa decidida. Acato
la cara mustia, el cabello coloreado y la piel de los muslos
que en ese instante se reblandece más y más. Cierro los ojos
que me arden ante los minúsculos detalles, aunque bien
pudiera ser que lo haga para dar tiempo a la muchacha del
espejo a que se quite su disfraz. Siento los pies helados.
Envejezco.

Ella, al menos, recordaba el rayo de sol.

Sobre un rayo oblicuo, oro viejo, flotaban las minúsculas
motas de polvo, girando, agitándose, describiendo círculos
móviles, hasta desaparecer a espaldas de alguna muchacha.
Cuando los mundos diminutos tocaban la materia dejaban
de existir. En la capilla, siempre había calor. Uno recuerda
el tiempo que pasó descubriendo los olores entre antiguas
sensaciones y el encubierto nombre de tantas criaturas esfu-
madas. Y el olor de la capilla era el de la juventud, una
dura mezcla de incienso, resina y el de las muchachas,
sobre todo, porque ellas estaban frescas y cargadas con los
humores de la especie, tenían mucho que vivir y no se ba-
ñaban a menudo. Pero entonces Blanca era una muchacha
y su olor se confundía con el de las demás en el interior de
la capilla penumbrosa, atronando el aire en coro, con urgencia por terminar el rosario o la bendición con el Santísimo,
sin mayor solemnidad y tratando de alcanzar la hora del
recreo. Fue esa una época de embustes y de ritos apasionados
en que la fantasía urdida la noche anterior alternaba graciosamente con las horas de clase, largas horas, porque todo

ocupa mucho tiempo en esa parte de la vida. Pero ella recordaba, entre todas, la del rezo matinal, en la capilla. Aún
tenía a mano sus extrañas reflexiones cuando hincada en el
reclinatorio y contemplando las nucas cubiertas de cabellos
oscuros, rubios y rojizos, pretendía entregarse fervorosamente
a Dios. Retendría, los cabellos atados con un moño, los
talles breves inútilmente disimulados por el uniforme alevo-
so de las Mercedarias, la suave pelusa que baja por el cuello
y se pierde por el canalillo de la espalda hasta el estremecimiento de las piernas flexionadas. Le gustaba concebir que
cada una de ellas tuviera una vida propia, atribuida por la
torva predestinación en que vivimos todos, hombres y des-
tinos diferentes, ese mundo infinito de complejidades que
aparecen claramente y se aceptan con dificultad tras una ventana iluminada, esa noción de infinito de una vida y todas,
caminos, estertores y conflictos y el mundo ácido de la adolescencia asombrándose ante el otro mundo extraño, abierto,
fuera de nosotros, lejos del alcance de los suyos, fuera de la
vigilancia de las monjas. Dentro de ese ámbito ignoto, precisamente, Blanca y sus compañeras comenzaban a existir.

Ella era alta, de cabello oscuro, de amplias caderas y piernas contorneadas, asentada en la tierra con bases sólidas. Su
madre ponía gran cuidado en su ignorancia como quien
cultiva una planta delicada. La nena no podía saber. Ni
debía. No sabría. Era pues, una muchacha movediza, de
ojos vivos y bastante histérica. Al verse reflejada en los
vidrios de las aulas comprobaba, con agudo sentido de la
crítica, todos sus defectos; corregía la posición de su espalda,
el paso de muchacha y la altura de sus firmes senos. Ya el
cuerpo era su obsesión. Dios le había dado un cuerpo exigente, una masa armoniosa de carne, piel, vericuetos y lunares. Un cuerpo que clamaba tanto como su ardiente fantasía.
Ella lo miraba entonces preocupándose por él, obsesiva y
llena de esperanza con los años de la vida adulta que podían
convertirla en una mujer hermosa. Recorría los largos pasillos de baldosas blancas y ventanales de vidrios abiertos al

gran patio central donde las monjas y sus protectores levantaran la estatua del Divino Maestro: un Cristo amable que acariciaba un par de niños, bobos de expresión. Blanca se persignaba frente a la estatua fervorosamente y tornaba a recorrer los corredores consciente de aquel paso acompasado que algún día cesaría para siempre. Una vez graduada no retornaría al colegio, el horroroso uniforme azul y blanco quedaría atrás para que una joven como las otras visitara el colegio una vez al año. Pero ella no sería nunca como las demás. Los olores de la cocina, el ácido olor del baño mugriento donde las alumnas se hacinaban a fumar y a intercambiar secretos eran parte de una realidad que a fuerza de comenzar cada mañana, alrededor del mediodía se hacía difusa. Encerrada en la sala de los mapas, con el maltrecho estuche de huesos para el estudio de la anatomía, cavilaba acerca de la condición de alumna lúcida perdida en ese punto de la casa. Representaba un papel reciamente aprendido. Las muchachas a su alrededor se esfumaban. Necesitaba oír su voz y poner en orden el ligero rumor con que todas retomaban las conversaciones. Se escuchaba opinar sobre las matemáticas o preguntar la hora o rozar el hombro de su compañera de banco que tenía las uñas largas como garfios, pintadas de escarlata. El mundo se ponía en movimiento, de modo que el paréntesis en la capilla o la meditación en la sala de los mapas quedaban adheridos con firmeza a sus misteriosas capas interiores.

Desde el jardín, a través de los vitrales, penetraba la luz del mediodía. En la primavera, la hermana que cuidaba la iglesia dejaba abiertas las puertas laterales y junto con el sol y las motas de polvo danzarín, llegaban también los olores del huerto, el de los ciruelos y el del cerco verde. Era olor de amor. A Blanca el olor del primer verano le daba la certeza de estar dentro de un prólogo y se compadecía.

La hermana directora las arreaba sin consideración. Blanca veía sus labios resecos por la histeria, los ojillos enrojecidos y una inútil y patética imitación de Santa Teresa. Las otras

murmuraban acerca de la hermana superiora, atribuyéndole
amores con una pupila de pelo ensortijado cuya familia vivía
en el campo. Contrariamente a la fábula, la monja era más
bien un dechado de virtud, irascible y llena de impiadoso
vigor. Blanca advertía la rústica cara de su naturaleza, la
mujer árida y descontenta con su suerte, porque la hermana
superiora sabía ya que no sería santa. Santa Teresa debía
aparecérsele ya como un macabro fantasma de sus peniten-
cias, como un remedo trágico de lo que pudo ser. Quizá todas las monjas llegaban al convento para ser Santa Teresa,
descartando quizá a las de la cocina, las legas, esos ejemplares laboriosos, más alegres y simpáticos, como si las ollas,
los tomates y los berros, las hubieran dotado de alegre conformidad. Acerca de la directora, las muchachas se sentían
más seguras. Era temible en sus períodos, implacable en la
disciplina, indiferente acerca del estudio. El chismorreo cotidiano le atribuía una familia de notable origen y hasta un
novio abandonado para profesar. Los histerismos de la superiora entroncaban con el novio y aquellas mujeres aburri-
das se consumían como el pabilo a los pies del Sagrado
Corazón. Desde el fondo del corredor principal, Blanca
recibía los aullidos de la superiora que descubría en ella
toda la simbología de la maldad. De allí en adelante, las
muchachas no conocieron nunca seres humanos que descon-
fiaran más, de ellas, que las monjas. El mundo exterior se
dividía entre pecadores y enemigos. En el centro, como una
emanación letal, una especie de monstruos particulares con
demonios más pequeños alrededor, todos emergiendo de un
vientre enorme y pecador, los hombres. Fuera del pozo, una
multitud de seres despreciables se agitaba con antorchas y
filtros del efecto perverso. Eran las mujeres que circulaban
por la calle, los protestantes y los médicos ateos. Adentro
del convento, el mundo también se dividía entre ellas, las
siervas del Señor, y las niñas, sus ovejas, siempre a punto
de descarriarse, de perdernos, extraídas del mal en dolorosas
y diarias ceremonias de expiación general.

Las monjas eran frías, con un afecto retenido y no muy cortés que se desprendía de sus cuerpos como la cáscara de una herida vieja. Eran a menudo ignorantes y cerradas. Blanca recordó siempre a una mujer terrosa, comida por la tuberculosis, que mantenía amistad con la Castellana y que la halagaba de niña tanto como para perturbarla. En la penumbra de la sala de la dirección —una sala espaciosa, los postigos siempre cerrados, llena de imágenes y de diplomas— la sentaba en sus rodillas. Blanca conservó el recuerdo del olor a encierro y almidón. La toca almidonada crujía a cada movimiento de la mujer, a cada caricia Blanca apoyaba con cautela sus dedos pringosos de tierra y caramelo en la túnica de lana. Armándose con la loca lucidez de la infancia advirtió que la mujer le trasmitía un instinto sofocado; más bien, hurtó la cara estrujada por aquel afecto auténtico y desestimó las palabras dulzonas ante la complacencia de mamá:

—Contestá bien, chiquita, la hermana Úrsula quiere saber de vos.

Había que sonreír, buscar las palabras adecuadas, mostrarse útil y gentil: me siento un animal amaestrado, la toca de la monja va a crujir de nuevo y tendré deseos de hincarle las uñas otra vez. Quizá bajo la toca ella tenga una calva muy graciosa, algunos pelos pegados a un cráneo mondo y reluciente o quién sabe, tan verdoso y húmedo como su cara. Blanca creía entonces que las monjas no tenían cuerpo, sólo calva y pies. Le gustaban los botines negros y los calcetines de gruesa lana blanca que se perdían en el mundo ignoto de los muslos bien disimulados bajo las faldas; se abstraía en la contemplación de un par de manos secas y curiosas, finas manos de tejedora o costurera, en la boca, también seca, de un rosa desvaído, boca impoluta en el rostro sin color. Pero aquella monja extraña jadeaba y sonreía; mostraba su piel sudada y el perpetuo ronroneo de su pulmón· enfermo. Blanca hubiera muerto de disgusto con sólo abandonarse a la contemplación del espectáculo, contestá bien, chiquita, sobre las rodillas flacas, ojo con ensuciar las faldas de la hermana y además, madre y monja, reclamaban atención, genialidades, una sonrisa cariñosa, los recios tirabuzones de su pelo como recompensa. La Castellana sentía pasión por aquellas mujeres enfermizas, cuanto más hoscas y salvajes en la vida diaria, más podían ser amadas por mamá. Les regalaba primorosos anillos de plata dentro de las roscas de Reyes, gigantescas ruedas de pan dulce que imponían el sello de los Maggi dentro del convento. Encontraba limosnas generosas, urdía sorpresas. A la monja de la puerta le envió un hermoso costurero de paja para el día de Santa Filomena, su patrona. La niñita cavilaba acerca de los fines de su madre. ¿Qué es lo que esperaba de las monjas? Por ahora había que limitarse a soportar los húmedos besos de Úrsula, acosada por la enfermedad. Blanca sudaba de terror ante el contagio, ante el olor a encierro, ante el hecho insoportable de soportar los besos y habitar las rodillas de una desconocida, muy nerviosa. Cuando Úrsula murió, la Castellana la lloró de veras, pero Blanca se sintió íntimamente aliviada. Ya no tendría que asistir de nuevo a la ceremonia de la dirección, someterse a los besos y encontrar respuestas, de modo que con aquella monja cargosa terminaba el primer simulacro de piedad. No se apegó tampoco a sus compañeras que eran de condición modesta, más bien mediocres y razonablemente malas. Del internado conservó sin alegría media docena de rostros que ocultó después cuidadosamente bajo múltiples capas de experiencia. Recordaba en cambio las cosas peores: lo poco que la comprendieron o lo profundo de su sometimiento a un orden religioso en el que no creía. Algunas de esas monjas dejaron el convento y se casaron. Se contaban acerca de ellas alegres historias de bodas y coqueterías. Una de ellas, teñida de rubio, habitaba un departamento a dos cuadras del convento, asistía a misa en la capilla, se paseaba por la calle en pantuflas y ruleros. Las alumnas, sus compañeras, se casaron casi todas. Del conjunto, monjas y discípulas,

retuvo un recuerdo ácido que la perturbaba si al cabo de
los años a unas y otras se les ocurría reaparecer. Retuvo el
recuerdo de los gritos con que desfogaban sus humores
cotidianos y la fría decisión con que la juzgaron siempre.
Por tal motivo bien pronto fue considerada un ser de distinta raza del que cabe desentenderse lo más rápido posible.
Y también recordó, a la larga, los domingos, porque fueron
días sostenidos en el tiempo con una perennidad curiosa.
No era posible desprenderse de las tardes en la calle Alberdi,
mientras los Maggi vegetaban o jugaban a la lotería. La
posibilidad dominical era precaria: misa de mañana, el gran
almuerzo de pollo y ravioles y luego la visita de los primos
del campo, tres o cuatro adolescentes tímidos, sucesivamente
enamorados de Teresa o Blanca. Ni sorpresas ni otras visitas,
más bien la presencia de papá Maggi cargándose a medida
que pasaba el día o el silencio obstinado de la Castellana
apostada tras el ventanal para soñar mejor. Hacia las cuatro
de la tarde no había más que hacer. Digo que ni sorpresas
ni visitas, algún cinematógrafo cuidadosamente programado
desde el día anterior o la melosa sensación de flotar en las
tardes rosadas o amarillas según fuera invierno o verano.
Dado que las fiestas y cualquier mundanidad más bien en-
furecían al señor Maggi se trató siempre de evitarlas. Al fin
de cuentas no eran más que ocasiones para reprochar a sus
hijas exceso de contacto con los hombres y aun también
para que la Castellana declarase con fervor cuán ruines y
mediocres eran todos. Se jactaba de no desear un buen casamiento para sus hijas —no soy de las que quieren desprenderse de ellas, pueden estar aquí, me complacerá tenerlas
conmigo— ni estimulaba en ellas el hábito amoroso, lo que
equivalía a dejarlas con la brida al cuello o con la puerta
obligatoriamente abierta en el dormitorio por la noche. ¿Qué
harían aquellas dos recias muchachas solas y encerradas?
Todo significaba a la vez la vergüenza de menstruar y el
sexo como expresión de una derrota y para la señora Maggi
la parte del ensueño en la ventana bajo la que había pasado

una tarde ya lejana el doctor Roualt. Y a todos era difícil resolver sobre los sentimientos que abrigó la Castellana por el modesto médico de barrio, francés de origen y confusamente dedicado a curar pulmones. No podía pedirse nada menos atractivo que sus ojos pálidos y la rechoncha cara resplandeciente de elocuencia. Roualt apareció un invierno para aliviar una afonía y su presencia pudo cambiar, si no el paso, al menos el ritmo de la historia familiar. El pulso de la Castellana subió vertiginosamente y grandes manchas aparecieron en su cara. Se mostró risueña e ingeniosa, se acicaló con cuidado y perfumó las sábanas de hilo sobre las que esperaba ansiosamente la visita cotidiana. Mientras Roualt se abocaba a tareas tan dispares como presionar su hígado o preguntarle por la orina, ella le hablaba de pintura —tema por el que ambos sentían gran inclinación— o del progreso de la ciencia. En justicia debería decirse que fue la Castellana quien entró en conversación, trémula y arrebolada como una niña que emprende su aventura; pero con el tiempo también Roualt pareció encontrar encanto en el idílico cambio de impresiones; de modo que aceptó sentarse, dejó el orinal de lado y también habló de pintura, del progreso de la ciencia y de cómo ha de ser un médico para resultar ideal. Durante la larga enfermedad de la Castellana toda la casa dependió de las entradas y salidas de Roualt; luego, ya convaleciente, la mujer encontró su labor predilecta en el balcón y desde allí se contentó con el ensueño.

Era Teresa quien más se enfurecía, abogando por Ernesto, con el que mantenía una buena relación filial. Aborreciendo en su madre lo que hubiera de magia o de misterio, condenó la ingenua fábula del doctor Roualt como a un adulterio real. Blanca se preguntaba si ya habría ocurrido lo mismo, cuándo y cómo. Siendo ella pequeña, ¿por quién suspiraría Soledad? Una inmoralidad inútil flotaba sobre la sólida familia Maggi que sopesaba así las extrañas actitudes maternales. Blanca sabía virtuosa a su madre, pero todos convivían con el fantasma extraconyugal, y juzgaban aquel amor a la distancia ignorado por el mismo Roualt, tan inocente de la pasión tardía que excitara como deseoso de aquietar tranquilamente sus ardores.

Pobre mamá: sus abrazos nocturnos, ¿fueron en espíritu? De haber sido culpable habría estado hoy en la admiración de todos. Papá hubiera estado justificado en su histerismo y Teresa en su estridencia. Blanca amaría a su madre con real admiración, pero todo se deshizo en la rabieta diaria o en la burla impiadosa de Teresa cuando pescaba a la madre sonriendo al vacío del balcón. Pobre mamá. La decadencia de la casa no mellaba su buen gusto; ella gastaba la cuota de vivir diario en buena ropa y en sus abonos de conciertos de piano y de violín que eran respuesta a sus inquietudes interiores. Mamá vivía con rabia y la rabia se contagiaba sobre todo a Blanca y el monstruoso mecanismo familiar incidía lentamente en ella como un veneno potente destilado en el oído. Entonces, optando una vez más por la alegría, estallaba en una excitación ingenua; mentía a sus padres y fabulaba a gusto, como si la vida más allá de la cama de barrotes de madera consistiera solamente en una larga escaramuza.

Mis dos hijas comen en silencio, con desgano, aburriéndose. María Luz y Silvia en la misma disposición para la mesa que Teresa y yo. Quién lo diría. Ahora Raúl y yo envejecemos como la Castellana. Hoy como ayer, masticamos una comida taciturna cuando no violenta —gracias a Dios— casi sin violencia ahora, quizá porque nos aburrimos más. Tampoco la mesa Chippendale. Gracias a Dios.

Sólo es que nos aburrimos y eso, después de todo, constituye la familia.

Este mediodía las niñas no parecen dispuestas a procurarme alivio alguno y ¡cómo crecen estas hermosas desgraciaditas! La luz naranja tras el cortinado da sobre María

Luz demostrando una vez más lo bonita que es; estas desgraciaditas que comen y se aburren, que vegetan tanto como
yo. Ambas poco dispuestas como están a dar algo de sí, con
una vida fácil y el ojo crítico, estás gorda, mamá; mamá, he
heredado tus caderas. Aún me conmueven: María Luz más
que la otra porque presiento que se aburre tanto como yo,
arrastrándose a lo largo de la casa con el pretexto del verano
y del ardor de sus tobillos, siempre recostada, sobre un sillón y otro, con su confusa vocación de amor y comodidad,
una ardiente fantasía, un querer algo hoy para despreciarlo
luego. Mucho más que Silvia que admite ser parte de Raúl
y está sujeta —a los quince años— a profundas convicciones.
Mis hijas queridas tiernamente, creciendo sin piedad, como
algo más bonito cada día, la cintura como el círculo de los
dedos de una mano, el pelo, las mejillas y el asombro que
producen siempre en uno, sin cansancio, sin demacración,
por todo lo que tendrán que atravesar las desdichadas.

Pensar que Teresa y yo no soñábamos más que con casar-
nos. ¿Qué otra cosa se hubiera podido hacer? La misma
disposición del comedor, papá y la Castellana, Teresa y yo.
Sin muebles Chippendale, sin el reloj, pero he visto avanzar
sobre mi vida la misma adecuación al monstruo medular de
la familia. ¡Si al menos el proceso de Raúl se hubiera detenido! Me fastidia su voz; apenas escucho sus palabras, algo
las detiene en el aire. Conozco todos sus discursos, veinte
años de hemorroides, de apéndices, de cáncer de pulmón,
con muchos cánceres pasados al olvido y dos o tres recias
convicciones: he cumplido, juré y cumplí, qué buen tipo
soy. Los óptimos pacientes que eligen morirse casi siempre
fuera de programa y las mujeres, vagamente locas por su
médico. Pero ahora, la brecha es insalvable, porque nada
de lo que Raúl dice es verdad ni me interesa, mientras la
mucama nueva entra y sale poniéndome los nervios de punta
con la certeza de que no es demasiado razonable esto de
tener una mujer enclaustrada trayendo guisos y ensaladas
para evitar que mis hijas, Raúl y yo nos muramos de hambre.

—Se le paga bien —dice Raúl, con su admirable sentido de la remuneración.

También pensará que a mí me pagó bien, veinte años de confusa devoción de flojísimos deberes de esposa, de arrebatos cada vez más espaciados, un confuso lapso en el que hay pocas cosas que olvidar. Comemos con un aburrimiento extremo que es casi la tristeza porque al fin se descubre lo poco en común que tiene la familia. A fuerza de verse y de tocarse esta extraña institución no es más que una casa en la que se refugian cuatro cordiales desconocidos que darían cualquier cosa por huir. Ciertamente, también estoy lejos de las niñas que adivinan mi fastidio y lo incorporan a sus motivos de protesta. Silvia abre la boca ante la forma en que quise terminar el veraneo, y es casi natural que ella se indigne; tendré que responderle, gritaré, también las chicas gritarán. Raúl dirá que damos mal ejemplo a la mucama nueva y como tantas otras veces tendré deseos de morirme, asombrándome aún de ser protagonista de una historia baladí, desconocidos que discuten, gente que se ama sin amor, que usan la forma y la convención. Sin embargo, nadie es mi prisión aquí, entre las paredes de un comedor discreto, de alegre distinción, tal como Raúl lo concibió y yo lo acepté; por fortuna me casé con un hombre de buen gusto aunque siempre fue proclive a la exageración, con ese ardiente ribete de médico y de advenedizo, ese ardiente matiz que tanto combatí. Ni él ni sus hijas me aprisionan; sólo imponen una forma sutil de obligación; el buen marido, el padre, las hijas que acepté también como si en vez de los gallos azulinos de jade y el biombo de Soldi fueran ellos quienes me contemplan infalibles desde las paredes, la triple resistencia de esta gente que me necesita y que me impone su presencia, sin violencias, estamos aquí, dicen comiendo sin afectación la carbonada criolla que ordené para todos; estoy aquí, dice el hombre a mi izquierda, engordando voluptuosamente con su solidez de viejo deportista y las dos preciosuras engendradas, estas desgraciaditas, tan ocu-

padas en sí mismas, sólo atentas a que mamá no dé un paso
en falso, que no baje la guardia, que no falte absolutamente
a uno solo de sus sagrados deberes, que no muestre cansancio
alguno ni sea sensible al desfallecimiento. Silvia me lo ha
dicho muchas veces: "¿Qué otra cosa podrías hacer? Te
casaste, nos tuviste, tenés lo que quisiste." Sorpresivamente
María Luz me envuelve en su sonrisa de dulzura, aflojándo-
dome. Debo resistir la tentación de gritarle, no me mirés,
no me engrupas otra vez, quiero pensar en Andrés y refu-
giarme en él, pero Andrés se fue ayer y no es posible refugiarse en un hombre que se fue. Entonces le sonrío mientras
dirijo mis ojos a Raúl que cuenta con su habitual mala
voluntad cómo es que el doctor Arreghi no es más que un
figurón, pero las chicas no advierten todo esto, absorben
dulcemente el veneno familiar y escuchan a papá con benevolencia porque Raúl ha sabido mantenerse siempre cálido
y discreto; hasta sus rabietas de hombre que envejece son
razonables y sus hijas se desploman ahora en cada silla, lo
contemplan con afectuoso interés, querido papá, de hecho
han realizado una decorosa relación paterna y que me lo
agradezcan por más que se la pasen afirmando que papi
es un amor y eso es su mérito. La mucama alcanza el postre
cuando el teléfono ha sonado, pero no es Andrés ni nadie;
este inmundo teléfono súbitamente mudo —con voces para
María Luz o Silvia— me relega a retaguardia y sin embargo,
soy la misma muchacha que comía frente a Teresa en el
comedor Chippendale, eso es lo terrible, soy la misma, cruzo
mis brazos porque ahora discuten banalidades de sobremesa,
sin risas ni originalidad, la típica conversación de los que
todo se dijeron y me parece dar un paso atrás en un círculo
de penumbras, tan sola y alejada de los otros, con el biombo
discreto que conseguí en la casa de remates y las desgraciaditas de mis hijas embarcadas en lo suyo, tan sola y alejada
como si fuera un velero fantasma, sacudiéndose en su rada.

No fue mucha la contribución de la familia Maggi a esa extraña revuelta popular que a todos perturbaba ni tampoco a la curva descendente, según Maggi, ascendente, según tantos, del país. Lo más que ocurrió entonces fue que don Ernesto tuvo por aquellos días las primeras noticias de su mal y de ese modo su forma de pensar se trasformó. La decadencia de la casa limó el orgullo de la Castellana y empezó para la familia, al menos si no un tiempo benéfico, un tiempo nuevo. Una semana antes de la Navidad los santos padres permitieron a sus hijas que invitaran al escuálido grupo de amistades que consiguieron manotear aquí y allá. Dios sabe cuánto costó a los integrantes de la real familia establecer las bases de esa reunión memorable. Varias veces Teresa estuvo a punto de echarlo a perder como cuando se empeñó en traer a casa a su novio, el Hombre Delicioso del Centro Naval, un marino de mediana graduación, retirado para colmo, a quien conociera en la calle y por quien la Castellana profesaba un odio callado y perdurable.

—Un hombre así —explicaba a Blanca— un hombre con medidas semejantes, anchos hombros, manos anchas y despellejadas. ¿Has visto alguna vez un sabio de abundante cabellera? ¿una frente estrecha que contenga algo?

Si Blanca defendía a su cuñado potencial, la exasperación de la madre hacía crisis:

—Tu hermana hará la gran matrona —afirmaba con aquella manera extraña de mezclar manías conyugales y refranes de revistas—. Es espléndida y deseable, buena maestra, cariñosa con los niños y los viejos, hermosa y femenina...

Porque la femineidad de Teresa —otro tema para la familia— se basaba en una confusa relación establecida por el contorno de las buenas caderas de Teresa, la finura del tobillo y su inequívoca facultad de procrear. Padre y madre

—a la sobremesa, en las raras semanas de quietud y paz—
hacían comparaciones especializadas acerca de sus hijas. Casi
siempre era papá:

—Ésta —señalaba a Blanca con incómoda ironía— se está
poniendo demasiado flaca, es chata como un hombre, tiene
larga la barbilla, grandes las manos y los pies.

Blanca miraba el armonioso conjunto de cabellos blancos,
ojos, sonrisa y rostro. Querido papá: ahora sería el caso de
hacerte desaparecer.

—Teresa tiene buenas caderas para madre —afirmaba
Soledad—, es de una belleza clásica, suave y mórbida.

De modo que allí estaban las morbideces de Teresa, la
curva de su pantorrilla, la nuca fina y cubierta de cabellos
rizados, su visible facultad de procrear, tal como si tuviera
la matriz entre las cejas.

Cuando la Castellana ponía auténtica posesión en la mirada es que estaba por decir:

—Blanca, en cambio, es fuerte.

De modo que Blanca era fuerte y Teresa mórbida, así
como Hipólito Yrigoyen el gran patriota macho y el laboratorio Costello Co. casi todo el universo. Las hermanas
aguardaban con filosófica entereza el final del comentario,
Teresa satisfecha en parte de aquella periódica inspección
a sus encantos y Blanca avergonzándose de sus piernas de
efebo, de sus caderas sin carne, de aquel cuerpo grácil y
enjuto que escapaba a la apreciación de sus padres.

Y cuando papá Maggi se decidió por magnanimidad en el
problema de la fiesta, las tres mujeres estallaron de alegría.
Claro que todavía sobrevinieron penas; los invitados iban a
ser seleccionados, no se disponía de dinero en abundancia
para renovar el guardarropa familiar y hubo que desocupar
la sala. Pero durante algunos días, sin embargo, la Castellana revivió con placer antiguas épocas y Blanca se dejó
llevar frente a los suyos por un entusiasmo flaco y frívolo.

El día de la fiesta aquella familia hubiera podido ser
normal. El plantel de primos vigilados por Ernesto prove-

yeron las sorpresas; tres muchachos del Colegio Militar dieron a las Maggi la oportunidad de conocer otras caras que no fueran las de sus vecinos del tercer piso, ni el Hombre Delicioso del Centro Naval.

Nadie ha escapado a fiestas como las que diera el 23 de diciembre la familia Maggi; ocupan toda una época, son bases de recuerdos asombrosos y de muchos matrimonios: una docena de muchachas horrorosas que apenas se conocen entre sí y una manada de jóvenes arrebolados, que, como desplante, fuman, manchan las alfombras y miran de soslayo o desprecian la inquietud de sus compañeras. Un tocadiscos de mano y en el comedor un fuerte olor a anchoa, junto al pan seco de los sándwiches y botellas de naranjada dulce y tibia. Hasta que rota la corteza, la carga erótica habitual sustituye gestos y desdenes y la fiesta, como el resto de actitudes de la especie, ya no es más que un intercambio de sexo y frustración. Inolvidables fiestas de las que se traía a la almohada un olor fuerte, recuerdos, ráfagas de melodías de moda y la tierna excitación que no deja dormir. Las hermanas Maggi se deslizan con asombro de unos brazos a otros, sorprendidas de estrecharse frente a los ojos de la Castellana que ahora sonríe misteriosamente alegre. Ella es quien admira la madurez precoz de aquella que ha quedado rezagada, sin compañero, la fea de turno, la gordísima que ojea con avidez las anchoas y el resto de los naranjines, o la muchacha doctoral que afirma preferir la conversación al baile. Pero Blanca, siempre atenta a todo, alerta a su contorno más que al goce ocasional de sus sentidos, recibe como un toque de atención el curso rápido de la vida irrumpiendo en la sala de su casa. Bajo el ardiente corazón, una bisagra diminuta empieza a funcionar. Baila, jadeando un poco y excitándose, desentendida del destino de los otros como si el tiempo fuera poco para ella y todo cuanto ocurre alrededor, el escenario de su ancho vuelo.

Antes de la medianoche uno de los primos avanzó en compañía de un muchacho de aspecto delicado, de gran

cabeza romana, ojos almendrados de oriental, casi femeninos. A través del salón pequeño Blanca descubrió la presencia insólita que lo hizo, a sus ojos, distinto de los otros.
Deseó fervorosamente que las vueltas de la fiesta la arras-
traran al ángulo del piano vertical en el que el recién llegado
se apoyara para beber mirando al conjunto con gesto resig-
nado y encontrar a Blanca. Su primo le informó que era
Pablo Achino y agregó una historia que fue entendida a
medias y de la que se desprendía Pablo, como hijo único, pé-
simo estudiante y alguien que ahora se aburría. Ella deseó con
ardor la proximidad de Achino que miraba la fiesta tristemente. Le sonrió y se agitó en seguida cuando el muchacho apoyó su vaso sobre la tapa del piano para acercársele. Blanca pudo adelantar su brazo. Ahora se comunicaban con la tranquila
estulticia de los muy jóvenes, él tenía 20 años, Blanca 17.
Se aceptaron. Blanca penetró en su región amorosa con una
sensación de sueño y de vergüenza. Desde su horroroso mu-
siquero la Castellana observaba los giros de su hija predilecta.
    —¿Te divertís? —preguntó la madre.
    Y Blanca mintió gozosamente porque el cuerpo de Achino
no era diversión sino sexo y con él su vientre y sus muslos
gruesos se adormecían como el resto de su cuerpo mientras
mostraba su cara angelical —su trasparente y hábil rostro
adolescente— al vigilante celo de su madre.
    No se enamoró de Achino, pero la belleza del muchacho
la penetró con los mismos síntomas del amor. Bailando con
su primo se identificó con el desconocido al serle enumerada
su fortuna, la existencia de una madre que enviudara y todas
sus rarezas. De ese modo Blanca regresó al abrazo consciente
del comentario general, abandonando en puntillas su mundo
ambiguo de mujer niña y decidiéndose. Por su parte, Pablo
Achino mostró intrepidez para apretujarla y ese desamparo
misterioso que ella siempre buscaría en los hombres. Detrás
de su belleza, apenas varonil, asomó el melancólico niño
vicioso y malcriado que no podía ser feliz, el solitario que
le mencionaba a Max Nordau, a Béla Bartók y a Von Rom-

mel. El ancho mundo convirtió en un punto luminoso la isla de sus tíos donde aprendiera sus rudimentos amorosos. El perfume, penetrante que exhalaba el traje bien cortado de su compañero derritió el recuerdo de las parvas al atardecer como un helado pegajoso que apenas tocaban los labios de un niño.

A medianoche Ernesto Maggi hizo entrada en la sala del departamento y la fiesta terminó. Blanca se metió en la cama. Sentía las manos de Achino en cada una de las partes más sensibles de su cuerpo y ya había que mentir porque Teresa exigía la verdad y su malicia y aun la envidia reventaban detrás de sus preguntas. Como la mentira familiar era el ámbito cariñoso en el que creciera, ella mintió. No. La fastidiaba Achino y se maldecía por aquella absurda invitación. Sí, es posible que accediera a verlo una vez más pero Teresa debía perder todo cuidado. Papá pidió silencio y las hermanas se durmieron.

Papá y mamá Maggi no advirtieron cambio alguno. Pasados dos días de la fiesta las hermanas fraguaron con gran habilidad el modesto paseo por Florida. Detallaron mutuamente los paseos de esa tarde: Teresa visitaría al Delicioso Hombre Naval en su departamento —no tengas miedo, Blanca, nunca ocurre nada— y Blanca encontraría a Pablo Achino en la Plaza San Martín junto al gomero gigantesco. Las hermanas hicieron méritos a lo largo del día satisfaciendo la conversación y el ego de papá junto a la diligencia inagotable de la Castellana. A eso de las seis de la tarde salieron del departamento y en la misma esquina tomaron cada una por su lado. La vida adquirió un rojo violento. Bajo el gomero de la cita Pablo Achino besó a Blanca con un impulso nuevo, usando con ella la extraña boca entreabierta y sabia que Teresa le vaticinara. Ella, con horror, sintió la lengua, el borde de una dentadura perfecta y una mano hábil escurriéndose bajo la blusa. Achino la besó —recordaría la posición forzada como quien está sentada sobre hortigas, la forma como se hincaba la madera del banco en sus costillas— entre el guardián que hacía caso

omiso de las parejas en los bancos, la sombra calurosa de
diciembre, y los lejanos ruidos del tránsito en la pendiente
del Cavanagh. Eso también sería recuerdo e inmovilizada
recibió con repulsión y asombro aquel primer baño de amor.
No pudo decir si le gustaron los besos más que la bárbara
experiencia. Ella argumentaba para sí exceso de ridiculez
en la pose, el gesto, el gusto nuevo de la saliva o la forma
en que Pablo preguntaba:

—¿Estás en el cielo?

Sin que ella cejara un instante de sentirlo todo, registrán-
dolo para sí misma con loca lucidez, Blanca miraba la pareja
contorsionándose y se asimilaba a lo ocurrido con una especie de precisión literaria que sería siempre su forma de ceder.
No estaba en el cielo —por qué elegiría Pablo una frase
tan ridícula y aún la repetía encantado: decime: ¿estás en
el cielo?— sino en medio de la acción. Porque de alguna
forma Blanca tenía que saber. Al fin la tarde terminó. Ella
devolvió los besos y regresó a su casa señalada por la culpa,
tal como si la hubieran desflorado.

Raúl ha telefoneado para quejarse largamente. Se sirve
del teléfono como si a fuerza de estar juntos nuestra capacidad de comunicación hubiera disminuido hasta desaparecer. Presto atención. En tantos años no escuché ninguna
tontería de labios de este hombre que apasionadamente insiste en vivir conmigo y aún encuentro razonable lo que
dice ahora. Estoy dispuesta a contestarle excusándome en el
calor, en el dolor de estómago y en la pereza. ¿Qué puedo
oponer al largo, coherente, abrumador cúmulo de motivos
y de agravios prolijamente enumerados? La certeza de una
salud deplorable no basta para detener la perorata de Raúl
que a través del hilo obtiene una voz que apenas reconozco;
la salud no basta porque veinte años de convivencia habi-
túan a cualquiera.

—No me quejo —insiste la voz de mi marido— pero, querida mía, es preciso que comprendas; no puedes exigirme santidad —se refiere a mi constante mal humor—, a que yo sólo sea el receptáculo de los problemas que tienen tus sirvientas. No me quejo —¿qué es lo que hace entonces?— pero quisiera que trataras de encontrar dentro de ti los motivos de insatisfacción, creo que exagerás, que te encontrás mucho peor de lo que sos, que estás fatigada, harta, y en parte, prisionera de tu imaginación.

La voz se pierde. No puedo concentrarme y me hallo culpable de prestar poca atención al amable recuento de mi marido que seguramente disimula sus íntimos deseos de estrangularme. Raúl no halla nada insoluble. Es grande y bondadoso. Siempre dispuesto a lo mejor. Por vos. Por mí. Hará cualquier sacrificio, se allanará a lo que le proponga, él está dispuesto —y vaya si lo está— a ser mi Caballero y mi Brazo Armado. Culpa al calor, a mis nervios, a mi vientre presuntamente destrozado, en tanto contemplo con deleite el espacio de carne que aparece entre el calzón y el corpiño, reconciliada con mi suerte. La verdad es que siempre tuve un vientre admirable. Que María Luz heredó, gracias a Dios, que me agradezca la desgraciadita el vientre heredado de mamá y aun mucho más hermoso. No soy responsable de la voz de Raúl perdiéndose aun cuando admito su razón. Es más grave: cualquier mujer por espléndida que fuese se volvería loca por un gesto físico o moral de mi marido. Lo sé. Pero la pereza de vivir es como un moho monstruoso, como algas gigantescas que tapan mi boca, los orificios de la nariz; me atan las manos y los pies. Siento que puedo morir. ¿Y qué podría contestar?

¿Qué es lo que se espera de mí? Lo he probado muchas veces, basta aflojar una parte de las cuerdas vocales, poner cavernosa la garganta de modo que la voz se quiebre y se convierta en un maullido. Es fácil procurarse armonía cuando uno se ha querido como mil demonios. ¿Pero cómo decir a un hombre que esgrime con infinita paciencia sus razones que hay algo terminado? Porque lo que este hombre tan gentil se niega a comprender es que también yo conozco sus razones y las mías y es inútil recomenzar. Bastaría admitir los voluntariosos razonamientos que ahora me fatigan tal como si Raúl se convirtiera en el Inspector de Réditos que detalla mis obligaciones a pagar. Difícilmente retengo sus palabras, quizá porque las conozco de memoria aunque cada vez sean distintos mis errores, más grande mi culpabilidad y esa manera siniestra de atribuirme faltas cuando bien sé que he cumplido cada compromiso y la falla sigue estando en mí. Nadie podría, en justicia, compararnos. Digo que aun me bastaría retomar esta conversación y rogarle una vez más su infinita protección para rechazar suavemente sus reproches; bastaría un dedo, un gesto de buena voluntad, casi nada bastaría para que Raúl me ofreciera por milésima vez sus seguridades. Añade:

—Te esforzás, te desesperás, no querés comprender.

Pero es cierto que él visita sus enfermos, vive, opera y permanece ciego con esa maldita adecuación a lo que eligió una vez, con una precisión que me lo hace odioso.

—Quién sabe, si visitara a un médico —insisto débilmente; hace demasiado calor para ser astuta y en el fondo todo importa tan poco.

—No es cosa de médico, Blanca —dice él que es médico—, yo te encuentro razones para estar harta, para desesperar. Pero tengo que vivir y necesito de tu buena voluntad.

Ese es su juego desde hace veinte años: sutiles artimañas de padecimientos soportados con heroicidad de médico rural, con su hálito de bienaventurados los que han de ver a Dios. ¡Ah, tu terco juego, la empecinada forma que tenés de no soltar la presa que te da tanto poder!

—Yo comprendo todo.

Como si en tal caso pudiera comprender lo que yo entiendo por amor. Pero en tanto lo pienso, sé que nunca le hablé de veras de mi famoso amor y que el amor del que uno no habla acaba por esfumarse como el placer del onanista, sin reflejarse en otro, sin perdurar ni hacer recuerdo. La verdad es que nunca le hablé de mi concepto sobre el amor y ni aun de Andrés —la profanación— o de Luchino —la farsa—, bien que me cuidé de entreabrir la puerta de salida de tal manera que él o yo pudiéramos volver a penetrar. De modo que aunque mi marido insiste en que comprende mi capacidad de problematizarlo todo, yo, sobre la cama, contemplo mi vientre diciéndome que soy una basura. Y él ganó otra vez, con su voz cauta de recaudador de impuestos o de clínica y generales, justo en el momento que le ruego:

—Podemos encontrarnos esta noche, a las ocho, ir al cinematógrafo y a un buen restaurante.

Casi deseo encontrar a mi marido. Al fin y al cabo cualquier milagro potencial está en el aire y quiero recompensar su gentileza o al menos tranquilizarme a su respecto. De modo que nos despedimos en tanto pienso que el calor me está matando tanto como la forma en que veo pasar mi vida. Vivir como un caparazón en el cementerio de los caracoles. Matarse por vivir con un maldito año más, y las cosas que están pasando en casa, con mis fastidiosas hijas empeñadas en hacerse mujeres como yo, en una loca carrera con el calendario y las estaciones; a la vista y paciencia de otra gente nueva, como las arrugas para las que mi crema especial y americana es impotente.

Y así es que considero con espanto la tarde interminable y el primoroso cartel de refrigeración en el salón de té que para eso mi amiga y yo somos un buen par de burguesas que se encuentran a las cinco y media en "Bagatelle", tal como si fuera el nombre de una yegua afortunada y no la confitería sobre Santa Fe. Alicia y yo nos encontramos.

—Estás muy demacrada —comienza tan decorativa, cómoda, dentro de su posición inconmovible.

Ahora añoro a mis buenas amigas alocadas de la galería de arte, cuando hice aquel buen par de objetos, y mis móviles y aun los días de miseria. Añoro a Teresa antes de tornarse idiota por el influjo de las Fuerzas Armadas, quién me diría

que ella iba a acabar por teñirse de toda la estulticia y lo
mezquino propio de un marino guapo de mediana graduación (igual de imbécil cuando alta), quién diría que Teresa
ha terminado por quitarse el antifaz de su aversión por mí
para convertirse en la familia a la que se visita en Reyes y
Fiestas Patrias, sabiendo que saldré de su casa, estrangulada
a medias. Aún añoro a Teresa antes de que las Fuerzas
Armadas y la Moral correspondiente se le introdujera, para
siempre. ¿Cómo pude urdir esta cita con Alicia que aún
encuentra razonable concebir para las dos un embarazo? Mi
embarazo sólo puede terminar en una cloaca porque no es
que me sienta vieja, sino —lo dicen los muchachones en las
calles, los artículos milagrosos de belleza, las novelas, los
parientes— es lo que soy. Sin embargo, dos tipos no dejan
de mirarme desde el bar porque también es esta una confitería dudosa o puede que mi aspecto histérico les dé esperanzas. El mozo hace su pregunta y me dan ganas de inqui-
rir: rico, saldrías esta noche, aunque el pobre hombre no
vale ni siquiera lo que los del bar, es algo rengo y con aspecto de recibir una remuneración miserable. Una vez accedí
ante aquel lindo mozo de la Foresta de Tijuca; fueron tres
días de locura entre las hojas llenas de moho y humedad
y el precioso brasileño rubio que me hacía el amor en tanto
servía las mesas. Tres días en que permanecí segura, perfec-
tamente fría según mi extraña identidad personal con la
fidelidad; sin embargo, sus zalamerías me gustaban una
barbaridad, y cada vez que me miraba al espejo me imaginaba a mí misma despidiendo chispas.

—El calor me hace mucho mal —dije eligiendo un tostado
de jamón y queso. De las malas épocas me queda la glotonería de aprovechar las invitaciones y aun sin hambre soy
feliz de comer lo que Alicia pagará encantada. El buen
tiempo de esa tarde le da pie para anunciarme el pronóstico
hasta la medianoche, porque la gente como ella tiene dos
o tres temas capitales; el tiempo, las infinitas variedades de
la mesa y el cinematógrafo. Alicia tan solícita, equilibrada

y hermosa, casi un cuadro clásico y dotado de espíritu de contradicción, la pobre ha de pensar que en esa forma conserva la personalidad, si uno dice blanco lo hallará rojo y así es capaz de discutirle al Santo Padre con su modito de maestra jubilada que descubro divertida, cómo es que a pesar de estar envuelta en Balenciaga mantiene su irrenunciable aspecto de directora pronta a la jubilación; hasta la sobriedad de su peinado y los ojillos oblicuos que están averiguando, atisbando, dando material precioso a su contradicción. Quién sabe llegue a confesarme que aún profesa a su marido un amor rabioso y una de dos: o estalla cualquier día de éstos o la encuentro en un cabaret de Olivos alimentándose con cocaína. Mas razonablemente es posible que reciba la medalla de oro de matrona y todo tendrá un invariable aspecto de justicia. Se hizo justicia con Alicia, la amiga a quien tengo por delante justamente hoy en que más sola estoy, pese a mi buena voluntad por evitarlo, como si fuera una de esas piedras del desierto con que las monjas pretendían demostrarnos la necesaria existencia de Dios. No sería razonable entonces que le dijera ahora: estoy muy ocupada. No olvido que las generosas hemorroides de su marido son una fuente inagotable de bienestar para Raúl, que el éxito de Raúl frente a esas o cualquiera hemorroides significa bienestar, despreocupación, y sobre todo, una serie de posibilidades infinitas de nuevas hemorroides, lo que da a mi vida una cierta perspectiva color rosa: los beneficios parten pues del trasero del marido de Alicia, el hacendado, y van a terminar en mis yernos potenciales. ¿Cómo podría yo quebrar ese equilibrio?

—No es demacración —le digo entonces—, hoy mismo he descubierto arrugas nuevas debajo de los ojos. Sobre las mejillas.

Ella sonríe dulcemente con la tranquilidad de ser más vieja que yo y mucho más hermosa. Es condescendiente. También se ve espantosa al levantarse pero lo ha solucionado merced a un tratamiento prodigioso. Que pasa a relatarme,

como si no supiera que aunque su marido multiplicara cada
uno de sus males tampoco estaría yo en condiciones de seguir sus pasos. Voilá. Así son las amigas, estas adorables
criaturas, y no es lo peor. Entonces Alicia habla de su madre
y me entretengo observando la forma como mueve sus lindos
labios; no le ha gustado la última película italiana, y de
nuevo me pregunto qué es lo que diría si le contara lo del
mozo de la Floresta de Tijuca; argumentaría una lástima
profunda a mi respecto, se lo contaría todo a su marido y
Raúl se quedaría sin sus hemorroides.

Así y todo Raúl pasa a buscarme por la confitería y —por
fortuna esta vez la salida proyectada no es de matrimonios—
despedimos a Alicia en su automóvil. Saludamos amistosamente desde el borde de la acera, un simpático matrimonio
bien avenido que sale a despedir a su amiga de regreso a
su casa, a una hora decorosa. La calle Santa Fe está peor
que nunca, más cursi, más llena de tipos que andan a la
pesca de algo y de mujeres que se dejan encontrar, el último
chillido en el peinado, la moda tímida de estas bellas argentinas.

—¿Y bien? —pregunta Raúl sonriente.

Para sonreír es que he hecho acopio de buena voluntad
toda la tarde, para aprovechar el cinematógrafo y el bife
de lomo correspondiente a la 1ª de la noche. Hemos dejado
el automóvil estacionado en la pendiente de Juncal y tomamos un taxi en dirección a Lavalle donde veremos la representación de "No andes con vueltas" con Tippy Tryppy y
Stanley Bowling, un espectáculo recomendado por Alicia
para morirse de risa y la verdad es que Raúl y yo no podemos más de ganas de reírnos.

Mi marido me produce una sensación paralizante, simplemente histérica. No es razonable que una se la pase esperando el momento de demostrar buena voluntad y lo que
se obtiene en cambio es la modorra inocultable, el deseo
de echar a correr o de dormir. El cine está lleno de parejas
que como Raúl y yo, aspiran a morirse de risa frente a la

pantalla. Si nos mataran a todos de una vez sería mucho mejor.

Una vez que Tryppy Bowling ha terminado con sus aventuras, dejamos el cinematógrafo forzándonos a comentar y a correr por nuestro bife. Vamos a comer al Edelweiss, un lugar tan feo que no sé por qué ha de considerarse distinguido, no fino precisamente, sino con mucha gente, escritores y algunas bailarinas de revista, los dueños de las vacas que se asoman metiendo mucho ruido y el matrimonio Ordóñez, ahora, que sonríe henchido de buena voluntad. Se echa mano a la lista, inútilmente, porque terminamos por pedir salchichas con gusto a caucho, y cerveza que nos descompondrá el estómago, mientras las fuerzas me van abandonando. Rebusco en mi interior por cada tema: las hijas; pero no es razonable venir al Edelweiss a hablar sobre las hijas: las hemorroides del marido de Alicia que ignoro por secreto profesional y aun la serie de apendicitis y cirrosis de las que nunca se me importó un comino. Tampoco fue preocupación para Raúl la historia de mi galería, el curso de perfeccionamiento para grabadores y mi época de fervor por la caridad. Y no es razonable pagar el dineral que cobran por una cerveza que no está del todo fría para conversar sobre lo que Tryppy Bowling o su compañero pretendieron hacer en la pantalla. Así es que al rato estamos devorando las salchichas con deseos de mandarnos a mudar, al menos yo, y con tal vehemencia que acabo por contagiar el impulso a mi marido. En el espejo de la izquierda se asoma Blanca Ordóñez mientras come para completar su angustia. Sus ojeras oscuras y la piel en el cabo de sus ojos hace el mismo arabesco delicado de un pellizco; ese rostro trágico es, sin embargo, el rostro de su vida, una impiadosa mujer madura a la que las luces de neón empeoran.

Levanto la barbilla, aparto los ojos del espejo y Raúl me mira como quien está dispuesto a suplicar.

—¿Qué te ocurre, Blanca? De pronto, te has puesto muy nerviosa.

Busca a su alrededor la causa de mi desaliento y debería
decirle la verdad. También él me verá con la misma falta de
piedad que las luces de neón. Pero si digo lo que siento obje-
tará que nunca me ha visto más hermosa y tendré que tragar
esa mentira llena de amistosa solidaridad que se me ofrece.

—Hace calor y este lugar se pone muy desagradable.

Ahora penetran varias parejas. Sin excepción, a las mujeres se les dibuja el trasero bajo la tela del vestido. Los
hombres que aprovechan el trasero hacen como si prescin-
dieran de él cuando auscultan la concurrencia al restaurante
con forzada displicencia.

—Podríamos haber ido a la Costanera.

—El señor Onetto, que fue a verme, me dijo que en la
Costanera cobran mil ochocientos pesos por comer asado.

—Ellos se lo buscan —opino.

—Sin embargo —es Raúl el que tiene más paciencia, su
paciencia es infinita— este gobierno terminará por imponer
una manera de ser determinada y la gente tendrá que conformarse.

El gobierno impone poco, militares de poca imaginación,
y no hay país como este, amigo, se lo digo yo, no lo hay. La
gente siempre se conforma en la Argentina con diez millones de toneladas de trigo que podemos duplicar y triplicar,
che, podemos vivir sin trabajar y de todos modos el trigo
se va a seguir multiplicando.

—¡Qué país, mi amigo!

Dos en la mesa vecina están encantados con el país y es
una suerte para todos. El día anterior el gerente de Siemens
Schukert se lo dijo: no hay país como este, y es un alemán.

—Estas salchichas tienen gusto a caucho —insisto, abu-
rriéndome a más no poder.

—Hoy llamó María Luz al consultorio para decirme que
se quedaría a dormir en lo de Octavia. También llamó a lo
de Alicia sin dar con vos.

—Porque fuimos a la confitería. Es mejor que tomar té
en su casa.

—¡Lo sé y bien que te lo agradezco!

Me lo agradece.

—Este lugar es detestable —insisto.

—Deberíamos haber elegido uno mejor.

—Está cerca del cine y me siento cansada.

Hallo reproche dentro de esos ojos afectuosos que me miran. Ojos que me reprochan cansancio de vivir, él tan luego que se cansa sana y gloriosamente como buen trabajador que es, maldito sea, un trabajador brillante y eficiente.

—Trabajas demasiado.

Debería responderme que sin embargo soy yo la que está cansada.

Pero lo que dice es:

—Posiblemente atienda desde mañana al doctor Lafuente.

Un hombre apetecible y que nada tiene que ver con mi apellido de soltera, un hacendado rico este que ojalá tenga muchas hemorroides, pienso, sin decirlo, porque Raúl penetra entusiasmado en la magia de su profesión que nunca comprendí.

—¿No me digas?

—Es una buena amistad del marido de Alicia.

—Oh, ¿no me digas?

Furiosamente tuerzo el giro de la conversación porque es preciso que lo sepa, que destile veneno junto a mí, que comprenda para siempre que todo está resquebrajado, decrépito y oscuro.

—La película me pareció muy tonta.

Pero el espejo se hace presente esta vez en tal manera que hasta Raúl lo nota.

—¿Qué te pasó, de pronto, Blanca? —preguntó ingenuamente.

De pronto según él, son más o menos veinte años. Eso es lo que este marido lleno de optimismo llama pronto. Las estadísticas afirman que he vivido la mitad de lo que puedo vivir y mucho más las miradas de los hombres. Mujer casada, cansada, comiendo y aburriéndose el viernes por la noche.

—No me pasa nada.

Mi marido busca en la lista con desesperación porque la noche se le escurre sin que haya conseguido reducirme. Un cauce profundo se desliza entre nosotros.

—¿Un postre?

Pero no aceptaré el postre, ni he de seguir cambiando frases. Mucho mejor será acostarnos y dormir. Falta un largo rato todavía: hay que pagar la cuenta, dejar el Edelweiss y buscar el automóvil. Entonces en Corrientes trato de apretar su brazo, pero es como si apretara el mío. Lo dejo libre pretextando el calor y un poco más allá hay un café moderno, feo y con la máquina italiana. Bebemos el café espeso y caliente y también allí hay un espejo para los dos, maduros y cansados, aunque él es un galán buen mozo entrado en años, con el esplendor final de los rubios y pletóricos, y yo, en cambio, una jamona que aún conserva el gesto de niña. ¡Cuánto dolor! Los jóvenes son esos absurdos seres de veinte años. Como esa pareja cerca de nosotros, una empleadita fea y mal vestida y el visitador médico, con un traje lustroso todo pliegues y uso, a los que la cruel luz de neón no arruina en absoluto.

—¿Quieres que compre el diario? —pregunta mi marido junto al quiosco de la esquina de Florida. Más abajo, míster Atlas, cómo obtener un cuerpo como este.

—Me dormiré en seguida —digo.

Pero no es el tiempo ni el cansancio sino el hecho de que Raúl ha pasado a formar parte de un mundo de hábitos lo que me adormece, de tedio, de infeliz modorra. Ya no hablamos y ocupo mi lugar en el automóvil; Raúl intenta conversar sobre el nuevo modelo que le ofrece Chevrolet y que guarda íntima relación con su carácter de médico afortunado, de padre de familia, de partido insobornable y codiciado. Quiere conversar sobre un libro de Moravia del que le habló una enferma. Pero no es posible contestar, no quiero darle oportunidades. Él va a ingresar como yo ahora, en el silencio con el que recorremos el Barrio Norte para

regresar a casa, callados y furiosos; si alguno dijera una
palabra, el otro podría negar. Mejor callar. Ver pasar Buenos Aires de noche, por la ventanilla. Reventar a dúo. Pero
Raúl siempre me quiso bien:

—¿Qué es lo que te pasa Blanca? —pregunta con espanto— de pronto has arruinado la noche.

Imposible contestar que la noche estaba arruinada desde
el momento en que accedimos a salir. Regresamos, solos
como nunca. Al menos yo, tan sola.

En la mesa de noche encuentro el papel garabateado: señora —escribe la mucama—, la yamó el senior André.

—Y ¿cómo es él? —preguntó Teresa pintándose las uñas,
en cuclillas sobre la cama al laqué crema.

Con la cabeza cubierta de ruleros y la cara sin pintar
parecía más fea e infantil. Blanca trató de encontrar las
palabras. Definir a Pablo. Pablo era lo real, era la piel.
Apoyó la nuca sobre la almohada de su cama gemela y
suspiró:

—Es inteligente —dijo por fin.

Nada podía interesar menos a Teresa. Trató entonces de
explicar a su hermana menor cómo es que deseaba conocer
el mundo de Pablo o en resumen lo que podría traer con
él. ¿Era idiota? Decían que era rico. ¿No le parecía algo
dormido?

—Es sensible —contestó Blanca evocando la piel dorada,
los largos ojos orientales y la boca que besaba alevosamente.
Sintió pudor frente a la otra.

—Es hijo único, vos sabés: mal estudiante.

En el confuso panorama de los Maggi ¿qué otra cosa
podían haber esperado que una decorosa e inocua profesión,
un abogado, un médico quizá? Pero he aquí que Pablo traía
una fortuna consigo, un elemento extraño ante el que la
familia no había edificado sus defensas. Teóricamente, en

lo de Maggi se pasaba por alto la riqueza de los otros como
antídoto frente a la propia y creciente mediocridad económica. ¿Cómo si no? La riqueza era el bien superfluo, un
don del azar al que podía despreciarse, al que, de todos
modos, ignorar era decente. Pero Pablo Achino era muy
rico y la circunstancia excitaba a Blanca que casi se rió en la
cara de su tía Cora cuando ésta se lo advirtió una tarde con
la mayor malicia:

—¡Vaya, vaya! —Blanca observó con desconfianza la
larga cara caballuna en la que flotaban sin embargo algunos
de sus rasgos—, lo hemos averiguado bien: él es riquísimo.

—Vas a ser rica —dijo Teresa encantada.

Pero ella pensaba en los besos alevosos y el descubrimiento en tanto entraba en esa historia como quien no tiene otra
alternativa que asentir. Pablo significaba en principio muchas cosas como irse para siempre de la calle Alberdi y, por el
amor de Dios, eso equivalía a la otra vida, fuera del balcón.

La aparición de Pablo marcó de ese modo el principio de
su tiempo. Emplearon las espléndidas semanas del invierno
en pasearse por Buenos Aires, contándose lo suyo, descar-
gándose y todo lo encontraron triste e importante.

—Soy holgazán —decía Pablo caminando por la Avenida
Costanera—, me gustan locamente las mujeres, no pienso
casarme y tengo cara de homosexual. Un viejo pervertido
me dijo ayer: ¡qué boca hermosa!

Blanca, deslumbrada ante la confesión, se dedicó con tierna
paciencia a ocupar todos los minutos del muchacho: usaba
una técnica virgen, sin refinamientos: mechones de pelo,
cartas con su boca estampada en rouge y llamadas ardientes
hasta la madrugada al abrigo de la almohada y en las mismas
barbas de papá, largas conversaciones de la noche cargadas
de erotismo —ambos a espaldas de los suyos—, a la famosa
madre viuda de él, a sus santos padres ella, revolcándose
en un deseo intenso disfrazado de emoción, de confidencias,
de rencillas y reconciliaciones. Teresa dormitando en su cama gemela, insistía:

—Che, dejá dormir.

Aquel noviazgo ardió en seguida. Blanca se asimiló a las prácticas amorosas que bajo el gomero de la Plaza San Martín le parecieron, en principio, detestables. Cedió el pudor, los pálidos descubrimientos se le incorporaron con la avidez del hábito amoroso. Estaba bien conformada para la sensualidad: era menuda, tierna, blanda. Pablo la contempló arrobado, fundiéndose entre los dedos inocentes de la chica y convirtiéndose, por fin, de príncipe oriental en novio. Bajo el paraguas, una tarde de invierno y en la misma plaza, dijo:

—Blanca, me he enamorado de vos.

Ella escuchó sin triunfo las palabras que oiría tantas veces. Fue leal.

—Yo también lo estoy —le dijo.

Bajo la lluvia, con la gente que corría más allá de la gran barranca de césped, hacia Retiro, en la plaza elegante, apretándose a su compañero tuvo la certeza de estar echando mano del material con que construiría su vida. Era el tiempo de ellos y lo dividieron en las almibaradas horas de los planes para el futuro y las más palpables de la cama. Mientras la Castellana vigilaba las cándidas efusiones en la sala de la calle Alberdi, mientras se maravillaba del candor de aquellos novios, Blanca yacía por las tardes, desnuda, sobre la cama de Pablo, bellamente desnuda bajo los ojos deslumbrados del muchacho. Como ya eran tercos y viciosos no la poseyó. Todo consistió en el ardor de un acto involuntario incompleto y acuciante que les ocupaba más la imaginación que el sexo. Pablo se enloquecía por ella:

—¡Qué hermosa sos, qué trágica y tremenda sos!

Y caía sobre la gloriosa desnudez que a fuerza de terrible lo llenaba de terror y de respeto; urdían armoniosamente besos y furiosas concesiones preguntándose con cada estertor qué es lo que traería para ellos aquella lejana y confusa terminal del matrimonio. Con manos insaciables buscaban el goce mutuo multiplicando al infinito cada posibilidad, jugaban hábilmente la trama del noviazgo hasta que papá

Maggi dio su visto bueno y Mamá Viuda Vieja cedió con
desdén ante lo irreparable.

Teresa aunque encantada también se estremeció de envidia
y si bien nunca pudo querer bien a su cuñado, la boda de
Blanca, por insólita, prometió eliminar la monotonía de su
vida durante un par de meses. Y como el delicioso hombre
del Centro Naval, impulsado a dar un buen ejemplo, la
pidió por su parte en matrimonio, las dos buenas hermanas
Maggi hicieron su noviazgo juntas.

Blanca recordó de esa época toda la lujuria adolescente,
la mano de su padre estrechando la suya sin amor, mientras
el automóvil alquilado los llevaba a la iglesia y luego, la
primera soledad en la casa suburbana, que mamá viuda
pusiera —cautamente— a nombre de su hijo. Es decir: ella
recordaría varias caras de su infelicidad.

La iglesia, por ejemplo, porque era preciso casarse por la
iglesia, con la entrada triunfal, las luces que los curas rega-
teaban hasta el último momento y las flores ferozmente
discutidas por mamá viuda. Al fin y al cabo el traje blanco
estaba bien ya que Blanca se mantenía virgen, a pesar de
los apasionados episodios diarios, tercamente virgen como
para atreverse a llevar el traje de ritual, con relativo fundamento. Gloriosamente virgen cuando todas las demás o casi
todas ellas habían cedido en su momento, hasta Susana, su
única amiga, la compañera de banco en la escuela de las
Mercedarias, a quien su madre sorprendiera saliendo de un
hotel; lo hacía Teresa, acuciada por su buen deseo y la
madurez del hombre delicioso. Era un formulario por llenar
el de la virginidad dentro de su traje blanco. Pero ella no
hacía gala de cinismo alguno: entraba al matrimonio con
furioso impulso de cruzado, pretendía entrar santamente.

Quién sabe fue ese su tiempo de ardiente misticismo.
Arrastraba a Pablo hasta el comulgatorio y a su lado, de
rodillas, rogaba fervorosamente por una felicidad pueril, de
fin de cuento de hadas tanto como por el perdón final.
Santamente se borraban las tardes solitarias, deshaciendo el

orgasmo culpable entre las avemarías de la penitencia. Jamás
un amor estuvo teñido de mayor grandilocuencia. ¡Y cómo
se devanaba los sesos para encontrar las frases felices que
dieran el matiz de su pasión! ¡Cómo sustituía las ausencias!
Pablo se casó con ella en el paroxismo del éxtasis amoroso.
En aquel teatro inocente, la austera realidad estuvo a su
cargo. En la iglesia, por la nave principal cuidadosamente
ocupada por las huestes de Mamá Viuda Vieja, avanzaba
Blanca del brazo de su padre. Sólo Dios pudo conocer los
cruentos sacrificios de la familia Maggi para conducir a su
hija hasta ese momento. Desde el frac alquilado de papá
hasta el pretencioso modelo de la Castellana; desde los insólitos zapatos elegidos por Teresa hasta el traje que cubría
la resplandeciente hermosura de la desposada, todo había
sido resuelto entre sacrificios y disputas.

El goce se escurrió entre las abultadas cuentas de modista
y la pequeña miseria de lo imprevisible; la aguda sensibilidad de Blanca percibía los sórdidos detalles que rodearon
aquello que tenía que ser —aunque no lo fuera— el hecho
trascendente de su vida. Ella recordó siempre el tono de su
desilusión. El gran día. La hora esperada. La felicidad. Qué
risa —pensaba—, entrando del brazo de su padre con la
aguda certeza de pensar: qué asco, qué temeridad. Su padre
también vaciló. En el automóvil, un momento antes lo había
tocado suavemente, venciendo la violenta aversión que despertaba en ella: era papá, es papá —pensó—, no viviré más
con él, algo se acaba, la niñez, esta parte de lo joven que
siempre seré, maldita infancia, maldito padre, maldito todo.

—Papá —llamó.

Pero papá Maggi no podía convertirse en un hombre que
no era. La miró asombrado.

—¿Qué te pasa? —preguntó.

En el absurdo cuarto de hora que los separaba de la
ceremonia quiso acercarse, dar un ancho salto sobre los
veinte años que pasaron juntos, sin amarse, conociéndose
apenas. Un ancho salto sobre veinte años apenas conocién-

dose, un ancho atajo que los reencontrara. Pero, ¿cómo?

Imaginó a su padre ofreciéndole la libertad con mirada de ternura.

Pero lo que Maggi dijo fue:

—Hay que serenarse, hombre, ser fuerte.

Ernesto se sintió enfermo ya en la víspera de la boda y se felicitaba de pasar a otro el tierno fardo de su hija. Su sólida moral al día hacía un traspaso público y decente del padre al marido. Se lavaba las manos y sólo faltaba Teresa: ya podría descansar en paz.

—Nada —contestó Blanca sonriendo en la penumbra del Cadillac remise.

¡Cuántas veces había pensado sobre la forma en que vería las luces avanzando por la nave principal! Ahora las veía. No había emoción ni pena sino un asombro perdurable por la frenética rapidez con que captaba los detalles de la ceremonia. Mamá Viuda Vieja pagó gladiolos solamente aunque ella quería rosas o camelias, una boda con rosas tiene sentido, pero Mamá Viuda Vieja pagó los gladiolos; vio la cara del primo de Pablo y una gorda rubicunda cuyo nombre desconocía. También divisó al Negrito que jugó con ella durante un verano hace tantos años, papá respira fuerte, jadea casi y el cura aguarda su llegada con resignación. Tiene una cara hermosa y se enamoraría de él con sólo dirigirle la palabra y a la vez el cura debía encontrarla hermosa porque sus ojos no tenían nada que ver con sus palabras, murmuraba un latín apresurado y horroroso —a la gente bien la casa el Obispo—, y la miraba como aquel que se piensa comer una paloma. Es un cura espléndido —pensó arrodillándose mientras alguien, más atrás, Susana o tal vez Teresa, acomodaban la cola del vestido. Es espléndido, pero los ojos se le llenaron de lágrimas y suplicó:

—Oh, Dios, Dios misericordioso, dame valor para llevar mi Cruz.

Sólo santidad o virtud a más de la felicidad que se escribe con letras góticas, coloreadas y en relieve.

—Te pido la felicidad.

Mi Paz os dejo. Mi Paz os doy —prometía Jesucristo—, pero Blanca sollozando pedía la felicidad, la exigía, reclamaba la cuota de vida que le estaba destinada mientras la concurrencia, el cura, el que ahora era su marido se felicitaban ante tanta devoción.

El cura manejó extrañamente la corta ceremonia.

Le dio la mano. Blanca distinguió el rostro contraído de la Castellana observándola. Un confuso rostro de amargura.

—Mucha felicidad, señora —dijo el cura.

¿Qué es lo que ha cambiado en mí entre el momento de entrar en la iglesia y éste, de salir? Soy la señorita Maggi, soy virgen.

—Gracias, padre —contestó.

Pablo se sacudía a su lado, respiraba entusiasmado y ella lo advirtió con envidia. Estaba trasfigurado, exultante, rebalsando satisfacción. Iban a salir esta vez del brazo con Mendelssohn infaltable (cómo había desentonado el tenor del Ave María), infaltable Mendelssohn y de nuevo caras desconocidas, ávidas de curiosidad calculando el precio y la caída de su vestido de novia, algunas compañeras de colegio, nada que retener, nada que recordar. Su compañero de juegos en el verano le salió al encuentro:

—Blanca, vine sólo a verte —gritó con entusiasmo.

Estaba el fotógrafo contratado, y no bien puso un pie en el atrio los curas apagaron de golpe las luces y el sonido del órgano, como si los hubieran empujado hacia la calle, a la algarabía de los curiosos y tantos invitados. Era el gran día. Nunca más atravesaría una nave de iglesia, era el instante, el hecho.

—Subí, mi amor —le dijo Pablo ayudándola en el automóvil entre empujones y advertencias.

—¿Estás contenta? —quiso saber—. ¡Y estás hermosa!

Él no cabía en sí de felicidad. Todo había sido perfecto, quería resucitar, revivir, embalsamar en la memoria lo que a Blanca se le antojara ya una ficción.

. —Ah —gimió el muchacho recostándose en el respaldo
de pana—. ¡Quisiera que todo ocurriese de nuevo!

Blanca no pudo comprender entonces aunque se esforzó.
Vio la calle de noche y la nuca del chofer que los conducía.
Ella era la novia, señora, ¡qué hechizo el de ese extraño cura
farsante! Pablo, de jacket, estaba deslumbrante; es decir,
parecía un chico en la Primera Comunión. Le hablaba.

—Esto es la felicidad —pensó Blanca tercamente mirando
hacia la calle—, la felicidad.

Entre el peluquero, las dos chicas que fastidian día y
noche y la pastilla de la felicidad que ingerí para dormir,
amaneció casi en seguida, un día lindo y gris de Buenos
Aires, subiendo entre los jacarandaes para buscar amor.

El espejo del baño era muy cruel: hubiera podido anotar
en él cada señal de fatiga, cada arruga nueva. Ahora empe-
zaban a agotarse las mejillas, hice la mueca de la risa y vi
los pequeños surcos, apenas un par de centímetros sobre
las comisuras.

—Nuevas —comprobé fríamente.

Me golpeé la piel, levanté el mentón, estos malditos ojos
heredados de mamá con una nueva cruz apenas dibujada
en el extremo. Golpeé de nuevo.

Es preciso que alguien invente un ungüento mágico, la
gente que saca conclusiones y espera maravillas de los rusos;
que la vida quede detenida en ese instante antes que la cruz
sobre la piel avance, casi se puede escuchar el ruido sutil
del tiempo trabajando en los dos centímetros descubiertos
sobre las mejillas y las crucecitas diminutas en el extremo
de los ojos, si sonrío. Los rusos, las glándulas y quién hubiera pensado que es tan fácil y tan imbécil dejar de ser
joven.

Tenía el tiempo exacto si tomaba un taxi y llegaba a la
cita con Andrés, fresca y bien. No era emoción lo que sentí,

sólo el corazón con su consabido estremecimiento de pájaro
y en seguida la fabulación. Es preciso que Andrés sea lo
que necesito hoy. Amor o cama, o simple acumulación de
elementos vitales, todo decidido ingenuamente, con rapaci-
dad animal —sentí piedad por mí— porque el deseo es
triste y mendicante, implora más que otra cosa.

—Cuando lo vea irá mejor —decidí, mientras el taxi
subía por la calle Tucumán. Oh, bien que amo esta ciudad
de la que he estado privada en el verano. Siento gratitud
ante los viejos edificios y los escaparates y me acomodo a
la ciudad en tanto el taxi avanza.

—Estamos, señorita —dijo el chofer.

Andrés levantó los ojos del libro que leía y me sonrió,
consciente de mi espléndida silueta de verano y mi buen color. Un mes y medio antes me había besado en la puerta
de aquel mismo bar en el subsuelo, cuatro mesas craquelé
y un barman aburrido, frotando el plástico brillante y moviendo vasos.

Me senté cerca de él, me sentí mal y esperé.

—¿Cómo estás, chiquita?

Comenzó el trueque de sus anteojos negros por los trasparentes, sin aro, con un leve borde de oro sobre la nariz.
Su cara quedó desnuda, desamparada y fea en su expresión
de albino. Feos ojos, anoté — feos ojos anormales, sin cejas,
desprovistos de pestañas. Pero he aprendido a conformarme
y sé que es eso lo que me vuelve vieja. Volvió a calzarse los
anteojos y su cara se cargó de firme inteligencia. Me sentí
apenada por haber abrigado desconfianza ante aquella hermosa cabeza de estudioso.

—Tenés un color inconcebible —deletreó Andrés lanzándose a hablar sobre sí mismo con deleite. No. Él no
conseguía dorarse, enrojecer apenas y descamarse aun pasando largo tiempo junto al mar. Me sonrió mostrando su
dentadura deplorable. También los dientes, anoté angustiada.
Tiene feos dientes y el aliento a mucosas del hombre que
no fuma. Pero llevaba su modesto traje con elegancia aus-

tera y me gustaba su voz, la forma aniñada de su nariz corta
y fina. Quería doblegar su voluntad y me sentía locamente
enamorada, ya sea de él, de nuestro pasado peronista o de
la aventura. Decidí darle tiempo y cabida dentro del juego.
En el congreso, en Córdoba, había dado resultado:

—¿Y cómo estás, Andrés? —pregunté con ansiedad, muy
cerca de él, creyendo casi que tras la gran cara ancha y
blanca se producía la misma alquimia emocionada. Pero él
dijo algo bien distinto y en la misma voz de teléfono:

—Trabajar, che. Lo pasé muy bien.

De pronto se iluminó encontrando un tema.

—Como me aconsejaste, me presenté a concurso.

Enumeró los trámites, el costo de las ediciones, la omisión
de los críticos frente a su actitud política y los pasos preli-
minares.

Pensé: está levantando un censo. Sin embargo, todavía
sonreí.

—Te premiarán —le dije.

Conocía ya la debilidad de aquel hombre vulnerable. Todo consistía en renunciar a la necia pretensión de comuni-
carse desparramándose al hablarle de él. Andrés no perdió
tiempo. La noche de Año Nuevo la pasó trabajando. Describió con íntimo solaz sus pasos importantes, cómo es que
había despachado a su mujer a casa de parientes en Floresta (olvido precisar que Andrés es un hombre común con
parientes, una hija casada, un yerno oficinista, primos, cuñados, una esposa plácida y oportunamente enferma de cáncer, la gran cara familiar y cínica de Andrés), cómo es que
había escuchado las doce campanadas del nuevo año trabajando.

—Y te digo, che, que se me hizo un nudo en la garganta
cuando escuché los silbatos y los chicos que gritaban en la
calle.

Algunas campanadas resonaron en el fino y asfixiante
balneario de moda que elegimos los Ordóñez. La cara me
ardía por el sol de la mañana de diciembre y por el vino.

Mis hijas se aburrían soberanamente y Raúl se mantuvo amable como siempre. No brindé en silencio por Andrés. Fui más honesta. Recordé en cambio los fines de año anteriores, siempre brindando por alguien en quien necesitaba creer; quise dar a Andrés la gran oportunidad de no brindar por él. Lo consideré por lo tanto puro, desconocido y admirable, escuché las doce campanadas con decorosa sobriedad, sin llorar y sin beber, como una mujer que tiene lo que quiere. Raúl me abrazó. Él, que exigía siempre la gran demostración, se angustiaba luego al obtenerla. No sólo exigía la representación: también exigía la verdad. Los recuerdos se me daban en ensueños mientras Andrés describía cómo era que había puesto el despertador a las tres de la mañana, tan absorbido como estaba en el trabajo, usando el reloj para regresar a la realidad indiferente. El laburo de Andrés.

—Estuve laburando, chiquita. Y quedé frito. No bien puse la cabeza en la almohada me dormí y de esas profundidades —siempre hacía una risueña mescolanza de argot y poesía— me sacó el teléfono. Una amiga que llamaba desde Córdoba.

El despecho es una culebrita diminuta y verde mordiéndome los pechos. Se siente entre los pechos o en la boca del estómago. A veces muerde fuerte. Así como esta vez. La famosa amiga de Andrés vivía en Córdoba o veraneaba en Córdoba. Es de las que van a descansar a Córdoba —de esas que van a tomar calor para gastar menos—, por los docentes, los telepostales o los ferroviarios. Luego detallan con énfasis los encantos de Embalse Río Tercero, ex Fundación Eva Perón, o centro social de Fatua, Metua o Cinta, una sigla que varía siempre, según los estertores de los sindicatos y la mutualidad. Le hablaría de Embalse Río Tercero, baja y regordeta como me la describieran, con una falda estrecha, una blusa arremangada, abogada y cursi también en las frases del llamado, la robusta, honestísima abogada de innumerables amuebladas. La amiga de Andrés, el dirigente.

—Entonces diez días después celebré el año nuevo cuando hube terminado mi trabajo. Compré champán, brindé con mi familia. Me sentí nuevo y contento, salí a la calle como si la viera por primera vez.

¡Cuán importante se creía, cómo lo exaltaba aquella insólita circunstancia de sentirse vivo, de existir! Miré con tristeza al vanidoso, al alambicado, al necesario Andrés. Aunque sus cálculos no iban más allá, cayó en la cuenta de que hubiera debido preguntarme por mi propio fin de año. Andrés tenía en sí mismo una única y rutilante posibilidad: no le conté entonces, en venganza, mi cena sobria y decentemente solitaria. Cómo había cumplido con mis deberes de madre, esposa y Blanca Ordóñez. ¡Qué locura!

—¿Por qué no me querés Andrés?

Se estremeció un instante. Todo como una leve crispación. Pudo ser también fastidio o el golpe que se espera. Otra vez se parecía a un viejo profesor. Ya no brindaba, con forzada jovialidad, por esa imitación de la gran alegría que traía del Partido Comunista, con esa imitación exultante de la alegría de la especie humana, la Construcción o la Loa al Trabajo y a la Máquina. Gran Dios: ahora sería la Oda al Pueblo Jubiloso o a la Agricultura. Sin embargo, allí estaba su esposa cancerosa, la amiga de las amuebladas, la señora Ordóñez, una clase media, una más en la ciudad, una burguesa y las perradas que le hiciera el Partido. Eso no admitía odas. Y él jugaba a menudo su carta de gran adolescente, el paso elástico y una buena dosis de ridiculez, la cara tersa y lampiña, el chiste viejo y fácil a flor de labio, como un eterno compañero de colegio. Todo ese horrible cúmulo de debilidades peroraba en el barcito céntrico poniendo un gesto leve de fastidio y respondiendo:

—No es que no pueda quererte. No quiero —dijo.

Una oscilación y el roce de un fósforo sobre el esmeril en la voz del profesor de filosofía. Estábamos tan cerca uno del otro que olí otra vez el aliento de las mucosas sanas. La conversación agonizaba sobre la mesa y Andrés apartó sus piernas de las mías. Miró mis hombros oscuros y lustrosos.

—¡Qué color! —admitió indefinidamente, pero no supe si había elogio o rechazo, porque al punto comprobé espantada que no le gusté nunca. Recordé otras frases, no te pintes tanto, piba, te envejecerás, es una pena; las fotografías te han tratado mal. A este hombre no le he gustado nunca.

Entonces de nuevo hablamos como dos personas que se encuentran para cambiarse pagarés o recibos de alquiler, dándonos tiempo para poner fin al café. Naturalmente la plataforma actual del Partido era inaceptable y fui yo quien expliqué mi posición haciendo caso omiso de haber estado en el asqueroso balneario de moda, alejada de la lucha política. Recitaba algo que se parecía a mi vida:

—Vos sabés que mi familia no es lo que se dice distinguida —dije—, sólo una familia de la clase media.

En el espejo del bar pude ver la triste pareja que formaba con Andrés. Mirándonos pude meditar:

—Una familia de la que no es fácil salir.

Pero Andrés arremetió en seguida con la explicación acerca de familias como la suya e inesperadamente se manifestó a favor de los patricios, del señorío y del tono que se trae al nacer. Asombroso. Él prefirió generalizar, nombrar —cuándo no— a un distinguido jurista en decadencia al que tuviera como compañero de redacción, todo antes de la acción política. Pensé pedirle ayuda con el pretexto de mi desorientación.

—Tengo una terrible confusión de certezas y dudas, no sé en qué debo creer.

Yo no dejaba de ser Blanca Maggi, que sufría como mil caballos.

Andrés me habló de un hotel en la calle Tres Sargentos.

—Es el hotel de Petorutti cuando viene de París —explicó para dar categoría a su elección.

Las que han pasado por eso, las mujeres digo, deben conocer la irritante sensación de sentirse acarreadas, desplazadas o ubicadas en un sitio semejante, como asimismo la búsqueda y el recorrido de las cuadras que separan del hotel. Se camina con inhibición, sin frases hilvanadas, porque de todos modos hay en ambos una idea fija. El hotel es pasable, casi siempre con grandes macizos de plantas naturales a la entrada y el aire penumbroso bajo la luz roja o violeta que disimula la grasitud de los sillones y los cortinados de voilé sintético, color crema.

Un hotel discreto el elegido por Andrés. Si es que me decidía a ir, Andrés hablaría con el hombre tras el mostrador lustrado y era cuestión de suerte; simplemente estar a solas. Dentro del ascensor seríamos dos extraños. Mirarse, suspirar, sonreír, desviar la mirada. La intimidad siempre debería ser previa a este extraño conducirse de dos desconocidos, atraídos por un largo misterio que viene devanándose a la vez desde el principio de la relación humana. Digo que la intimidad debería preexistir para que uno se sintiera menos desgraciado o más decente. Después del piso señalado, el departamento con la indecisión frente al pasillo, las voces susurrantes —porque en aquella casa ridícula se escondían sin duda infinidad de parejas— y, fingiendo animación, daríamos con la habitación.

No estaba mal. Pero espanta seguir buscando actitudes y gestos manejados por alambres. Mucho más fácil fue entrar en la casa de Mamá Viuda Vieja furtivamente mientras Ana la sirvienta nos anunciaba desde la claraboya que el camino estaba libre. Pero ahora me guiaría una ciega determinación y una curiosidad feroz. Allí debía encontrar algo del amor y de la felicidad. Estaba por exigírselo a mi compañero tomándolo por la solapa; lo cierto es que él estaba allí para proporcionarme eso.

Andrés se mantenía lejos.

—Es lo que puedo ofrecerte, mi querida.

Quiso ponerse conmovedor.

—A veces ni siquiera podré darte algo como eso.

Yo me enternecí de veras. La pobreza de mi amante po-

tencial pasaba a formar parte de sus cualidades. Vi detrás
de Andrés la enorme mole del Partido: Evita muerta. Eva
inmortal, el gran caudillo enhorquetado en su mansión de
hierro y las huestes que ululaban: volverá. Andrés tenía que
ser pobre, podía serlo. Y bien: lo era.

—Es perfecto —dije con sinceridad—, te lo agradezco.

Entonces él me besó la mano e hizo algo, extraído de su
fondo romántico, que lo volvía un revolucionario inofensivo.
Yo, con Andrés, me abrazaba al Partido, a la gran roca de
grandeza con gorro frigio y tantos kilómetros de tierra in-
comparable, tantas veces más grande que México, más que
España, Uruguay es una provincia más, Chile nuestro apén-
dice, me abrazaba al país, era preciso que también Andrés
fuera parte de la gran patria donde quería vivir y agigantar-
me, de modo que acepté su brazo conmovido, muy teatral,
porque en ese instante ambos queríamos participar de la
grandeza. Vi la cara muerta de Pablo: Pablo que amaba la
sangre, la guerra, la forma de destruir todo en los demás.
También Pablo amaba la revolución, pero estaba muerto y
la muerte otorgaba a su quimera un fúnebre prestigio. Por
el contrario, este Andrés me tomó como a una recién casada
de historieta y tambaleando (no podrá, pensé, va a dejarme
caer) me introdujo en su historia.

¡Cuán difícil es fingir excitación! Yo amaba a Andrés
entonces y quizá lo había amado cuando el congreso y más
aún en esa confitería de subsuelo donde nos reuniéramos
media hora antes.

—Pienso raptarte —dijo.

Tenía gracia, admito. Quería amarlo y lo amaba buenamente como uno necesita comer, cambiarse de zapatos y
beber un vaso de agua. Necesitaba a ese hombre o lo que
venía en él, pero ahora todo quedaba reducido a mirar la
escena absurda desde afuera, como si otra fuera la protagonista y yo, el ojo de un soplón. Debíamos hacer una figura
ridícula observándonos, ridículas como son siempre las parejas. Pero nunca la expectación sexual me había resultado

más risible y fría. Así yo, sentada en un rincón, con la barbilla apoyada en la palma abierta de la mano, contemplaba la pareja de contorsionistas. Y sin embargo había hecho todo lo posible por ir, había creído y esperado.

Andrés era un hombre grande de tamaño, feamente lampiño y de un color blanco de eslavo. Blanco. Lo peor que nos puede ocurrir acerca de un hombre es encontrarlo blanco. Un gran hombre blanco de piel femenina, sin barba ni vello, limpio, soezmente perfumado. Es cursi perfumarse para hacer la corte a una mujer. Estaba perfumado a la colonia lo más barata que encontró en las compras con descuento semanal su pobre mujer que se moría. Pobre Andrés. También sus actitudes y palabras eran baratas. Dejó sobre la mesa los anteojos negros de los que no se despojaba y me mostró una gran cara sin cejas ni pestañas, una horrorosa cara de albino, la expresión ambigua de sus ojos miopes, la mala dentadura y su mirada entre distraída y obcecada como aquel que estaba abocado a una férrea obligación.

No era sincero en momento alguno. Ocupada en observarle, algo se me perdía en él. Sé que trabajaba escrupulosamente, a conciencia, y no lo hacía mal ni bien. Lo único ilógico es que me dejaba impávida. Jamás sufrí mayor ataque de frialdad. Sin embargo, interpretaba con alta generosidad las actitudes de ese amigo singular y aunque Andrés no pasaba de ser un mamarracho, yo ponía en él acentos, góticas y mayúsculas; era el luchador, el fugitivo, el limpio de alma, casi veía un nimbo alrededor de su cabeza semicalva.

Recuerdo también sus palabras complicadas y más bien teatrales. ¿Por qué la gente se empeña en considerar amor a tal acto de ridiculez? Jamás un hombre y una mujer se han mentido más a fondo. También Andrés usaría las viejas tácticas revolucionarias para fingir lo que no sentía. Resoplaba —participaba de aquella costumbre ingrata—, hacía muchos aspavientos.

—Me gustas mucho, linda —dijo de pronto con voz doliente.

Evitaba decir amor. Querer. Hombres así son la basura. El amor no, la sinceridad de la gente del pueblo. Por eso evitaba hablar de amor. Y yo, siempre con la barbilla sobre la palma abierta, pensaba: no es cautela eso sino estiércol.

—Me gustás —insistió Andrés—; me gusta tu piel y tu entusiasmo.

Debí parecerle un animal hambriento.

—Tu entusiasmo. Sos una mujer formidable.

Que es más o menos lo que dice un hombre que no quiere a una mujer.

—Formidable —insistió.

Estaba a punto de rogarle que se calzara los anteojos para no verlo con su gran cara albina y miope. De pronto abandonó la mesa y buscó algo en sus bolsillos, un peine y un pañuelo. Seguí con los ojos su alta figura que aún seguía siendo esbelta. Caminaba de puntillas y era muy cómico. Gesticulaba con un dejo confuso de asiático o de mono. ¡Dios! ¡Qué feo nos puede parecer un hombre cuando hemos inventado el amor sobre su cabeza! Andrés, corriendo en puntillas, blanco y rojo, gesticulando, parecía un mimo japonés. Reiniciamos la dificultad de entablar un diálogo. En la calle era más fácil. Podíamos hablar de Perón, que es algo que tenemos en común los argentinos. Hablábamos contra Perón, seguro, yo por creerme intelectual, él porque se veía revolucionario. Perón frenaba la revolución. Pero no había modo de entendernos con Perón en el amor y ya habíamos hablado de él y de sus hijas. Entonces no cabía más que el silencio.

Entonces Andrés regresó a la hija que estaba en Puerto Rico estudiando algo de genética. Yo me sentía al punto bastante confundida y me costaba esfuerzo mantener el tono de lo hablado, ocupada siempre en estudiarlo, la barbilla puesta sobre la palma abierta. Estaba en el rincón mientras me hablaba de su hija que estudiaba un primoroso coctel de marxismo y perspectiva o genética en Puerto Rico. Es posible que la chica no estudiase nada y se contentara con vivir como cualquier muchacha de 18 años, divirtiéndose fuera de su casa y de los suyos. Andrés sufría mucho tras dos años de no verla y sin los dólares para enviar en su busca. También era una piba formidable y hasta creo que se refirió seriamente a su laburo. Tampoco sé por qué aquello que comenzó por fascinarnos en un hombre puede terminar resultando repugnante. Es una ley absurda y cruel. Pero como con el silencio con que yo acogía su desborde era interpretado por Andrés como audición devota, me repitió lo mal que le parecía en cambio su otra hija, casada, y lo formidable de la becada en Puerto Rico.

—¿Te molesta que te hable de esto? —preguntó ingenuamente.

Contesté que no. Debí agregar que su hija no importaba, pero eso hubiera aflojado las precarias reservas de nuestras flamantes relaciones. Tomó mi sonrisa por tierna devoción y se lanzó golosamente a hablar de sí mismo, un tema inagotable en el que siempre se sentía feliz. Para la elección de diputados había mencionado en sus discursos la carestía de la vida. Se había comprado un traje que le quedaba ni pintado. Su mujer estaba mejor. Un periodista le pidió una fotografía para publicar con un epígrafe elogioso: una fotografía de los viejos tiempos de trotskista; al lado de él, también Guillén se asemejaba a un mono. Contaba sus idas y venidas como si fueran visitas de protocolo en la corte inglesa. Cuidaba de explicar lo pobre que era. Convenientemente pobre, a Dios gracias. Quién sabe era algo avaro también, ¿cómo averiguarlo? Hacía grandes caminatas y ocupaba un sitio en los mugrientos ómnibus atestados. Todo con una sonrisa de esperanza y llegué a pensar que Andrés debería haber permanecido en el Partido Comunista. Bien que Pablo gozó sensualmente del poder y la riqueza con el peronismo. Pero yo evocaba su avidez como un clásico y noble apetito humano. Por el contrario, este alegre cartujo que peroraba a mi lado proclamaba su fe como un viajante de comercio la bondad de su mercadería. Liberado de su

pequeña carga de responsabilidad me hablaba de la hija
o me hablaba de él. Su hija era parte de él: por eso valía
la pena sentir amor de padre. Y en resumen: jamás conocí
un hombre más encantado de sí mismo.

Y así fue que pasó la tarde, como pasan siempre tardes
como esa. Andrés utilizó el teléfono, volvió y esta segunda
vez hubo mayor intimidad. Seguimos por una especie de
pendiente, sólo por el hecho de haber empezado, más fácil
y blando, más tierno tal vez, duele el cuerpo, el cabello se
pegotea de sudor y surge un vaho refrescante de juventud
y energías reencontradas. La pareja se siente fuerte y bastante loca. Nada es comparable en la vida al goce de sentirse medio loco. En este caso, desarticulado, desaforado de
amor y de proyectos; es difícil encontrar el límite, no por
cierto Andrés ni yo pensando en el hotel de Petorutti. Parecía estar contento: adoptaba poses y actitudes de muchacho, lo que me provocaba un puntapié en el estómago.
Casi parecía próximo a rechinar o a tocar las castañuelas.
Quería conservarse niño en su tersura fingiendo juventud,
alegría y entusiasmo amoroso. Lo miré asombrada: era un
histérico o un histrión. Cierta vez le había dado un ataque
de nervios en la calle —una de sus historias favoritas—,
pero la relataba cuidando los bonitos tonos de su voz y
sonriéndose. Le había dado un ataque. Él me aseguró que
yo seguía siendo formidable y que le gustaba como nadie.
Hubo frases tiernas y miradas comprometidas en la representación. Andrés llegó al final.

—Gracias, Blanca —susurró besándome las manos.

El comunismo le había enseñado en su primera juventud
un respeto firme hacia la mujer. Lo conservaba: ahora era
un burgués asqueroso que respetaba a las mujeres.

Lo hubiera estrangulado. Pero él insistía:

—Gracias, gracias.

Como si yo hubiera sido una doncella seducida, como una
reina que cede en la antecámara a los ardientes favores
de su paje.

—Entonces —dije mirándolo amorosamente—, ¿has conseguido olvidarme? —Andrés no titubeó: como tenía buenas cartas en el juego, comenzó a sentir alivio.

—Más bien, creo que todo esto es imposible, piba —repuso sin emoción.

En alguna parte cayó rápido el telón.

Él usaba todavía al conversar la frescura de quien se sabe de paso: sin duda supuso también que podía ser magnánimo, demostrar interés o interesarse en alguien, lo que significaba para él un desdoblamiento.

—No te gustará otra vez el hotel de Petorutti —dijo con expresión de viajante de comercio.

Estuvo espléndido eligiendo dos o tres frases para enjuiciar mi acostumbrado bienestar.

—Andate, Andrés.

Junté las dos manos como si rezara, las abrí apoyándolas en la base de mi cara tostada. De ese modo levanté los músculos y la piel, alisé los pliegues de la boca. Él me miró en silencio, algo curioso e irritado. Le di una buena oportunidad de retirarse. Pensábamos: sálvese quien pueda. Ahora o nunca. Yo elegí las peores posibilidades. Para Andrés había llegado el momento de la crueldad, porque habían pasado un par de meses y en tanto yo ponía en él toda mi potencia evocativa, él me olvidaba como un sapo que era. Habíamos caminado veredas distintas y había que pagar. Sentí el olvido de Andrés mucho antes de irme del balneario, yo misma casi lo tenía olvidado, hombre. Pero en ese instante lo amaba con toda mi fuerza y toda mi verdad. Como lo amaba, lo perdía y sufría por él como una condenada. Hubiera dado una parte de alegría por retener la apuesta figura del hombre que me observaba con asombro. Aquel sapo —sin valor— era un buen objeto de amor. Estuve por romper a llorar ante aquello que veía en mí. Aprecié la mezquina dimensión de su billetera con una satisfacción culpable. Andrés, de pie, estrechó y llevó mis manos a sus labios. Las besó.

—Chau, piba —dijo seriamente.

Salió con la pose forzada del viejo deportista, la cabeza erguida, el vientre atrás. Un paso elástico que casi se convirtió en una cómica carrera. Quién sabe echaría a correr como en las historietas cómicas.

No volvería.

Yo estaba aún sentada a la pequeña mesita del rincón mirando el borde manchado de las tazas y el mozo que caminaba hasta el fondo.

—Rajó —dije con firmeza.

Volví a juntar las manos, con necesidad de moverme para sofocar la angustia; la entrevista había terminado. Rajó. Había que hacer algo; iba a llorar. Aquel maldito mamarracho, aquel débil vanidoso, aquel pequeño esquizoide incontrolado se había ido y yo sufría mucho, como mil caballos. Debo hacer algo coherente, pensé con la loca lucidez de los momentos desesperados.

Caminé como ebria hasta el teléfono.

—Llamaré a Luchino —dije enloquecida, nerviosa, sonriéndole a un hombre de otra mesa que bromeaba con el mozo y me decía cosas.

De golpe abarcó la banqueta frente al tocador, sus pies bien calzados caminando cuidadosamente por el borde del andén, el olor a pintura fresca de la casa y la confitería de la estación del ferrocarril.

En la algarabía de la fiesta Pablo alcanzó a decirle:

—Me siento tan dichoso que quisiera estarme aquí, con esta gente, indefinidamente.

Contradiciéndolo, se veía ridícula de un lado para el otro con el traje de novia embarrado por los pisotones, no sabiendo si debía sonreír o mostrarse perturbada. Por último, Ernesto Maggi, había exigido la huida de los novios para poner fin a la fiesta. Con voz ronca, a la que ya la enfermedad volvía irreconocible, exigió a su hija que apresurara la partida. Era el vino, el champán, la luz, los gastos que pesaban dolorosamente sobre él, de modo que:

—Andate —dijo a Blanca en el oído.

Hubo de partir, vestirse con el buen traje de viaje y oír el llanto acongojado de la Castellana. Preguntarse por primera vez: ¿por qué me voy?

Se había casado. La gente que llenaba la estación de Retiro los creía un par de novios que regresaban del cinematógrafo. Un buen observador los hubiera encontrado flamantes en exceso, relucientes. Pero era tarde y los rezagados de la noche dormían en los asientos o miraban sin ver el fugitivo paso de los suburbios distinguidos. Mamá Viuda Vieja no había querido ceder el automóvil. Pablo, que heredaba la torva cautela de su madre acerca del dinero, dispuso ir hasta Acassuso en tren. Una simple pareja que regresa a casa a medianoche con un cielo veneciano y el olor de las afueras, los amables cantos de los animales nocturnos y las luces. Entonces almacenó para siempre el recuerdo de la niebla que saturaba el andén y el de sus bonitos pies caminando con prisa.

En la casa, prolijamente concebida por Mamá Viuda Vieja, halló dispuesto todo. ¿A qué clase de esfuerzo se había sometido esa mujer que la aborrecía, a quien su boda contrariaba? Posesión, y era una palabra, ya que Pablo la llevaba de habitación en habitación mostrándole muebles y alfombras como trofeos relucientes, como los cuadros de una exposición de lujo que no debía olvidar.

En el comedor la mesa estaba lista.

—Las tías —indicó Pablo disculpándose.

Las tías: aquellas miserables moles de carne y rizos, aquellos templos de arrugas y perversidad que le presentara unos meses antes.

—Todas rellenas de dinero —le avisó la tío Cora, que mantenía excelentes relaciones con el bando contrario.

En un rincón, un balde con anémonas.

—Las tías —volvió a indicar Pablo conmovido.

Las tías habían pensado en todo; quién sabe también se acostarían con ellos. Arriba, subiendo la escalera, teóricamente esperaba la felicidad. Subió con Pablo, descubriendo de soslayo la rica pana veneciana de las camas antiguas y el arcón de madera ocupado por su ropa. Pablo desapareció. Fue de inmediato que retuvo el recuerdo de su imagen en el espejo, tan preciosa como nunca se viera ni volvería a verse, la primera imagen de su libertad. Papá y mamá roncarían lejos de ella y Teresa en los brazos de su marido. Ahora se miró con avidez: de modo que esa soy yo. Buena cintura, buenos pechos, hasta las pantorrillas que mamá calificaba de fornidas resultaron un buen par de piernas. Viva la felicidad, se dijo Blanca desnudándose y volviendo a vestirse con la complicada ropa de noche que ella y su madre eligieran pacientemente durante meses. Un camisón de seda blanca y ahora había que esperar a Pablo.

Apareció con una bata de lunares que usaba en su casa de soltero. También él estaba muy vestido, con un grueso piyama que lo cubría desde los tobillos hasta el cuello. Perturbado, entró en la habitación. Viva la felicidad, dijo Blanca, abrazando a su marido y ojeando al tocador. Y así se estuvieron largo rato, maldiciendo mutuamente la idea de dar solemnidad a una cosa tan simple como meterse en una cama; se había movilizado la mitad del mundo para que ellos forcejearan ahora sin pasión, sujetos por un viejo miedo. Hasta que Pablo halló el momento de avisarle:

—Quiero decirte que hasta ahora nunca me acosté con mujer alguna.

Y fue una inaudita confesión que ella fingió no oír, porque de todos modos carecía de importancia, y ocurría que las cosas iban a ponerse más difíciles si tal como su marido confesaba tampoco él conocía los resortes de ese juego. Miente, pensó, evocando las calientes siestas y la voracidad de Pablo en su fina habitación de caoba y boiserie; miente. ¿Por qué diablos inventar una mentira semejante? Insistió irritada: ¿este tonto pretende igualarme en virginidad? —Y era difícil porque en la noche de su boda Blanca se sentía virgen en una forma trágica. De modo que prefirió hacer como que no había escuchado la tierna confesión y persistió en su abrazo hasta que Pablo se entusiasmó de veras y fueron a dar sobre las sábanas de un mismo color celeste pálido. En ese instante Blanca comprendió de golpe la zona que siempre estaría en penumbras para ella. Rodó sobre el hilo fragante luchando para no desprenderse de su ropa, tuvo conciencia de la lucha, suplicó, gimió, las piernas tercamente apretadas, no por pudor sino por un impulso misterioso que la apartaba del mismo hombre que había aceptado hasta entonces en otras formas.

La cara cerúlea del sacerdote se encendía y apagaba en los rincones de la habitación. Estoy loca, dedujo, resistiendo y simulando ardor mientras Pablo ya se convertía en un marido traicionado. Su belleza al descubierto dejó sin aliento al muchacho que se afanaba a su alrededor. ¡Oh!, ¡aquel mismo acto monótono y repetido que conocía por la primera vez y que llegaba viejo! Boquiabierto y entregado con la torpe lucidez del que se enamora, dijo:

—Sos una divinidad. —Y repetía exasperado:— ¡Sos una divinidad, me caigo en Dios!

Blasfemó y Blanca chilló que la soltara ·rogando para que su marido se muriera. Volver a ser la chica Maggi, pobre y soltera, en su departamento de la calle Alberdi o en la cama de Teresa, dormida en paz, sin hombres ni miembros de hombres que aceptar ni conocer, en la pesadilla que era la segunda cara de su felicidad. Se remitió al día siguiente, echándose a llorar lastimosamente, suplicando a Pablo que tuviera compasión, que se fuera, que la dejara estar, que mañana cambiaría todo. Pablo sonrió con esa cara hermosa que era lo único principal que se veía en él; vaciló pensando que aquella delicada cruz que se colgaba al cuello le era impuesta por el ruego. Pero también él espe-

raba una curiosa felicidad y accedió. Al enderezarse, ella
aprovechó para decirle:

—Me siento mal, querido. Estoy nerviosa y trastornada. Estuve mal toda la noche.

Su flamante marido la miraba llorar con la mayor per-
plejidad y supuso que la infeliz recordaría la histeria de
la Castellana, ya muy visible en los meses del noviazgo. La
lujosa habitación que ocupaban era lúgubre también: junto
a la gran cama tapizada, Mamá Viuda Vieja había colocado una lámpara de noche fabricada por las tías. La lámpara era un adefesio y distrajo a Blanca; pero debía llorar
y lo hizo hasta que Pablo mostró su mortificación:

—No, Blanca. Pasará, no llores más, me quedaré con
vos si es que te sentís mal a solas y dormiré en la habitación de al lado.

Se infligía una larga y peligrosa herida.

—No importa, te aseguro.

Y ella lloró hasta que la besó como despedida y lo vio
salir del cuarto. Pero ni aun así, postergando el acto amoroso y sintiéndose a salvo de él era fácil reencontrarse o
conciliar el sueño. Se puso a odiar el dormitorio, la casa
entera, la cama de raso y sobre todo, la lámpara. Odió fervorosamente a Mamá Viuda Vieja con un odio sólido que
le duraría largos años.

No podía olvidar la cara y los anchos pómulos asiáticos
del cura de modo que rezó con recogimiento y sintió en
los ojos lágrimas genuinas que comenzaban esa historia.
Pensando que todo se borraba alrededor y que retornaba a
casa, al lado de Teresa, con el sexo intacto y la despreocupación de su medianía, consiguió dormir.

El caso fue que Pablo tardó en completar su abrazo varias
semanas y Blanca supo, al término de ese plazo, que su
matrimonio ya no existía. Casi en seguida hicieron la primera visita a sus padres, Blanca, creyéndose ajena y anormal,
junto a su marido niño que llenaba las fórmulas sin las
actitudes. Retuvo el malhumorado consejo de su madre.

—No se entreguen a la animalidad.

Los trasparentes ojos de Blanca acataron aquel concepto único y, a la vez, único consejo con que se la apartaba del vientre familiar. Entonces regresó a su casa.

Cocinó para ambos y sentados en la sala de recibo escucharon música como una forma de trasmitirse su tristeza. Afectuosamente con el sabor de los viejos besos, y animado quizá por el ingenuo intento de comunicación de su mujer, Pablo Achino le contó que era peronista activo, un activista, que pertenecía al cuerpo de la Alianza y que precisaba la comprensión de ella para sentirse orgulloso.

Habían encendido un pequeño fuego, a pesar de la noche de calor, porque en los sueños tejidos sobre el banco de la plaza siempre figuraba el fuego. El fuego entonces hacía sudar las mejillas juveniles, depositaba el sudor sobre los labios. Blanca se recostó en el sofá sin contestar, mientras su mano buscaba la de su marido con un gesto de devota protección. Apenas había recordado lo que sucedía en el país, en tanto se despedía de soltera y buscaba —elegía camisones— prendas para el erotismo, en las tiendas de moda. Algo ocurría. Pablo lo dejaba traslucir, pero estaban los besos, las escenas y desnudos en la casa de su suegra y los rezongos de papá con los primeros síntomas del cáncer. El país estaba fuera de ellos. Pero ahora recordaba el fuerte entusiasmo de Pablo una vez en Plaza de Mayo durante una manifestación. Había intentado gritar con su tierna voz abaritonada, acallado de inmediato por los firmes alaridos de los otros. Estaba trasfigurado.

—Ahora es preciso que esto lo compartas conmigo —dijo su marido—, no podía decírtelo antes de tiempo porque tu padre nos hubiera hecho la vida imposible. El pobre don Ernesto, tan radical.

Descubría un cuarto creciente en su marido. Llamaba a su padre "el pobre don Ernesto" y tomaba en broma aquella mística formación del Expedicionario al Desierto. ¡Cómo se habría reído en las largas sobremesas familiares cuando

don Ernesto expusiera ardientemente su fe radical! Un peronista activo. ¿Y qué era ser un peronista? ¿Un inseguro?
¿Un sádico? ¿Un sensual del poder? ¿Un alucinado? ¿O
todo a la vez? La luz del fuego se hizo tan intensa que
Blanca sintió el calor sobre su vientre. Estiró las manos y
deseó a su marido como no lo había deseado hasta entonces.
Lo vio distinto e importante. Era más que un peronista,
porque todo no consistía en mostrarse sin camisa y vociferar por la calle. La Alianza era la fuerza de choque: casi
el valor. Pablo Achino mostraba al fuego una obcecada
cara de maniático:

—Fui fascista —explicó—; una vez te mostré los símbolos del fascio que alguien me regaló cuando estudiaba en
Italia.

—¿Sos fascista? —repitió Blanca azorada.

—Adoro a Italia —insistió Achino—; mi madre es italiana. ¿Creés acaso que un buen italiano podía ser otra
cosa que fascista? Ya lo verán: Perón transformará este país
de maricones en un pueblo fuerte. Para eso nos tiene a
nosotros. Habrá persecución y sangre: pero todo se lava
por el fuego. En esto quiero que estés conmigo.

Blanca se preguntó si, también en casa, Pablo usaría sus
insignias o si las llevaría a un campo de concentración.
Quizá, ser peronista consistía en visitar a Perón o ir al
Colón con su mujer. En ese caso se divertiría enormemente.
No estaba segura de que fuera elegante pertenecer al partido del gobierno, pero se mantuvo auténtica. Ella se bur-
laba de las conveniencias y en el fondo tampoco quería
un país de maricones.

Aquel principio de tedio se esfumaba frente a una realidad caliente. Que fuera la Alianza si es que tenía que ser.
De cualquier modo no era posible resistir y ella se sobre-
excitaba enormemente con la increíble historia de Achino

—Acá tenés —dijo Pablo extrayendo dos objetos del bolsillo. Eran dos águilas de metal dorado. Aves siniestras y
notables.

—También usan el águila los norteamericanos —dijo Blanca.

Pero Pablo le explicó mejor:

—La forma de las alas y la colocación de las patas en el vuelo es diferente. Esta es un águila alemana y es nuestro símbolo.

—Creí que eras peronista —dijo.

—Lo somos —contestó Achino—, somos el ala fuerte de Perón. Le haremos levantar vuelo.

La mucama le preguntó acerca del almuerzo y no pudo responder. Ahora la irritaban sus hijas que habían colocado por vigésima vez el mismo disco con la máxima potencia, que luchaban y discutían entre sí, tan fuertes y distintas a la vez, admirablemente sanas. La santiagueña insistía con la indiferencia de su mal salario, hasta que Blanca contestó, rabiosa. Sus hijas tenían que comer y ordenó un plato de carne; las había criado mal y ahora eran dos robustos animales que se disputaban sus zapatos y el último pulóver. Ordenó carne para ellas a punto de insistir, como siempre, en que la dejaran tranquila, pero la mucama abandonó la habitación con cierta dignidad porque el mundo de la señora la desconcertaba.

Entonces, incapaz de seguir dentro de su casa, Blanca se vistió. Reparó en sus hijas tratando de considerarlas separadas, pero eran otra cosa y al mismo tiempo estaban impregnadas de ella, con rostros apenas similares en su gran aventura de vivir, llenas de entusiasmo y sobre todo de vigor.

—Cuántas energías —pensó abrochándose el corpiño. Inconscientemente se mantuvo erguida. En la confitería del subsuelo, Andrés la había acariciado un par de días atrás, apreciando su cintura, su entusiasmo y la calidad de piel. Aún podía competir. Levantó los pechos y los pechos respondieron. Hubiera querido ser una de esas tranquilas mujeres aptas para resignarse. O más bien intentaría retomar sus objetos y grabados y trabajar para acercarse al triunfo que era un ingenioso mecanismo para otros. Intentarlo nuevamente. Ahora la señora Ordóñez, vestida para desfogar la histeria en la modista, se dispuso a responder las preguntas de María Luz, a quien ella prefería con una ternura maternal, ambigua y mal dosificada.

—Necesito un bloc para dibujo, necesito medias, necesito un buen shampoo para mi pelo —dijo María Luz.

Silvia le dirigió una mirada oblicua en mitad del corredor.

—Cambiá ese disco, imbécil —gritó saludando a su madre que pasaba.

Ahora ya estaba fuera de su casa. Era en la calle donde se recuperaba sin las observaciones ni los pedidos de sus hijas, algo más joven de lo que aparecía cada mañana a los ojos fríos de la santiagueña, tan desvalida como la tarde de la confitería, cuando deseó de veras regresar a casa. Los acontecimientos caían a su alrededor, también lo que pasó del todo porque la muerte de papá, la isla de sus tíos en las vacaciones o el 17 de octubre con Pablo vociferante en el edificio de la Alianza, coexistían misteriosamente. Coexistía lo que fue y la mediocre perspectiva de llamar por teléfono a Luchino o a Andrés porque ella se limitaba en el tiempo a buscar un bien lejano, de espaldas, en la cama. Se decidió por fin y pidió al chofer del taxi que la llevara por la calle Santa Fe a la diminuta casa de alta costura fuera de su alcance. Hubiera podido ir a la iglesia o a la Plaza de Mayo, donde la gente corría para las revoluciones y ahora se contentaba con dar de comer a las palomas. Recordó todo esto mientras repetía al chofer la dirección con una voz educada que era su voz fina de mujer, no por cierto la de una tipa que va a un hotel de citas, ni tampoco la voz de mamá —contestando los aullidos de María Luz y Silvia—, una linda voz que avisó:

—Déjeme aquí.

Mientras pagaba hizo girar el cuerpo y echó a cami-

nar por Córdoba con la seguridad de quien pisa un terreno familiar. En Florida encontró la multitud apenas
diferenciada de la otra que la viera trajinar veinte años
atrás junto a Teresa. El Círculo Naval no había cambiado
de sede y aún era fácil imaginarse al marido de Teresa
cavilando sobre los problemas del arma y de la patria.
Ahora también él estaba muerto y la muerte —como siempre— le prestaba un traje honorable. Cruzó Florida en
diagonal y saludó a una amiga antes de alcanzar la vidriera
de "Biarritz". Una cortina de terciopelo gris osciló con
suavidad al empujar la puerta de vaivén. Ella entró en el
diminuto saloncito tapizado que mostraba al fondo otra
gran habitación con araña de cristales. Sintió un roce suave
a sus espaldas, como el contenido estremecimiento de alguien y en seguida apareció una empleada que llevaba el
curioso nombre de Fortuna. Era muy delgada y sonreía con
ese no se qué de las empleadas finas, los buenos modales,
la blandura y el desdén apenas perceptible. Por un momento
se avergonzó ante el hecho de estar en el salón lujoso mientras algunas mujeres modestamente vestidas se apretujaban
frente a la vidriera contemplando el modelo de raso verde
jade, como abandonado a la casualidad.

—Señora Ordóñez —exclamó Fortuna tendiéndole la mano. Exageraba al correr la cortina con mano impaciente
para que las curiosas no siguieran la escena desde el mirador. Pero Blanca sintió a la vez el escozor placentero de
entrar en una exclusividad, en esa blandura que le procuraba
un goce. También había rito en su visita a la casa de modas:
lo había en la de cualquier mujer que consulta esperanzada,
llevada por el irrefrenable entusiasmo de aparecer mejor
de lo que es, de acariciar aquellas telas costosas, disparata-
damente dispuestas ante la cruda opinión del gran espejo.
Con seguridad Fortuna advertiría su posición económica
apenas aceptable, lo notaría porque sus zapatos no estaban
impecables y —cosa curiosa— su vestido palidecía, se achi-
charraba por momentos, mostraba la decrepitud como ella

misma esa mañana. Pero Fortuna hablaba sin descanso, reparando apenas en el sentido de las frases. Todo era simple y espléndido, ¿había visto ya la maravilla que estaba en la vidriera? ¿Era algo así lo que buscaba? ¿Algo más simple?

Dijo que tenía deseos de sentarse. Hubiera sido difícil explicar el impulso que la llevara allí, el dejarse estar, pasar el día sin mayores pretensiones. Variar. Frenar el tiempo, que no fuera esa rueda maniática a perpetuidad. Si conseguía alejar a la mujer por un momento descansaría de aquella máscara penosa que cubría la parte superior de su cuerpo. Hasta las comisuras de los labios se mantenían rígidas o al menos las sentía así.

—Debo sonreír —pensó. Al levantar su mano, la figura del espejo devolvió su gesto y vio una mujer cansada con las piernas recogidas y el taco de los zapatos sucio de polvo de ladrillos.

—Ahora la carne de los muslos se ablandará otro tanto —se dijo descruzando las piernas y habló de tal manera que Fortuna detuvo su discurso.

—Entonces ya sé lo que quiere —exclamó triunfante—, un traje vistoso.

—Un traje con vida —corrigió Blanca tristemente.

Fortuna desapareció tras la cortina y pensó que haría las veces de prestidigitador, que traería un conejo, el zapato de la Cenicienta y media docena de ratones milagrosos. Pero regresó con una muchacha que no tendría más de 18 años, rubia y regordeta, cuya carne clara y abundante brotaba del escote. Casi no valía la pena reparar en el vestido; hubiera deseado, por el contrario, apretar su cara contra la otra para sentir la suavidad y el calor. La señora Ordóñez meditó asombrada. No era la primera vez que veía una modelo. La chica se contoneaba de un lado para el otro y repetía entre dientes: muy bonito, muy bonito, en tanto giraba. Las piernas envueltas en las medias finísimas eran muy esbeltas, torneadas y sin rastro de la araña azul. En ella el vestido detonante, a rayas blancas y violetas, irradiaba luz.

Se le ocurrió objetar débilmente que el violeta era un tono para rubias, pero Fortuna se mantuvo imperturbable y ya salía del probador llevando de la mano a otra muchacha, esta vez morena, muy alta, con el talle tan breve que la cadera se abría abajo como la corola de una flor. Y también ella paseaba sus volados azules repitiendo: muy bonito, e inclinándose para que Blanca lo observara. Allí fue cuando Fortuna le desabrochó la blusa. Lo hizo ágilmente, con impaciente rapidez sin dejar de hablar mientras las modelos se desvestían y le entregaban sus vestidos. Todo movimiento se daba en medio del salón falsamente primoroso al que llegaban atemperados el rumor de la gente y una que otra bocina. La señora Ordóñez al desnudarse ponía en evidencia su magra madurez, su intimidad. Y así cuando Fortuna pasó el vestido sobre su cabeza, resultó que ya era otro, muy distinto al que la rubia le mostrara. Sintió una profunda humillación.

—Formidable —anunció Fortuna impasible—, le queda formidable.

Pero ella dijo no orgullosamente, y entonces la morena se precipitó con los florecientes pechos saliendo del borde de su enagua, obligándola a que cambiara el vestido a rayas blancas y violetas. Sintió el calor y respiró aliviada cuando la tela brillosa, azul pastel, devolvió a su rostro algo del esplendor antiguo.

—Espléndido —dijo Fortuna.

—Éste le va mucho mejor —completó la rubia rencorosamente. Quizá defendía la precaria posesión o sentía celos de la otra. Blanca respiró otra vez.

—Sí, éste va mejor —dijo con sencillez.

Fortuna junto con las otras dos comenzaron a tironearle la falda, a bajar el escote, a colocar el ruedo bien arriba sobre las rodillas.

—Así, así, así. Sí.

Le dijeron un precio exorbitante y por un momento Blanca Ordóñez volvió a sentir el viejo placer de la coquetería. Pero fue sólo una sensación fugaz, ya que el vestido no le quedaba demasiado bien ni era demasiado hermoso. Pero Fortuna hablaba y al sentir el paso de la tarde, Blanca se lo agradecía vivamente, dispuesta a pagar la suma que no tenía en la cartera, ni siquiera en casa. La luz del probador marcó las sombras de su rostro junto al liso y lleno de las dos muchachas; apuró la decisión con la esperanza de que se fueran de una vez, pero no se iban. Estaría por medio la comisión para la morocha que era menos agresiva o más piadosa al parecer.

Nuevamente quedó en ropa interior pero la curiosidad de las mujeres se había apagado y la dejaron volver a su viejo estado con indiferencia.

—Se lo enviaremos mañana —dijo Fortuna casi triunfante. Ya estaba en paz; había perdido parte del interés.

—Y el chequecito, entonces.

Le avisó que se lo mandaría con una de sus hijas.

—O por correo, es igual, señora Ordóñez —dijo Fortuna con magnanimidad.

Estrechó las manos de las tres, pero estaba confundida ahora y tanto le daba una cosa como otra. También mostrarse frívola o elegante era parte del disfraz. La calle le dio sobre la cara con el olor que a veces subía desde el puerto sobre las luces de neón y los cafetines de 25 de Mayo. Alcanzó a oír que la morena se quejaba a causa del grupo de curiosos siempre boquiabiertos frente a las vidrieras. Se arrebujó en el tapado de verano, atravesó Florida y se detuvo frente a los espejos de una zapatería de lujo.

La gente caía en la manía de utilizar espejos como biombos. También allí. Reanudó su marcha con la piel erizada, con un terror sin límites porque en el cristal había visto el mismo rostro de la mañana. Y como aún debía llenar la tarde, recordó que en San Martín y Córdoba vivía Elena. Ella era una suerte de amiga ocasional o de carta que se juega en el momento. Llamó desde un teléfono público y se alegró cuando obtuvo respuesta de la otra;

—¿Cómo estás?

—Muy mal.

Pensó un poco:

—Bastante mal —precisó.

Elena la esperó; apenas faltaba media cuadra para el departamento fino, de un ambiente, amueblado con buen gusto sin quitarle el indefinible aire de cotorro. Seguramente seguía siendo un cotorro porque Elena era soltera, hermosa y le gustaban mucho los hombres. Blanca apretó el botón del ascensor pensando que pasaría un par de horas a su gusto, con esa especie de homosexualidad que es la única forma de amistad entre las mujeres. Elena quería espetarle la historia de su última ruptura y así lo hizo. Era sensible y bastante digna, estaba aceptablemente enamorada. Me hará bien, pensó Blanca con ferocidad.

Se sentaron dispuestas a cortar cabezas y a compartir angustias con una pequeña mesa baja entre las dos. Fue Elena quien empezó la confesión porque Blanca pasaba por ser una casada seria, con pocas aventuras y un destino decoroso. Pero más que la historia de su amiga le interesaba el lugar, la distribución de las lámparas, la consabida biblioteca, el dibujo de Carlos Alonso y el diván para el amor. Había también bien ubicados dos o tres muebles coloniales y una miniatura con una gorda señora de principios de siglo que atestiguaban una familia de linaje. Pero la historia era sórdida y común, un hombre casado y una relación frenética interrumpida a los tres meses con la excusa de los hijos y los altos valores irrenunciables. Elena, en tanto, hablaba, mostraba cartas y tarjetas con largas frases de erotismo, postales de Río y recortes de revistas. También Luchino la había atosigado con cartas en las que detallaba la divinidad de su sentimiento. Había pensado el nombre para un hijo. No era novedoso. Elena explicaba por su parte que ella y su amante le llamaban N. B.; Luchino, el Minotauro. La cara le ardía. Tomaban té como dos viejas cortesanas que se contaran los escándalos de otras. A los cuarenta años des-

cubría la excelencia de las mujeres cuando los errores come-
tidos son los mismos. Inclinadas sobre la mesita colonial
intercambiaban experiencias de besos, de tardes solitarias
y de un negro porvenir.

—No podré querer más —anunció Elena con expresión
fúnebre. Pero lo más notable era sentirse a gusto en el
saloncito amueblado por su amiga para acostarse con un
hombre tibiamente conflictual, un hombre que pintaba y
que una vez había criticado severamente sus grabados. No
era serio que Elena dijera que su vida estaba entretejida con
la de aquel indiscreto mamarracho. Ella y su amigo habían
intentado —acaso como Blanca— el mismo acto sin valor.
Es así como se habla de amor perdiéndose en la anécdota.
Y la anécdota no era tal sino el remedo lamentable de otra
gran historia, en tanto el hombre cumplía fielmente su papel
y el departamento distinguido no era más que una habitación
de citas. Blanca sonrió:

—Te ayudaré —dijo, pero es uno mismo quien acaso sabe
si la historia ha de borrarse y luego repetirse.

Anochecía. Ella agradeció vagamente el hecho de haber
usado un día más en esas cosas cotidianas. El día pasado
sin una nueva cita vergonzosa, sin el auxilio lanzado en alta
voz, por el hilo del teléfono. En fin: había atravesado el día.

Elena hablaba aún.

Tenía el cabello trenzado detrás de las orejas, los anteojos
cortaban el óvalo de aceituna de su cara. Todavía le dio con
buena voluntad un par de consejos como acostumbran
hacer las mujeres que cambian confidencias como esas. En
tales ocasiones suelen quererse mucho. No hay reservas para
contar el número de abortos ni las tensiones conyugales, se
habla lealmente de la edad, del estéril deterioro, de la mediocre economía y aun del tiempo, ese enemigo corrosivo,
irrecuperable de hecho. Tomando té se vuelcan sin malicia,
queriéndose bien, hasta el momento de mostrar la piel viva,
los clavos en las manos. Por fin se despidieron. Blanca pensó entusiasmada que estaba lo bastante vieja como para no

encontrar ningún hecho notable que contar. Aquél era ya
un año pobre, de anécdotas gastadas. Elena la miró en la
reconvención envidiosa del enfermo cuando ve abrirse la
puerta para sus visitantes.

—Trataré de hablar con él —prometió Blanca que no
pensaba cumplir lo que prometía. La otra le dio las gracias.
Afortunadamente eran las nueve de la noche. En algún lugar del mundo el amor era la lámpara del Santísimo Sacramento, como otrora. Pero en el espejo del ascensor no estaba
la lámpara ni el reflejo del amor sino una cara de mujer
seria, con las líneas bien marcadas. Casi el rostro de una
mujer que no era ella.

Pablo me presentó algunos de sus misteriosos camaradas.
Era un grupo incoherente que usaba mis sillones, la bebida
mediocre que les ofrecíamos y el mal café que yo les preparaba. En seguida de nuestra boda la vida cambió para los
dos porque Pablo estaba verdaderamente loco por la Alianza,
con su afán de convertirla en la fuerza de choque del gobierno y yo estaba loca por acostarme tarde, fumar e intimar
con él lo menos posible. Como recuerdo de esas cópulas
fugaces queda la impresión de un dolor atroz que me hizo
maldecir más de una vez una virginidad obstinada, y aquel
deseo que se bifurcaba en temor y aun en repugnancia mientras las conocidas imágenes de papi y mami reaparecían. En
tanto Pablo se habituaba a mi extrema sensibilidad yo evocaba los subrepticios abrazos de mis padres y todo se tornaba
bastante lamentable, tan jóvenes como éramos, casi dos niños, dos cándidos equilibristas de una representación diaria.
Pero a menudo creo que él se felicitaba ante mi frialdad y
aun echaba mano de ella. De todos modos era fácil no encontrarse y fue así que entré furiosamente en aquel grupo
misterioso: un militar de ambición que explicaba cómo es
que Hitler pudo vencer en las Ardenas, la hija de un médico,

el Bebe Sánchez, un mayordomo de embajada, un músico alemán de cabeza rapada que adoraba a Mozart. Figuraba también un matrimonio distinguido, los Massa Ibáñez, que hacían muchas bromas al conjunto e iban a misa diariamente; una solterona bondadosa que se ofrecía a preparar el té y un homosexual. Por cierto que Pablo trajo una tarde a Antonio, que tenía cejas anchas y tupidas como un vello obsceno creciéndole en la cara. Pensándolo mejor, nunca he sido lo que se dice una inmoral, sino amoral simplemente. Usaba una idea precisa: si es la vida la que otorga tantas cosas, ¿cómo rechazarlas? Un mes después del casamiento ya ni Pablo ni yo nos acordábamos de lo jurado frente al cura: ¿a quién podía ocurrírsele la idea caprichosa de creer en la familia, esperar los hijos, cocinar, mantenerse fieles? Mi marido, que me amaba ciertamente, había trasformado la indolencia con que lo conocí en una furia destructora que lo abarcaba todo. La Iglesia, el gobierno, los niños de la escuela o la educación pasaban a ser objetivos de lucha mientras mayor era su fracaso como amante y más estrechamente nos uníamos como camaradas. Doy fe que ambos amábamos sentirnos muy amigos, hermanos irremplazables como en los juegos infantiles, hermanos en la sangre, y antes hubiéramos rechazado el sexo que la curiosa comunicación nacida al día siguiente de la ceremonia y que la vida en común acrecentara.

Una tarde, al salir de casa hacia el edificio de la Alianza, Pablo me dijo una frase que definiría para siempre estas extrañas relaciones:

—Si fueras hombre, también seríamos amigos.

Nunca conocí fraternidad mayor, no hubo en eso otro hombre que se le acercara, de modo que aquel forzado guerrero de mi himen tuvo una parte de mí misma que ningún otro sospechó después. Tan salvaje e ignorante como era me adherí a su credo de implacabilidad y a sus resortes de codicia, racismo, odio a los judíos y exaltada pasión por el país. Cuanto pudiera conducirnos a los pies y a la voluntad

del líder nos lo contagiamos como una dulce y misteriosa
enfermedad, y como todo lo que había odiado en la familia, desde el orden hasta la convención, quedaba atrás, me
sentí dichosa.

El edificio de la Alianza ocupaba un predio en la calle
San Martín, casi a espaldas del gran diario enemigo. Algún
día podremos destruirlo, dijo Pablo estrechándome el brazo
amorosamente antes de entrar. Yo también respondí al apretujón de mi marido como si de ese modo el sexo y la violencia se unieran victoriosamente. Quién sabe hubiéramos
debido fornicar sobre los escalones de mosaicos sucios que
pisábamos, pero nadie fornica en la escalera de un sitio
semejante: entonces nos bastaba con mirarnos. Siempre re-
cordaré su cara que la vida me ha devuelto, y tantas veces,
en el preciso dibujo de la boca y el color oliva de la piel.
¿Cómo olvidar su expresión adormilada y sus hermosos
rasgos de hombre? También yo amé a Pablo Achino en tanto
él me introdujo en la Alianza. Pero, en el refluir de la
gente, aquella sensación de amor se evaporó, porque Pablo,
junto a los demás, volvía a ser insignificante, apenas si
sabía articular una que otra palabra —tan locuaz como se
mostraba conmigo a solas—, tartamudeaba introduciendo en
su jerga palabras italianas, se empequeñecía. Yo lo estimulaba, pero Pablo, mirándome a los ojos, me contagiaba su
propio desaliento. Volvíamos atrás.

Una suerte de gorila nos salió al encuentro tendiendo su
mano a mi marido:

—Bien Achino —exclamó con la voz de quien gesta su
discurso—, me siento muy contento de que hayas decidido
acompañarnos.

Ellos se conocían de la escuela secundaria, ex alumnos
de un buen colegio de curas. Pablo me presentó en seguida:

—Mi mujer —dijo claramente.

Querido Pablo: nunca fui la mujer de nadie. Debió decir
mi amiga, en fin, mi camarada, nunca mi mujer. El mono
sacudió su cabeza enorme con satisfacción:

-—Me alegro de tenerla con nosotros —repitió lo que parecía ser su única forma de comunicación.

La tarde era clara y aún el sol ponía en las cortinas grandes redondeles amarillos. Sobre los techos de pizarra, en las azoteas de oficinas, el cielo estaba muy azul. El de la gran cabeza se restregó las manos:

—Lindo día para una revolución —dijo a los que llenaban el salón.

Yo pensé que la revolución tenía que ser algo secreto y serio; papá había vociferado contra la revolución del 30 y me mantenía firme en el desprecio. Ahora los amigos de Pablo querían la revolución como quien habla de beberse un buen vaso de vino. Era gente muy joven la que llenaba el local; también había mujeres, una en especial, con un extraño nombre polaco.

—Wanda —dijo el enano con satisfacción y agregó un apellido incomprensible.

Wanda y yo nos observamos. Vi una de esas admirables mujeres de rostro triangular, de boca ancha, que aparecen siempre en la pantalla de los cinematógrafos. Apenas hablaba castellano, pero parecía muy popular.

—Es la amiga de Cantón —susurró Pablo fingiendo que leía un cartel en la pared. Yo no comprendía.

—¿Quién es Cantón?

Era el enano, el líder, el cabezón que siempre se alegraba de que uno y otro estuviesen con él.

Nos hicieron pasar a un salón contiguo donde había una mesa como las que usan los conferencistas, algunas sillas desvencijadas, el retrato de Rosas, el de Perón y la Señora. Me acomodaron por ahí porque los hombres, divididos en secciones, debían comenzar las conferencias. Cuando Pablo se esfumó me puse a escudriñarlo todo con una excitación que me producía placer. En mi vida había pisado un sitio semejante y mis padres reclamarían a favor de mi seguridad. Sentí un ácido placer de mandar a mis padres al demonio: hasta hubiera querido hablarles por teléfono para confirmar

la situación. Ya mis queridos padres podían elevar sus que-
jas al Santo Tribunal de Dios. Papi y Mami irían al infierno
en el momento que Cantón vociferó desde la habitación
vecina:

—¡Camaradas! El Jefe de Policía nos recibirá mañana
y muchos de nosotros sabremos ya cómo utilizaremos las
fuerzas por la patria.

Si hablaba de la patria me corría un escozor helado por
la columna vertebral. La patria era el pequeño país colgando
del hemisferio sur, en el mapa, justamente al lado de la
cara de la señora de Perón, una linda cara sonriente a la
que era preciso cambiar el peinado. Una cara linda y joven
que no decía nada. Y pasé mis ojos a Perón bajo su absurda
gorra prusiana de militar afortunado.

—Así es, camaradas —gritó Cantón con la ayuda de su
garganta poderosa—, prenderemos en llamas el país de
sur a norte.

Enunciaba hechos victoriosos, alababa el temple del gobierno hasta que de pronto se puso adulador y untuoso. El
auditorio bramaba tanto como él. Nunca presencié mayor
efervescencia. Quizá Pablo conseguiría hacerse oír en el
tumulto y descubrí que en el fondo de mi alma deseaba
escuchar la voz de Pablo como la de Cantón, sacudiendo
los nervios de la gente reunida. La patria eran las catorce
provincias, diez gobernaciones y un dibujo poco exacto de
las islas Falkland, pintadas con el mismo color de la Patagonia. También yo hubiera despotricado a gusto contra los
ingleses recordando el asco que me subiera a la boca el día
que mis compañeros de la Alliance enarbolaron las banderas
francesas y británicas. Las mujeres corrían por Florida y
tomaban el té en Harrods celebrando la liberación de Francia. Yo también había comprado una bandera, aunque aquella victoria no significaba nada para mí. Ni Londres ni París,
aunque era duro mantenerse aparte y elegante machonear
por Florida, agitando las banderas, las flores tricolores para
la solapa del tailleur y las melenas hasta el hombro, en tanto

se entonaba la Madelón, For He is a very Good Fellow
y un pedazo del Himno Nacional. Todavía rememoro el asco
cuando las otras movían sus banderitas multicolores en dirección a la orquesta, según eligieran la Madelón o la Mar-
sellesa. Se ponían de pie, también algunos hombres, sintiéndose en conjunto muy patrióticos y es ahí que me remordía
la conciencia y sobrevenía el asco. Me esforzaba por sentirme
muy alegre ante la dicha de ese París al que no había visto
sino en fotografías, quería indignarme frente a los alemanes,
vivar a Gran Bretaña. Pero aunque los alemanes me fueran
del todo indiferentes, siempre existía una rabia sorda hacia
los ingleses, con sus ferrocarriles y estaciones propicias para
sus intereses; se agolpaban las sospechas tras algunas leccio-
nes de historia mal aprendidas y esa suerte de orgullo nacional que el hijo del emigrante boloñés confundiera con
deberes cívicos y patriotismo. En la escuela nos solazábamos
al aceptar que éramos la granja de Europa: "la Argentina
envía carne y cereales a cambio de productos manufactura-
dos", y he aquí que los ingleses parecían comer hasta reventar todo cuanto les enviábamos —el marino que noviaba
con Teresa decía lo mismo—; comían hasta reventar por
pocas libras.

—Y obligaremos a esos pueblos de rapiña, los tomaremos
por las solapas para preguntarles a la cara si están o no con
nosotros.

Cantón entraba en la curva ascendente de su discurso
vespertino. Los rostros alrededor tornábanse encarnados, se
encendían las lisas caras tirantes, los pómulos satinados de
Wanda, la polaca, el hermoso rostro de Pablo, estremecido
en su lugar.

—¡Los escupiremos en la cara!

Un murmullo crispaba las habitaciones atestadas.

—¡Los obligaremos a postrarse!

El pabellón, Rosas y el sagrado emblema.

—La patria que deshonró Sarmiento...

Un rugido mayor:

—...rescatada por Perón.

Un rugido acompasado. Cantón relataba ahora una anécdota en su faz de periodista; una entrevista con la Señora. Blanca volvió los ojos sobre la confusa cara virginal, una carita tierna de oveja que contemplaba a la concurrencia: tendrían que cambiarle el peinado.

—Me recibió sencillamente, con un batón de seda larga y blanca, los cabellos rubios sueltos. Pensé que era la aparición de la patria.

En el edificio había de pronto un sector reticente. Se caminaba con cuidado ahora, aun cuando Wanda prorrumpió en un aullido ardiente, un gran grito fanático que contagió a las demás mujeres —había una buena docena en los salones—, que la imitaron. Permanecí callada descubriendo que era honesto gritar por la señora de Perón. Que gritaran las otras, ya que en cierto modo el grito era una forma de combate.

—Entonces ella me escuchó hasta el final y cuando pude explicarle nuestros objetivos dijo con respeto: ustedes saben que también yo soy algo nacionalista. Le contesté: también nosotros, señora, también nosotros.

Algunos prorrumpieron en risas, los demás aplaudieron rabiosamente estrechándose unos a otros o moviéndose como una masa compacta y olorosa. Hacía calor. Las bombillas de la luz eléctrica oscilaban sobre las cabezas. Cantón terminó la anécdota y se convino en que la Señora podría servir de aliada. Todos estaban dispuestos a la lucha en una época en que las perspectivas no podían ser mejores. Rescatarían a la Patagonia, aplastarían a la oligarquía. Pero eran los comunistas, sobre todo, los cipayos, y luego los comunistas en extraña conjuración los que debían ser exterminados. Pensé que papá también entremezclaba en sus furias domésticas a comunistas y conservadores. Y se jactaba de llamarse radical del 9, del 4, del 30, expedicionario del desierto, cazador en la punta de una lanza. Casi vociferaba como éstos, aunque llamara a los aliancistas un cuerpo de asesinos.

Yo no los veía así: más bien exagerados y algo ridículos.
Un hombrón de un metro noventa y pico se levantó a mi
lado y largó un quejido que era grito y eructo:

—¡PERÓN! —aulló desafiante.

Alguien me avisó que era de los sindicatos, y esa ya era
una palabra que conmovía, una santísima palabra. Lo miré
asustada.

—¡PERÓN! —repitió el hombre como quien trata de
aprender la tonada de un canto de guerra. Yo entendía que
la Alianza iba mucho más allá de lo que alcanzaba el peronismo. Era la fuerza de choque: somos el ala fuerte de
Perón, lo haremos levantar vuelo. Recordando con esto a
mi marido, vi que también él me miraba arrebatado, una
primorosa cara de gringo, rojo subido por efectos del fuego
y de los camaradas que rodeaban a Cantón. Se nos avisó
que habíanse formado comisiones de cinco a diez volunta-
rios. Vi a Pablo que aplaudía: a él que le gustaba jugar
con los soldados, jugaba ahora a los nacionalistas. Me pusieron en una subcomisión para el control de la actividad
en las iglesias. Los curas se habían vuelto hacia el gobierno
no bien ese viento comenzó a soplar. Ahora el cardenal
entraba en razones con el régimen y recibía a los líderes
obreros. O quién sabe eran sólo historias asquerosas entrete-
jidas por las voluntarias del Club de la Victoria —en lo de
Céspedes Lafuente— o en el Comité de Ayuda a Italia donde
iba mi suegra. ¿Cómo podía salir algo noble de aquella reunión de harpías presidida por Mamá Viuda Vieja? Yo las
veía tejiendo y machacando cada palabra con el veneno destilado, diez a uno, el pasado de la Primera Dama soezmente
aderezado, los móviles de los obreros, los descamisados que
quemarían sin más el Barrio Norte. Hasta es posible que
el mal hubiera alcanzado hasta los malos curas, se aclaraba,
naturalmente malos. Tejiendo tricotas de medidas arbitrarias,
con las peores lanas y colores —los niños pobres no se fijan
en eso— ponían su parte en la historia patria. ¡Bastante que
tejemos para ellos y para los aliados! Bien está que usen

nuestros gruesos adefesios sin pedir explicaciones de forma
o de color. Grité de excitación porque bastaba el pensamiento de mi suegra o de las viejas tías para que el ardor me
encendiera la piel desde los pies a la cabeza. Bastaba conju-
rarlas para que la Alianza, el hombre que eructaba a Perón
y todos los demás parecieran memorables. Me encajaron,
pues, en las comisiones religiosas, que yo acepté asustada.
Desde lejos, la cara al rojo de Pablo buscaba mi atención.
Quién sabe lo nombraran jefe de una zona. Y orador. Entonces sentía una debilidad extrema frente a aquel que supiera hacer un buen discurso porque Cantón había conseguido
enfervorizarme. Cuando alguien se acercó y tomó mis datos,
la vieja laucha gris criada por mis santos padres afloró.
Hablar, vociferar, hacer votos por la limpieza de la patria,
estaba bien. Escribir o dejar la huella de los dedos era, en
cierto modo, meter la mano en la trampa. Vi a Pablo inclinado para hablar a un compañero. Me sentí grande y fuerte
contestando a una muchacha oscura que me interrogaba.
Verdaderamente puse un pie en las grandes cosas cuando
dije las primeras palabras:

—Blanca Maggi —no había usado aún el apellido de Pablo, no pensaba usarlo además. Las mujeres llevan el nombre del marido, pero yo haría flamear briosamente el oscuro
apellido de mis padres. La otra mostraba una pétrea cara a
lo perro cazador. No iba a escaparme así no más. Pero no
pensaba escaparme—: Blanca Maggi, diecinueve años, vivo en Olegario Andrade, Acassuso, maestra, sin filiación
política.

Me miró a los ojos.

—Pero es nacionalista, claro —aventuró.

Yo pensé en la Patagonia, en los ferrocarriles caprichosamente distribuidos y en las islas Falkland. Las alumnas de
la Cultural chillaban de alegría ante el avance de las tropas
norteamericanas que compraban con chocolate y cigarrillos
lo que los alemanes dejaran, por descuido, en pie. Las italianas solían colocarse pubis de color rubio para satisfacer a

los hombres de color. Un argentino de verdad no podía
querer una Argentina libre. Viva Perón.

—Claro que sí —dije encendiéndome de bríos—, nacionalista, como ustedes.

Las hijas terminaron los cursos, y lo esperaba de ellas,
ni lúcidas ni mediocres, un par de chicas dotadas de hermosura mirándola vivir con desdeñosa indiferencia. De la violenta crispación restaban Silvia y María Luz, que cada día
se complementaban a sí mismas como una obra primorosa,
fuera de la madre, como el velamen de un barco sobre el
río un día de buen viento; era hermoso y era un velamen,
un barco, un hecho concreto, pero todo existía sin su inter-
vención. No era el caso de aferrarse a las hijas. Entonces,
desde el momento de abrir los ojos en la gran cama conyugal, afortunadamente sola, pensó que acudiría de nuevo a
sus grabados y objetos, aunque eso le significase esfuerzo y
también una manera de aceptar que estaba viva.

Le satisfizo comprobar que ni Andrés la llamaría ni ella
sentía tentación de acudir otra vez a Andrés. En su rostro
habían reaparecido las ojeras, porque bastaba despertarse
para enfrentar la madurez. Andrés fue expeditivo y cerebral;
visceral, tal vez. Una linda hembra a la que se encuentra
por equivocación en un paréntesis de viaje: no daba para
más. La señora Ordóñez supo confirmarlo seriamente.

Comprendió que su vida tenía mucho del asco a que se
refería y curiosamente algo de dolor. Ahora en la desesperación de su gran pieza soleada sólo encontró el teléfono.
Hay quienes edifican su vida sobre el brazal, el disco negro
y el timbre de la campanilla que lleva y trae una voz. Estoy
enferma, pensó, bebiendo el té con leche tibio que la mucama le dejara sobre la mesa de noche. Discó y habló con
su amiga Berta, largamente. Era fácil encontrar a Berta y
que ésta hallara todo a su gusto. Le encantaba contar a la

señora Ordóñez lo ocupada que estaría toda la semana y su cansancio de la víspera. De ese modo aceptaba la esperanza, sabía sonreír y consolar. Con su gruesa voz de contralto le decía cómo es que había arrojado parte de su vida a la descomposición.

—Vos que proclamás la desintegración, te desintegrás vos misma.

Esa judía sensible y comprensiva le venía bien, y aún recordaba aquel grabado suyo, memorable. Los judíos son amigos de excepción. Ésta la animaba ahora: tendría nuevos grabados, con seguridad.

—No, no tengo ninguno. Conseguí hace un par de meses una larga hendidura en la madera. Y luego, una enorme nuez partida, en cobre, una herida honda con el borde entreabierto. No sé qué es lo que quise expresar. La nuez y la hendidura como el claustro materno.

Se rió, esforzándose. Si Berta le hablaba de su madre, lloraría a gritos. Nunca consiguió hablar con Berta de su madre sin llorar.

—Ya sabés que yo no resolví aquel viejo problema.

Desde el otro lado del teléfono la voz se impacientó:

—¿Una hendidura? ¿Una nuez, decís? Traémelas. Pasaré por tu casa para verlas. Quién sabe has descubierto en vos toda una época.

Una nuez y una hendidura. Las obtuvo apartándose de la técnica del grabado. Había dos alternativas: dar un alarido o continuar el simple uso que los otros dan a los objetos. Lo tremendo es ser un artista mediocre o decir las propias cosas a través de la mediocridad.

—Está bien, pasaré este mediodía —dijo Berta.

El primer llamado resultó satisfactorio, de modo que insistió. Esta vez fue Romero, un buen crítico que trabajaba en "La Razón" y que había sido desmedidamente cortés con ella. Romero fue cortés, pero tenía prisa y la desvió a Romualdo, el jefe de sección que imaginaría a Blanca Ordóñez con un montón de años y melindres. Pero ella supo que se precipitaría a la charla con cualquiera, por peor que fuese, como una forma de llenar el largo día. Bastaba escuchar la voz. Discó el número de Luchino, del que siempre echaba mano cuando se encontraba mal. Pero Luchino la aburría usando con ella una ridícula voz cariacontecida: era una miserable tabla para asirse. ¿Por qué demonios acudir a Luchino? De modo que volvió a cortar. Se condenó cuidadosamente sintiéndose cada vez peor. Tendría ahora que revolver en sus armarios en busca de la nuez y la hendidura antes de que llegara Berta. Una nueva época, pensó, decidiéndose. Berta le diría si la nuez significaba algo más que un par de manos crispadas sobre la materia, que la hendidura podía despertar en los demás la misma sensación de aguja hasta la raíz del hueso. Compraría un pequeño cuadrado de arpillera, adosaría otra tela negra al borde de la herida sobre la tela, los bordes retraídos serían como una boca abierta, como el vientre o la vagina, la herida de aquella muchacha a la que llevara al hospital. Recogiéndola en la calle se sintió bondadosa e importante. Alguien introdujo una hoja afilada entre los omóplatos de la chica. Tenía bien presente la forma y el color. Ella compraría arpillera y la abriría en dos como aquella herida. En el hospital se sintió tocada por un sentido confuso de la heroicidad.

—Daré un giro a mi vida, vendré a cuidar enfermos.

Trató de recordar el sitio exacto donde guardara sus grabados, los esbozos y hasta el material. Sintió el olor al aguarrás, la aspereza en las yemas de los dedos, y como le ocurría siempre, imaginó el ámbito y la sensación más que el impulso creador. Era difícil descubrir si creaba o no. Se sobrepondrían a sus planes otras capas más viscosas de audacia, codicia y ambición, seguramente. Pero en el hospital aquel, arañó no sólo una corteza en medio del gran dolor colectivo e inarmónico. Pensó entonces: haré el bien, curaré llagas asquerosas. Pero existía el orden también allí y los médicos parecían poco dispuestos a transigir con una señora atractiva recogiendo en automóvil heridos callejeros. Las heridas eran curadas con drogas y los enfermos iban seriamente a la sala de cirugía, desde la que regresaban o no. A los quince días, la mujer herida que recogiera en la calle mejoró. Dos o tres enfermos acostumbrados a verla la acogieron bien, pero la ayuda que ella podía ofrecerles se perdía como el humo, por las puertas entreabiertas. Cuando el doctor Menéndez tomó la dirección de la sala de accidentes, aceptó penosamente que repetiría la experiencia de su madre con el doctor Roualt. Aquel sabio desgastado antes de tiempo poseía admirables ojos amarillos y se manifestaba briosamente inmoral. Probaba en sus pacientes cada experimento, enfrentaba a sus queridas por el placer, se acostaba con la hermana de su primera mujer que lo volvía impotente, buscaba la relación de otras; una mujerona atroz perseguía a las integrantes de la ronda del doctor Menéndez, aun las enfermas sobre las que el médico usaba su atracción. El hospital entonces no era más que un aquelarre y Blanca salió de él más deteriorada. Aún recordaba los avances de Menéndez detrás del guardarropa, el olor a almidón de su delantal rígido, su modo de fijarla en algún sitio, atornillándola por la timidez, algunos forcejeos y una negra humillación final. Al fin, Menéndez terminó por odiarla sin que ella supiera bien por qué; tal vez sería la enfermera sexual o la cuñada frígida, o tal vez la segunda esposa. Supo mucho después que el médico la difamaba: le pareció muy triste.

Sus pequeñas obras tenían el aspecto desolado de lo que ha quedado inconcluso: se tornaban débiles y tristes con el tiempo. La nuez, aún abierta sobre su borde dentellado, no alcanzaba a dar la idea de madre, vientre o sexo: seguía siendo una herida. Puliéndola se pondría a trabajar. Si Berta llegaba a la casa en una hora era preciso tener algo en manos justificando el alboroto. Hizo girar la nuez entre sus dedos y descubrió el hermoso color verde herrumbrado del objeto. Hurgó en el armario hasta encontrar los diminutos caballetes de madera, las tablas y bajorrelieves inconclusos. Usaría

la misma ropa, los mismos instrumentos que otrora, como
taller la habitación desocupada sobre un patio interior.
Iba a necesitar un delantal de cuero, buena luz. Miró el reloj;
casi mediodía. El trabajo, frustrado, le hacía pasar el tiempo
sin recurrir a Andrés, sin la modista.

Pero se puso encima una blusa y una falda a cuadros y avisó
a la sirvienta que tardaría media hora en regresar, aunque lo
hizo casi en seguida. Subió al taller imaginario y desató el paquete. Con una hoja de afeitar marcó la incisión en la arpillera. Usó la mano firme, sin temblor. Se abrió la tela;
buscó los ganchos y sujetó el material sobre un cuadrado
de madera. Tenía la boca seca, se sentía bien y joven. Pasó
frente al espejo del toilette y vio una cara seca y pálida, sus
labios sin pintar. No era por cierto un rostro rozagante, más
bien adusto y marchitándose, pero se desentendió de la
decrepitud exterior como si aquella súbita excitación lo jus-
tificara plenamente. Volvió a la tela y con dedos hábiles deslizó una larga tira negra y rígida bajo el borde de la herida.

—Dije herida —pensó alborozada—; ya es una herida
para mí. Si esto es vida es también herida, tiene valor, y
estoy creando.

La deslizó bajo los dedos como si los nervios se comuni-
caran a la tela. Aseguró el detalle con la autoridad de un
buen artesano; dobló el borde abierto, tiró de los extremos
hasta que la arpillera fue una abertura tramposa, un ojo
maligno, un libidinoso pasadizo hacia el misterio. Casi se
aplaudió. Sacudió la espesa mata de cabello donde había
algunas canas. Los hombres gustaban de su pelo. Las manos
y el impulso tomaron vibración. Hubo armonía. Hincó todavía más los ganchillos en el marco de madera y observó
el ojo misterioso. Dedujo complacida: es un ojo, un resquicio a través del cual me observa Dios.

Cuando la mucama le anunció la llegada de su amiga,
mostró una animación desaforada. Apoyó el objeto sobre un
marco de ventana y puso la nuez sobre la mesa con un dejo
infantil, que llamaba a la misericordia. Berta pasó directa-

mente a los objetos de arte que eran parte preciosa de la habitación. Siempre tuvo piedad por Blanca. O simpatía. Ahora sus ojos buscaban en la hendidura y en la doble herida la misteriosa implicancia.

—Son dos bellos objetos —dijo seriamente.

Blanca señaló con estremecimiento la flamante arpillera, y adentro, la tela oscura como un guiño o un plano vertical de la pupila.

—Es el vientre de mamá, una herida que alcancé a ver.

—No los expliques —dijo Berta.

Ella se mantuvo humilde entonces, casi sin levantar los ojos, respirando aún como quien acaba gloriosamente una carrera sobre espacio y tiempo; algo de eso es lo que sentirían los artistas aunque el de ellos fuera un impulso sostenido y no este sobresalto discontinuo de su vida. Debía asir al vuelo una cosa como esa, y pensándolo, intuyó con claridad otras arpilleras, otros trozos de metal, algún borde mellado diferente. Tenía cosas que decir al fin.

—Si trabajás seriamente estás a tiempo de exponer en la segunda mitad del año —dijo Berta—; me ocuparé de reservarte espacio o galería en un buen lugar. Tenés que intentarlo.

Cierto es que lo había tentado antes, pero lo hizo mal. La gente media sus objetos y grabados con torva desconfianza. La creían rica y era además una mujer espléndida. Berta pensó con amargura que a su amiga le importaba más el óvalo perfecto de su cara que descargar su angustia. Quiere vivir esta desgraciada.

—Has madurado al fin —dijo.

Quería decirle: es hora de que acabes con tus hombres, tus objetos interiores desparramándote sobre la cama.

—Quizá sea de veras el vientre de tu madre.

Pero prefirió reírse llamándose falsa intérprete de esquemas psicológicos.

—Una se la toma a menudo con el vientre.

Blanca fumaba ávidamente en esa mañana insólita. Se

divertía, lo pasaba bien a pesar de Berta, tan solemne. Pablo se había equivocado cuando murió aborreciendo a los judíos. Eran blandos y benignos; por lo tanto inocentes. Ésta, por ejemplo, acudía en su auxilio como una monja de la caridad. Además iban a las exposiciones y gastaban mucho dinero en las obras de los otros. Berta era una buena amiga aunque ahora se empeñase en averiguar cómo es que había pasado los últimos dos años, desde que perdiera el entusiasmo en la galería de arte que dirigieran juntas. Se dejó ganar por una punzada de despecho ante el interés que se desplazaba de los objetos a esa zona de penumbra que le costaba resolver. Tenía que clasificar sus etapas y hasta sus desalientos. Los objetos en cambio eran preciosos y perduraban sin ella. Trató de darlo a entender, pero Berta quería saber sobre su vida. Los ojos aguados se volvieron imperiosos, tendría que explicarle y ahora juzgaría. Admitiendo delante de su amiga aquellos largos años se mostraba como una loca cazadora de días perdurables que cesaron; una cazadora de días y de cabelleras, una gozadora de instantes miserables.

—Viajé un poco, conocí a Luchino —dijo lastimeramente.

No hablaría de Andrés ni de la Convención del Partido a la que fuera invitada por error. Berta la creería loca. O ninfómana. Veía como justo, en cambio, explicar que nunca había dejado de ser la ex alumna de las Mercedarias.

Berta la observó:

—Alguien me habló mucho de vos —dijo.

Aclaró:

—Me habló mal.

Eso siempre hacía daño, las habladurías la espantaban regresándola confusamente a Raúl y a las hijas. Pero no hubiera dado un paso atrás cuando la circunstancia se volvía excitante como un trapo rojo delante de sus ojos: si la vida le ofrecía asombro y aventuras nunca se volvería atrás, aun cuando las paredes se derrumbaran sobre su cabeza; la tentación era constante y la acuciaba. Berta tenía razón: la gente la juzgaba con dureza.

—¿Quién? —preguntó tratando de tomarlo fríamente.
Berta se encogió de hombros.

—No se comprendió bien lo de Luchino.

Trató de suavizar.

—Es tan distinto a vos.

—Precisamente.

Blanca encontraba difícil adecuar su desvarío a los demás,
la amiga no lo exigía tampoco, la observaba sin agravios,
curiosamente, enderezaba las letras de ese furioso alfabeto.

—No debiste abandonar ni los grabados ni la galería. Se
te juzgó frívola e intratable. No yo, por cierto. Pero fuimos
amigas durante un par de años, eso nos acercó. Los otros
no te conocen.

Estaba a punto de decir que nunca una amiga le había
durado más de un par de años. Ni una convicción. Sólo
Raúl, las niñas. Ahora el drama de envejecer perduraba. La
explicación no era gentil.

—Pero por suerte hay quien te quiere mucho —dijo Berta
con su irremediable seriedad—, si trabajás con fervor, todo
irá mejor.

Eso podía significar que lo de Andrés no se repetiría ni
las asfixiantes veladas familiares de íntima desunión ni los
veraneos con gente que debía enfermarse pronto y bien para
que ella pudiera comer y aburrirse. Esa mañana, Berta, ex-
perta en arte, le hablaba animosamente aunque sin usar
palabras definitivas. Se le advertía: trabaja, adquiere seriedad. Ella necesitaba que en una pantalla luminosa se le ase-
gurara su talento o que los otros se rindieran. Estaba en un
plano superior, considerando a la modesta mujer que no
podía concebir siquiera la nuez o la hendidura. Sólo media
hora antes una ráfaga la había visitado y los objetos mostraban cómo es que un arcángel misterioso preñaba generosamente sus entrañas. Cuando niña escribió poemas abomi-
nables por los que se evadía de los suyos, ardientes poemas
de amor a un García Lorca muerto ya, sin más inspiración
que una mala fotografía de periódico. Malos poemas sin

duda, leídos a su hermana con la beatífica aprobación de ésta, pequeñas obras en los cuadernos de páginas rayadas, sabiamente ocultos a las garras de mamá. Eso pasó como pasaron luego sus lindas manos de muchacha crispándose sobre la arcilla. Quizá había sido una artista.

—Cuando apareciste hace unos años, no te maltrataron —dijo Berta buscando un lugar donde sentarse. Encontró una silla y Blanca se acomodó a sus pies.

—Es siempre medio niña —pensó Berta tentada de acariciarle el pelo. Un pelo espléndido realmente: esta pobre mujer había sido espléndida, una fascinadora lamentable, errante. Sentada a sus pies, el rostro a medias mustio y las buenas piernas todavía, la cintura grácil quebrándose en la postura infantil, la barbilla apoyada en su falda como un niño aplicado abstraído frente a la revelación. Raúl y Luchino y Pablo antes y quien fuera ahora o después; no hay nada más siniestro que una mujer-niña.

—No crecerás nunca —dijo cariñosamente.

Los grandes ojos castaños la miraron de abajo arriba, derramándose por un ser abierto y misterioso.

—Eso debiera mantenerte viva y joven —insistió—: quiero decir, es lo que te hace viva y joven.

—No soy joven —dijo Blanca con tristeza.

—Ya es la hora. Te has pasado cuarenta años jugando a las charadas. Has querido demostrar lo que eras con un teorema por absurdo. ¡Me has fastidiado tantas veces, Blanca!

La señora Ordóñez pensó graciosamente que había encontrado el teléfono de Berta por azar como un nombre igual a los otros. Pero la vida tiene estos hábiles recursos y ahora le ofrecía el impulso de la creación y una piedad elemental arrancada a una amiga obtenida por teléfono. Lo aceptaría sin morirse de entusiasmo: ella conocía esas tramposas posibilidades de la mañana, desgastándose hacia la tarde, fluyendo como un hilo fino de saliva que uno termina por secar con el pañuelo. Nada de trampas ya: Berta estaba bien.

—En el fondo lo que ocurre es que nadie se resigna a no

ser joven. Todo es muy cruel como cuando se aprende la incapacidad de olvido.

Las amigas aceptaban el tiempo de intimidad que exigía su presencia. Las hacía penetrar por una puerta estrecha y baja; otro tanto ocurría en el amor. De pronto ella era árbitro de un juego siniestro en que los demás tomaban parte apasionándose, justamente cuando Blanca se convertía en espectadora. Y era también bastante horrible. Ahora ya no se aburría.

—Debí ser rica, debí ser célebre, debí buscar otra suerte —dijo por sorpresa.

Cuando desarmaba con su autenticidad es que se volvía diabólica. Para entonces ya era tarde y los demás hallaban cerradas las puertas de salida.

—Y he tenido una vida muy larga en la que cuento épocas y cosas que ocurrieron: los días que uno marca en rojo. Lo recuerdo todo.

Aun los enemigos quedaban desarmados cuando Blanca volvía hacia ellos sus ojos inocentes. Los grandes ojos de la señora Ordóñez rebosando candor, excusándose: ella no había querido, realmente no; era difícil señalar un error aceptado tan generosamente.

—Has crecido —afirmó Berta sin convencerse demasiado.

Blanca yacía de nuevo llena de entusiasmo; a la vuelta de una esquina Berta le aportaba la aventura; podía prometer entonces.

—Claro que he cambiado —dijo.

Pero ni el hecho insólito de Perón ni las andanzas con los nacionalistas borraron mis errores. Me sentía hermana de Pablo pero su cuerpo y sus caricias no hacían más que disgustarme a medida que pasaban los meses. Estaba casada con él y mi madre, Mamá Viuda Vieja y las amigas, todos a coro, repetían lo que podía entenderse por una mujer

casada. Me fastidiaban de veras. Una mujer casada era
mamá, una empleada de zapatería que contaba minuciosamente detalles espeluznantes de sus relaciones en tanto me
probaba botas para lluvia. Teresa, ahora también casada,
con su versión inagotable acerca de la virginidad. Y yo no
quería transigir con eso; ser casada como esas majaderas
me parecía obsceno. Aún necesitaba evocar mi cama de soltera para conciliar el sueño y me hacía llamar señorita
Maggi hasta por los proveedores. Necesitaba, al fin, provo-
car a Pablo aun cuando sentía por él apego y gratitud.
Juntos ensayábamos todas las fórmulas de una alocada
convivencia, él accediendo a todo porque me amaba y yo,
sólo por sentirme libre. Y aun cuando la libertad me costase
arrollar a mi marido, inventaba cada día una complicada
estratagema para escapar de él.

Pablo, por los buenos oficios de Cantón, fue trasladado
a la Cancillería. Antes de que advirtiéramos el cambio, ya
Pablo se había convertido en personaje. Resultaba en parte
deshonesto ser intelectual del régimen o general del régimen o astuto depositario de la fortuna que acumulaba un
tercero. Era más bien un hecho vergonzoso que un honor,
en Buenos Aires, donde la gente se polarizaba con encono
—los que eran, los que no—, penetrar en la irritante escaramuza entre pueblo y gente distinguida. Ya entonces era, el
de todos, un enfrentamiento de facciones y aún recordando
con despecho las banderas agitadas en el día de la Victoria,
temía mostrar el lado sangrante de mis inclinaciones y la
fanática fe de mi marido. Se lo expliqué una tarde a Antonio, el amigo de Pablo, cuyas espesas cejas me atraían
y eran una obscenidad. Tomábamos el té misteriosamente,
en un viejo edificio de paredes en panel y escenas de caza,
en la esquina de San Martín y Corrientes. Desde la Alianza,
a veinte metros de nosotros, nos llegaban las marchas y
estribillos que duraban toda la tarde. Quizá Pablo, muy
cerca, redactaba sus discursos a Cantón y yo conocía el
placer de engañarlo sin deseos y a la vez sin atenuantes.

Tomaba el té con Antonio a quien Pablo aborrecía y que me tuvo en cuenta en seguida de mi boda: el cura y Antonio, bien que lo recordaba. Pero no era posible tomar el té con un cura ni perder la tarde en la semipenumbra de la iglesia con el pretexto de la vida espiritual. Bien que el cura me había contemplado ávidamente todo el tiempo, pero sentía temor ante el sacrilegio y como al mismo tiempo me aburría optaba por la invitación de Antonio, de modo que ahora tomaba el té, pensaba en Pablo derritiéndome de solidaridad por él, me sentía ignorante y me reprochaba no vivir su santo entusiasmo por la Causa.

—Debo explicar qué es lo que nos sacude a todos. Ayer, en lo del general Ávalos, no pude contestar acerca de Sarmiento. Otro invitado, un hombre extraño, al que habían castrado en su país, me interrogó. Lo habían castrado por motivos políticos. No lo sé. Más bien pienso que lo hizo por celos de su mujer, tanto más joven. En Asunción hay un gran monumento, dijo, al gran ciudadano paraguayo Domingo Faustino Sarmiento. Todos bramaron de entusiasmo. Yo también lo hice, pero si me lo hubiera preguntado a solas, habría muerto de vergüenza.

Antonio pasaba por ser un héroe estudiantil y antiperonista. Por lo tanto, éramos dos niños entregados a juegos peligrosos, los bolsillos cargados de explosivos. El héroe sonrió:

—Lo que ocurre es que el servilismo repugna tu conciencia. Te han arrastrado a todo esto.

Estudié el nuevo esquema novedoso acerca de la joven esposa mártir. Bastaba un simple juego de expresiones en la cara, un golpe de viento en la voz tristona y los hombres eran un buen conjunto de cretinos.

Antonio perdía aire al otro lado de la mesa bebiendo el té cargado y eligiendo para mí un funesto papel de heroína. Que no se le ocurriera despotricar contra mi marido.

—Tu marido está muy enfermo. Como tantos nacionalistas que han hecho mal dentro y fuera del país. En el mundo entero.

Quedé rígida bajo el vestido de gabardina ocre —el régimen beneficiaba a Mamá Viuda Vieja y ella se mostraba generosa—, rígida bajo la fina gabardina. Pablo no.

—Pablo es un patriota —dije con más firmeza de lo que esperara y con entera convicción—. Los países se hacen con nacionalistas y Pablo es un patriota —repetí.

Él no tuvo otra alternativa que mirarme de soslayo advirtiendo mi complicada trama de mujer casada. No habría adulterio al fin.

—En el régimen también los hay —admitió retrocediendo.

El encanto estaba roto, y esa noche besé a Pablo con mayor entusiasmo que de costumbre. Me avisó que hacia el fin de la semana se producirían hechos importantes. Sensaciones importantes al menos.

—El general nos recibirá en Olivos y el Jefe de Policía de Rosario admite precisar nuestra ayuda para el 1º de Mayo. Falta un mes: organizaremos bien las cosas.

Aplaudí con alegría y entregué a mi marido un confuso parte con mis actividades.

—Querés trabajar en serio —comentó Pablo tiernamente.

Conversábamos en medio de la habitación amueblada por las tías y Mamá Viuda donde todo estuviera pensado, hasta las anémonas. Allí habíamos consumado y terminado nuestro matrimonio; nos tomamos de las manos mirándonos con tristeza. ¡Cómo me hería esa larga mirada trastornada, esa actitud que no podía trasmitir ni corresponder, esa bella cara de animal fiel! Traté al menos de componer un tono. Sólo bastaba quererlo, amar. Pero era duro insistir en el incesto, echarme a llorar sobre él o confesar haberlo tomado como instrumento de una evasión penosa. ¡Ah, qué lejos estaban papi y mami, al fin! Desde el día siguiente de la boda Pablo y yo nos acostábamos a las seis de la mañana, hasta un diariero nos había preguntado si éramos artistas; reímos largo rato. Bien podíamos ser artistas, tan hermosos y jóvenes como nos veían todos.

—Sí —respondió Pablo sofocándose—, hacemos varietés.
Regresábamos muertos de fatiga con las primeras luces
del día, a menudo separados por la modorra o los duros
pensamientos del cansancio.

Para mí siempre eran los mismos. Sobre el cristal de la
ventanilla me veía más real y amable de lo que era; el sueño
sobre el vidrio sólo consistía en sentir amor. Otras veces
conversábamos inclinados uno hacia el otro intimando en
ese curioso intento de comunicación, analizando la vida
del prójimo, satisfechos de estar juntos y lejos de la vivisección. En los roperos se amontonaba la ropa sucia; en la
cocina, las anémonas, los platos y los vasos sin lavar; el
polvo y la humedad que subía desde el río en los anchos
ventanales. La casa que se nos regalara, a la que se nos
enviara a vivir —a ser feliz he dicho— como tiernos animales al degolladero, se enmohecía. Al abrir la puerta brotaba un olor rancio y espeso que me hacía mal.

Nuestra guarida, pensaba bajando del tren y entreviendo
la vistosa chimenea, del brazo de mi marido como en una
majestuosa procesión. Elegíamos una u otra habitación para
el sueño en común. Poco importaba: el acto de amor se
había reducido a un brusco estremecimiento unilateral. Dormíamos como dos niños crispados, la mano de Pablo sobre
mi cadera, sólo un contacto en la confianza suicida del
sueño. Dormíamos pesadamente hasta bien pasado el mediodía, hasta las tres o cuatro de la tarde, el teléfono sofocado bajo una manta, la botella de leche sin abrir, con la
nota clavada en el vano de la puerta: hoy no deje leche;
la leche agriándose, pudriéndose lentamente al sol, sin des-
pertarnos de ese sueño diario que era nuestra doble y tierna
escapatoria. Ya nos vestíamos después para ganar la calle
con la taza de café apurada entre el gran decreto de la víspera y las masas lanzándose a la calle, en una conquista
ambigua, el Presidente, el Libertador inauguraba una central eléctrica y los candentes discursos de la Rubia Dama
que purificaban las villas de emergencia. Pablo vibraba de

entusiasmo bebiendo café tibio que yo hervía por descuido, tratando de olvidarme del HOGAR que era guarida
y piso de solteros.

—Bravo General —gritaba Pablo atragantándose como
si llorara.

El General bramaba en la radio y a través del breve cerco
de ligustro también se oía la radio vecina con la misma
voz. Aún no había llegado la época de la obsecuencia y
soñábamos con la heroicidad entre cálidas sensaciones de
victoria —estar en la calle, lanzarse a la calle por la primera vez—, los alaridos de los trabajadores impuestos como
un vaho poderoso, el olor a sudor de tantos cuerpos apretu-
jados en la Plaza de Mayo y los recuerdos de la última
guerra pugnando por acomodarse en la muelle realidad sudamericana.

—Bravo General —gritábamos a dúo bebiendo como
colegiales las tazas de café con leche, desgreñados e incómodos entre la vajilla sucia, y la campanilla del teléfono
que siempre traía una aventura. Nos sentíamos unidos
como nunca, sin complicidad, con una sensación de camaradería tan aguda que nos era dado sobrellevar todos los
fracasos. Pablo tomaba su café temeroso de evocar aun para
sí mismo, aquel acto de amor exiguo y mendicante que era
mi suprema concesión. Su naturaleza de joven bien criado,
su madre burguesa y su buen pasar al decir de la Castellana,
se constituían en flancos de debilidad. Yo podía extorsio-
narlo con eso. Había que enfrentar aquellos viejos ojos
maliciosos que preguntaban por mi período mensual con
infinita desconfianza. Había que inventar felicidad y nuevos pretextos para negar a Mamá Viuda Vieja el nieto que
exigía como rescate. Los amigos también se preguntarían
por la felicidad de Pablo, pero él estaba bien dispuesto a
mandarlos al demonio si eso le servía para agradarme. Y
además estaba la política, el conmocionado tiempo del país,
el General y la Primera Dama enredando la historia para
que otros se abocaran a la dura tarea de contarla; estaba el

fascismo y la violencia naciéndole adentro como una bocanada sangrienta con los inflados relatos de campos de concentración, la admiración por los uniformes alemanes y el
consuelo que le otorgaba un régimen bestial en el que se
escudaba. También estaba el pueblo. Fui yo quien enseñó a
Pablo confusamente un amor ardiente por el pueblo. Tenía
mis tácticas: sonreír al mozo que nos servía, palmear a la
empleada del escritorio, vociferar con el chofer del taxi en
un mismo lenguaje. Pablo, entonces, se sentía mejor y libre.
    Después del desayuno de las cuatro de la tarde, volvía-
mos a la calle. Pablo, sin embargo, estiraba aquellos únicos
momentos hogareños que nos daban cierta idea de estar
recién casados. Aunque inventaba pretextos yo me mostraba implacable.
    —Debo salir. Tengo que llegar a tiempo para encontrar
a Wanda.
    O era una modista, el cinematógrafo o una concentración
para mujeres en mi zona de trabajo, el caso es que salía
disparada de la casa como si ésta ardiera a mis espaldas.
Alcanzábamos el tren de las cinco de la tarde conversando
amistosamente, mi brazo pasado bajo el suyo, con los elegantes barrios a los lados de la vía, los árboles de Belgrano y
los grises edificios de la Avenida Alvear. Me sentía dichosa.
Nadie exigiría detalles de mi tarde ni debería apresurarme
para regresar. Nos reencontraríamos en el edificio de la
Alianza y yo temblaría agradablemente por haber tomado
el té con un amigo misterioso a pocas cuadras de aquel
antro de aberraciones políticas. Me gustaba mentir, ocultar
aun los hechos inocentes. La verdad es un elemento miserable, pocas veces grato. Como una cortina de humo me
rodeaba la delicia y el misterio que acrecentaba el amor en
Pablo y en mí, el desequilibrio. En Retiro nos besábamos
amorosamente, cualquiera al vernos podría habernos tomado
por amantes. Me volvía para despedirlo con la mano mo-
vida una y otra vez por un escozor piadoso.
    —Qué hermoso es —pensaba acongojada.

Pero también terminaría por acostumbrarme a aquella belleza pegajosa que a fuerza de dormir sobre mi almohada dejaba de ser una belleza.

En los mismos días, ni bien uno de los secretarios favoritos del General pensó en Pablo para llevarlo a Casa de Gobierno, volví a encontrar en los pasillos del Colón los lúbricos ojos verdosos de Antonio y su desdeñoso aire de prócer. Pero aquel amorío necesitaba aires ardientes y mentiras; al fin de cuentas todo consistía en tomar el té y esperar con una ansiedad ancestral el llamado del teléfono. Fue una forma de encontrar personaje para mis sueños en el cristal de la ventanilla o de ocupar mi cabeza en las reuniones. La vida corría como una cinta hechizada bajo mis pies; de una fuente misteriosa emergía el chorro de agua cambiando de color.

De modo que el favorito de Perón nombró a Pablo asesor de un ministerio como una forma activa de presión y de espionaje y el panorama se ensanchó. La tarde en que se hizo cargo de su puesto, Pablo se vistió de gris oscuro, usó una gruesa corbata de brocato y parecía un noble italiano. Lo imaginé sobre el Canal Grande, con la brisa leve y limpia que arrastra el mar desde el Lido. Pero nosotros éramos argentinos y felices: esa tarde también me llevó con él.

Deslumbrada, miró la Casa de Gobierno, asombrándose de estar allí. Por fin su matrimonio con Achino le parecía necesario y ser la señora de, un hecho útil que le permitía esa interminable diversión. Si bien Pablo era todavía un discreto personaje comenzaba a ser de veras un hombre rico al que la gente del régimen trataba con decoro. En suma, era agradable. Ahora, tomados de la mano, como dos adolescentes de visita en el mamotreto histórico, miraban con arrobo las palmeras de decoración, el alfombrado rojo y los ordenanzas bonachones, en su uniforme verde

oscuro. Uno de ellos les abrió el camino hacia el portal
que comunicaba con el Ministerio. Había gente en las oficinas, peticionantes que entraban y salían, algunos empleados que tildaban expedientes y una secretaria gordezuela,
con grandes pechos, bajo un pulóver de banlón. Pablo se
hizo anunciar.

El favorito del Presidente resultó ser un hombre de pelo
y bigotes abundantes, vestido con lujo y de uñas lustradas.
Era gordo naturalmente. En la Argentina todo el mundo
es gordo. Blanca se sintió algo contrariada. Desde un punto
lejano en la memoria escuchó los rezongos de papá: la reacción había arrojado a Yrigoyen de la casa con la multitud
aullando como coro, arrastrando un busto en bronce o
los pobres objetos familiares. Las límpidas enseñanzas del
Expedicionario al Desierto le llegaron mezclándose con
las mujeres que reclamaban libertad para París y el arribo
de los norteamericanos. Bajo la piel aquella mezcla era una
infección peligrosa. Dejó que el hombre le estrechara la
mano. También allí estaba el retrato de la Primera Dama
custodiándolos. Una sonrisa dulce y ella sonrió a su vez:

—El General los recibirá en seguida —dijo el favorito.

Cuanto almacenaba sobre el escritorio era de un lujo
insólito; lapiceras de oro, el marco de una mujer en coco-
drilo caramelo, la sarga azul de su traje y los dos anillos
en los dedos manicurados. Todo el conjunto respiraba una
ingenua petulancia como si desde la raíz el favorito necesi-
tara resarcirse de algo. Había sido pobre sin duda. Ahora
sonreía entre sus lapiceras brillantes y los dos retratos, fumaba Pall Mall y olía a colonia Warrington. ¡Qué bien le
iba a aquel hombre! Estaba en el poder, aspiraba el dulce
aroma del éxito, hacía dinero y ahora les ofrecía café como
un afable dueño de casa. Nombrando al General, su voz
bajaba un par de tonos como quien penetra en una iglesia.
Al mismo tiempo, pretextando intimidad lo llamaba el Viejo
y sonreía soñadoramente: el Viejo era colosal, todo lo que
se hacía allí no eran más que las órdenes del Viejo.

—Es un tipo vivo —dijo, mordisqueando el cigarrillo como si hacerlo humo no bastara.

Blanca preguntó por la Señora, contenta de acatar aquel tratamiento fervoroso que brotaba de ella con espontaneidad. Optó por preguntar entonces:

—¿Y la señora de Perón?

El favorito carraspeó:

—¿Evita? —dijo finalmente. Y en seguida le brotó la frase—: Una santa a más de una mujer genial. Nunca nadie podrá remplazar a Evita, una santa a más de una mujer genial.

—Debería tener un niño —dijo Blanca sintiéndose miserable.

Los terciopelos de los cortinados caían en grandes ondas frente a los ventanales sobre las terrazas. El oro repujado en la carpeta de cuero fino, las Parker del Ministro y las arañas de cristal atraían sus miradas. Un gran mundo. ¿Qué es lo que hacés aquí, Blanca Maggi? Por allí, afuera, iba a perderse la oscura muchacha de la calle Alberdi, confiada en la hora del gran reloj de la vitrina, a tiempo que la luz ponía tornasoles las copas de cristal de Baccarat, sin uso. Un buen salto, un salto atrás, pensó con honestidad pero recordó la Alianza y a Pablo lleno de fervor y hasta la patria que ella —como todos— sentía ardientemente. Nada costaba hablar del hijo para el General: de todos modos, ella no se acostaría con él.

—El domingo, en un asado criollo en San Vicente, el General dijo que adoptarían uno —dijo el favorito encantado con el giro de la conversación.

—No, no, uno de ellos, de los dos. Deberían tenerlo.

Una buena peronista, debió pensar el hombre bajo su luminosa engominada.

—Puede ser —respondió envolviendo a Achino en su satisfacción.

Ya lo decía el General: él no se equivocaba con la gente que adscribía al régimen. Era una buena pareja la de los

Achino. Y bastante distinguidos, con dinero y buena educación. Podría llevarlo con confianza a la Cancillería, donde como bien saben ellos —los que conocían la lucha—, sólo andaban bien los pitucos. No convenía mostrarse generoso. Que empezaran como todos, si bien el suyo había sido un comienzo bien afortunado. Quizá por su calidad: todo consistió en un almuerzo con el General, por pura casualidad, en la casa de un amigo. Una carrera fulminante basada en su afirmación sobre las Malvinas. ¿Qué costaba vociferar sobre un sitio tan feo y tan lejano al que nadie iría ni condenado? Las Malvinas eran argentinas, sin duda. Bastó decirlo entonces para que el General se le adelantara con aquel tono porteño que lo hacía fascinante a todo.

—¿Qué me dice de las opiniones de nuestro nuevo Ministro, Coronel?

Casi no pudo darle crédito pero allí estaba y, de todos modos, méritos le sobraban. Su mirada se perdió en la ventana que daba a la explanada. Afuera el día era plácido y gris. Achino tosió para volverlo a la realidad.

—Me han hablado de una nueva empresa en Farallón —dijo Pablo con viveza.

Quien le hablara había sido su madre, cuyos escrúpulos antiperonistas se debilitaban diariamente a medida que los buenos negocios le salían al encuentro. Y las tías también aprovechaban lo suyo, no obstante haber intervenido en la Marcha de la Constitución, hombro con hombro con la democracia. Las pobres tías se habían sentido enfermas una vez de regreso en su departamento de la calle Arroyo. Pero debieron unirse a la gran marcha colaborando de ese modo a que la chusma se alejara de toda posibilidad. Perón era también la chusma.

—Esa compañía va a sonar porque es antieconómica —dijo el Ministro con escaso apego a las buenas expresiones—; va a sonar —repitió.

Achino y Blanca se instalaron más cómodamente en las poltronas de pana verde jade. Así es como el régimen estaba echando fama de estar en manos de unos cuantos brutos. Pablo se recuperó el primero: era un revolucionario y pensaba que la revolución fascista, cualquier revolución al fin, había que hacerla con aquello que se tuviera a mano, bosta, ladrillos, agua o excremento. Con sangre también, naturalmente. Que el Ministro aplicara sonar a lo que se le ocurriera, ya que los resultados estaban a la vista. Los sindicatos organizados en una gran central obrera, el poder desplazado hacia los burgueses industriales y haber dejado atónito e inerme al patriciado. Desde el balcón de la casa de gobierno, el jefe les enseñaba a menudo y sabiamente el alcance de la oligarquía. Nadie sabía mucho acerca de la oligarquía hasta la llegada de Perón. Sintió como otras veces el deseo voluptuoso de vivarlo tal como si la sangre se le volviera espesa y lo estrangulara al hervir en su garganta. La pasión política entonces se asemejaba al goce. Ya lo había notado en la plaza compartiendo el gran frenesí colectivo, restregándose con otros, confundiendo furores y esperanzas y ese alocado impulso de correr o de estrujar. Desde que estaba en el gobierno le sería dado contemplar desde el balcón las grandes concentraciones populares. Sería como ver la luna del lado que siempre queda en sombras. La otra cara de una moneda brillante y primorosa preñada de valor. Estaba rebosante de satisfacción. Que sonara la compañía y con ella Mamá Viuda Vieja y las tías roñosas. Él amaba a Blanca y la forma como ponía la boca cuando iba a besarla, al menos como la pusiera en el banco de la plaza. Las mujeres, aun la suya, eran un plantel de locas.

—Es mejor, señor, si es antieconómica —dijo, respetuoso.

El favorito recibió una pila de expedientes y se jactó de la rapidez con que allí se trabajaba.

—Y algunos expedientes dejan mucha plata —agregó frunciendo los ojos.

Sin embargo cuando uno de sus secretarios le dijo algo en el oído, pareció furioso.

—Ya le dije que con los sindicatos no hay demoras ni objeciones —dijo golpeando la carpeta repujada.

Estaba a punto de maldecir, pero los grandes ojos de
Blanca no se apartaban de él. Linda hembrita la del compañero asesor. Hasta el General la encontraría de su gusto,
como él. Todos conocían el excelente vistazo del jefe para
las mujeres, aunque apenas si tenía tiempo, acaso ni veía
a la Señora. La historia de la pareja presidencial ya formaba parte de un rito fervoroso.

La Señora se desangra en lo suyo —el Favorito se encontró hilvanando toda una sucesión de reflexiones insen-
satas— y lo hace bien.

—No se juega con la clase trabajadora y cuanto se prometió lo cumpliremos, bajo pena de que yo vaya a ver
a la Señora al Ministerio. Nosotros no somos los conservadores, che, ni mucho menos esos cabrones de radicales
cuando son gobierno.

Casi lloró de rabia; lo había echado todo a perder delante
de aquella joven señora tan fina. Además un hombre podía
maldecir delante de una querida, no de la esposa de un
amigo. Estaba apesadumbrado.

Blanca sonriente cerró el bolso con un ruidito seco y lo
enfrentó como quien advierte la presencia de alguien. Quizá
no lo había oído. Al fin y al cabo las mujeres sólo sirven
para una sola cosa. Todos sonrieron aliviados.

—Nosotros somos peronistas —dijo entonces el Ministro fervorosamente.

Las órdenes que impartió en seguida por el telespeaker
eran sensatas y entrañaban un misterioso sentido de trasformación. Se agitaba refiriéndose al problema que conmovía a buena parte del país, con sus estibadores, barcos y
puertos. Achino entendió a medias cuanto se desplegaba
ante sus ojos, pero el contacto con esa pequeña parte del
poder lo ponía frenético.

—Así quiere las cosas el General, Achino. La idea de
modificar el régimen de puertos, como todo lo que se
hace, sale de él.

El General los miraba fríamente bajo una absurda gorra

prusiana. Y bien que le habían gustado a él los alemanes, como a tantos argentinos. Los fascistas querían bien a la Argentina. El General, desde el retrato, era parte de aquella gran habitación majestuosa.

—Ahora se los presentaré —dijo el Ministro poniéndose de pie.

Blanca permaneció sentada con el corazón golpeándole bajo la blusa. Se irían sin ella aquellos dos cabrones, como dijera el Ministro.

—La señora de Achino también —agregó el tipo untuosamente, sintiendo unas ganas locas de tocar un poco a la chiquilina deliciosa.

No tenía ni 20 años; justamente lo que les gustaba a todos. Y era preciosa y mal casada también. Habría que reflexionar acerca del nombramiento de Achino.

—El General los recibirá en seguida.

Como en sueños Blanca se vio en un pequeño ascensor encofrado. Sobre su cabeza tintineaba suavemente una pequeña araña de cristal. El hombre que manejaba el ascensor era serio y reticente. Miraba al Ministro con especial resignación.

—Adelante, adelante —dijo el Favorito, saliendo al ancho pasadizo alfombrado en rojo.

Circulaban por esa parte de la casa ordenanzas con bandejas y café, empleados de la casa, curiosos siempre y despreocupados. Algunos periodistas, fumando y aguardando contra la pared del sur, miraron a los recién llegados sin interés. Pensarían: uno más. Blanca calculaba acerca de la línea de sus medias en posición correcta y el borde del rouge.

—Adelante —insistió el Ministro caminando como quien pasea por un jardín.

Casi circulaba en puntillas, como si tuviera miedo o qué. En la antesala aguardaban algunos grupos de personas. También allí había palmeras y los cortinados corridos ocultaban la plaza Garay. Muchos de los hombres se identifica-

ban curiosamente por el bigote, el traje azul que usaban y
su apariencia lustrosa y saludable. Había algunos militares
de uniforme bebiendo café, y cerca del ventanal medio
centenar de obreros resaltaban con violencia en ropas de
trabajo, tricotas o camperas de cuero. Pero todos ellos, sin
excepción, como el Ministro, caminaban en puntillas.

Pablo actuaba con suave dignidad. Ansiosamente gozaba
su felicidad de ser algo más que un hombre en un registro
comunal. Era el asesor u hombre de consulta y de confianza. Miró hacia afuera. Buenos Aires estaba al otro
lado del balcón. Ellos, pues, estaban en el buen lado de
las cosas. Imaginando las modestas concepciones de sus
padres, los ardientes errores de Teresa y las deudas here-
dadas como bien único, Blanca lo sintió muy cerca. Cruzó
las piernas cuando el edecán naval apareció detrás de la
cortina:

—El General los saludará en seguida.

Ella vio una sonrisa todo dientes y unas grandes manchas violáceas en la mejilla izquierda. Una de las manos
se abría y cerraba convulsivamente, como si estuviera bajo
los efectos de los nervios. La otra llevaba el cigarrillo recién
encendido hasta los labios. El hombre daba una imagen de
inquietud; frente a él, todo el país se prosternaba, aullaba
en triunfo. Sólo algunos pocos quedaban rezagados deba-
tiéndose en la vereda opuesta, como los ricos, los intelectuales, los que pedían la liberación de Francia, las vacas
para los ingleses o admitían los campos de concentración
como problema ajeno a todos. Ella los odiaba al fin, agra-
decida a Pablo por enseñarle una sigla de machismo y de
resentimiento. Las palabras no salían de su boca. Perón la
contempló un instante y todos sonrieron con alivio:

—Buenos días —dijo el Presidente, con una voz muy
grave de trasmisión radial (como la oímos siempre, pensó
ella).

Pero Pablo no pudo contenerse y estalló en imprecaciones
patrióticas y palabras.

—Mi General, la Guardia Restauradora, la Alianza, yo mismo, siempre con usted. El país...

—Muy bien, amigo —dijo Perón con tranquilidad—. Muy bien.

Volvió a saludar y siguió de largo.

Poco a poco comenzó a llegar la gente. El día había sido una tortura desde la mañana, con Raúl asegurando que no estaba decidido a emprender otra de mis locas aventuras, hasta la tarde helada con el frío del mayo porteño colándose por las vidrieras, en las tiendas sin calefacción, por las calles del centro, las mismas que uno obtiene si se pone a recordar. Mucho más que aquellas en que transcurrió toda nuestra vida, Santa Fe, Florida o Córdoba hasta Libertador, algo más allá de mi barrio Norte, el único barrio concebible para las mujeres como yo. ¿Qué es lo qué hubiera podido hacer lejos de ese radio diminuto en que uno acaba por encerrar el mundo como si fuera una habitante de provincias girando una y otra vez en la vuelta del perro, el pequeño mundo sudamericano con los ojos en blanco por París o recordando una Roma de tarjeta postal entrevista rápidamente por gentileza de Wagon Lits? Raúl me dijo:

—Primero fue el estudio del latín y el griego. Las mujeres como vos que tienen asfalto hirviendo bajo los pies suponen que el latín y el griego han de depararles la gran sorpresa. Después, el hospital y tu buena amistad con el doctor Menéndez, no cuento las andanzas de tu primer marido, ahora el arte.

También yo pude contestarle tantas cosas que le vienen bien, cómo es que nos hemos soportado mutuamente hasta la sensación atroz de no vernos ni escucharnos. Una presencia actual como la ventana de mi habitación que debo abrir al despertar para que entre por ella el aire renovado y la luz del sol. Una ventana que se abre o cierra tan distinta a mí, como que somos materia y significado, ni siquiera antagonistas porque nadie consideraría cuerdo mezclar una docena de manzanas con conejos... Y de ese modo Raúl y yo reñimos por todo lo que nos separa, lo que nos rebaja en medio de frases ofensivas y veladas en una total indignación. Hay que escupir entonces:

—¿Qué es lo que vas a intentar? —pregunta.

Me veía ridícula contestándole: el arte, porque bien sé que mis arpilleras y mis hendiduras no hacen más que orillar ese mundo para otros. Un pensamiento sobre el arte que me resultaba una indignidad como asimismo discutir con mi marido, tan escéptico y compasivo siempre, descontando el funesto resultado de mi esfuerzo antes de ponerlo en marcha. La pobre Blanca: una compasión más, repetida con insólita armonía casi como el acto sexual, cada tantos días y períodos, una riña y la reconciliación superficial, nunca de fondo, pero así y todo es saludable, tonifica el espíritu y es una gimnasia generalmente aceptada.

Aquella mañana de la exposición, nuestra riña no fue demasiado diferente de otras. No éramos de los que más reñíamos.

—Voy a intentarlo —grité— aunque vos te opongas.

Pero Raúl no se opondría, del mismo modo que no daría cabida a lo irremediable en nuestra convivencia. No retrocedería. De modo que la discusión siguió por su carril acostumbrado y como nuestras hijas nos hicieron saber, mediante un gran portazo, que estaban escuchando, mi marido, más calmado, accedió a preguntar:

—¿Es Berta la que te ha calentado la cabeza, esta vez?

Le respondí que no. Yo cumplía a medias mis obligaciones conyugales. Pero no necesitaba del impulso de otros para las magras cosas de mi vida. El impulso siempre había estado en mí. Yo lo había convencido de que se casara conmigo y hasta le había proporcionado las pingües hemorroides de Bernardo. Pensando en mis largos tés con Alicia me justificaba.

Raúl continuaba enardecido.

—No es que me oponga a tu trabajo —dijo tiernamente—; me gusta lo que hacés; quién sabe hasta lo hacés mejor que los demás. Pero en tu actitud, hasta en tu amistad con Berta, en todo, existe un desafío.

—Quiero volver a mis grabados, Raúl, a mis objetos, a mis arpilleras y colores.

El día anterior había accedido a acompañarlo a un cóctel de negocios. Los negocios no iban más allá del viejo páncreas de la señora del Castillo. Una monada porque era del Castillo y eso hacía que Raúl se regodeara ante los muebles apolillados desde la colonia, los pergaminos sobre las paredes y las majaderías de la enferma nombrándose a sí misma en tercera persona.

—La Señora del Castillo confía en usted, doctor Ordóñez.

Y yo había estado con él —como siempre—, la señora Ordóñez no, la señora del doctor Ordóñez, llenándome de rabia por aquel sutil anonimato, aquella sumisión total a un hombre al que ya no amaba. Todo era detestable como una mala acción inútil. Por otra parte, mi marido se cobraba concienzudamente las partes de su presa. Le debía respeto, adhesión y fidelidad. Llevaba su apellido eufórico y cotizado, comía bien y era un hombre estupendo que me envidiaban sus pacientes. Cada mañana debía depositar mi óbolo sobre la mesita de noche que escuchaba los vaivenes de mi sueño y de su sexo. Pagaba.

—Yo confío en vos —dijo impensadamente Raúl.

Aunque no tenía la mínima posibilidad de confiar ya que le mentía descaradamente, cada vez más, en una especie de catarsis de mentiras que me hacían flotar.

La vida me enseñaba que en todo caso no había más que empezar. A un hombre sucedía otro, a una historia sangrienta, otra más sangrienta aún. El resultado era muy confuso, como si el sexo, la suerte y las mentiras se repitieran hasta el infinito, con el único propósito de contaminar. Me sentía sucia y perseguida como un animal salvaje y cada día no era sino el intento de acabar la cacería, echarme a morir, dejar que los perros y mis perseguidores acabaran conmigo. Pero la disputa terminó cuando Raúl, accediendo y sacando su ventaja, me prometió que iría a la exposición no bien acabara las consultas. Que sea muy tarde, supliqué, con la quemante sensación que acompañaba esas treguas miserables. Y aun así el día fue largo y torturante porque de alguna forma tenía que pasar y las hijas no se cuidaban de contemplarme, fríamente, como a un espectáculo del que se advierte el desenlace. Fui a la peluquería, compré un par de zapatos. Me sentía más pesada y había optado por un par de tacos gruesos que me sostenían bien. Era otro hecho para anotar en la macabra comprobación diaria: al sonreír, una diminuta "v" se estremecía bajo mis ojos; observaba con espanto cómo es que al rato de empolvarme, las comisuras de los labios se marcaban rudamente. Mi cara denotaba un cansancio irremediable. El pliegue de la piel era violento ahora. Y la pequeña "v", las piernas que pesaban y la araña azul que descubriera en la pantorrilla.

Me cansaba, pero mi corazón seguía siendo el de la calle Alberdi. Maldito sea. Era lo peor; si se pudiera andar en cueros por la calle mostrándose en medio del esplendor de un corazón joven que se mantiene igual. Pero a pesar del entusiasmo interior, de la burda historia del corazón joven, envejecía. Ese día que recuerdo ahora, Berta fue quien se comportó mejor, quiero decir, que no se desentendió de mí. Me trataba con cierta deferencia, como se hace con aquellos que han tenido un muerto en la familia. Siempre pensé que Berta me consideraba a lo trágico, con esa curiosa facultad de los judíos de ver las cosas al derecho y al revés. Debió estudiarme con profundidad porque al mediodía pasó por casa para hacerme una visita. Me aseguró por fin que mis objetos no dejaban de ser buenos. Diez años antes yo había intentado la pintura. Intentaba mis objetos ahora, y debía hacerlo con valor. Lo penoso fue que mis hijas se excusaran de asistir a la exposición, pretextando una clase impostergable. Solamente María Luz, en el último momento, tuvo una atención especial que quiso dedicarme:

—Llegaré a tiempo —dijo mirándome de reojo con la mirada copiada a su padre, mirada eléctrica y medrosa que no comprendí nunca en ninguno de los dos.

Y cuando llegó la hora traté de endosarme un traje que me hiciera parecer lo que pretendía ser; una falda oscura y una blusa negra. Miré la imagen en el espejo con la misma ávida curiosidad. Aún resistía a la crítica indulgente esa bella mujer. Aún se me hablaba airosamente por la calle, en los taxis y en las tiendas. Cálidamente agradecía el tratamiento absurdo que me daba —Dios sabe por qué— una tregua.

—Buenas tardes, señorita —dijo el portero de la galería al verme llegar. Sí, gracias a Dios, mis grandes hijas no estaban a mi lado cargándome con el montón de años que nos era común. Allá quedaba la lejana, casi inconcebible gestación, los primeros años dichosos y sin memoria, el delantal manchado de tinta y los cumpleaños atestados de chiquilinas astrosas y babeantes. Gracias a Dios estaba sola y podía imaginarme joven, a punto de ser llamada alegremente señorita, una cuarentona como yo, casi daba risa, y entré como si volara.

Poco a poco fue llegando la gente. Berta había dispuesto mis manchas, mis objetos y maderas con graciosa habilidad. La enorme nuez dramática yacía bajo la luz y sobre el terciopelo rojo tan íntima y grávida como la concibiera.

—El objeto no es el sillón del psicoanalista —oí al pasar, pero sonreí porque el agravio suele ser una suerte de homenaje. Al poco rato el pequeño salón se llenó del todo y empezó a circular un mozo con bandejas y bebidas. Berta, roja de excitación, oficiaba de dueña de casa. La gente, en fin, no era de primera fila: segundones quiero decir. Confusos amigos de distintas épocas, tres buenos pintores de mayor edad y dos bien jóvenes. Sobre las cabezas divisé a Raúl vestido de azul oscuro como para una ceremonia, son-

riendo seductoramente a un par de personas que despertaban
su interés. Tanto él como Berta sufrían mezclándose con
aquel modesto público; en las caras de ambos advertía idéntico malestar. Por fin avanzó abriéndose paso entre las copas, los objetos y el humo de los cigarrillos que ya volvía
el conjunto gris e irrespirable. Haría el buen marido ahora.
Debería existir una parábola del buen marido como existía
la de la mujer adúltera o la de la oveja descarriada. Raúl la
hubiera protagonizado con sensibilidad porque aquel hombre que oficialmente me pertenecía sufría con visible ostentación, lo que es mucho peor, usaba su resignación y sufrimiento. Mi atuendo para la ocasión chocaba con el guipur
de Alicia. Aquella pequeña lunática recubierta de oro tenía
la pasmosa cualidad de descubrir mi superficie íntima. Ahora,
por ejemplo, había interceptado la mirada con que un hombre joven venía hostigándome.

En tanto, como otrora, yo interpretaba bien mi parte. Fui
humilde con Alicia y cautamente alocada con Garrigós, el
pintor famoso que accediera a presentar mis objetos. Por
segunda vez Garrigós demostraba buena voluntad, atraído
por mi cara y mi cuerpo armonioso mucho más que por mis
obras, en las que ni siquiera yo creía con firmeza. Fui amable
con el crítico que mandó "La Prensa" y demostré una tierna
confusión al tomar por los dedos la mano de mi marido.
Sabía bien que todo lo expuesto eran viejos objetos. En seis
semanas sólo había conseguido suturar dos grandes arpilleras de colores que resultaron aceptables, golpear bajo el
fuego un pulido trozo de aluminio. Ni uno ni otro mostraban el espectro de la soledad, de la caducidad, de la batalla
perdida. La gente elegante del salón demostraba buena voluntad revisando mis viejas obras. Pero yo sabía que aquella
exposición era una especie de blasfemia. Vi también a María
Luz que fumaba contra una pared del fondo, vi a Luchino
siempre fiel, como un viejo perro esperanzado en recuperar
su aliento, vi a Berta discutir el precio de un objeto con un
cliente imaginario, vi la mistificación y vi mis esperanzas

deshaciéndose entre los sándwiches de jamón y el jerez caliente. Blanca Ordóñez orillando un pequeño sector de la vida de Buenos Aires, ese discreto punto geográfico en el conjunto del mundo. Vi lo pequeño que podemos ser. En el edificio de la Alianza, durante el tiroteo me sentí bien. Cuando entré al Colón tras la cabeza luminosa de la Primera Dama hundí mis manos en una materia espesa. Berta ahora me ayudaba a sobrellevar la servidumbre, el cansancio y el camelo de la edad. Hubiera aullado como la sirena de un barco apartándose del roñoso malecón. Mi Dios: estaba viviendo una aventura fantástica. Entonces, como ocurre siempre, los dos pintores jóvenes se me vinieron encima, me dijeron atropelladamente una larga serie de palabras de halago, se rieron mucho, me llamaron buena artista varias veces y trajeron a Rocky consigo.

Y ¡cuán desierta quedaba la ciudad! Había fechas memorables y días como el 17 en que un silbato imperceptible retraía a la gente dentro de sus casas y lanzaba a hombres y mujeres de pueblo por la calle. Un detector de clases se hubiera colocado al rojo en el barrio Norte donde los grupos que se pretendían de pro y los de veras poderosos auscultaban apasionadamente las etapas de liberación y de bochorno.

Se daba el caso de no comer en toda la jornada; hombres y mujeres de pueblo, aullaban en las plazas en medio de un bárbaro entusiasmo que a menudo lograba conmover. Tomar la ciudad por asalto era una fiesta. Ni un mísero almacén de campaña abriría sus puertas. Ya el día anterior la patrona había hecho acopio de víveres y vino, y el día siguiente sería San Perón. Todo era una fiesta y llenaba de alegría el corazón descubrir la zozobra de los podridos usurpadores del poder, los cagatintas de la patria, los trepadores del bienestar, los imitadores de los ricos aferrados con dientes y con uñas a la tierra. El Régimen expropió una enorme estancia sobre

Buenos Aires para que los domingos el pueblo fuese a procurarse coitos y asados; cualquier pretexto resultaba bueno,
tanto la revolución de un general decrépito como la asonada
inexplicable. En favor o en contra de un proceso, había
que unirse.

—A todos nos procura náuseas ver los negros lavándose
las patas en la fuente del Congreso —dijo Pablo mientras
se afeitaba. Sobre el espejo de buena calidad admiró las esbeltas piernas de Blanca calzándose las medias. Pero siguió
afeitándose en tanto su mujer lo regañaba: ellos no habían
visto nunca a los negros que se lavaran nada. Y aunque lo
hubieran visto, el lavatorio en el Congreso estaba consagrado
como un hecho histórico; no era cosa de quejarse ahora que
estaban embarcados en la aventura ardiente. Pablo, satisfecho, con un aire de Mazorca nuevo, se habituaba lleno de
buena voluntad a los deberes que le impusiera su sonriente
Ministro. Casi no podía creer en su felicidad. Estaba convertido en un hombre ocupado y peligroso, ante el cual
temblaban los conscriptos y ordenanzas que le abrían paso.
Rechazó el coche oficial como un deber cívico; quería convertirse en fuerza de choque para llenar el vacío visceral
entre los argentinos; se levantaba al alba como el General,
y antes de salir el sol atravesaba la ciudad hacia la Casa
Rosada cruzándose con el veloz automóvil que conducía
a la Señora. El chofer de su taxi se la identificaba emocionado. Cualquiera de ellos, aun fingiéndose enemigo del Régimen, sabía distinguir de lejos el coche de Evita.

—Ahí va —decían con esa forma contenida con que
aman y odian los argentinos—; ahí va la que le dije.

Pero eran los menos. Algo delataba en Pablo al activista
y el otro se soltaba en preguntas y cavilaciones. Ahora el
dinero se ganaba a manos llenas, había tierra firme debajo
de los pies. Podía mandar al demonio su trabajo y elegir
los pasajeros. Veraneaba con su mujer en Mar del Plata
como antes hicieran los ricos, la suegra se jubilaba ese año
sin cumplir del todo su servicio, a la hermanita modista se

le había aparecido la Señora con un camión lleno de máquinas de coser. Entonces Pablo le explicaba pacientemente cómo es que había que darlo todo por Perón.

Blanca caminó hasta el baño y se detuvo en la puerta. No sentía emoción alguna frente a ese hombre joven que se afeitaba, conversándola. Sin embargo, le placía estar con él como le placía estar cerca de Teresa, arrebujada en la cama de la otra para entrar en calor. Se arrebujaba en los brazos de Pablo aunque el simple contacto de su sexo la retrajera en su satisfacción pueril. Se preguntaba con angustia quién habría inventado la cama conyugal y toda la gama de complejidades a las que había jurado adhesión y sometimiento. Un rato más y habría conocido a la Señora. Quizá antes de la noche tomaría un trago con Antonio. Avanzaba siempre. Casi no podía recordar el ámbito de su clan familiar aunque la Castellana llamara esa misma mañana por teléfono, con su tono adusto, su bella voz quejumbrosa anunciando que Papá Maggi quería orinar en todo momento.

Pensó que podía decirle:

—Mamá: aún no estoy del todo desflorada.

Pero sólo dijo:

—Pobre papá.

De todos modos su tarde estaría muy ocupada y papá era casi un desconocido cuando almorzaba en la calle Alberdi, dos veces a la semana, con su modo de niña virtuosa del que no pensaba desprenderse. El peronismo se descargaba sobre el expedicionario del desierto con sádica eficacia. Se descargaba asimismo sobre todo cuanto Blanca conociera y lo convertía en cenizas. ¡Cómo se regocijaba entonces cuando caían bajo la maldita clase media de su insignificancia!

—Papá se lo pasa orinando todo el día —dijo la voz de la Castellana en el teléfono.

Teresa se haría cargo de esas cosas; era capaz de manejar la bacinilla y extraer un consuelo eficaz para el enfermo entre los pliegues milagrosos de su manga. La enfermedad de papá iría avanzando.

Pablo dejó de afeitarse para tomarla entre sus brazos. Bajo el gomero de la Plaza San Martín, él había hurgado con su lengua entre sus encías, bajado por su cuello hasta sus pechos. Hacía dos semanas que se negaba a hacer el amor con él.

—Blanca —llamó apenas.

Una tarde en la nave de la iglesia donde se casara también había rozado con sus labios los tersos labios del cura.

Un viento diabólico descendió desde la cúpula como si agitara las imágenes. El cura olía extrañamente a cebo y a pabilo. En la semioscuridad ella vio su frente semicalva y sintió la curva precoz del vientre bajo la sotana. Se estremecía a tiempo que balbuceaba; todos los hombres se ponían medio estúpidos con ella.

—Blanca, Blanquita, tan atractiva como siempre.

Con la misma voz con que rezaba el rosario desde el púlpito atisbando su llegada. De rodillas, conteniendo la respiración, Blanca observaba al hombre que la uniera en santo e indisoluble matrimonio.

Santa Madre de Dios.

Las beatas lo repetían sibilantes, triturando las cuentas del rosario y los misterios gozosos. El mismo tipo que rezaba el rosario interceptaba ahora su paso en la nave casi desierta. Una vieja los había espiado todo el tiempo y aun los ojos aniñados de San Jorge y el Dragón.

—Dios mío —murmuró estremeciéndose.

—¿Por qué no me querés, Blanca? —preguntó Pablo hundiéndose en su cuello.

¡Oh! no es que no lo quisiera. ¿Cómo no amar los bellos ojos orientales, la voz que acariciaba su noviazgo ardiente o la camaradería posterior brutalmente interrumpida?

—¿Cómo no he de quererte? —dijo casi llorando, recordando al cura, a punto de volcar su remordimiento.

—Blanquita, tan atractiva —decía el cura, tratando de besarla con su olor a sacristía, su lasciva inexperiencia. Pasó junto a ellos el sacristán gallego. Debe ser un ladrón y homosexual, pensó la chica arrimándose a un confesionario. A espaldas del cura vio a una vieja beata con el ojo atento y bizco, sin perder detalles. Debería avisarle, dedujo mareada por el olor a incienso que quedara de la bendición con el Santísimo, irá a contarle al párroco y lo castigarán. Los curas sancionados eran cambiados de parroquia. Se lo había oído a su madre: aquel pobre Juan de los Salesianos, trasladado a un oscuro punto de provincia por una turbia historia de niños y desobediencia. Tal vez a Priesso —tal era el extraño apellido del cura— lo castigarán si la beata optaba por contar la historia.

—En la próxima entrevista —dijo el cura muy entusiasmado—, Blanquita, yo te dejaré un recuerdo.

Extraño recuerdo —pensó Blanca, con ganas de reírse. Pero también sentía miedo e incomodidad apretada contra el confesionario, calculando que el sacristán ya había cerrado la gran puerta de entrada y que ella iba a quedarse allí con el cura semicalvo, más loco que cuerdo y que ahora le hablaba de un trabajo suyo sobre la Transfiguración de la Eucaristía. Y la cosa derivó como siempre a la literatura con el pretexto de un libro a punto de ser publicado y la opinión de Sepich, a quien Priesso mentaba una y otra vez. Se dijo que maldito si conocía a Sepich, coronando su insólita conquista amorosa. Sepich, quizá, fuese un buen peronista y algo de eso debía ser ya que recordaba haberlo oído nombrar en reuniones de la Alianza hasta que dio con una buena excusa: conversaría con Priesso pretextando ser una recién casada con problemas. Y una buena católica, además. Cantón la había destinado a las relaciones con la Iglesia y ahora bien: ella se relacionaba con la Iglesia, tal como podía. El sexo en la mujer es su gran sistema de comunicación. Papá Maggi lo decía con mayor violencia:

—Las mujeres que se vayan a lavar platos.

Papá Maggi sentía furia incontenible por todas las mujeres que no fueran mamá y las chicas. Todas las mujeres eran muy flojas; o lo que ocurría es que las mujeres le gustaban mucho. Allí estaba Rosita, la visitadora del laboratorio, una mujer vulgar si se quiere, toda cadera y jeta pintarrajeada, a quien encontraba en el subterráneo, de vuelta a casa. Ella era la amiga de uno de los químicos, a veces llamaba por teléfono y la Castellana la atendía amablemente manteniendo las distancias. Papá Maggi sostenía que ninguna mujer era suficientemente buena para las tres mujeres de su casa. Los hímenes de sus hijas eran sagrados y él podía dar fe acerca del de Soledad. De modo que bien podía papá recomendar a las demás mujeres que lavaran platos. Pero Priesso resultó democrático y por lo tanto inútil a los fines políticos de Blanca. Creía en la libertad de prensa, había tomado el té varias veces con los Gainza Paz y en la Marcha Democrática desfiló del brazo de Palacios. Cuando Blanca comenzó a hablarle de la penetración inglesa en el Río de la Plata prefirió acariciarle las rodillas. Encontraba al cura muy buen mozo, más bien algo afeminado, pero el cuello blanco reluciente emergiendo de la sotana de buena calidad le producía vértigo. Allí donde se encontraba con sus lindos diecinueve años, dedujo que aquel cura vistoso sería interesante; que la iglesia en sombras y el largo pasadizo colonial que atravesara despertaban en ella ávidas sensaciones. Por primera vez advirtió que la fidelidad a la que la obligaba el matrimonio sería una tediosa carga. Iba a tener su hombre oficial: aquel hermoso Pablo Achino, inclinado sobre el escritorio del párroco, deletreando el nombre de su tío Napoleón que sería el padrino. Pero a más de su marido, estaban los demás hombres, otros seres misteriosos como aquel cura, por ejemplo. Se acabaría la posibilidad de develar tantos misterios, de vencer la resistencia como quien derrite fácilmente un caramelo en el calor de la boca; desaparecerían los demás hombres, por contraste, pero ella sabría que seguían existiendo. Volveré, pensó a espaldas de Pablo, sosteniendo la punzante mirada de Priesso. Volverá, debió decirse el cura, bajando los párpados pesados y bendiciéndolos como quien se toma el tiempo necesario. Esperaría. No tenía

más que estarse en el fresco de la sacristía y la luminosa
nave central, donde celebraba la misa de seis de la mañana.
La linda chica de radiantes ojos oscuros y grandes pantorrillas, volvería. Volverá, pensó el cura acompañándolos hasta
la puerta. Ya no tenía esperanzas acerca del sacristán, porque
había interceptado la mirada resignada e infame que le
echara al pasar. El curita era un cazador habitual. Pero quizá
la beata se compadecería de ella y asaltada por escrúpulos
religiosos correría a avisar al párroco que el padre Priesso
estaba manoseando en la nave lateral a una recién casada.
Cuando pasaron dos semanas de la boda sintió deseos de
volver al cura que le hiciera mal y bien la primera vez. Ni
Pablo Achino ni Antonio le ofrecían nada superior a la
mirada firme con que la bendijera el curioso día de su boda.
La beata tenía que gritar pero cayó en la cuenta de que si
esa mujer estaba allí era porque estaba enferma de envidia
y de deseos, y de ese modo sólo abrigaría rencor por todo
cuanto ocurriera esa tarde frente a sus ojos. El sacristán
reapareció y dijo que el párroco necesitaba al muchacho en
el piso superior. Lo vio irse con las largas faldas revolotean-
do alrededor de sus piernas, la cabeza echada a un lado. Pasó
por el altar mayor, hizo una leve reverencia y desapareció.
Se arrodilló más aún con el rouge de Blanca en el borde
de sus dientes; no podía consigo frente al misterio o aquello
era más fuerte que toda la gran representación a la que en-
tregaba la vida.

No era mala vida por cierto, apenas si debía prohibirse
una cosa preciosa como Blanca.

—Ahora me iré seguramente —pensó la muchacha, pero
en seguida adivinó que no se iría, como nunca dejaría de
lado cuanto le saliera al paso. Así fue que trató de besar
a Pablo preguntándose con malignidad qué diría éste si le
relatara ahora cómo había besado a Priesso a las dos semanas de casada. Cuando el cura regresó, ella trató de abocarse
a la tarea política. Todo su fondo religioso estaba presente
sintiendo la madera del banco incrustándose en su espalda.

Lo que la Castellana le enseñara ciegamente sin pedirle razonamiento ni siquiera complacencia: una religión rígida como las tablas de multiplicar. Nadie osa preguntarle a una chica de colegio por qué ocho por ocho son sesenta y cuatro ni por qué el Hijo es Dios, el Padre es Dios y el Espíritu Santo también es Dios y a la vez el Padre y el Hijo. Aunque en más de una ocasión Blanca hubiera querido reclamar que el Espíritu Santo era una paloma dibujada y ella no podía amar a una paloma dibujada más que a la Castellana; el catecismo se lo exigía y se lo pedían las monjas. Blanca sentía una viva repugnancia al pronunciar aquellas candentes oraciones que más sonaban a un largo requiebro amoroso que a un digno tratamiento para la divinidad.

—"Mi Dios, Mi amor, Mi Vida."
—"Quiero vivir tan sólo de tu amor."

Se lo decía la Madre Rosario con su largo mentón puntiagudo rematado en una gruesa verruga púrpura. Aquella monja seca y movediza la odiaba. Hay gentes en las cuales el odio es la única posibilidad razonable y lo era para la Madre Rosario mirándola con sus ojos vivaces sin piedad, oliendo a cofia y a almidón como siempre olían las monjas.

—Debes querer a Dios mucho más que a todo lo demás, que a ti misma y que a tus padres.

Veía aterrorizada lo horrible de esa exigencia; quererlo más que a uno mismo era razonable, pero entre sus ojos y la imagen se levantaba la cara de mamá, su larga cara de Virgen española que Blanca amaba hondamente; se levantaba así la tierna figura de Teresa desnudándose para acostarse sin rubor ni malicia llamándola a su camá para darse calor o acompañarse. Podía amar a Dios más que a papá, a quien no amaba, pero la Castellana y Teresa constituían los magros afectos familiares a los que se aferraba como ahora hacía con el recuerdo de su cama de soltera, a su laqué descascarado y su moño Luis XVI sobre la esterilla caramelo. Amar a Dios. También Priesso hablaba mucho de Dios.

—Quiero hablarle de política, padre —dijo pensando que

Cantón le exigiría cuentas de su apostolado laico. Pero el individuo aquel no sólo tenía deseos de premiar sexualmente su adhesión sino que a la vez era democrático. El término democrático le repugnaba, tanto como la forma en que sus amigas agitaban las banderitas por la calle el Día de la Victoria. Treparse al carro del vencedor demasiado tarde. ¿Qué demonios quería decir la democracia? ¿Era el fraude denunciado por papá recordando la caída de Yrigoyen o las señoras que tomaban té por las Huertas de la Victoria en un país de 3.000.000 de kilómetros cuadrados de desierto? Tiene manos de santo, pensó Blanca con astucia mientras urdía algún buen argumento que oponerle en el preciso instante en que él volvía a insistir con la libertad del hombre y la democracia.

—Está traicionando a su país, padre —dijo con su ingenuidad de siempre—, pienso también que usted se extravía suponiendo que toda esa buena gente que otorga donaciones a su iglesia lo hace santamente. Es un modo de comprar el perdón para tantas cosas, usted sabe, los ricos siempre están a tiempo de hacerse perdonar.

—Tu marido es muy rico —contestó Priesso sonriendo en la penumbra—; aunque su madre regateó largamente el precio de tu casamiento. Por otra parte tu coronel nazifascista quiere abrir aquí un tercer frente.

—No es nazi sino nacionalista —dijo Blanca.

Se sentía muy pobre para discutir con un hombre que manejaba los Misterios.

En la Alianza no se enseñaba doctrina sino acción. Sólo Pablo le enseñaba algunas cosas como la visión de una historia remozada.

—Con el pretexto del nazismo seguimos entregando el país a los ingleses. O a los judíos.

El cura la miró extrañado; en aquella iglesia mundana se usaba estar en buenas relaciones con los judíos.

—La guerra ha terminado —insistió Blanca—, el mismo Papa facilita en Europa la salida de tantos colaboracionistas.

La gente tiene que vivir. Pretextando amor por Francia se sigue gobernando para la oligarquía.

Priesso se rió a carcajadas.

—Divina Blanquita —exclamó sin mucha reticencia—. Es un placer tan grande verte mover los labios que no interesa demasiado lo que dices.

Se puso serio de pronto.

—También el Papa puede cometer errores.

Blanca lo llamó hereje en tanto trataba de justificar su permanencia dentro de la iglesia. Debía conseguirlo si no quería considerarse a sí misma una histérica ramera de sacristía. Le habló de un nuevo concepto de la vida. Las masas que ganaran la calle eran sagradas y ella se empapaba en el misterio ardiente de la trasformación social. Mucho más que la Eucaristía le asustaba una realidad de descamisados personajes en la historia.

El país sería independiente y soberano en su eclosión, el pueblo viviría el falansterio. Pero para eso era preciso que se aprendiera a dar la cara como ella se lo pedía al cura ahora.

—La Alianza es una reunión de jóvenes heroicos dispuestos a luchar.

—Tu Alianza es un conjunto de asesinos —dijo el cura siempre sonriente.

Entonces volvió a estirar el brazo y Blanca pensó que pretendería hacerle el amor sobre el banco del silencioso refectorio. Se puso de pie con asco.

—El cura que nos casó se negó a prestarme ayuda —dijo desembarazándose de Pablo y de su abrazo.

—Ni te preocupes —admitió Pablo con ese leve matiz de desencanto que siempre mostraba tras sus intentos amorosos—. Es un cura del barrio Norte al que terminaremos por incendiarle la iglesia. Son los otros los que nos interesan. Hay un cura en Berisso que acompaña a la gente en cada una de las manifestaciones contra los frigoríficos. Con ellos se podrá construir la fuerza.

Consultó el reloj que dejara al lado de su máquina de afeitar. Su fino reloj muy chato de oro y malla de reptil. Su madre lo cuidaba como a una planta exótica y era sin embargo la misma imagen del desamparo. Pablo sonrió.

—Apurate, preciosa, la Señora nos verá un momento a las cinco de la tarde. Después habrá reunión en Reconquista y un tipo que se ha hecho rico de la noche a la mañana necesita mis servicios. Estás muy bonita, Blanca.

—Esta tarde tomaré un trago con Wanda —mintió Blanca pasándose el peine por la cabellera caída sobre el ojo izquierdo.

Justo a tiempo, pensó encantada. Pablo me dejará tranquila un par de horas y podré salir a caminar por el puerto con Antonio.

Pero de pronto se vio reflejada en el espejo, se escuchó mentir y sintió vergüenza.

Y Rocky era radiante. Es radiante. Se supone que anda irradiando luz por ahí. Alguien me lo pone al lado lo mismo que un pez frente a una gaviota hambrienta. O Rocky llega ahora, atraído por mi nimbo, desde la tarde aquella, con su buena dosis de arribismo y esa triste soledad que arrastra en pos de sí. Digo que debe arrastrarla todavía aunque entonces fueron los colegas del momento y con grandes aspavientos, usando la confusa terminología snob de ciertos círculos y exposiciones como esa que no era peor ni lo mejor tampoco. Una exposición como tantas de Buenos Aires invernal, para una linda mujer algo madura que expone su adormecida pretensión de ser. Rocky me recordó a un cowboy, con todo lo hermoso y casi épico que era, y lo admití mientras me dedicaba a él, desdibujándome entre los amigos rescatados y súbitos admiradores de mi obra, frente al con- .ono preciso de Raúl y de mis hijas. A mi alrededor dos o tres muchachas radiantes como Rocky me analizan. Pen-

sarán que soy Ayesa, digo con sadismo, deseando volver a
él mis ojos primigenios, la historia de Salgari y los veinte
años. Con la vieja práctica de la coquetería advierto que
Rocky depende de mis gestos y es el oxígeno que desintoxica
mi piel y mis pulmones hasta hacer acompasada la respiración. Uso una voz distinta. Y he decidido empolvarme aunque el maldito espejo insista en su afirmativa. Al mirarme
también advierto un doble interrogante en Berta. Estoy empero bien dispuesta, sólo irritada ante esa incierta detonancia
que descubro en Rocky. Lleva muchas cosas superpuestas:
cuello, corbata, chaleco, echarpe, saco, guantes, quizá algo
bajo el brazo, de cuero y revés cuadriculado. Habría que
quitarle la mitad de todas esas cosas. Pero su resplandor se
apodera de mi sentido estético a tiempo que alcanzo a sonreír. Enfrento su cara blanquísima en la cual el tiempo no
lleva escrito ni una docena de frases importantes. Su bello
rostro infantil todo ojos gris celeste, dientes parejísimos e
inquieto aire escolar. También Rocky se muestra divertido,
y di en el blanco sobre los detalles que me satisfacen del
todo, hechos concretos al alcance de mis ojos tal como el
dibujo primorosamente cincelado de su boca. Lo sentí gritando, aceptándolo en seguida, el rojo violento de su
pelo, brillante, a la sabia luz de la sala. ¡Qué vaivén
agradable el de los acontecimientos! Mis súbitos colegas
demuestran sentirse complacidos por mi obra y cuando un
grupo de invitados me rodean para las felicitaciones de rigor,
tengo un amago de feliz mareo. Veo a Rocky encender un
cigarrillo y fijar en mí sus claros ojos brillantes: la historia
comenzó con un joven pelirrojo haciéndome la corte en mi
propio vernissage o lo que sea. ¡Maldito si me interesé
nunca por la cultura general como pretendía mamá! Había
un camino abierto para alejarse de la monotonía tal como
soñé ser exploradora en Mato Grosso, actriz de cine o reina
en el exilio con un grito penoso en la garganta, irrenunciable
si se quiere; hiciera lo que hiciese el grito estaba en la garganta. Añoré fervorosamente el oscuro destino de Pablo

proyectándose al morir más allá de la aventura y también
la luz de los potentes focos en la sala de parto, al dar a luz
a cada una de mis hijas. No debí casarme nunca. Lo pienso
ahora que descubro el perverso tejido de esas cosas que me
ocurren, en parte porque fui a buscarlas o por dejarme estar,
sencillamente. Pero es difícil remendar lo que pasó cuando
una mujer canosa me pregunta muchas veces si la hendidura
de arpillera tiene un significado erótico. Debo responder
que hay enormes zonas apagadas, zonas inconscientes cuando
una mujer decide trabajar, mujer a la que ahora un curioso
edificio de marido, casa y prole carga con responsabilidades
indeseables y ternura. Fui yo la misma mujer inquieta sal-
tando sobre un pie y el otro. Me he abrasado. Ahora mismo
soy juzgada por la impávida inquisición de María Luz que
irrumpe y busca la compañía de Raúl, al punto que quisiera
estrujar su rostro fresco hasta integrarlo al de mi madurez.
Por eso es que subo las comisuras y aprieto las mandíbulas
de un modo especial con el que descubrí la forma de ajustar
el contorno y la barbilla. Bien que me defiendo. Quién sabe
el bello pelirrojo encuentre a mis hijas de su gusto, aunque
es duro mostrar estas lindas mujeres como hijas propias y
desgraciado admitir algo semejante. Todos me estorban, es
verdad. Aun en Buenos Aires donde es común que nos mo-
leste el país, la gente y la temperatura. Mi galería fue una
mediocre exposición. Alguien se moría. Nos gusta mostrar-
nos dóciles y permeables a la creación de otro cuando la
propia es atacada a manotazos. Muchos de nosotros fueron
apagados como se hace con un fuego de modestas propor-
ciones. Todo el país es una modesta hoguera que se apaga.
Pero esa tarde de mi inauguración, brillante a medias, prohi-
jada por Berta y Garrigós, fue preciso hacer un alto en esa
escala descendente y jugar a las creencias acerca de mis
mamarrachos. Hace tiempo descubrí cómo es que se odian
unos a otros; ahora me toca el turno en ese odio, un lugar
en el resentimiento y la necesidad de aferrarse a algo antes
de aceptar el caos para siempre. A veces uno se pregunta

por el sabor de la derrota, busca la cara del fracaso y la
envidiosa condición del hombre que sonríe y me rechaza
como ahora lo hace Rivas, el crítico; también hay un manotazo en la forma en que desintegra el sentido de mis arpilleras y el subtítulo con que mañana aventará mis esperanzas:
la nuez vacía, escribirá, dirigiendo apenas su propia obra
inconclusa, el cheque a fin de mes, la esposa detestada, la
media docena de chiquilines bien alimentados y odiosos. Al
día siguiente, Rivas se vengará graciosamente de todo eso
al señalarme: De la nuez vacía a la arpillera sin color. Conozco el tono del odio y el resentimiento como constante
nacional, y la fría continencia del amigo que no sabe decidirse: periodista, político, escritor o musicólogo. Un modesto
hombrecito que caratula mi esfuerzo, restregándose las manos, casi sin gozo, distraídamente disuelto en su condición,
incubándose en sí mismo y sin sobresaltos. Y es verdad que
todo no es demasiado bueno. Yo y los míos yacemos en la
tarde invernal como tantos otros, cada tarde, entre conferencias y exposiciones, o interminables listas de poemas y novelas cuidadosamente destripados, absortos en sobresalir, en
escapar de Rivas y los suyos, casi todos, tratando de impug-
nar. Vi también un par de novelistas no famosas en exceso,
felices de ser quienes son, con un pequeño mundo firme
de gloria familiar. Garrigós desde su Olimpo, feliz también,
sonriente, elogiando y protegiéndome porque siempre le he
gustado. Y la mujer del crítico infernal con su bocio a
cuestas; y tres abstractos prescindibles si se quiere y un
escritor que se empeña en afirmar lo que desea ser hoy y
aquí. La frase gustó a Berta que la repite mientras ofrece
el fin del jerez. Los demás, el resto de hombres y mujeres,
moviéndose escrupulosamente cada tarde en ocasiones como
esa, adictos fieles, un poco ingenuos, un poco chiflados con
su bondadosa admiración descabellada y confortable. Otro
mundo dentro de la lejana geografía que habitamos, unos
y otros enteramente convencidos de llenar sin trascendencia
el espacio destinado al espíritu con la opacidad de esta gran

provincia bienamada, al sur de Sudamérica, desangrándose
sin ruido, sin estertores y sin sangre para tranquilidad de
todos. De modo que así es como prefiero, una vez más, tomar la aventura por la orla del vestido y atraparla. También
yo he querido ser hoy y aquí lo que resulta una forma decorosa de la resignación. Se me halaga, me siento hermosa
y apreciada en una suerte de confraternidad acorde con la
vida que nos toca en suerte. Entro en el cono de luz que
ilumina mis objetos. Desde el escenario del Colón una bailarina describe sus círculos y mágicas piruetas ajustándose a
los vuelos de Lifar o al aire de mazurka; gira, colocando
en ánfora sus brazos, quiebra su geométrico diseño con el
ajuste perfecto y sostenido de la música; ella vuela y su
baile sale de la escena, se adhiere a la cúpula azul veneciano,
pone en orden la irritante palpitación de la platea. No necesita nombre ni fama ni siquiera aplauso. Hace bien lo suyo
y da un sentido único al trabajo misterioso en el sonido de
la música y sus movimientos. En ese rito fervoroso se des-
entraña la gloria del artista; también yo, perdida en la penumbra dentro de la que se divisa apenas un codo blanque-
cino, el tamaño agotador del brillante único y la estola de
plumas tornasoladas, advierto el sentido que sostiene mi
presencia allí. Me siento junto a los otros como en la plaza
hace tantos años, palpando los brazos, los muslos y los hombros de los que rugían y cantaban. Me siento con los otros,
sin desprendimiento. La bailarina me devuelve el sentido
de una noche en comunidad, como las voces y la marcha
me dieran otrora la idea del país y en todo desentono como
un horrible sapo que arranca a cantar sin otra voz que sus
pretensiones. La luz de mis objetos está más pálida o quizá
es sólo el ansia que me asiste al estirar una cosa terminada.
Algunos grupos salen a la calle en tanto vuelve a aparecer
la diminuta bailarina, recuperada ahora, saludando al trueno
de una sala luminosa tensa para rendir admiración. Aquella
mística bailarina sin nombre ni significación dentro de mi
historia me devuelve con creces la dignidad de una velada

histérica entre diplomáticos y figurones. Mi exhibición de objetos se apaga lentamente como una modesta hoguera del país, dejándome más sola; atrás no resta más que Berta alisándose el pelo extendido a uno y otro lado de su frente, despidiendo a los invitados que se dispersan sin que la mágica bailarina del Colón acierte a repetir su vuelo, con Lalo y Lifar, como una mazurka briosamente interrumpida por una ráfaga de viento apagando de golpe toda la luz de Buenos Aires.

Pero el pelirrojo estaba lejos de encontrar nada que no fuera la señora Ordóñez. Al menos parecía pendiente de ella, silencioso, resistiéndose a los embates de un pequeño homosexual que estaba tan ansioso de él, como él de Blanca. Todos encontraban en Rocky la fuerza misteriosa que arroja a la gente, unos en brazos de los otros. Era una máquina en funcionamiento, una pesada y costosa máquina de placer. Berta lo advirtió en el aire como una luz roja.

—¿Quién es? —murmuró en el oído de Blanca.

Gigí se retorció de risa. De modo que Rocky también gustaba a las mujeres como un juguete inofensivo y delicioso. Estaba loco por Rocky, y había cometido un error trágico al entregarlo en las manos de aquella hembra voraz. Demasiado tarde, pensó, en tanto Rocky dejaba de prestarle su atención.

Tomó a Blanca y al reluciente amigo de las manos:

—Gústense —dijo mimosamente.

Le dolía el corazón. Cada vez odiaba más a las mujeres que se lo quitaban todo, el mismo hecho de ser lo que tanto ansiaba. A ellas les bastaba andar oscilando por allí, dejándose crecer el sedoso pelo y mostrando la curiosa carnadura de sus pechos. Ahora mismo él juraría que Rocky se bebía los vientos por Blanca Ordóñez, aun cuando ella podía ser su madre, o poco menos. Pero el ácido rencor de ceder el lugar otra vez a una mujer fue demasiado fuerte. Pobre

Gigí. Todos querían a Gigí, lo buscaban en su casa de anti-
cuario de la calle Guido, el saloncito recoleto donde guardaba sabiamente tantas preciosidades. Gigí era una figura
popular, todos se disputaban las maldades de Gigí como si
fueran privilegios y hasta para una cosa como ésa se necesita
talento. Los escritores y pintores invitaban a Gigí. En el
taller de Garrigós había conocido a Freddie, un americano
de caliente pecho por el que Gigí se había enloquecido. Pero
Freddie prefirió a la mujer de un secretario de embajada.
Fue un escándalo mayúsculo hasta que por fin Freddie se
casó con ella. ¡Casarse Freddie! Gigí se removía de espanto
al evocar la historia. La noche de la boda se abrió las venas
en su departamento de la calle Agote, cerca de la Recoleta;
hizo una incisión pequeña como para que su sangre y su
impotencia salieran por allí mientras lo asaltaba el pensamiento de Freddie comenzando su noche de amor con
la mujer vampiro, la ex mujer del secretario, una asquerosa
mujer normal, oscilante y simple como una mujer típica.
¿Qué es lo que había preferido Freddie en ella? Envejecería
pronto. El vientre se le volvería monstruoso en la maternidad. Los pechos se le deformarían como a las negras de los
libros de viajes. Una mujer era incómoda y sucia casi siempre. La pequeña incisión hizo un tajo trasversal que apenas
le dolió como una quemadura y luego fue la sangre y Gigí
se asustó: parezco de veras una mujer —pensó complacido
antes de suponer que moriría— y comenzó a gritar. Gritó
y gritó con todas sus fuerzas hasta que cayó exangüe al lado
de la puerta y el portero forzó la cerradura y pidió auxilio
a los vecinos. Gigí no murió. Sus amigos —los tiernos amigos del grupo— se desvivieron como madres para prestarle
ayuda. Había que verlos turnándose junto a su lecho, pro-
digándole consejos verdaderamente maternales. Algunos de
sus amigos, mujeres reales, se atrevieron a pedirle un poco
de cordura. Ya había pasado. Ahora se moría por Rocky.
Pacientemente lo seguía desde hacía un par de meses, intercambiaban poemas, acuarelas y algunas confidencias. Lo

sabían todo el uno del otro, Gigí había conseguido robarle
unas fotografías que adoraba antes de dormirse, pero a Rocky
le gustaban bárbaramente las mujeres y Gigí no había hecho
otra cosa que llevarlo de la mano hasta su perdición: porque
Blanca Ordóñez era la encarnación del mal.

—Tiene una moral altamente sospechosa —dijo Gigí con
su mejor voz de tía juiciosa. El amigo que permanecía a su
lado apenas si lo escuchó en medio del gentío que se arre-
molinaba junto a Blanca. Una moralidad sospechosa: nadie
ha sabido con certeza que Blanca Ordóñez diga *no* al placer. Es por lo tanto una mujer ligera.

—Delirás —dijo el otro más bien distraído—. Todas las
mujeres corren a acostarse cada vez que pueden. Todos los
hombres.

Para el joven pintor las cosas se simplificaban al considerar el mundo como una cama gigantesca. No veía nada
de malo en eso: pintar el sexo, pues, era natural.

—Delirás —insistió—, es una mujer seria. Dicen que
una buena mujer.

Gigí se rió exhibiendo su buena dentadura. El vello brotaba por todos los rincones y superficies de su cuerpo: se
escapaba por la camisa, debajo de las uñas, unía sus cejas,
corría por el cuello. Debía conformarse con ser una especie
de mujer hirsuta; no como esos odiosos ejemplares tersos y
lampiños a los que había que fingir amar o tolerar al menos.
Rocky le destrozaba el corazón, caramba. Había sido el mismo Gigí quien fraguara aquel encuentro desdichado con la
señora Ordóñez, como si de ese modo se anticipara a la
desdicha. Perdería a Rocky para siempre. A veces, en los
cafés a la madrugada, Rocky, un poco ebrio, le relataba
historias espeluznantes y la forma como lo excitaba la curva
de un vientre de mujer, la suavidad de un largo pelo lacio
sobre la cara de una adolescente. Gigí hacía rechinar sus
dientes de dolor. Pero al menos hasta entonces guardó sus
esperanzas, podía compartir los gustos de Rocky, comprender
sus inclinaciones. Cualquier cosa habría entregado a cambio

de aquellas doradas espaldas que entreviera bañándose juntos en el mar. Quién sabe Rocky procuraba ahora darle celos y ese solo pensamiento lo hacía vibrar de gozo casi como la posesión total. Dos meses duraba el martirio y he aquí que él —maliciosamente, como quien cede ante el verdugo— llevó a Rocky consigo para entregarlo maniatado a la voracidad de Blanca. La hembra universal debió tener la cara de Blanca. Eva habría reído con ese mohín gozoso. Helena de Troya usaría idénticos melindres y Teodora y Brigitte Bardot. Apretó con fuerza la mano de uno y otro sintiéndose casi como un padre que bendice a sus hijos antes de morir. Los ojos se le mojaron con lágrimas ardientes. Pobre Gigí.

—Gústense —repitió.

Blanca se mostró modosamente entusiasmada. Aquella hembra diabólica sabía también regular el "tiempo". Cualquiera hubiera descontado su indiferencia con respecto a Rocky, pero Gigí estaba seguro, ¡oh Dios! de eso estaba bien seguro: la mujer recibió a su hermoso amigo. Como quien se despide en un andén evocó las felices semanas que pasara junto a Rocky en Montevideo, las tardes leyendo los cuentos de Maupassant entre las rocas y las deliciosas borracheras en el bar del Victoria Plaza. Gigí gastó el doble de su sueldo, ya que Rocky era de aquellos que nunca tienen un centavo en el bolsillo. No dejaba de gustarle el hecho, porque Rocky era una criatura sensual a la que pagarle un café con leche podía resultar excitante. Y cuando Rocky le trajo como recuerdo un viejo libro de poemas de Rimbaud, Gigí se consideró recompensado para siempre. Así era él: devoto. El amor no tiene que ver casi nada con el sexo. Gigí había conocido otros hombres por los que se enloqueciera, pero éste poseía los matices más delicados, era avaro y ardiente, mezquino y ambicioso. Sus errores de ubicación eran poemas: aquel bello animal podía darse el lujo de ser tímido, cruel o ignorante. Gigí y por consiguiente cualquier mujer normal, estarían dispuestos a encontrarlo bien en él.

Y ahora había que hacer de cuenta que este largo prólogo amoroso terminaba, abruptamente, en un vernissage, frente a una hembra tipo que usaba con usura sus resortes naturales. Porque bien sabía la gente, allí reunida, que Blanca Ordóñez no dejaba de ser un mamarracho, aunque Garrigós encontrara vigor en sus objetos y Berta Edelman la recomendara ardorosamente en cada oportunidad. Pero Gigí apeló por último a la elegancia y entró en conversación. Se asombró de que Blanca fuera tan cándida, tan niña, tan simple en todas sus reacciones. Quería estudiarla: de monstruos como ése estaba lleno el mundo. Hay que ver la forma en que pululaban por los teatros y salones de belleza, cómo atestaban los aeropuertos y las tiendas, los concursos de Miss Universo, los escenarios y los anfiteatros, cómo es que hacían lo suyo en las cátedras y hasta en los altares. Todo estaba lleno, ahito de mujeres. Blanca Ordóñez resultaba entonces una especie de factor universal para la procreación, para el trance amoroso, aun para la amistad o el servicio doméstico. La mujer, pues, era algo más que colocarse de espaldas en una cama, comenzar a gemir y dejar que usaran de ella. Blanca —como las demás— y cuánto que las envidiaba, Dios, eran otra cosa. Decidió restañar su dolor y estudiar el campo. La gente raleaba en el salón. En cualquier momento Berta o Garrigós organizarían una comida de celebración y Gigí quería estar presente. Tengo una cara terrible, pensó mirándose también él en el espejo donde Blanca se revisaba a cada instante. Su larga mandíbula resaltaba crudamente ahora. Sin embargo, en ciertas ocasiones, él se había encontrado hermoso con su liso torso delgado, sus largos miembros nervudos y su sensibilidad que tañía frente a otro hombre como un arpa. Blanca hablaba poco o nada. Se dirigía a Rocky:

—¿Conoce a Gigí desde hace mucho tiempo?

—Desconfía de esta marrana —pensó Gigí.

—No mucho —dijo antes de que Rocky despegara los labios.

Era difícil hacer hablar a Rocky en público, aunque Gigí conocía bien sus fantásticas historias para tardes solitarias.

Adoro sus mentiras, adoro que me mienta que finja haber estado en París, en el Congo o en La Habana. Sospechaba con deleite que Rocky nunca se había movido de su casita correntina. De la provincia le quedaba aquel tonito suyo que llenaba de ternura a Gigí. Es delicioso, gimió sorbiendo sus lágrimas y recuerdos. Lamió con los ojos negrísimos y vivos las anchas espaldas y los brazos musculosos, aquel cuello delicado cubierto de fino vello rojizo.

—Me mata —pensó Gigí.

Blanca también sintió inquietud escudriñando el rostro tan distinto de los dos amigos. Tendría que poner en claro esas relaciones, porque a ella le encantaba intimar con los homosexuales que eran infinitamente mejor que todas las mujeres, amigos de excepción, llenos de gracia y de perfidia, como no lo eran sus amigas, sólo Berta, náufraga en un mundo de hombres. Las demás se reducían a su vasallaje agotador, eran lindos animalitos adornados y he aquí que los homosexuales resultaban amigos excelentes y ella los adoraba a todos por igual, a Gigí más que a ninguno, fino y tan gracioso, con sus acuarelas melancólicas y sus poemas dedicados a la madre.

—No mucho —repitió Gigí, retorciéndose según su costumbre.

Estando cerca de Blanca distinguía el Bandit detrás de sus orejas. Debería usar Bandit de tener un marido como el de ella, siempre atento a sus caprichos. Murmuró:

—Hace un par de meses. Nada hasta ahora: sólo nos contamos nuestras cosas íntimas, no hemos omitido nada.

Aquello sería un Calvario, al parecer. Por su parte Blanca sonrió aliviada, variando su actitud; en el fondo desconfiaba de las afirmaciones de Gigí ¡ella misma lo había consolado tantas veces!

—Usted comerá con nosotros —dijo mirando a Rocky dulcemente.

Su hechizo consiste en mostrarse natural, anotó Gigí distrayéndose de su agonía. La otra se desplegaba frente a sus ojos como una guía de turismo. Ahora mostraría sus fuentes, sus plazas y sus mejores casas. Todo en color. Pero la señora Ordóñez al parecer no hacía más que ignorar a Rocky dedicándole una sonrisa sin complicidad ni coquetería. Idéntica a sí misma, se ofrecía en medio de un círculo imaginario de mediocre admiración, sosteniéndose algo en un pie, luego en el otro, la curva de su vientre plano marcándose bajo la modesta falda bien cortada, la curva de su cintura estrecha, los ojos todavía hermosos. Al girar la cabeza hizo volar su espeso pelo oscuro, liso a un lado de la frente. Es así como ella lo hace, caviló Gigí; Rocky, en cambio, se mostró ansioso en tanto la señora Ordóñez ocupaba la atención de todos, amablemente lista para responder, aunque el momento absurdo se redujera a brillar de alguna forma, cuerdamente amable, accesible y feliz.

Por su parte, Berta organizó la comida en el Edelweiss, a la que Blanca se opuso con firmeza. Eligió con rapidez el nombre de un nuevo restaurante que les prometía novedad. Gigí había estado un par de veces en la admirable casa de Ordóñez. Muerto de envidia. Y también de gusto. Él mismo vivía rodeado de las bellas cosas hermosas reunidas para que los ricos fueran a comprarlas, las bellas cosas elegidas por su exquisitez congénita y de las que se despojaba para poder comer. Oh, sí, había estado en lo de Ordóñez, entre la delicada trama de la simulación y la abundancia. Podía dar fe del bienestar que rodeaba a Blanca, aunque los cuadros de la casa fueran muy mediocres y los tapices modestas imitaciones. Pero la señora se apoyaba en sus invitados, les infundía sonidos y color, los rodeaba, los untaba cuidadosamente, los envolvía. Rocky sucumbiría ante todo ese aparato porque de algún modo estaba dispuesto a caer. Si lo sabría Gigí recordando con dolor estricto la noche que pasaran cantando dulces canciones portuguesas por el barrio Sur y la mirada inolvidable de Rocky que prometía en vano. Había

sido un tonto al ignorar la delicada malicia de aquel Apolo
híbrido y pagaba un alto precio ahora. Ya casi no quedaban
en la sala más de media docena de personas. Berta, satisfecha,
giró alrededor de los objetos su mirada de conocedora como
si los protegiera antes de dar la orden de cierre. Blanca
quiso sentarse sobre el borde de su gran Nuez Transida.
Pensándolo mejor, ese adefesio tenía cierto valor. Así lo
vio Gigí, pensando que su corazón estaba dividido en dos,
con una herida similar. Cuando se sufre ese dolor ardiente.
Gigí sufría. Todos se encaminaron a la calle, debidamente
aligerados, intercambiando frases con la notable bonhomía
que sobreviene a la expectación. Ordóñez y sus hijas desaparecieron demostrando un equilibrio de buena sociedad. La
dejaban sola. —Y no saben lo que hacen —gimió Gigí acercándose a la puerta sobre la calle Maipú. A pocos pasos
estaba el café de los artistas. Tomarían antes una copa: él
bebería tres vasos de vodka o tres o seis. Bebía lo más posible y en tardes aciagas como ésa era lo único que quedaba
por hacer. Vengativamente deseó que Blanca Ordóñez recu-
rriera un día al mismo antídoto. No habría más que esperar
la fatalidad de ciertas cosas. Rocky seguía al grupo sin inte-
grarse a él, maniobrando entre su echarpe, su sombrero
absurdo y sus cuadriculados.

—Es una pena —pensó Blanca mirándolo de reojo—
porque no deja de ser hermoso el tono rojo de su pelo y su
gran cara sajona.

El muchacho relucía bajo las luces de neón sin el menor
vestigio del tiempo que había pasado para ella.

—Soy casi vieja —murmuró la señora Ordóñez.

Rocky se inclinó.

—¿Qué edad tiene usted? —preguntó Blanca con un hilo
de voz.

Rocky tenía 25 años. Era asombroso el hecho de que alguien tuviera la osadía de haber vivido sólo 25 años. Ni la
menor inclinación ni tampoco un interés vehemente por él,
sólo la comprobación de aquel hecho asombroso de los 25

años. Se sacudió como despertándose. Ahora cruzaba la calle Maipú sintiendo en el brazo izquierdo el roce levísimo que otro le provocaba al caminar, sintió un cielo invernal sobre la cabeza, un cielo tierno y familiar y en un zaguán oscuro alguien protestó.

—Existo —se dijo Blanca irguiéndose—, irradio.

Rocky la interrogaba con un apremio íntimo tan falto de lógica como halagador. Descubrió mis ojos, dice, pensó Blanca divertida asiéndose al brazo de Gigí, que iba un paso atrás, las manos en los bolsillos de su sobretodo oscuro y rabón. Gigí comprobó cómo es que se puede sonreír cuando sólo se desea ser tragado por la tierra. Lo de Rocky terminaba. Desde colegial vio morir mil ilusiones como ésa. Otros Rockys sedosos y tiernos que lo atormentaron como éste, que despertaron los demonios de su imaginación, que fueron después horribles deseos imposibles de satisfacer. Los homosexuales somos desdichados, pensó derritiéndose de confusión frente a Blanca y despidiéndose de Rocky: adiós, amor.

—¿Qué decís, encanto? —dijo a Blanca con ternura.

Entraron al café en medio de un revuelo respetable. Cualquiera hubiera descubierto en ellos —tal como lo querían— a los artistas después de un vernissage, gente como la que se esperaba que fueran. Eligieron una mesa y Blanca quedó al frente de Rocky. No lo mira, continuó Gigí, condoliéndose por el otro. Quizá él debió haber ensayado la indiferencia. Pero Blanca escuchaba sólo a Garrigós:

—Después de todo esto, tu deber consistirá en reintegrarte a la creación de tus objetos.

Que fuera claro su discurso: la señora Ordóñez no descubriría nada nuevo en materia de arte, pero era una mujer encantadora por la que se sentía inclinado.

—¡Te has dejado estar! Y te lo dije hace mucho tiempo: el talento debe sacrificarlo todo.

Blanca sonrió bebiendo el whisky nacional a pequeños sorbos, con su prolijidad de niña en el instante mismo de la explicación frente a sus maestros.

—Me rindo —dijo Gigí para que Berta le prestara su
atención. Ya se aburría de aquel pequeño aire que no dejaría de soplar durante el resto de la noche. Garrigós, el joven
pintor y Berta, se aprestaban a la fantasía; él se pondría
borracho. Blanca los encantaría por igual y a medianoche
invocaría el nombre de los suyos para desprenderse del grupo
en el que no encajaba. Con alguna variación la noche entera
consistiría en Blanca dándose a los otros, en Rocky entregado
a Blanca, él concebiría un par de poemas, Garrigós insistiría
en que Blanca era sutil; Rocky se moriría por Blanca; Berta
les daría las buenas noches. Blanca miraría a Rocky con su
acento maternal. ¡Oh, todo no dejaba de ser muy fastidioso!

Colocaron la cama de papá junto a la pared opuesta a la
ventana. El mentón de papá estaba inclinado, torvamente
oblicuo sobre el pecho. En la habitación había un olor único
a sudor, remedios y empecinada pulcritud. Bajo la sábana
de algodón bordado, salía una larga cánula de goma. La
cánula goteaba un zumo oscuro dentro del gran frasco de
vidrio. Mamá había colocado en el líquido esferas de nafta-
lina. Frente a papá, los dos retratos de Teresa y yo, tomando
la Primera Comunión, en distintas épocas y hábitos, con la
misma devoción. En la mesa de noche se apilaban las novelas policiales. Cada vez que entraba en la habitación me
daba en la cara un vaho único —como el olor—; veía, de
golpe, naftalinas, frascos y novelas.

Papá se moría. Empezó a morir casi de pronto, tal como
si hubiera decidido emprender ese último trabajo con su
tozuda buena voluntad de hijo de inmigrante, tal como mi
abuelo se propuso trabajar en la farmacia porque a América
se viene a trabajar. Mejor sería decir que papá decidió dejar
de vivir. Se me dirá que casi nadie muere por su voluntad,
pero en mi padre hubo siempre una decidida, desesperada
decisión de perdurar. Aun cuando se jactaba con aquello

de no llegar a viejo, la decisión se mantenía intacta; cuando
fanfarroneaba, cuando alardeaba frente a Teresa: "si es que
ustedes llegan a mi edad... tal y tan bien como he llegado
yo", con su orgullo insufrible, y su agresividad. Teresa se
adueñó de la enfermedad de papá como antes lo había hecho
con su afecto y su persona toda. A medida que vivía —ya
estaba por los 30 años—, desarrollaba una feroz manía de
poner en orden la vida de los otros. A la par que se volvía
una mujer útil, abrumaba con su eficacia, tomando del marido —el oficial retirado, nazi y distinguido— un antagonismo sordo contra mí, extensivo a Pablo, a mi casa, a mi
flamante actuación de peronista.

A punto de quedar soltera, según los cánones de la clase
media, se decidió por mi cuñado que era un robusto ejemplar de macho, como tan bien lo entendemos los argentinos:
buen mozo, sensual y mujeriego. Cuando sentado en el
patio de la casa lo veía tomar mate e invocar a los dioses
de la patria, comprendía cómo es que Teresa había caído
en aquella trampa tan de acuerdo con sus inclinaciones
naturales. Con alto regocijo erótico, ella tocó dentro del
marido su irrenunciable geografía; afloraba ahora volvién-
dose violenta y difícil de tratar, una matrona llena de virtud
que engordaba no obstante el trote diario del fondo a la
cocina, enferma de sumisión, infatigable y generosa, una
hembra en desintegración que fue en definitiva la mujer
que reconocí como mi hermana. Entonces ya le costó muy
poco apoderarse de la muerte de papá. Y se lo merecía
como había merecido siempre los cálidos elogios de la paren-
tela, todo ese confuso tropel humano que se entrevistaba
con los Maggi cada vez que alguno se moría o se casaba.
Papá, como siempre, se sintió a gusto con Teresa porque
ellos se amaban.

Casi por casualidad Pablo y yo nos enteramos de que papá
iba a morir. Esa noche del descubrimiento la pasé en el
departamento de la calle Alberdi tratando de llorar como
una buena hija. Algunas imágenes dispersas, cuidadosamen-

te conservadas, provocaron el dolor suficiente para sollozar.
Quería llorar; lo encontraba coherente y ese sufrimiento
—tanto más intelectual que visceral— me depuraba de veinte años de antagonismo con mi padre. Había sido una niñita
solitaria, una adolescente burlada. Ahora papá se moría, que
es lo máximo que puede ocurrir a un ser humano. Quería
descubrir aquellas imágenes dispersas. Debían existir días
y ternuras, recuerdos de haber sido querida por Papá Maggi,
alguna época feliz en la cual mi padre no fue el intruso
prepotente atado a cada una de mis reflexiones. Lo hablé
con Pablo. Pero Pablo —el insensato— estimaba a mi padre
y admitía para él una suerte de piadoso sentimiento opuesto
a la aversión que despertaba en él la Castellana.

—Tu padre fue una víctima —dijo tratando a su vez de
representar el rol mesurado de hijo político. Se defendía
de ese modo ante los ataques de Teresa que odiaba en él la
belleza física, el hecho inocente de ser rico y, por sobre todas
las cosas, que me amara. Así entonces mi marido ofreció,
por compromiso, los oficios de un gran especialista, pensando que sería costoso y que toda la historia terminaría por
perturbar su bienestar. Mamá, por el contrario, usó en la
trágica ocasión una grandeza acorde a tantas actitudes de
su vida. Ella había conocido desde siempre el mal de mi
padre, pero fingiendo creer en una enfermedad inocente
trataba de detener el mal y aun de proteger su propio sufrimiento. ¡Qué enorme se me aparecía mi madre!

—Hace seis meses que conozco todo —dijo.

Todos sabíamos que iba a ser una agonía larga. La vida
del enfermo se invirtió aceleradamente con la arbitrariedad
única del mal; papá dormitaba durante la mayor parte del
día y velaba celosamente sus horribles noches de dolor y
novelas policiales. Teresa le llevaba hasta la cama su niño
mayor, como un remedo inocente de la vida que se le iba.
Papá Maggi miraba al niño en su canastillo, la cara vuelta
hacia el enfermo, baboseando y aprendiendo penosamente
a sobrevivir:

—Dame la vida que te sobra —decía papá en sus últimos días.

La idea me infundió pavor.

Pablo, conociendo mi falta de abnegación, mi total ausencia de intrepidez ante la muerte, me aconsejó que acompañara a mi madre. Aun cuando su vida se convirtiera en un hecho insólito, gustaba mostrarse convencional.

—Acompañá a tu madre —dijo demostrando buena voluntad.

El fin de papá sería muy rápido y he aquí que los Maggi nos reuníamos de nuevo. Teresa y el marido se instalaron como para siempre y de ese modo mi hermana pudo ejercer el poder de cocinar, hablar por teléfono, dar órdenes y discutir la dosis de calmante con el médico. Con admirable sangre fría se aproximaba a su enfermo. Mi padre se sometía a sus cuidados con una confianza ciega que yo no supe despertarle nunca. Como todos los enfermos de cáncer, pareció mejorar, se aferró a la vida con agónica energía y la casa revivió. Mi hermana habló de un nuevo embarazo y la fea atmósfera de muerte, pulcritud y olor a orina fue remplazada durante un par de días por un aire normal de continuidad. Pero al finalizar esa semana mi padre amaneció con la muerte instalándose en él, como un niño en el hueco fetal. Sus ojos claros se oscurecieron súbitamente. Nunca vi ojos tan extraños: eran trágicos y grotescos, tanto que parecían dibujados; ojos implacables y ciegos a cuanto lo rodeaba. A la vez, se desprendió de su contorno con una indiferencia colosal que es el primer lenguaje de la muerte. Yo decidí velarlo, asumiendo penosamente el convencimiento de que no tendría padre por mucho tiempo, un ser único por poco que me unieran a él la crispación y los genes. Nunca más tendría a Papá Maggi cerca de mí con esa impaciencia interminable que había sido su forma de relacionarnos. No oiría su voz. No lo vería. Otros, otra gente tendría un padre para mostrar, para discutir o para llevarse a la boca como quien reza. Aunque el padre fuese la débil convención que conocía, yo estaba a punto de perder la mía y con eso algo que me acercaba a los demás. Papá se moría y hubo cosas por decirle o frases que hubieran merecido una respuesta. Con desesperación comencé a esperar. Era la hija de ese hombre moribundo y en algún sitio tal vez existiría el lazo armonioso, la palabra. Anuncié que velaría a papá y los míos no se impresionaron.

—Si es tu gusto —dijo mamá con resignación.

Yo sabía tan bien como ellos que mis cuidados consistirían en permanecer sentada cerca del lecho, ofreciendo a Dios la florecilla espiritual de vencer la repugnancia ante el olor y el calor del cuerpo enfermo. Ese esfuerzo para pasar la prueba me ha parecido a menudo muy heroico. Tratar de hacer y ser: al fin y al cabo, ya entonces eso constituía la clave de mi vida. De modo que sentada junto a la cama de metal reflexionaba sobre las cosas que mostraban vigencia y dramatismo.

Hacia el tercer día de agonía papá recuperó su lucidez, habló con Teresa y pidió algo de beber. Esperé quedarme a solas con él, y cuando lo estuve extendí con timidez mi mano hasta alcanzar la suya. Lo raro es que nuestras manos se asemejaban extraordinariamente como asimismo nuestro perfil, el arranque del cabello sobre la frente y la blandura del labio inferior, corto y más bien grueso. Habría otras semejantes, sutiles puentes espirituales que necesitaba atravesar aunque más no fuera aquella vez que también sería la última. El irrevocable fondo de romanticismo que es mi debilidad imaginó un reencuentro con mi padre, que la imposible comunicación se restableciera. No hay nada que excite más la compasión que las propias ilusiones. Papá se reanimó alrededor del mediodía, demostró interés por el curso de su enfermedad y preguntó graciosamente por el diario y por Perón. La Castellana habló de milagro y de mejorías que escapan a los médicos. Mi hermana decidió salir a caminar al sol. Yo aproveché esa doble circunstancia y reforcé la guardia. Mi mano se cerró sobre la de mi padre y él la dejó estar. Entonces, venciendo mis últimas reservas de cordura,

de infinita honestidad, hablé ardientemente, atropellándome
para ganar tiempo, invocando a Dios y a María Santísima
para volver a ser la niñita que viajaba sobre los hombros de
su padre, para atravesar los muros y encontrar al fin un afecto
hondo, la inmutabilidad de sentimientos que necesitaba.

—Papá —murmuré.

Parecía el hijo traidor tratando de trampear a sus hermanos. Era el villano de la historia y, sin embargo, sólo quería
que se me diera una respuesta. No era un ladrón.

—Papá —insistí haciendo presión sobre sus dedos. Acerqué mis labios a su cara. Tenía los ojos cerrados y lo besé.
Imaginé ilusorio aquel reflejo de rechazo que pasó sobre mi
padre. Será un nuevo ramalazo de dolor, pensé. El mal se
daba en círculos dolorosos, de tal manera que un espasmo
sacudía el cuerpo, daba tregua, volvía a acometer y desaparecía luego. Será un nuevo espasmo, pensé.

—Papá —insistí por tercera vez—, quiero decirte que
hemos vivido falsamente separados, que te he querido y he
estado cerca de cada una de tus cosas. Papá, quisiera saber
si me has querido.

Se sacudió sin abrir los ojos. Hice una nueva tentativa
cambiando el tema y la motivación.

—Quiero decirte que soy feliz con Pablo, que lo que te
afligió en nosotros es una forma de vivir pasajera. Que
todo está bien, papá.

Ahora no pude negar el íntimo fastidio de mi padre.
Volvió a estremecerse con una impaciencia auténtica que se
justificaba por sí misma. No cabían las equivocaciones esta
vez: mi voz molestaba a papá, que se sacudía de su responsabilidad, que me rechazaba, que asumía su desgano como
quien conoce el alcance de su último derecho. Creo recordar
que se encogió de hombros. O movió la cabeza hacia la
pared, los ojos bien cerrados como quien duerme y no desea
ser sacado de su sueño. Escurrió la mano. Estoy apremiando
a un moribundo, pensé, ahora que ya sabía bien y para siempre el proceso de ese círculo cerrado.

—Está bien, papá —dije en voz alta. Lo palmeé también como quien trata de hacerse perdonar una torpeza.

—Todo está bien.

Papá se me moría adentro sin sollozos ni aspavientos. Ya se sabe que la muerte no tiene otro dorso que no sea la muerte. Todo estaba en orden.

Sentí fervientes deseos de encontrar a Pablo o de que la Castellana irrumpiera en la habitación para cambiar el frasco de vidrio en su estricto horario de limpieza. Que Teresa llegara para revolver las sábanas, o el médico, con la inyección nocturna. Mi padre y yo tejíamos sin cesar nuestro desencuentro con una gran honestidad por parte de él, una intrepidez llevada al final. No me había querido antes ni me quería ahora y todo quedaba convertido en un capítulo coherente. El resto del día lo pasé vagando por la casa. Esa noche, la mejoría de papá desapareció y comenzó a vivir su muerte —tan sólidamente instalada entre las paredes de la pieza— con una plenitud envidiable. Era un buen jefe de laboratorio que no trepida en trabajar sus nueve horas con toda la potencia y el vigor de su espíritu de empresa. Respiraba afanosamente. Abrió dos o tres veces los ojos que ya estaban casi negros. Su boca cerrada se extendía en los extremos. La Castellana lo velaba con resignación: su hermosa cara de virgen española abarcándolo. ¡Oh, cómo amaba yo a mi madre aun cuando quería aborrecerla! De vez en cuando suspiraba. Mi hermana tejía en su rincón. Se ponía de pie, caminaba hasta el lecho y lloraba enfurecida ante la fúnebre circunstancia. Lloraba con facilidad, hecho que seguramente le hacía feliz. Mi cuñado y Pablo cuchicheaban en la habitación vecina. Mi padre pasó respirando y contrayéndose toda la noche. A eso de las ocho, ya bien de mañana, tuvo un espasmo doloroso.

—Todavía —dijo mi madre con reproche.

Papá murió y después de un largo rato, nosotros todos, lo advertimos.

A veces piensa qué es lo que la une a Rocky y sin embargo pocos como él fueron tan lejos. A veces también se sorprende mirándolo con esa embobada gratitud que él llama —burlonamente— arrobamiento, como quien tiene al alcance la belleza en una habitación cerrada a la que no entra ni luz ni movimiento, sin ventanas ni corrientes de aire, una enrarecida atmósfera de furiosa devoción. Pero la asiste una alegría salvaje al pensar que nada tiene de medular ni de metafísico su pasión por Rocky.

Es un fanatismo, un entregarse seguro como una flecha sobre el blanco, sin desviaciones, sin paréntesis, sin alternativas. Porque ella ama el cuerpo de Rocky, el rostro de Rocky, ama cada partícula de su cinismo y de su frivolidad, cada tono de su voz, como un drogado, como un artista o un loco. Para Blanca quizá nunca nadie estuvo, como él, más cerca del amor. Y lo ama entonces con un recio amor de muchacho tal como se quieren las buenas y las malas cosas de la infancia.

Piensa entonces que no hay nudo más estrecho que la piel. Y si trata de precisar qué es lo que la une a Rocky, el nudo aprieta y ya no es más que un abrazo sobre la cama en la que luchan. Pero es también un nudo frenético, vital y sofocante aquel amor que vino junto a la tristeza de él y con el que Blanca dijo sí a todas las cosas del mundo.

Cruzamos la calle Maipú. Alrededor gente que revolotea y dice frases en un idioma familiar. Lo esencial éramos Rocky y yo, cruzando la calle Maipú, celosamente atentos al roce del antebrazo, un delicado roce de caderas y su mano apoyándose para indicarme el rumbo. También recuerdo que esa noche empecé a contar las fechas que nos separaban.

Tengo quince años más que Rocky. Raúl diría: un mundo;
mis hijas lo verían con una mezcla de asombro y de despecho. Berta, más piadosa, me aconsejaría cautela. Quince años
son un montón de arrugas y un cuerpo hermoso algo ajado ya,
¡tantas horas que separan la radiante juventud de lo que viene
luego! ¿Por qué la madurez es una etapa horrorosamente
larga? Recuerdo a Rocky tercamente empeñado en iniciar una
relación de amor, casi fríamente, como lo anunciara al llegar
a Florida, mientras Berta y los demás elegían el menú de mi
homenaje: lo importante es comenzar de alguna forma.

Tampoco yo notaba que Rocky fuese algo más que una
espesa mata de pelo colorado y una sonrisa todo dientes
y perfección para un papel satinado y en colores. Más bien
advertí cuánto me chocaba en él tal como su inútil manera
de llenarse la ropa y la blancura abrumadora de la piel. Yo
absorbía con fruición el aire que me rodeaba, tratando de
mostrarme original bajo las malditas luces de neón, siempre
implacables. Pero a la vez advertía el simple olor de su piel
y aun el calor y el gracioso aliento, su aliento a niño, a
menta y caramelo y su timidez. Rocky devoraba el bife
atentamente como si de nuevo estuviera listo para convertirse en un niño obediente que come para complacer a los
mayores. Sonreía misteriosamente, susurrando locas frases:

—Quiero verte. Te llamaré. ¿Puedo llamarte? Te seguiré
donde vayas. Mírame.

Calculando fechas fue fácil resistir esa primera noche;
Rocky nacía cuando yo ya había comenzado a sangrar todos
los meses. Tratando de restar importancia a la comprobación,
me volvía desdeñosa, hábil, también yo, mundana. Tendría
cuatro años en el período que di a luz a Silvia. Aquel mo-
coso. Papá Maggi lo hubiera llamado pendejo, aquel pendejo, entonces. Berta se demacraba con absoluta indiferencia
entre los jóvenes pintores. Garrigós lo hacía más gloriosamente entre la admiración de los que comían en las mesas
vecinas. Frente a mí, el espejo mostró una insólita señora
Ordóñez, sonriente y silenciosa junto a la clara fisonomía

de Rocky ahora enrojecido por el vino. Ni Rocky ni la señora Ordóñez se demacraban esa noche.

—Corrés en redondo, como las gacelas —decía Raúl al principio de nuestro matrimonio. Durante un tiempo fui gacela para Raúl hasta que las hijas aparecieron, con alegre y comprometido amor, una gacela que paría con puntualidad hijas saludables. Quizá por eso no fue difícil dejar en suspenso las preguntas, atender a Garrigós, dejarme fotografiar con él y tenderle la mano, amistosamente, a la hora oportuna. No volvería a ver a aquel lindo pendejo. Estaba ebria y roja: era mejor partir. Nos despedimos. Quince años son exactamente un bloque monolítico. Protegida por un bloque terrorífico de vida estaba a salvo entre Raúl y mis hijas; Berta, que me proponía exponer en Bahía Blanca, y Garrigós, que me hallaba valiosa a su manera. Quince años de arrugas, de masajes y cansancio físico son un buen bloque protector. Me dormí para soñar que alguien me descubría en un hotel de citas. Más tarde era extorsionada por dos muchachas parecidas a mis hijas. Rocky reclamaba su parte. Me desperté gritando, pero Raúl respiraba con tranquilidad y el cuadrado gris de la ventana estaba encendido a medias, como siempre. Pablo se desintegraba en su ataúd y yo dormía al otro lado de los riesgos con un subconsciente poderoso que me dictaba sueños insólitos, castigos y peligros de medianoche. Giré en la cama para dar gracias a Dios y para llorar con tristeza los quince inmundos años que quedaban descubiertos.

Pero al día siguiente la voz de Rocky en el teléfono era cortante e infantil. Titubeó al llamar.

—Soy Rocky —dijo.

Ahora yo volaba por la calle San Martín hacia la confitería de moda, muy cara, muy escondida, muy snob. Rocky llevaba una camisa celeste y fumaba cigarrillos finos. La alegría hace más joven.

—Hola —dijo, poniéndose de pie.

Me fascinaban las camisas de los hombres, esas delicadas prendas trasparentes que guardan la fortaleza y el calor.

Celeste azul también eran los ojos y la sonrisa, todo su problema con muchas arrugas prematuras, la fineza de la piel quebrándose entre la boca y los ojos y su cómica variedad de hoyuelos. Su mentón se partía abruptamente. Como mi granada, y pensé decírselo aunque me detuve bajo un gorro de piel que resucitaba en mí a la recién casada adolescente. Rocky no parecía dispuesto a escuchar la sucesión de mis tragedias y no las creía al fin. Aparentaba una terrorífica madurez. Me hacía una corte original, tierna y sincera.

Dije lo de siempre: —No soy ligera, no soy desdichada.

—Tampoco lo esperaba —me contestó.

—Soy mayor que vos. Mucho mayor. Soy una vieja. Nada me molesta en la casa donde vivo.

Rocky respiró aliviado.

—Nunca lo creí —insistió.

Bebió su té con alegría colegial. Dijo —como era previsible— que no le importaban mis obstáculos y que mis objetos eran agradables. No. No creía en mí como artista. Se reía entusiasmado, como uno suele reírse en la adolescencia, la alegría resplandeciente alrededor, como el halo de los santos. Estaba segura de desprenderme amablemente de él. En una hora estaría en el teatro con Raúl, volvería a casa mostrándome tolerante, algo cínica: al fin y al cabo había llegado a esa edad.

A través de la mesa el olor de la piel de Rocky se confundía con el dulce de frutillas despertándome esas imágenes inmaculadas: la menta de los caramelos y el dulce de frutillas. Pero al mismo tiempo sus vivos ojos azules me escrutaban sin piedad como un animal de presa. Rocky acechaba. Me acompañó hasta el automóvil y en la confitería snob quedó flotando —para siempre— una imagen indeleble. De allí en adelante yo recuperaría cada vez la pareja desigual y entusiasmada. Nos despedimos. Dos cuadras más adelante Raúl aguardaba y yo era Blanca Maggi que se bebía su vida. Por contraste, Raúl me resultaba medianamente viejo y sin embargo era un hombre de mi edad, con una

pátina de oscuridad haciendo resaltar sus rasgos. Quiero
decir que pensé en Rocky toda la noche sin entender una
palabra de Racine, bendiciendo a Racine que colocaba entre
el mundo y yo la tela pesada de sus versos. Pasó el primer
acto y sabía que Rocky estaría en el hall cuando pedí a mi
marido una taza de café. Creí descubrir que en el teatro
había mujeres muy pintadas y hombres de traje oscuro, un
amigo nos saludó de lejos y Raúl avanzó tambaleante con
la tacita de café mientras Rocky me observaba desde la escalera lateral. Todavía era fácil tratar que Raúl atribuyera a
Racine mi entusiasmo. Pero a Ordóñez lo alertaba más mi
alegría que mi mal humor.

—Me alegra tu reacción ante "Britannicus" —dijo bebiendo su café.

La cabeza de Rocky resplandecía bajo la luz cuando se
oyó el timbre de aviso para el segundo acto. Puse todo mi
énfasis en conversar con mi marido. De todos modos hacíamos una espléndida pareja y yo era una mujer enamorada
a la que perseguían. Mi madurez estalló como una bolsa de
papel entre la boca y las manos de un niño. Los demás
escucharían el estruendo: Rocky me buscaba.

El teatro terminó y en casa hubo que desvestirse y dormir
con la absurda ceremonia de un día normal, como si lo
extraño, lo que sobreviene, fuese fantasía personal. Y al día
siguiente volví a escuchar la voz colegial e insólita y los
términos a los que me desacostumbrara porque yo era una
señora respetable afecta a las complicaciones y al diálogo
convencional. Rocky usó en cambio una jerga saludable.
Era actual y breve: —¿Puedo verte?

Yo había imaginado que describiría cuidadosamente sus
pasos de la noche anterior, su desazón al advertirme junto
a mi marido o la tristeza de avistarme desde la escalera. No
hizo nada de eso y el juego se puso peligroso porque Rocky
se movía con soltura, sin audacias ni balbuceos, como una
secuela necesaria de su fragante camisa y su pelo colorado.
Pedía verme porque yo, a mi vez, deseaba verlo.

—Okey —dijo.

Miré el teléfono asombrada.

—Okey —repetí.

Sería fácil sacármelo de encima. Entraba en una relación
con la cabeza fría y Rocky no era sino un colegial empecinado en conseguir una mujer comprometida. Hasta la hora
de la cita pasé revista a mis defensas: Rocky era pueril, estaba dispuesta a retomar el trabajo, Raúl, un marido real
hacía 20 años. Llegué a la cita antes que él. Fue la última
vez que entregué mi alma a Dios para que algo no ocurriera.
Rocky se atrasaba y yo podría pagar el jerez y asistir al
cóctel de mi amiga —que era un buen pretexto—, con el
lúgubre pensamiento de haber sido burlada. No habría más
llamadas telefónicas, recuperaría la conciencia y el okey
definitivo me resultaría una expresión vulgar. Pagué el jerez.
En la puerta del bar, el frío de la Recoleta me dio en la
cara con el conocido olor y el viento ácido de Buenos Aires
que sube desde Plaza Francia. Había luna. Desde un taxi
vi a Rocky lanzarse a la calle agitando los brazos. La agitación lo ponía más hermoso. Me tomó del brazo.

—Me iba —respondí con ingenuidad.

Su mano era mucho más que una caricia: era él en cierto
modo.

Antes de llegar al departamento de mi amiga conseguimos
intimar. La Avenida del Libertador aparecía detrás del para-
brisas, extrañamente azul. El cielo era un lomo de rata.
Había vigilantes también azules y luces desde las farolas
pintadas de dorado: me sentí en el mundo y Rocky hablaba
con una extraña agresividad, con una jerga infantil en una
voz de hombre. Nuestro destino fue una casa de pisos elegantes y un ascensor de aluminio, un palier alfombrado y
un espejo. Echando mano a mi precaria condición de artista
expliqué a Rocky el motivo de la invitación. Nos dieron
whisky y alguien —Garrigós o Berta, no recuerdo— una
larga lata sobre el impresionismo y el valor del dólar en el
mercado negro. La presencia de Rocky era tan imperiosa

como si ya estuviera tatuada en la piel de mi antebrazo. Pero
todo consistía en una pequeña fiesta donde un grupo de
amigos discretos bebía whisky en el décimo piso, sobre la
avenida. Rocky extendió su mano y sin ser notado pasó largamente el índice por el borde de mi blusa. Bajo la blusa
estaba yo y mi piel. Los nudillos de sus dedos repasaban
amorosamente esa parte velada y viva de mi cuerpo. Era una
esquina de mi espalda, la curva derecha de mi cintura. Prudente y tierno, volvía sobre ese mismo pedazo de mi cuerpo
tenso, como un aprendiz de escultor repasando su materia.
Todo el mundo era cómplice para esa caricia furtiva. Sentía
horror y languidez al mismo tiempo y la circunstancia especial convergiendo solamente hacia el punto de su mano. En
un segundo plano escuché conversaciones y el ruido peculiar
de los vasos con el tintinear del hielo en el cristal, alguna risa
y frente a mis ojos, Garrigós, que elogiaba buenamente mi
posibilidad creadora. La blandura del mundo se daba en
una caricia furtiva más apetecible aún por ser absolutamente misteriosa. Quizá la mujer de Garrigós alcanzara a
percibir la escena. En tanto me acariciaba Rocky insistía
en su amable devoción; pero sobre la fina seda de la blusa,
sobre la piel, sus dedos ordenaban, sabiamente, una ceremonia en la que era más diestro que yo. Por último lo en-
frenté. La dueña de casa dialogó sonriente en una penosa
jerigonza americana que le otorgaba autoridad. Rocky y
yo yacíamos aislados, en el paréntesis amable de la pareja
que se descubre y ambiciona. Otra vez el juego. Supuse con
alarma que volvería a sentir amor o de algún modo la fascinadora alquimia que uno toma por tal. Aún podía volver
a casa, desmontaría, cerraría bien la puerta. Me puse de pie.
Era cuestión de caminar un par de pasos, sonreír a la amable
norteamericana que ahora me agradecía la visita sin saber
muy bien quién era y por qué decidía retirarme si recién
llegaba, estos latinoamericanos fuera de lugar, la rubia detonante algo ebria ya y absolutamente idiota. El palier y el
ascensor estaban cerca. Quién sabe olvidé despedir a Garri-

gós. No quería ver a nadie como excusa. El lugar de la
caricia bajo la blusa me quemaba. Rocky saltó a mi lado.

—Vámonos —dijo firmemente.

—Adiós, adiós.

La rubia se tambaleaba agitando una mano ancha de
buena deportista. Cerró el ascensor.

Ahora estábamos bien juntos, sentí sus dedos bajo la
barbilla presionando amistosamente y:

—No, Rocky, no —dije.

Pero no era por él sino por esa maldita luz de neón en
la cara. No por mi cara ni por él. Me perdoné la vida.
Afuera, la noche de marzo estaba azul como ya dije, regia-
mente azul y fresca. Me perdoné la vida pero su apretujón
sobre mi brazo era distinto al ocupar el automóvil.

—Rocky, no; es mejor.

Me besó con fervor.

Nos verían, alguno que abandonara la fiesta nos vería
o Garrigós, que podía bajar en ese instante. Un error nuevo
para la señora Ordóñez, pero en el automóvil Blanca Maggi
se debatía alocadamente, con un temblor de pájaro, transida
y arrebatada. Rocky besaba a Blanca Maggi y puse en marcha el motor sin dejar de suspirar, de arrebatarme y de
protestar. Las calles pasaban tangenciales al amplio para-
brisas y era Buenos Aires con un Rocky de respiración ace-
lerada que crecía alrededor de Plaza Francia.

—Por favor —rogó.

Doblé en Junín hacia la iglesia del Pilar. ¡Qué idea dejar
a oscuras ese lado de la plaza! Había bancos, sombras, parejas y otros automóviles. Un Dios paciente miraba aquellos
arrebatos, un verdadero Cristo de la Humildad y Paciencia.
Entonces, allí sí que lo besé.

Pablo preparó su viaje a Rosario con cuidado. Acababa
de morir su suegro y en tanto Blanca pasaba sudando en la

casa de la calle Alberdi, él procuró demostrar a su ministro hasta qué punto podía resultar útil y fiel al régimen. Por su parte, Mamá Viuda lo atajó brutalmente un martes por la noche, aguardando a Blanca que se retrasaba para la comida.

—Tu matrimonio es un desastre —dijo la madre sin dejar de tejer. La pequeña boca heredada por Pablo se sumía a cada respiración fatigosa. Ella y sus hermanas habían ideado un trono en mitad de la gran cama de viuda y ahora se ahogaba majestuosamente mientras tejía dirigiendo a su hijo miradas significativas. Y Pablo se sentía mal en la casa de su madre, casi era una tortura aquella comida semanal a la que Blanca se resistía cada vez con mayor empecinamiento y para la cual Mamá ponía todo su énfasis. Entre la competencia de las dos mujeres, Pablo no podía dejar de sentirse acorralado.

—¿Oís? —insistió la vieja.

—Quiero vivir tranquilo, mamá.

—Tu mujer es una criatura loca que te ofende.

Volvía a cargar.

—Eso que viven ustedes no es un matrimonio sino un indecente disparate. Te lo dije en un principio cuando conocí a sus padres: buena gente, es verdad, pero no han sabido sacar de ella una buena mujer.

—Está bien, mamá.

Mañana, a primera hora se haría presente en su despacho y el Ministro podría requerirlo por el telespeaker. A veces conversaba con el General o con el secretario de la CGT que era una potencia. En la Alianza le abrían paso como a un jefe. Pero con las mujeres ocurría otra cosa. Maldita raza esta y el momento de sentirlas adheridas a la piel como una enfermedad. Si sólo pensar en las piernas de su mujer lo ponía mal, sobre todo si las imaginaba tal cual eran: fuertes y carnosas. Se aflojó en la silla distrayéndose del rezongo de su madre que ahora maniobraba con el vaporizador para darse aire. Amaba a su madre desde que se casara, tan luego él que había sido criado sin amor, pero su adhesión a Blanca lo hacía amar a Mamá Viuda como un desafío especial. Se sentía débil.

—Tu mujer sale con otros a tus espaldas. La ha visto la tía Ernesta, la he visto yo.

—Blanca sale con camaradas bajo mi consentimiento.

Se descubrió temblando. Maldita madre ahora.

—Después de un año de casados ni vos ni ella sueñan con tener un hijo.

—Habrá tiempo. La causa por la que luchamos nos lo exige todo.

—Pavadas —rugió la Vieja inflándose—, excusas. Es tu mujer la que no quiere.

—Ni yo.

Quizá su madre tenía razón. Pensó con dolor en el blanco vientre de Blanca, hasta la comba infantil del pubis. A veces, cuando la veía desnuda lo asaltaba la impresión horrible de estar violando a un niño. Muy excitado la evocó ahora de rodillas en la bañera, los brazos levantados sobre la cabeza, fregándose los cabellos con infantil desaprensión. Blanca, de rodillas, sonriendo con candor, la boca ancha y blanda atrayéndolo.

—¡Pero, Pablo, siempre lo mismo!

O lo besaba otorgándole la gracia miserable de ese beso empapado en agua de los grifos, quebrándose por la cintura inverosímil, con las venas trasparentándose bajo la fina piel, entregada y fría, un poco impaciente ante ese ardor inesperado que no daba muestras de necesitar, aquel negro deseo de hombre violentándola.

—Pavadas —rugió Mamá Viuda ahogándose de nuevo—, es ella la que no sirve para eso.

Como si ese vientre hermoso, esos pechos tersos pudieran tener otra finalidad que la hermosura. Soy yo el que no sirve, pensó angustiado. ¿Qué hubiera dicho su madre de haberle relatado la loca humillación de todas las noches, con Blanca dormida, asida de su cuello con un abandono fraternal, su vientre huyéndole, el sexo resbalando bajo el suyo, sin calor, sin deseo ni placer? Mamá Viuda Vieja redujo el matrimonio a la maldita ceremonia en el Registro y en la iglesia, en tanto él sentía a Blanca desprendiéndose, sin satisfacción. Fingió revisar el sobrio juego de carey sobre la cómoda de caoba. ¿Quién hubiera podido acertar con Blanca? Se sintió demasiado joven, traicionado e indefenso. Y esa madre implacable, la suya, tejiendo eternamente adefesios para los niños de las villas que tanto repugnaban a su buen gusto, los niños que la tenían sin cuidado, tejiendo sin cesar, manejando su vaporizador, ahogándose y lanzando su veneno. Por contraste sintió que amaba a su mujer, aun sabiendo que tomaba el té con otros hombres, que vagaba por Palermo con su aire colegial de siempre, empeñada en disfrazar sus inquietudes. Creyó escucharla:

—Fui de compras. Me entretuve con Wanda en el café.

La insensata vagaba en compañía de hombres distintos apenas descubiertos, delicada adúltera mental, sin entregarse ni ceder, muerta de curiosidad, de tedio o de alegría, tomada de su brazo como un buen compañero de bohemia, su esposita asintiendo ante el cura que la devoraba bajo el traje de novia.

—Está bien mamá... Ya está bien.

—No he criado a un hijo para que una loca lo haga aceptar un mal papel.

Pablo niño tragó su humillación; el hijo único tiene piedad por su madre con frecuencia. Piedad o furioso amor y él se inclinaba hacia la piedad que ahora usaba con Blanca antes de que lo acometieran esos deseos tremendos de violarla, como en la bañera enjuagándose mientras el agua chorreaba por su cara blanquísima y sus venas azuladas. ¿Qué importancia tenían entonces sus vagabundeos por el Rosedal? Llegaba con los zapatos embarrados:

—¿Dónde estuviste, amor?

—Caminé toda la tarde —contestaba Blanca imperturbable.

Como la amaba creía en ella y atribuía a los demás, a esos cabrones, aprovecharse de su alma abierta y candorosa. De modo que por Blanca Pablo hubiera degollado a su madre sin piedad; la hubiera degollado, por su virtud o por la hechizada amistad que los unía. Quizá también por el amor, nacido mucho antes, bajo los gomeros de la Plaza San Martín, junto a los cuales ella se le entregara con frenético entusiasmo, con una pasión no resucitada en la casa suburbana. Al contemplarse en el espejo también vio a Mamá Viuda implacable, diría inapelable. Vieja, pensó, en tanto sonreía mostrando su esplendorosa dentadura.

—Yo no he criado a un hijo bien y sano para que una loquita como esa lo corone.

—Despachate —pensó.

Cierta vez había visto una película en la que el actor degollaba a una viuda vieja ocultando la cabeza en su caja de sombreros. A Blanca le pareció horroroso en tanto se apretaba a él en las sombras del cinematógrafo. No quería pensar en Blanca asustándose en el cine en compañía de otro tipo. Pero ella no veía películas con los cabrones que la acompañaban: se limitaba a pasear por la costanera o por el Rosedal. El actor había dado un lección de arte paseándose con la cabeza de la vieja en la sombrera.

—...y hay que pensar lo que heredarás el día que yo muera o mueran tus tías.

¡Eran tan iguales, tan unidas, tan miserables el trío y cada una! Cuando cumplió 20 años, ellas decidieron regalarle aquella hermosa quinta en Don Torcuato a la que nunca iba porque estaba ocupada y el inquilino amenazaba volarles la cabeza si aparecían por allí. Hasta el Ministro se daba por vencido en el problema de la quinta.

—Mejor se busca otra, che.

Guiñó un ojo bajo el cristal ahumado que ocultaba su expresión.

—No será difícil, mi amigo, sus servicios son cada vez más importantes.

Y así quedó el regalo de la madre y de las tías, un verdadero parto por haberles arrancado esas hectáreas con un fino trabajo que duró años: veinte años de tener paciencia, de acompañarlas al cine y a las exposiciones, de manejarles el auto, de soportar la expresión del prójimo al verlo aparecer con ellas a cuestas. Por eso él le debía todo a su mujer, hasta el sufrimiento y los deseos de matar y de conquista encendiéndosele bajo los testículos cada vez que llegaba al local de la Alianza. Al fin y al cabo, Blanca lo había comprendido en ese aspecto.

—Dejándote como te deja, solo, en medio de esos marranos a los que llamas camaradas, hasta que te hieran o dejen inútil.

Debió decirle que ella tenía, como todos los italianos, la manía particular de la impotencia. Habría que haber matado a los gringos en cuanto pisaron el puerto. Toda la resaca que llegó de Europa después del setenta. El cabrón de Sarmiento, el cabrón vendepatria de Sarmiento y todos los que llegaron de su mano. Machos habían sido los argentinos hasta ese año aciago en que se abrieron las puertas del país para dar paso a la resaca. Había que ver cómo temblaban los descendientes en cualquier intento de pelea. Por eso Pablo fue feliz durante la conscripción, donde pudo demostrar al fin lo hombre que sabía ser. Salió de subteniente, se compró todos los uniformes que necesitaba, hasta trató de conseguirse uno de gala. Para eso servía la plata y Mamá Viuda no pudo negarse, porque hubiera sido un paso en falso delante de los otros oficiales. De reserva en este caso, pero bien que podía ponerse el uniforme y desfilar. Casi había muerto de placer cuando le avisaron que desfilaría el 9 de Julio. En medio de la embriaguez imaginaria escuchó las marchas Ituzaingó y San Lorenzo; Aurora, en cambio, lo hacía llorar.

—Azul un ala del color del cielo, azul un ala del color del mar.

¡Pobre Patria Mía!

—De modo que pondré los bienes en una sociedad anónima para que en caso de mi muerte no tengas más dolor de cabeza que heredar un buen número de acciones.

Que no muriera. ¿O es que le convenía la muerte de su madre? Blanca y él podían ser muy felices si heredaba ahora. Blanca era una mujer para ser rica; la riqueza le iba como un guante; él la había visto manejarse majestuosamente para la función de gala: con un traje modesto aun parecía una reina.

Ahora pensaba ávidamente —con la avidez de su familia genovesa— que de morir su madre él sería muy rico. De todos modos, lo que Pablo quería era la gloria, la realización política y el coito saludable con Blanca. Y todo eso no iba a dárselo su madre. La miró con tanta pena como si la perdiera para siempre. Ahora la vieja volvía a inflarse y a toser. Quizá se pondría como ella, sería un viejo asmático sentado en medio de una cama, sin esperanzas de liberación.

En el cuartel había sido feliz adiestrando negros mugrientos que llegaban desde las provincias. Y con esos negros rotosos y holgazanes había que reestructurar la patria. La semana anterior el General había firmado el decreto por el que dejaba cesante a un centenar de profesores de la Universidad. Pablo lo escuchó con la misma emoción con que alguna vez siguiera una misa de campaña vistiendo su uniforme. El General levantó la voz y la voz aquella levantó en vilo a la gente que se volcó en su bramido inconfundible. Era un clarín y hablaba con el furor del mando:

—Estoy harto de los intelectuales que hablan de libertad y no conocen Argentina ni lo que quieren los argentinos —declaró, mientras firmaba el decreto.

—A nosotros nos puede echar —declaró un filósofo cesante—, pero en pocos días tendrá que echar afuera lo que queda del país.

En la antesala, Pablo, el Ministro y dos coroneles jóvenes de la Casa Militar se contorsionaban de risa:

—¿A quién quiere echar éste, che, a quién?

—El Ejército se irá también —rugió el filósofo, haciendo temblar el tabique de vidrio.

—El Ejército y el Pueblo estarán de pie, junto al General —dijo Pablo respirando hondo.

—Si supieras cómo lo quiere la gente, mamá —dijo sentándose al borde de la cama.

Deseaba hablar del General, quería aflojarse. Si conseguía hablar a su madre del General renacería su confianza. Casi le parecía crecer otro tanto, que su cabeza sobrepasaba a las de los demás. Pero Mamá Viuda Vieja ya estaba en otra cosa.

—Dicen que Evita se ha traído un nuevo aderezo de esmeraldas de Van Cleef y Arpels. Que le pidió a la señora de Olmos la clásica cartera con un broche de esmeraldas. La señora de Olmos titubeó.

Evita se pasaría por el culo la cartera de la señora de Olmos, quiso decir Pablo, pero no pudo. No podía decir a su madre una cosa como esa; degollarla así y poner su cabeza en la sombrerera. De ese modo Mamá Viuda no hablaría más, no difamaría más a Blanca, no sería avara y miserable, no le chuparía la vida bajo el pretexto de habérsela otorgado un día, no lo hubiera pegado a sus polleras, no habría tenido que cargar con ella haciendo como que era la ansiada hija mujer que no llegara. Matarla sí, pero no decir que Evita se pasaba la cartera de la marquesa pontificia por el culo. Todos sabían que Evita había sido una mujer pública. Sin hijos, agregó Pablo fervorosamente, hasta en eso fue grande esa mujer, la Pasionaria de la Causa, hasta en su idea generosa de no parir un hijo.

—Ya que estás tan cerca de ellos, podrías insistir para que nos dejaran la quinta sin la ocupación de ese asesino.

La voz de mamá se alejó, volvió a sonar chillona, ahora hablaba y gesticulaba, la veía mover los labios y resoplar como una locomotora ascendiendo la montaña. Debía ser horrible estarse allí boqueando y pensando en su exitosa cuenta bancaria o en cómo ingeniárselas para sacar del medio a un inquilino. Había pasado la vida viendo tejer a su

madre para un Gran Niño Huérfano que ya debía ser monstruoso. Pero como también era una luz para los negocios,
he aquí que le exponía un plan audaz para sacar del medio
al inquilino y liberar una mercadería en la Aduana. No
tenía más que proponérselo al Ministro.

—Yo no puedo, mamá.

Escuchó los pasos de Blanca en el piso bajo.

Su mujer se enfurecía si los hallaba haciendo cifras. Además, él no transigía con aquellos negociados. Que lo hicieran otros. Él era la guardia pretoriana del General, la gente
nueva, la Nueva Argentina. Todos bailaban aquella danza
fantástica: el Ministro amigo había hecho fortuna en quince
meses mediante una trama delicada como un bordado de
petit point. Pasó su infancia a la sombra del petit point y
sabía lo que era. La fortuna del Ministerio resultó una obra
de arte frente a la que daban deseos de aplaudir como en
el teatro. Una materia imposible de importar, un barco que
llega desapercibido, una firma discreta que permite el desem-
barco. ¡Todo era tan fácil! Ahora el Ministro comenzaba
a hacerse los trajes a medida y la mujer amuebló el piso
de Libertador con el abominable gusto francés indetermi-
nado que era su cierta idea del lujo. La mujer era judía.
Aquel cochino se había casado con una judía que quería
vivir —como todos— en Libertador. Eran los pasos de
Blanca ahora.

—No lo proponés porque siempre te has negado a hacer
algo por tu madre. Una es madre; se pasa en su casa tejiendo
y rogando por el marido, por los hijos.

¡Ah, papá! Él había muerto astutamente de un ataque
al corazón en medio del agua de Carrasco. Mamá contaba
siempre cómo es que quiso llevar al chico sobre sus hombros, a nadar con él. Ella se había negado. Cayetano murió
en el verano de Carrasco, mientras mamá veía aquella última y gran burbuja desaparecer. Gritó hasta que le trajeron
el cadáver. El cadáver fue recuperado a medianoche: ¡cuánto
debió gritar mamá!

Blanca saludó a la mucama con su tierna voz engolada:
también se podían amar unos pasos de mujer. No había
conocido el amor antes de Blanca, tan luego él, que amaba
su uniforme, casi su inocente disfraz de subteniente de reserva, que no pudo amar más a menudo. Mamá olvidó enseñarle a amar a fuerza de tejer y de vaporizarse y aun de
poner la mano sobre el lugar del corazón al bajar los ojos
y decir:

—Esta es la joya que prefiero.

Su tierno hijo de pantalones cortos y flequillo espeso y
rubio sabía que la caja fuerte de su dormitorio excitaba su
pasión más que el amor filial, la caja fuerte abarrotada de
joyas revisadas, sopesadas, valoradas cuidadosamente. Regaló a Blanca, el día de la boda, un par de aros de brillantes.
No pudo contenerse:

—No los malgastes, no los pierdas.

Agregó el alto precio calculado y Pablo pensó que se
moriría. Sintió en seguida toda la cara de desprecio de
Blanca, toda su rabia. Y ahora era ella subiendo la escalera
de su infancia, por la que habían bajado el ataúd de Cayetano
mordido por los peces. También él había bajado, de novio,
con el jaquet de su tío Napoleón, astutamente reformado
por el sastre que eligiera Mamá Vieja, mamá pisándole los
talones, dándose el último toquecito de vaporizador y bar-
boteando, gimiendo desde la mañana.

—Hay mal tiempo el día de tu boda: todo terminará mal.

Le vaticinó el desastre como un augurio malicioso. Recitó su largo monólogo de ruegos, de amenazas, de habladurías sobre Blanca, que eran tan ciertas como que Pablo las
conocía casi todas, pero que la revitalizaban, haciéndola
partícipe de una felicidad macabra. Sí, era Blanca. Sintió
su perfume y el halo vital que llevaba consigo.

—De modo que podés proponérselo al Ministro, o al
General, ya que lo ves todos los días. O a Eva si la encontrás.

—Hola —dijo Blanca sonriente y ofreciéndole la boca.

—Hola, señora.

Se besaron.

—Venís muy tarde —dijo la Vieja.

Sobre los cristales la miraba con sus bellos ojos oblicuos. De joven había sido hermosa, hasta el punto de vencer en aquel concurso de belleza de Mar del Plata; las fotografías de cubierta sobre el Cap Arcona, lo atestiguaban en la rinconera veneciana, con las dos hermanas, tan jóvenes y unidas, sonriéndole al fotógrafo desde tierra en un día feliz. Sus dos hermanas no habían sido tan hermosas, lo reconocían, aunque Ernesta, la menor, pudo amasar espléndidas fortunas con dos maridos sucesivos —hermosa no, aunque atractiva—, el segundo marido sobre todo, el guapísimo psiquíatra que vestía smoking a la hora de la cena y ponía el gramófono obligándolas a bailar hasta medianoche. Una tras otra las tres gracias se deslizaban en brazos de aquel loco por el piso encerado de la residencia del bosque de Palermo. ¡Qué hermosura! Se derretían de entusiasmo al recordar lo gentil y guapo que era el gran hombre de mundo que serruchaba maderas los sábados y domingos por la tarde hasta caer exhausto.

—Un poco excéntrico —afirmaba Ernestina pensativa—, sudaba a mares, parecía entregarse a los demonios interiores, sí que era muy raro mi adorado Antón.

Y cómo las había paseado —Mamá Viuda ya era viuda entonces—, cómo había viajado con ellas, con cuánta gentileza trataba a Clarita, la mayor, que no encontrara candidato pese a cuanto heredara de mamá y papá. No hubo postor en aquel fantástico remate ni Clarita lo necesitaba porque ella era soltera de naturaleza, para siempre y bien, era soltera. Blanca cayó en las fauces de las tres gracias. Tanto como adoraban a Pablito era natural que quisieran informarse sobre aquella con quien había dado en la manía de casarse. Se informaron al unísono. ¡Si hubiera vivido Antón! Pero Antón murió un sábado a la tarde, mientras serruchaba. La muerte se esmeró con aquellas trémulas ves-

tales; también el primer marido de Ernestina murió de un
sacudón en sus pobres venas mientras regresaba al casco de
la estancia de Azul. Así fue que Ernesta heredó su primera
fortuna y las hectáreas que Perón no soñó expropiar. Las
arterias estallaron bajo la lluvia como Cayetano estalló en
Carrasco. Ah, benditas viudas: aún Ernesta se estremecía
pensando en la absorta cara del muerto mojándose bajo la
lluvia en una fría noche de junio, con los ojos abiertos a
la negrura del campo, embarrándose a medida que las horas
pasaban, la mano horriblemente adherida, crispada sobre el
alambrado. Rechoncho y saludable, quedó enfriándose hasta
que la madrugada se lo mostró a un peón casero. La verdad
es que Ernesta amó bien poco a su pletórico primer marido,
casi hubiera dicho que no lo quiso nada, tan gordo y enamorado de las perdices y de los costillares, atragantándose
en cuanto se sentaba a comer, indiferente con su pobre mujer que aprendía en horas interminables de soledad doméstica la magia del tejido para huérfanos y soldados, los
delicados petit point salidos de sus manos femeninas, firmes y seguras como garfios. El campo le quedó enterito.
En seguida sobrevino la viudez de Mamá Vieja, de modo
que juntaron sus lágrimas y lutos y por consiguiente la im-
ponencia de sus cuentas bancarias. Aquella sana economía de
posguerra los hizo riquísimos. Fue así que apenas salidas
de los cementerios dijeron basta a los hombres y en menos de un año repartieron sus utilidades. Y además tenían a
Pablito cada día más hermoso, un poco el hijo de las tres,
una especie de fruto en común para aquellos vientres poco
fecundos. Tenían a Pablo para divertirse, ese chico tan bello
como Mamá Viuda Vieja cuando ganara el concurso, un
niño que se escapara de todos los colegios y al que habían
alejado de sus niñeras por encontrarlo en la cama de cada
una de ellas. Pobre Pablito. Blanca lo miraba tiernamente,
sentado en el borde de la cama de su madre con el hermoso
rostro vuelto hacia ella con absoluta admiración:

—Pobre amor mío —pensó.

Y lo sentía suyo y aún lo amaba a pesar de que sus besos en la cama la hacían enfermar. Revivía las aciagas horas en que sus padres se refregaran uno contra el otro, aquellas horas terribles en las que el sueño huía:

—Mamá.

—Estoy aquí, nenita, dormite ahora.

Pobre amor mío, pensó, admirando el espeso pelo castaño de su marido niño, las cejas perfectas y su color meridional. Alguna vez envejecería, la fina piel dorada se plegaría en trazos diminutos, hablaría como su madre, pensaría como ella. La venenosa vieja sofocándose en su cama, indagando y fingiendo construir una familia donde no había otra cosa que circunstancias económicas. ¡Aquellas matadoras comidas semanales que no sabía suprimir! Consiguió espaciar las visitas a su suegra, rechazar las invitaciones al Colón, sus ruegos de complicidad o de compañía. Odiaba en la Vieja todo lo que la vida amenazaba ofrecerle.

Pero la Vieja también podía ser implacable:

—Ernesta te vio anteayer tomando el té en el Dietze.

No se inmutó. Tomaba el té con Antonio que decía:

—El amor es una cuestión de piel. A mí, para empezar, tu piel ya me produce amor.

Sólo había sentido repulsión y un triste remordimiento. Ahora acariciaba el cuello de Pablo y el espeso pelo. Era fácil sentir amor y no amar a la vez. Las dos tías llegaron de la calle para interrumpir la respuesta. Casi no se las distinguía bajo los grandes tapados de astrakán.

Antonio no me importa nada, pensó Blanca pegando su vientre a la espalda de Pablo y Pablo fue consecuente; estiró la mano para estrechar los pequeños dedos asidos de sus hombros. Pobre amor mío. La besó en ambas manos. Ahora mamá y las tías completando la atmósfera de la habitación; podían escudriñarles sin piedad. Había un rechazo instintivo en aquella elección desafortunada. Los Maggi carecían de fortuna. Buena gente, sí, la chica, Blanca, una belleza a más de inteligente, les habían dicho. Pero la inteligencia es un tercer ojo defectuoso. ¿Qué es la inteligencia en el complejo de una buena mujer? Dos manos bien cuidadas para tejer y servir el té, un buen útero para concebir, un par de ideas cortas con que manejarse a lo largo de la buena vida. Con mucho menos que eso —el útero había fallado— Ernestina consiguió dos maridos excelentes y toda su fortuna. Un paso más atrás: Cayetano. En tercer lugar, Clarita con su abrigo de patas de astrakán. De patas, solamente. Las tres los estudiaban.

—Esta chica va a engordar, con la edad —dijo Ernesta entrecerrando un ojo.

Aquellos días circulaba entre las damas del Gran Huérfano la última aventura de la Presidenta: cómo es que Evita la había emprendido con la Sociedad de Beneficencia. Las tres cotorras japonesas se sentían desplazadas, aunque siempre habían estado un tanto abajo del máximo nivel social. No podía olvidarse en seguida que Cayetano había sido un buen almacenero y el primer marido de Ernesta, un chacarero. Pero lo que no olvidaban tampoco era la moral de Evita ni las mentadas fotografías pornográficas.

Blanca estalló:

—Ustedes no verían las fotografías —dijo conteniéndose.

—Todo el mundo sabe —contestó Teresa.

Debería discutir con sus hermanas en el cónclave cotidiano aquel poco apego de la mujer de Pablo por las apariencias. ¿Por qué diablos elegiría Pablo esa criatura extraña, ansiosa y desgreñada? Habían cebado a Pablo para una fortuna o una conducta o ambas cosas a la vez. A los jóvenes como Pablo les daba ahora por el amor cuando bien sabían ellas que el amor sobrevenía luego. Mamá Viuda Vieja colocó su mano sobre el corazón:

—Ella —hablaba siempre de Eva— debería estar junto a su marido, modestamente. La mujer es la guardiana de la casa, el hombre y el nombre de los hijos.

Blanca soltó su risita sarcástica.

—¡Señora, si Evita la escuchara!

—Bajemos a comer —dijo Pablo estremeciéndose.

Podía sentirse casi femenino; su madre, sus dos tías, su mujer ahora. Hasta el edificio de la Alianza tenía algo de claustro materno como la Casa de Gobierno donde le entregaran su pistola autorizada y la máxima confianza de un ministro. Un hombre entre mujeres siempre es una víctima.

—Yo comeré en cama —susurró Mamá estirándose sobre los altos almohadones.

—Entonces, te haremos compañía.

Debía suplicar paciencia a Blanca. Se volvió para mirarla:

—Terminaremos en seguida —quiso decir.

Blanca le sostuvo la mirada:

—Pobre amor mío —pensó.

¡Los amigos de Rocky! Traté de comprenderlos y aun de comportarme dignamente frente a ellos. Pero resultaban miembros de una tribu extraña. A veces, para hacerme daño, yo misma repetía el nombre de la tribu: eran los jóvenes. Se me aparecían como cartas fuera del mazo, naipes extraños, trampas para un juego. Gabriel por ejemplo, era el dueño de una boîte en la Boca donde Rocky, según las temporadas, trabajaba de barman. Hacía cócteles que cobraban caros y al cabo de la noche terminaba borracho. En la madurez, la bebida enrojecería sus preciosos ojos, cambiaría su voz. Engordaría: la gordura de Rocky también fue mi venganza. Pero más que todo recuerdo a Gabriel porque era el símbolo de cuanto aborrecía en Rocky y al mismo tiempo todo lo que me atraía en él. Gabriel era alto y rechoncho, con rasgos de buen bebedor de whisky, hábil y mundano, flojo de carnes, vulgar y desprovisto de moral. Me horrorizaba su amistad con Rocky, aunque Rocky se burlara amablemente de mis aprensiones.

—Tenés miedo de que Gabriel nos separe —solía decirme—; es un buen tipo que tiene su mujer, nos hemos dive

tido mucho y bien juntos. Y acordate siempre: es la única
persona de quien he recibido ayuda. Incluyéndote.

Yo conocía parte de aquel nutrido repertorio de aventuras. Gabriel disponía siempre de dinero y de allí emanaba
el infantil respeto de Rocky hacia él. Se mostraba ante el
poder y la abundancia como un precioso animal salvaje al
que un torvo domador pervierte. Se obstinaba en ensuciarse
y aun en mostrarse peor: Gabriel lo ayudaba en aquel punto,
significando el misterio de la noche de Buenos Aires, las
interminables noches, los misteriosos universos que me
estaban prohibidos, absurda princesa de la cuarentena entre
los muros almenados de mi casa. Gabriel, pues, estaba en
las noches de Rocky que comenzaban a las once y se estiraban
—impenetrables para mí— hasta casi entrado el día. En ese
largo lapso, podía figurar cualquiera que no fuese yo. Un
día conocí a Gabriel.

—¿Qué tal? —dijo con la sobriedad que la gente de la
tribu utiliza entre sí.

—Es una vieja —pensaría con la desaprensión de la tribu.

Una jovata. Alguien me adjudicaría aquel término espantoso a mis espaldas. Una hermosa jovata. Así como Rocky
me devolvía a la juventud, sus amigos me desplomaban.
Gabriel más que los otros. Sus pequeños ojos de cerdo no
mostraban asombro ni curiosidad siquiera. Sólo me decían:
otra aventura para Rocky. Era muy difícil hablar usando ese
tuteo familiar, esgrimir la firme despreocupación, la alegre
inmoralidad de Rocky y de Gabriel. Este último llevó consigo a la amiga de turno, que tenía espléndidos cabellos
sucios sin peinar, la cara fresca y totalmente limpia de color.
Arrastré las palabras de saludo con el mismo tono de los
otros. Bajo la fuerte luz del mediodía, su piel aparecía
trasparente. Sin dejar de sonreír reclamé la asistencia divina.
Había que hablar. No podía dejar de referirme a Rocky con
adoración. Después ellos le dirían:

—Está loca por vos.

Rocky fue consecuente.

—Estamos —admitió.

Como era sobrio, igual al resto de la tribu, se empeñó en enseñarme a hablar.

—No hagás teatro.

O más secamente:

—No dramaticés.

Le exasperaba mi apego a tantas palabras que yo usaba.

—Sos cursi —decía burlándose de mi grandilocuencia.

Como tantas otras cosas, ese aprendizaje quedó en la cuenta de mi gratitud. Conforme: no había que hablar de amor, no había que usar tantas palabras, no declamar, no gemir, no exagerar. La tribu exigía sobriedad. Pero aprendí a odiar a Gabriel con toda mi alma el día que hallé en la mesa de luz de Rocky un papel garabateado. Había un nombre de mujer, un número de teléfono. Y gritando se lo arrojé a la cara: Rocky era formidable.

—Te ponés histérica como una actriz de teatro. Como una mala actriz.

Me prendí del cuello de Rocky implorándole que no se convirtiera en el ser infame que yo creía que era. Hubiera muerto con aquel inmundo papel en el estómago y el nombre de Teresa.

—Es una amiga de Gabriel, la conocí en la boîte. Se le antojó tomar Negronis, hasta que hubo que llevarla a la casa. Yo no le pedí que me llamara. Fue Gabriel quien le dio mis señas; te repito que en nada me interesa esa mujer. No significa nada.

Nunca vi ojos que reflejaran menos que los suyos, se manejaba bien y sus explicaciones resultaban razonables. Yo adoré siempre la mentira, ese resorte milagroso que hace menos miserable el paso por la vida. Mis padres me enseñaron a mentir: se los agradezco. Pero en Rocky me horrorizaba descubrir que su conmovedora sinceridad le permitía engañarme más ampliamente. Opté por creer casual el papel garabateado, demostrando al punto cómo es que me alienaba en la aventura. Rocky juró, redobló su ternura y se comportó muy bien. La mujer del papel garabateado quedó entre nosotros como una intrusa y nosotros nos reconciliamos. Pero desde entonces, la sola mención del nombre de Gabriel me ponía enferma. Por unas semanas el enemigo de las noches desapareció y una tarde de esas que esperaba a Rocky a la salida de su bar, se presentó con Tissen. Y fue el segundo amigo que le conocí y con él una cara desconocida del hombre que yo adoraba. Tissen, por su parte, no pasaría de los 20 años. Llevaba el pelo largo y, al contrario de Gabriel, parecía desenvolverse en la miseria. Dijo conocer la adolescencia de Rocky y estar en Buenos Aires de paso para Córdoba. Llevaba el cuello de la camisa desflecado, los zapatos viejos y sus dientes eran maravillosos. Me trató muy bien, tuteándome desde el principio y riéndose en parte perturbado por las audacias de mi amigo. Pero Tissen parecía menos dispuesto a dejarse estar y habló de un buen empleo en una fábrica de productos químicos cerca de Rosario. Prácticamente estaba desnudo y Rocky le ofreció su ayuda. Al día siguiente, cuando Tissen hubo partido, me anunció que se llevaba sus camisas de medida y un buen saco deportivo. Insinué tímidamente que no volvería a verlos. Se enfureció:

—Sos mezquina —dijo—; todos los de tu clase lo son. No podía dejar a Tissen en la estacada. Hemos corrido mucho juntos cuando yo vivía en la provincia.

De ese modo descubrí que había vivido en la provincia y que había vivido bien. Por lo que se veía a mí me corresponderían sus años desvalidos, porque ahora Rocky luchaba con un magro presupuesto y sus fantásticas cuentas. Debía un dineral en camisas importadas. Vivía a fuerza de café. Pronto hube de pagar lo que consumíamos, las entradas al cinematógrafo y aun sus gastos menudos. Mi vida junto a Rocky cobraba una rapidez frenética. Pero fue entonces que él comenzó a sentir amor por mí. Yo lo descubrí con alegría, y también lo descubrió el doctor Rivera, un rico homosexual por quien Rocky fuera protegido. Nunca conocí a Rivera. Fue Gigí, loco de celos, quien levantó frente a

mis ojos un extremo del gran telón que ocultaba ciertos años
de Rocky, años inmediatos y confusos que nunca terminaría
de explicar.

Gigí mordía las palabras y me apretaba el brazo, confun-
didos con la multitud en la exposición de Garrigós. Rocky
nos miraba desde su rincón.

—No es una cosa para que vos y yo nos enojemos, mi
querida —dijo Gigí temblando bajo su fiebre particular—.
Vos y yo, Garrigós, nuestra Berta, todos nosotros estamos
para las grandes cosas del alma: el arte, la belleza, las preciosuras que podemos concebir o compartir.

Se moría de angustia. No quería desviar los ojos con el
temor de encontrar a Rocky: lo amaba verdaderamente. Entonces creyó oportuno como un buen prestidigitador sacar
conejos vivos de su galera milagrosa.

—Estás acusando a Rocky —dije con desesperación.

No había forma de detener a Gigí, debía sentir el alma
al rojo vivo. ¡Cómo sangraba! Quién sabe alguna vez yo
sangraría de un modo semejante.

—No puedo enturbiar nuestra amistad con un asuntito
como éste.

—Yo te quiero siempre, Gigí.

—¡Mi querida! Lo sé. También te quiero yo. Por un
hombre así...

Fui culpable, ya que debí decirle a gritos que ése era el
hombre que yo amaba. Casi no había amado a otro como
a él. La señora Ordóñez, tan decorativa, con su discreto
pasado, sus objetos, su áurea adolescencia perdurable. Yo
discutía mi amante con un homosexual histérico; ambos
tironeábamos de él.

—Pero vos no has sido su amante —dije por fin.

Gigí consiguió reír, y fue tan perverso como para demostrar ambigüedad.

—No podría decirte tampoco lo que Rocky significa, más
que un niño caprichoso, un hermoso niño, claro.

Alrededor de Rocky todavía usaba las palabras con delectación. Casi las usaba como yo. Y bien: el amor es el mismo para todos. También para Gigí, supongo. De pronto me puse de su parte:

—Contame —le dije.

Era difícil hablar. A cada paso uno debía detenerse, saludar, cambiar un par de frases con alguien que pasaba, estrujarse en la pequeña multitud que ocupaba la galería, deslizar la conversación en el oído del otro mientras los demás gritaban:

—No hay mucho que contar.

Allí Gigí estuvo magnífico. Una mujer no lo hubiera hecho mejor.

—El doctor Rivera lo ayudó durante mucho tiempo.

Debió ver el espanto en mis ojos.

—Quieres saber si es homosexual. Bien: no lo sé. Vivió en la estancia de Rivera mucho tiempo.

—Era comisionista de hacienda —musité.

De creer en Rocky, debí abofetear a Gigí. Pero el pasado de Rocky era un bosque impenetrable en el cual mi voluntad y mi fe se perdían.

—Si te equivocás, será terrible para todos —dije en seguida.

Gigí rechinó con su sonrisa.

—Querida Blanca —exclamó.

Eva Perón dijo querida Blanca frente al cuerpo que yacía en el ataúd. Con aquel cuerpo enterraban algo mío. Pero todo quedaba en la penumbra y a la distancia, tanto mi primer marido como Eva Perón y el enorme solitario que se deslizaba por su dedo flaco, eso que llamaban comportarse dignamente. Si Gigí no cerraba el pico, podría entrar a aullar como un animal herido.

—Era un individuo detestable —insistió Gigí, poniéndose más cruel—. Un grosero snob que disponía de él, muerto de celos ante cualquiera que se le acercara. Despecho, supongo. Una criatura estúpida, un hombre abominable que se movía al compás de su fortuna. Rocky también se movía con él.

—Tal vez fueron amigos.

—¡Querida Blanca!

Revoloteó con sus manos alrededor tratando de indicar mi ceguera: era difícil. Yo no hacía sino imaginarme al doctor Rivera tostado por el sol, con ese aspecto equívoco de arribista, trepándose al Jockey Club y a la Sociedad Rural por la ventana. Un abogado metido a vendevacas. Un novísimo ricacho, una boca rosa subido, la boca tapizada de oscuro, ése, el amigo de Rocky.

—Rivera fue mi padre, mi único amigo real. No quiero que hablés más —me dijo cuando le mencioné el asunto.

Se confundía y terminaba por darme mucha lástima.

—Le debo tantas cosas. Hasta te conocí gracias a él.

Se obstinaba en convencerme de que había ido a mi exposición de objetos aconsejado por Rivera. Verlo batirse en retirada excitaba mi piedad. Nunca pude enojarme con Rocky. A lo sumo, su deserción me producía un dolor intenso como una puñalada en el costado de mi cuerpo. Dramatizás, diría él.

Y no conocí a Rivera porque nunca me lo presentó. Usó para eso excusas infinitas, tanto mis profundos celos como las interminables tareas de Rivera cuando visitaba Buenos Aires; el caso es que no lo conocí. Ante Rivera yo era mencionada como una rica señora de la buena burguesía metida a mecenas con un aprendiz de mago. De no haber sido tan idiota, debí notar la clave de esos misteriosos desencuentros: si Rivera y yo lo ignorábamos todo uno del otro, el hecho no llamaba a error. Rocky maniobraba a su manera, aunque la suya fuera una maniobra de codicia simple, dividida curiosamente en un hombre y una mujer. Cuando conseguía pensarlo fríamente, más lo veía como a un pobre niño desvalido ingeniándose para aprovechar mejor lo que se le ofrecía. La avidez de Rocky era modesta y enfermiza; lo quería todo para sí: los buenos libros que se ingeniaba en obtener; los buenos trajes, los besos y hasta la comida. ¡Algunas veces lo estudié en tanto comíamos! Rocky apro-

vechaba todo al máximo, elegía el plato más caro, bebía
hasta la última copa de vino, tendía una mano imperiosa
hacia los objetos, las personas y hasta las ilusiones.

—¿Fuiste muy pobre, Rocky? ¿Tuviste realmente una infancia deplorable?

Me miró de frente. No era fácil descifrar la expresión de
aquellos ojos vivaces. Nada me dijeron entonces. Fingió
enfadarse para guardar su secreto. Sí. Rocky habría sido
terriblemente pobre como sólo lo son ciertas criaturas despro-
vistas de cuanto les corresponde por derecho elemental:
amor, abrigo, ámbito normal. Pero no sería fácil sonsacárselo.
Aquellos largos silencios me enloquecían en la duda y me
ofendían. Podía imaginarlo todo y acusarlo de todo. Vería
claramente que primero había sido Rivera, luego yo. Pero
a mí me amaba porque su cuerpo todo requería ardientemente la presencia de una mujer. Resbalando por sus
confesiones esporádicas deduje que también reñía con Rivera y escapaba de su casa con un gran portazo. Había viajado
con Rivera. Rivera sufría atroces celos. Aprendió de Rivera
el nombre de algunos vinos caros, la prepotencia, ilógicas
teorías de buen conservador y el indefinible aire de arribista
que era difícil digerir en él. Algunas veces lo sorprendí llamando por un apodo familiar a una rica heredera en vacas
y terneros, a quien no conocía sino de oídas. El hecho trivial
tenía la huella de Rivera. Su cigarrera era primorosa y el
encendedor de un precio exorbitante, las dos cosas guardaban
la huella de Rivera. Una tarde me señaló una espléndida
casa en los alrededores de la plaza Francia:

—Allí viven mis hermanas —dijo.

Pero sus hermanas eran dos simples muchachas casadas en
la provincia, a quienes no veía sino de vez en cuando, y la
residencia la ocupaban en cambio los Rivera. Sentía por
Rivera una afición enternecedora; lo hallaba sagaz y distinguido, las expresiones, aciertos y negocios, los sastres de
Rivera tenían para Rocky el único sello de los grandes objetivos. Rivera afirmaba en él toda su debilidad. Seguramente

al otro le dolió en el alma deshacerse de aquella preciosura,
le habrían impuesto la separación o se cansaría de llevar a
Rocky siempre consigo. El caso es que decidió poner fin a
su agonía y buscó pacientemente un modo de enviar a Rocky
a Buenos Aires. Allí fue entonces donde lo encontré. Pero
Rocky estaba orgulloso de haber salido indemne de su larga
aventura en la estancia —¿había salido?—, de que le gusta-
ran mucho las mujeres y de que yo estuviera loca por él. Se
indignaba contra los homosexuales y combatía mi amistad
con Berta, a quien creía una viciosa. Reclamaba con ardor
por su dignidad herida, pero coqueteaba todavía discretamente con Rivera, guardaba con Rivera la dosis exacta de
entrega y sumisión, tanto para obtener una ventaja como
para tenerlo a su merced. Esto es lo mío, se afirmaba en lo
que pudiera arrebatar a su curiosa suerte —ni negra ni generosa—, engañando a todos por igual, resbalando del amor,
como decía cuando era sincero, criatura del amor, prostituida
criatura sólo a medias, pudriéndose en tanto se mostraba
reluciente para los ojos de los que lo ambicionábamos. Ese
era mi Rocky, mi tierno y vergonzante Rocky, ingenuamente
corrompido, cándidamente infame, aquella dulce oveja negra que se había filtrado por el aire de mi atmósfera rozando
su anular contra mi blusa, proponiéndose entregar a cambio
de cuanto se le ofreciera aquella rica moneda de su persona
íntegra, sin reparar que era trampeado casi siempre, que
debía contentarse con soñar lo que quería, en arañar, sin
conseguirlas nunca, sus altas ambiciones. Por sentirme sucia
y humillada le hice feroces escenas de celos. Era grosero
compartir un hombre con el hálito de otro: y más aún me
enfurecía encontrar un Rocky sin palabras.

—Bien astuto que sos para convencerme de una cosa
semejante —le dije aquella vez, como tantas veces—. Oh,
Rocky, por Dios, he vivido a costa de los ricos. Los páncreas
y estómagos que abre mi marido son vísceras de ricos siempre. No pretenderás mover un mundo como ése: bien sé
que nadie da algo por nada.

Al mirarme, sus ojos azules se oscurecían: había en ellos temor y desconcierto. Aún no era mi hora de partir.

—Eso es lo que vos creés —argumentaba ingenuamente—; a mí esas cosas se me dan. Así es que la gente se me entrega por nada.

¿Qué es lo que me daba Rocky a cambio?

Rivera se presentaba cada vez para hacer de mi historia una anécdota canalla. No podía menos que imaginármelo resolviendo sobre Rocky con la seguridad de quien sostiene las riendas. Era abominable. Cada escena me llevaba a la exasperación. Rocky enmudecía, nos separábamos por días de amargura y odio, estremeciéndonos ante lo insoluble. Las explicaciones de Rocky se debilitaban a cada visita de Rivera, y nos odiábamos como odiaría él algo después: los confusos lazos que me ataban a mi familia. Pero a Rocky le hubiera bastado una palabra para tener todo consigo. Casi me lo confesó sin darse cuenta, una tarde después de hacer el amor:

—Desconfías, cuando me hubiera bastado una palabra —una carta para el señor aquel, refiriéndose a Rivera— y lo tendría todo.

Jugaba con el deseo de un hombre como jugaba con la forma en que él mismo y yo nos deseábamos a diario. Sólo cuando advirtió que yo era tan perversa para hilar bien fino, se volvió prudente. Se mostró recalcitrante, me echó en cara mi frivolidad y falta de auténtico amor por él. Yo me sentía derrotada. Al fin y al cabo Rivera vivía en el campo, muy lejos de nosotros y sólo debía atormentarme cuando visitaba Buenos Aires cada mes. En esos lapsos Rocky tenía misteriosas obligaciones que cumplir, desaparecía por horas, lo encontraba luego, un poco cínico, nunca del todo, porque el cinismo le quedaba mal. Rocky, ya lo dije, podría ser fácilmente un niño bueno, tierno y devoto, totalmente entregado a lo que tuviera entre manos. Me tocaba el turno y me usaría mientras me necesitase, pero Rocky necesitaba a los demás de una forma espléndida: compartiendo la necesidad y entregándose a su vez. Ya podía Rivera irse al demonio, aun-

que era muy triste ver a Rocky manejado por una imperiosa
llamada telefónica o un buen fajo de billetes que no pasaban
de ser una limosna. Una dádiva, mejor dicho, la recompensa
con que Rivera pagaba las sonrisas y los hoyuelos, aquellos
rizos rojos o la fuerza que Rocky exhalaba al desplazarse
de un lugar a otro. Rivera sabía y pagaba sin chistar; a mí
me costaba mucho más.

La cabeza de la Primera Dama marcha unos pasos adelante. Como una pequeña boya en la oscuridad su cabeza
oscila, brilla, en tanto la marea de la gente se entreabre. El
pequeño pie bien calzado pisa la alfombra roja de ocasiones
como ésta. Uso un ojo crítico para juzgar la ceremonia a la
cual Pablo me atrajo moviendo un paño de colores.

Allá brilla el ancho rodete luminoso y la diadema para
la emperatriz. Las muñecas de mi infancia llevaban diademas
semejantes: yo las despanzurraba casi siempre para curarlas
en seguida. Mis muñecas tenían sus vientres abiertos y relle-
nos de algodón y gasa. ¡Cuántas veces despanzurré mi juego! La gente va tras la pareja imperial como una ola que
cortamos con el cuerpo. No queda un resquicio libre en la
fragante multitud que asiste a la función de gala. Alguien
pisa mi larga falda de seda y al volverme distingo sonriente
a un diplomático de fez. Ahora suben la escalera y Ella se
vuelve. Debió nacer mejor y ahora la confundirían con una
verdadera dama. Pero al pasar le escucho un par de frases
que aventan mi ilusión: su voz es ronca y metálica. Su voz
es una denuncia. La multitud se enloquece por acercarse,
por tocar, por hacerse ver. Como una clase nutrida de niños
aplicados pugnando por cumplir, una sonrisa, por piedad,
un hálito de aire al pasar, mi generala, un salivazo, píseme
que estoy aquí, de pie. Nunca vi una multitud que pidiera
con mayor fervor la gracia sobre sus cabezas. Ellos, los dos
-parecen saberlo e ignorarlo todo— sonríen y saludan con

afabilidad. En eso demuestran poca clase, digo en el oído de Pablo y Pablo por primera vez me fulmina con los ojos. Ojos y oídos del Rey, el Ministro, está muy cerca, reventando las costuras de su frac, adjuntando una miserable mujercita rubia con un traje fabricado en casa.

—Buenas noches, Achino, che, está elegante como nunca, hombre. Señora: la saludo.

Y refiriéndose a la Primera Dama es que la mujercita rubia afirma con un dejo de histerismo:

—Es una reina.

El Colón es el mismo teatro hermoso donde escuché, junto a mi madre, a Jascha Heifetz y a Segovia. También hoy la música es pretexto; la Castellana salta en su asiento aplaudiendo sobre las cabezas con una tierna sumisión animal difícil de redescubrir. Ella jamás miró a papá con esos ojos. Vestida de granate, juiciosamente sobre la butaca forrada en rica pana roja, Blanca Maggi cavila acerca de las ventajas de haber nacido hija de Segovia o de Heifetz, un músico judío.

—Pero un judío espléndido —dice mamá liberando al pueblo judío de su culpa. Un judío espléndido es aquel cuyas manos rozan el teclado o las cuerdas sabiamente, el que ejecuta a Brahms hasta hacerla estremecer. Un judío espléndido debe destacarse en algo para resultar espléndido: de lo contrario, todo el mundo sabe lo que puede ser. Pero hubiera sido hija de un judío esta niñita Maggi sentada juiciosamente, inclinada hacia su madre para escuchar de sus labios el nombre de la composición, observando los palcos inmediatos, distrayéndose apenas hasta que la tormenta del aplauso vuelve a divertirla. Es el mismo teatro entonces a la manera de París, tan insólito en la capital sudamericana como si una empleada de correos despachara cartas con un brillante enorme sobre un dedo. Un teatro regio edificado bajo el resplandor de las hermosas cosas que añoramos, por aquellos patricios que arrebatan a Cantó, que llenan de furia a Pablo y que a mí me tienen sin cuidado. Ellos constru-

yeron pacientemente su barrio a la manera de París, su teatro, sus grandes avenidas, la atroz guarida de su club.

Los dientes a Wanda le rechinan de furor:

—Se los quemaremos, los haremos pedazos, verás volar
calzones de seda natural con la carne de sus dueñas. Borra-
remos de la capital ese barrio infame de explotadores y ra-
meras, ese club de perdularios.

Su acento de extranjera convierte las frases en pedradas.
Yo la admiro: el rostro color miel, el pelo amarillo. Todo
en ella es pardo, ocre y amarillo, el pelo recogido en un
rodete. Será por la Primera Dama. He notado que las muchachas del régimen también se peinan como la Primera
Dama. Exigen que los jueces las cambien de nombre: todas
son Eva, Eva Inmortal, Eva Eterna, Eva para todos, como
si de pronto Eva hubiera sido la gran hembra de la que
salieran las mujeres argentinas. En las fábricas las obreras
dan a luz niñas con la cara de Eva, con la voz de Eva, en
la iglesia del barrio el cura las bautiza como Eva. Todo el
país es una gran Eva Inmortal. Tanto o más que el General,
el Viejo, murmura el favorito a Pablo; el Viejo, en cambio,
es todo sonrisa de dentista y pelo engominado, abundante
y renegrido. Advierto cómo es que se parece a Carlos Gardel.
Y en una euforia de voces, de colas de vestidos y de espaldas maquilladas, imagino a esa misma multitud vivando a
Gardel desde las escaleras. Podría ser Gardel y desde el
foso de la orquesta los acordes de un hermoso tango se
escucharían claramente; entre las miles de lámparas encendidas y brillantes Gardel arrastraría su voz, la elevaría,
derretiría sus erres de arrabal y sus historias negras de humo,
cárcel y adulterio. Todos esos hombres y mujeres vivirían en
la historia y los vigilantes y soldados de la entrada entona-
rían sabiamente letra y música de Gardel, mi General, lo
cantarían las damas enguantadas tan diferentes a la mujer
del favorito a la que ahora encuentro semejante a una ga-
llina. Esas damas diferentes y algo absortas, algo azoradas
—es la incomprensión, la vergüenza, advierto— son las que

traen al régimen su brillo de conducta, de apellido o de
fortuna; son las ovejas negras de otra clase que no se resigna
a la derrota, que aprovechan la migaja o el resquicio, y
serán los Embajadores de mi General junto al obrero que
no pasó de cuarto grado, los jueces, gente de mi General,
cantando el tango de Gardel a voz en cuello, ellos también,
algo asustados por la ola que viene y que barrió con los
anteriores. Pero aun en el desastre y la humillación, sus
mujeres siguen siendo diferentes, el largo traje de noche
cae soberbio sobre un buen par de piernas largas y los
brillantes vienen desde lejos, son brillantes con historia y
hay un dejo desdeñoso en las comisuras de los labios si
sonríen. Sonríen. Sonríen. Todo el mundo sonríe en la
Argentina aunque a veces desde algunas casas se escuchan
los gritos de los apaleados en la comisaría. Pero sonríen.
Yo, tras el Favorito, del brazo de Pablo Achino, un notable
Hombre del Régimen y mi marido, sonrío imaginando cosas como éstas: Gardel canta sobre los hombros del General
en tanto la voz de metal de la Primera Dama contorsiona
a la multitud. Sus diamantes se desparraman sobre la alfombra roja para que los demás puedan optar para rescatarlos
con la lengua. Ella arrastra de verdad una gran capa de
plumas de avestruz rosadas y celestes. Las espesas plumas
toman la forma de su cuerpo. Está muy flaca y la corroe
algo terrible, dicen. Se pierde escaleras arriba con una mirada
que no me abandona el resto de la noche. Eva Inmortal no
salió de la calle Alberdi; no vio día tras días las copas de
cristal de Baccarat intactas y brillantes por el esfuerzo con-
tinuado de mamá. La madre de Eva juega a la ruleta con
dignidad de vieja diva. Todas ellas parecen nacidas para el
mando. Siento el brazo tenso de Pablo cuando subimos la
escalera en dirección al palco que compartimos con el embajador venezolano. No es gran cosa intimar con un embajador sudamericano. Todos dejan deudas y queridas, cuentas
de comidas y trampas en el sastre cuando se alejan del país.
Pero al General le interesa Venezuela y el Ministro encargó

a Pablo algunas delicadas atenciones. Ya estamos en el palco y aún veo a la niñita Maggi mordiendo el borde de su guante durante un concierto para cuerdas de Beethoven. El Embajador es soltero y afortunadamente sólo debo estrechar una mano floja que me extiende la mujer del Primer Secretario. Está asombrada y me verá como una niña con su traje de Primera Comunión. Pablo y yo, de la mano, tragamos la Sagrada Forma en este palco elegante, en tanto la gente aplaude como si estuviese poseída. La cabeza resplandeciente de Eva oscila en las tinieblas de su palco. Alguien la enfoca y la multitud pierde el sentido, aúlla de fervor enfocando a Él y a Ella. Así es como me asomo sobre la balaustrada de pana rojo oscuro con un dejo de asombro o de placer estético. Podría dejar escapar una exclamación estremecida y levito sobre esta agradable muchedumbre titilante, sobre la ola de redingotes en raso pastel, terciopelo labrado y encaje, con esa escasa práctica para la etiqueta en los argentinos trashumantes como éstos, como soy yo, ésta, la primera vez que llevo un traje a los tobillos más allá que el de mi boda. Y ahora recuerdo la noche célebre de Julio 1930, pobre peludo, sagrado líder: cantaba como el cisne cuando papá y mamá se consiguieron las entradas para la función de gala. Y papá alquiló su frac y el traje de la Castellana fue de auténtico encaje de Bruselas. Los vi partir como en sueños creyendo que de algún modo comenzaba la importancia para la familia Maggi. Quizá la empiezo yo, la historia Maggi, la historia de Blanca Maggi muellemente acodada en su palco balcón con un embajador detrás. Pablo regresa de saludar al Presidente, todo sonrisa, sus dientes son hermosos y anuncia que en el entreacto la Primera Dama me recibirá. El murmullo disminuye porque las luces se apagan levemente, el pesado telón recamado se recoge y aparecen niñas y jóvenes, hombres y mujeres en camisa. Todo el mundo los aplaude, el primero mi General, al que no veo desde el palco y la Señora, muy grave, con su cara cerúlea que la multitud devora y escudriña minuciosa-

mente. El grupo entona la abominable música del himno.
Nunca me ha resultado peor, sus frases más grandilocuentes,
oíd mortales sagrados y tronos, me avergüenzo de entonar
con los demás, pero escucho a mis espaldas la sonora voz
de Pablo y siento su mano escurriéndose en la oscuridad
para tomar la mía. En seguida estoy cantando a voz en cuello
algo avergonzada por el venezolano, el alma echada por los
ojos y la boca. Ahora es el gran pueblo argentino que saluda, oh, salud, mi pueblo, voceado por la muchedumbre
de fanáticos y de aquellos, como Pablo y yo, convencidos
de tocar los pies helados de la patria.

Como función ofrecen "Carmen", y la gran cara de la
contralto gesticula en tanto pienso si mi falda de seda se
ajará y la venezolana descubre el rostro de la Primera
Dama con sus anteojos de teatro, sin el menor pudor. Sé
que todo el mundo se distrae y "Carmen" podría refundirse
en "Rigoletto" sin que aquella multitud deje de atender solamente a los vaivenes de los brazos de Eva Inmortal o el
precio de su vestido fabuloso. El embajador tiene lista su
guía práctica de preguntas y respuestas para un primer
entreacto de la función de gala. Las aplica mientras nos
encaminamos hacia el palco avant-scène con el aspecto de
quien ve cifrado en "Carmen" todo el porvenir de Venezuela. Lo tiene registrado con prolijidad; seguramente puede
repetir el comentario de varias óperas, son todas similares, pueden pasar unas por otras, el registro de la Pederz-
zini y la falla del tenor al momento en que Micaela retoma
el aria en una forma terminante. Recomendaría algo más de
ensayo, aunque se sabe que en funciones como ésta... Una
vez, estando destinado en Praga, en la Ópera de Viena...

Pero es mucho pedir que me interese en la estulticia
sabiamente registrada por el embajador dirigida a jóvenes
esposas de funcionarios menos importantes. Mi orgullo
sufre un agudo menoscabo cuando lo veo saludar con deferencia extrema al Embajador de Francia. Hubiera dado
cualquier cosa mi venezolano por compartir el palco del

francés, ocupado esta noche por los literatos de renombre aquí, ahora alicaídos por el régimen, todo un nutrido grupo de exquisitos estremeciéndose de repugnancia. Y bien: para ellos todavía queda Francia, ¡gracias a Dios! Al venezolano sólo le estaba destinado Achino por el protocolo y recupera de inmediato con buena voluntad su manual de tacto, penosamente digerido. Antes de llegar al avant-scène las mujeres de los funcionarios forman fila para saludar a la Señora. Me deslizo detrás del Favorito, mientras Pablo fuma y me desentiendo de él con esa sensación íntima de goce que da estar sola y libre, sin marido ni ataduras, sin este esposo colegial del que rara vez me siento orgullosa.

Ella me acoge, no diré que maternalmente. Nada hay de maternal en esta mujer enjoyada de mirada dura y piel luminosa que aguarda el saludo de las otras con expresiva deferencia. Todo es raro en ella, hasta la forma fría con que imita la distinción de la que le han hablado y su sonrisa estereotipada. Como se sabe, tiene ostentosas preferencias: hiela con los ojos a la mujer del Favorito y derrama miel sobre la del Canciller. Después repara en mí.

El favorito murmura en sus oídos la presentación: ella bien recuerda a Cantó. Recuerda la Alianza. Pero adivina con diabólica perspicacia que soy tan advenediza como ella y quizá eso le gusta.

—Vení vos —dice con un gesto de barrio que da en el suelo con las plumas y la diadema de brillantes.

Ella no debió ser nunca colegial y me ve muy colegial sin duda dentro del modesto traje de seda y canutillo, elegido por Mamá Viuda Vieja. ¿Qué hubiera hecho Eva Inmortal frente a Mamá?

—¿Así que vos has resultado una buena peronista? —dice.

—Nacionalista —digo fingiendo muy bien mi confusión. He preferido decir nacionalista, antes que me asalte este miedo insano y vergonzoso, casi diría este asqueroso miedo de haber caído en desgracia y arrastrar a Pablo conmigo. Pero aquel confuso ribete perdulario da en el

egregio ojo de la Dama. Conmigo no ha de temer las horrorosas conversaciones con las Damas del Cardíaco o de
Beneficencia (esas conversaciones en las que tiene todos
los triunfos y no gana, sin embargo), ni aun las de menor
tono que accede a mantener de vez en cuando con las embajadoras. Yo, como ella, ando a la caza de algo cuyo
contorno y esencia se desintegran al echarle mano, somos
cazadores de cercado ajeno, radiante la una, apenas esbozada yo, pero podemos mirarnos y entendernos. Nunca nadie
me gustó más que la Primera Dama esta única vez que la
vi en su palco. Sentí por ella un fervor de adolescente, una
suerte de amor desesperado, una piedad sufriente y la convicción serena de estrechar los dedos de mi propia mano.
Quiero intentar un saludo frente a la Señora para dejar
boquiabiertos a los que nos rodean. Pero ella habla y el
metal rallado de su voz da cuenta de los vaivenes de una
escuela, le recuerdo además a una maestra del Hogar número siete, le recuerdo a su sobrina preferida, le recuerdo
a su oficina de trabajo.

—Te recuerdo a vos —pienso sonriente.

Le satisface que diga llamarme Maggi y que esté a punto de ser una buena peronista.

—Le diré al General —promete maquinalmente, sin que
se le pida nada—, le hablaré al General de ustedes.

Algunos de los que la rodean ya me miran con envidia
y yo conozco de golpe el alcance indefinido de mi propio
vasallaje. Pero voy hasta el final.

—Usted es más hermosa de lo que la imaginaba.

—Tenés que trabajar —dice nerviosamente—, por la Patria, por la Causa y por el General.

—Por la Señora —dice el Ministro arrastrándose como
un lagarto.

Un empleado del teatro se inclina delante de Eva Regina para indicarle el comienzo del segundo acto.

—Te veré en el "buffet" después.

Baja la voz:

—Chau, piba.

Salgo del palco con la cara ardiente.

Pablo salta a mi encuentro, desfigurado por el trance.

—¿Cómo te fue?

Entonces, sin saber por qué, me dan ganas de saltarle al cuello o de echarle en cara reproches y amenazas. Siento deseos de ser Blanca Maggi, sin aquel bello monigote que es mi marido legítimo. Quiero subir y descender, estrellarme de ser posible. Quiero hacer mal y estar de regreso en casa. Pero mi padre murió y el departamento de la calle Alberdi me produce horror. La Castellana me produce horror. Pablo me da horror.

—¿Cómo querés que me vaya? —le contesto—. Si querés saber cómo me fue, averigualo.

Entro presurosa al palco del embajador venezolano, atolondradamente, porque abajo, hace un par de minutos y en escena, está Carmen berreando.

Ir a su casa era pisar el sueño de otro. Casa o lo que fuera porque Rocky había elegido la estación de las Barrancas tras largas antesalas, proyectos y recomendaciones. Y vivía allí un poco como las alimañas, entre enredaderas ordinarias y rosas silvestres, entre poéticas plantas trepadoras y maleza. Blanca reparaba más en él, así como lo veía en su guarida, poniendo el pie con cuidado extremo sobre el cuadrado del ripio y la curva de un riel oxidado. El automóvil, frente a uno de los recreos, interfería la soledad, el paisaje y el contenido casi ingenuo de este ambiente nuevo.

Y Rocky, el vello rojo y espeso de su pecho, la camisa finísima entreabierta, iba abriéndole camino.

Entonces el pensamiento de la mujer fue:

—Ningún príncipe me hubiera mostrado en forma semejante los salones, los tapices, los espejos, las arcadas, las piedras de colores.

Con su aire permanente de titiritero levantaba para la
señora Ordóñez sus descubrimientos. Al avanzar por la estación de ferrocarril abandonada, explicaba, soñaba y recitaba, todo a la vez. La estación casi daba al río. Al cabo
de la calle Montes Grandes: un río chato, gris y esplendoroso, con todo el hechizo del gran monstruo conquis-
tado, sus misterios, las bajas y feas orillas, sus pequeñas
lagartijas de verano y el lamento de goce de las ranas. El
río sobre la playa rala y rizada, con sus juncos y desechos,
con restos de cáscaras de naranja y cuellos de botella. El
brazo sobre los hombros de Blanca. Rocky divagaba:

—Un barquito, mi amor. ¿Te gustaría un barquito ahora? Oh, Blanca, mira, un barco a vela, ¿sabes que también
sé conducir barcos? Tuve uno...

Lo había tenido todo ese mago de ninguna cosa, ese
cautivante mistificador —Blanca se empapaba de él— va-
cilando ante la maleza con la cabeza suspendida en la
irrealidad, convencido de que era la parte apetecible de
la vida.

—Tuve uno, mi amor.

Y ella se distrajo cuando Rocky perdiéndose a su vez
en un relato siempre muy preciso, convertía las frases en
monólogo. Y el monólogo se hacía fábula con la que
pretendía confesarse a la mujer. Era casi siempre un niño
cruel y avaro.

—Quisiera conducir un barco para vos, vivir allí con vos.

Todo era yo para Rocky, Blanca calculaba la duración
de ese atardecer. Suponiendo que su vida se extendiera
todavía unos veinte años —maquinaba— aquello podría
durar aún un par de horas. Eran las seis de la tarde. La
tarde de abril pronto iba a volverse fría.

—Contame —dijo.

No había nadie en muchas cuadras alrededor. Sobre el
río alguien creyó mejor abandonar la precaria construcción
de lo que fuera otrora bar y recreo, y los bancos de piedra,
las mesas apiladas bajo los sauces, aparecían nítidos en el

atardecer con esa melancolía de las cosas que no serán
antiguas nunca. En el verano, los domingos, estallaría allí
una emoción contagiosa y fuerte entre el olor de la carne
que se asa y los vestidos de colores. Pero no había gente
ahora. No volvería la gente en mucho tiempo. El río le-
choso tomaba el tinte de la tarde y se mostraba despejado
hasta el horizonte.

—Podría oír mi pulso —dijo.

No eran, afortunadamente, palabras para Rocky, que la
llevó con su encantamiento hasta la escalera de hierro re-
machado. Entre las vías crecían manzanillas, rosetas y altos
pastos verde gris. Después se hacían maleza ya en la curva
y los arbustos de buena consistencia; las enredaderas sobre
los palos del telégrafo ascendían por la casilla del guardabarrera. Había un silencio que inclinaba la cabeza. El
brazo de Rocky ceñía su cintura, recibía pequeños besos
conventuales. Sobre el puente que unía los andenes, Rocky
la besó ahora francamente. Nadie los veía. La señora Ordóñez pensó:

—La primera mujer del mundo habrá sentido algo como
esto.

Miró a su alrededor. Era difícil de creer:

—Te doy las gracias —pensó confusamente.

Rocky era un buen amante. Quiso poseerla en el borde
de aquel puente de acero que los ingleses construyeron para
el ir y venir cotidiano. Sobre el alto terraplén vieron los
bordes elegantes de las grandes casas. Todo el mundo amaba los árboles allí. Vieron una chimenea Tudor, al borde
de una balaustrada.

—Vivir allí —dijo Rocky vorazmente.

Pero vivía abajo, en cambio, tras la puerta de cristal
quebrado sobre la que podía leerse el viejo letrero: Casa
del jefe.

—Esta es la casa —dijo.

—¿Vivís aquí?

Tenía que ser algo como eso. A Blanca no la hubiera

sorprendido que Rocky resultara una encarnación, un mago, una dimensión diabólica y dorada que se desvanecería en el aire. ¿Dónde podría vivir Rocky? Otras palabras trágicas se mechaban a la tarde sin igual. Jamona, edad madura, vieja ramera. Recordaba horribles letras de tango:

—...¡Y pensar que hace diez años fue mi locura!

Evocó las tentaciones de los curas: cómo es que el demonio —disfrazado—, acechaba a los buenos sacerdotes en el confesionario. El demonio arrodillado detrás de la rejilla resoplaba: Señor, tengo un problema: no puedo creer en Dios. O en vos. Era lo mismo. Era como salivar la cara de un chico que juega en una plaza o mostrarle el sexo.

—Entrá —dijo Rocky.

Había lavado cuidadosamente puertas y ventanas, los tirantes de madera gruesa que sostenían el techo y las anchas maderas del piso. De modo que la casa del jefe era ahora una gran estancia limpia y monacal. Tenía algo de guarida. Allí podía refugiarse un animal salvaje o una niña. Todo tenía gracia. Había espíritu. Rocky la miraba por la primera vez con sus pequeños ojos almendrados y algo estrábicos, sin sorna, sin deseo, con patética insistencia.

—Vivo aquí —dijo simplemente.

Y después:

—Es hermoso, ¿no es así? Fijate ahora en esos afiches de Toulouse, los de Calatrava los conseguí por un amigo en Barcelona, eso vale un dineral. Oíme: debo mostrarte un dibujo: es mi cabeza, obra de Garrigós, ya vale una fortuna.

Era el mismo Rocky de siempre, aunque sus ojos seguían interrogándola. Era un niño con las rodillas sucias o que se sorbía los mocos o con la frente lastimada corriendo hacia ella, refugiándose y reclamando su parte de atención, de piedad, de mínima solicitud. Quién sabe llamarla por su nombre o madre.

Pero Rocky sólo mostraba sus tesoros con empecinada pro-

lijidad. Había una cama de hierro, una buena cantidad de
libros, diminutos muñecos de madera. Sobre la pared,
una pareja de títeres de trapo de la que le hablara. Y además, pájaros de pana depositados graciosamente sobre el
marco de los cuadros y las lámparas, una bruja tallada en
la saliencia de un ladrillo, una insólita bandera a los pies
de la cama. Todo rezumando su graciosa humanidad, limpio, frotado, mil veces repasado como las cuentas de un
rosario, todo en orden, nuevo, flamante, casi de una mo-
destia avasalladora, raramente armonioso, la misma belleza de sus rasgos regulares, la incendiaria armonía de los
hirsutos pelos rojos y la piel blanquísima. Una guarida.
Tal como si hubiera acabado la limpieza un instante antes
repasando cuidadosamente cada intersticio, cada pulgada
de terreno. Blanca olió en el aire la fragancia de un cuerpo vigoroso tratado sin piedad. Nada la rechazaba en la
extraña celda como ocurre con frecuencia cuando se irrumpe en la intimidad ajena. Pensó en otras casas, otros cuerpos, el olor a moho de las escaleras y salas oscuras con el
resabio de miserias, de mezquinas dimensiones y fracasos.
Las casas de los otros siempre son un poco el olor de sus
alimentos y mucosas, el relajamiento natural tras la máxima ficción del día. Siempre le chocaron las casas de los
otros. Hallaba suciedad, vetustez, inquina. Mas no en Rocky, por ahora, porque Rocky era solamente una fiera hermosa paseándose con donaire por su cueva en la roca viva.
La roca tenía limpieza y permanencia; y había gracia también y un delicado gusto femenino de hombre extravagante como un viejo legionario con la cabeza a precio. En
seguida descubrió que los objetos con que Rocky acompañaba su vida, la atormentaban misteriosamente. Nada sabía
de él. Solía hablarle de su infancia y ella lo imaginaba
como un niño rubio y finamente diseñado. Evocaba algunos pasos especiales, barajaba fechas y miserables meri-
dianos para aquella existencia de opereta. Se encontraba
a sí misma como un rastreador vergonzante, como un apren-

diz de aritmética sumando y restando períodos enteros,
las semanas en que pudo durar una relación cualquiera y
con horror, los años —dos años, tres años, calculaba enloquecida— las veces que en tal lapso había poseído a una
mujer, cálculo grotesco y doloroso, las veces que habría
yacido, ávido de otra, los desencuentros y las íntimas co-
municaciones, los períodos hasta físicos de la otra, una
mujer borrosa, una perdurable adolescente en bicicleta paseándose por Amsterdam, una cubana vulgar y un sexo, al
fin, la mujer en la que Rocky engendraría, gozaría y se
daría placer.

—Tengo pocas cosas, pero son todas muy hermosas.
Amo mis objetos. Quería traerte aquí el día que te conocí
para hacerte compartir lo mío y lo que fue mío antes de
encontrarte —dijo Rocky.

Ella admiraba entonces la forma curiosa de sus pensamientos sagaces, no muy elaborados, pero siempre sabios.
Admiraba aquella casa del jefe con un arrobamiento que
la dejaba exhausta. Amaba las paredes pintadas a la cal,
la mesa de madera gruesa y la diminuta cama colegial.
Descubrió que amaba la maleza y las rosas silvestres sobre
el enrejado de la estación silenciosa y la extraña vigilia de
esa tarde. Pero su pequeño centro de ansiedad maquinaba,
sobre los objetos de Rocky, historias torturantes. El títere
de la pared era rubio, como la mujer de Amsterdam, y había
también una diminuta velilla de Navidad, que ya había
sido encendida; el pabilo ennegrecido la torturaba como un
hierro ardiente; un pabilo ya encendido, una velilla en forma de muñeco, no podía ser otra cosa que una mesa compartida, una Navidad extranjera. Maldijo su manera enfermiza de querer hasta el pasado. De niña sus celos y aprensiones le habían procurado horrorosos deseos de evacuar.
Ahora aquello quemaba, simplemente. El pabilo era el
rastro del enemigo y un pequeño caracol —eran dos bellas
caracolas, dos caracolas— lo que restaba de una playa en
la que la mujer de Amsterdam o la de Cuba o la de Cór-

doba yacían junto a Rocky. Lo miró con incredulidad, las mandíbulas duras, tensa y sin fingir:

—Todo eso —dijo señalando la mesa vagamente— todo lo que te dieron, lo que te queda de las otras.

Era previsible que Rocky sonreiría, tratando de abrazarla; negaría toda la historia. El drama consistía de algún modo en que Rocky estuviese inventado desde antes. Nada había superior a él ahora porque la pasión se daba en la señora Ordóñez como una frontal devastación. Quién sabe el amor es sólo la turbia enfermedad de los sentidos o cierto sentido de la destrucción. Y Rocky, que era impaciente, terminaría por exigirle definiciones precisamente a ella, en crisis, largamente casada con un hermano, con un cómplice o un compañero de banco. En tal caso habría destrucción porque el amor es eso y de la destrucción restaban dos irritantes caracolas y una pareja de títeres. Se sentó sobre el diván. El deseo por Rocky la maltrataba como si hubiera sido en vez de esa mujer casada, un macho colegial de quince años. Cuando besaba a Rocky, sus entrañas querían devorarlo. Posó los labios sobre el ancho brazo de Rocky y los arrastró hacia el hombro y la espalda pecosos. Tuvo la intención de adorarlo como a un santo. San Jorge debió tener esa piel debajo de su malla y San Sebastián, en su imperiosa invalidez. Rocky, en tanto, saltaba por los temas habituales, los poemas y los recuerdos mal urdidos junto al cigarrillo en la esquina de la boca, estremeciéndose bajo los besos. Volvía a sus objetos, a sus historias, a sus paredes cuidadosamente reparadas. Dormía allí, se alimentaba de frutas, leía hasta que el sol estaba alto sobre la estación; vivía como un animal nocturno, soñando, vagando y atisbando aquella especie de vida. Se mostraba razonador:

—Podés creerme si te digo que nadie tiene peor opinión de mí que yo. Me creo un pobre tipo, Blanca, casi un trepador.

Se exaltaba:

—Seré poeta, seré un gran pintor, puedo ser genial. —Y concluía:— Te amo.

Blanca quería hacer el amor con él. Pero la tarde había pasado y empezaba a recordar las cosas familiares que tanto ofendían la sensibilidad de Rocky. Sus hijas estarían de regreso en casa y Raúl habría telefoneado varias veces. La casa se derrumbaba bajo el despilfarro, el tedio y el desorden. La señora Ordóñez tenía un amante ahora. Por veinte años, la aventura había oscilado entre la fabulación y el deseo, como una estrella lejana a la que ahora se acerca el astronauta. Un buen par de piernas, un fuerte corazón y un cerebro preciso para registrarlo todo. Desde la nave avisaría a sus compañeros que aquello no era más que el resto de un cuerpo que se funde por siglos de luz en el espacio; que era el sueño de un loco al que se ve encendido perdiéndose entre la estela de la nave y el tubo de alimentos sabiamente digeridos antes de llevarlos a la boca. El astronauta podía opinar sobre las estrellas mientras sus piernas y sus glándulas fueran buenas. Y el amor había existido en un lugar del cosmos mientras mamá se abrazaba a papá o Pablo agonizaba como si durmiera. La vida es el círculo que hacen dos brazos alrededor de un cuerpo de mujer, del cuello de un hombre. Sintió piedad de sí y una mezcla de triunfo y de vergüenza. Había deshecho una fábula portentosa de conducta y mito. Y ahora era un cuerpo lo que más deseaba, porque el cuerpo de Rocky existía vivamente y Blanca recuperaba en él todo lo perdido. Cayó de rodillas y apoyó su cara, sus ojos cerrados, sus labios en el vientre plano y musculoso del muchacho. Iba a concebir una oración que comenzara: amor mío. Todo era irritantemente hermoso y natural. Rocky la miraba con respeto:

—¿Qué hacés, niña? —preguntó.

Besó el espacio de carne que encontraba sobre el pantalón y besó todo lo que pudo. Podía ver su vello, las diminutas manchas de la piel y aun la marca de una hebilla.

Una cicatriz. Besó y be *. Entonces Rocky, que desparra-
mara sobre el suelo limpísimo los trapos y restos de su fantasía, sus pobres cosas, sus útiles de vagabundo, de mago,
de alquimista, sus andanzas obscenas y difíciles, sobre esas
humildes cosas poseídas, Rocky la arrojó sin miramientos
y la señora Ordóñez conoció de pronto una proyección
vertiginosa.

Llovió toda la noche. Me costaba esfuerzo dormir sola;
sentía en la oscuridad vagos temores ante el crujido de la
pequeña puerta de madera que cerraba el cerco de ligustro
o el tercer peldaño en la escalera. En un principio mis padres fueron los visitantes perpetuos de la noche, después
Teresa; Pablo, por fin. La cama en la que dormía era un
objeto vorazmente compartido. Necesitaba pues la presencia de alguien que aventara los fantasmas de la infancia,
bandidos espantables, ruedas nocturnas y monstruos de un
ojo, ectoplasmas que atraviesan puertas y cerrojos, vieje-
cillas enguantadas para estrangularme, seres, en fin, dentro
de la noche, en su rincón, bajo los muebles, entre las ropas
inmóviles, detrás de los espejos. Pablo no estaba. Me había sentido muy alegre ante la perspectiva de quedarme
sola en casa mientras él hacía de fuerza de choque junto
a la policía de Rosario. El Régimen, a partir del 1º de mayo
de aquel año, cambió su gesto huraño para otorgarse un
confuso aire de fiesta. El pueblo siempre se hace presente
a gritos. No lo comprendía bien. Tomaba aquella curiosa
aventura por la orla de un manto de armiño. Elegía la co-
midilla, el dinero y el calor oficial condenándome por recibirlos, pero sin vacilaciones. La verdad, la corriente de esa
historia mugrienta que se escurría desde los federales hasta
Yrigoyen arrojaba ahora a aquella gente oscura sobre el
centro de Buenos Aires.

Por lo tanto, la presencia del pueblo me daba en el

estómago. Para salir de la casa de la calle Alberdi había existido Pablo, para salir de Pablo estaba el Régimen. Pero el Régimen era una sucia moneda hirviente entre los dedos y el país, una bestia enorme cambiando la piel entre estertores. Quizá cambiar la piel sería poco; era una bestia en el instante de parir otro país ni mejor ni peor que el anterior, solamente otro país. Había ricos como siempre y pobres que adquirían noción de su dinero, de su techo o de su fuerza; sin ellos, nada era posible. Y había gente como la Castellana languideciendo a fuerza de aferrarse a su pasado y como Mamá Viuda Vieja que hacía espléndidos negocios y aun como nosotros, Pablo y yo. En el fondo, la multitud mediocre y bien comida, una Argentina desierta y una Argentina amontonada sobre el puerto y las provincias envidiosas, una clase media extendiéndose sobre la tierra como un bostezo enorme. Pero es preciso que lo deje en claro: más que todo aquello, estaba yo.

Había imaginado esos días libres con una mentalidad pueril. Podría salir todas las noches, regresar cuando quería. El camino al Tigre estaba plagado de pequeños clubes donde se bailaba y Antonio no aguardaba otra cosa que el timbrazo del teléfono. Pero ocurrió que Antonio hubo de salir de caza y Wanda quiso atormentarme día y noche exigiéndome que recorriese las iglesias. La novedad de mi trabajo había cesado. Ya no era divertida la vieja casa de la Alianza en la calle Reconquista ni las fatigosas veladas junto a Cantó y los adustos compañeros. Solía sentir temor. Envidiaba en el grupo la feroz concentración para el trabajo y el odio profundo que abrigaban por el prójimo. Por lo demás, ni odiaba ni me atraía el General, la Señora me había recibido amablemente y el pueblo podía irse al demonio. Los países —recitaba— deben regirse por impulso de una élite. Estar dentro o fuera de la élite era mi problema. Quizá la solución hubiera sido ser inmensamente rica, pero Mamá Viuda Vieja no abriría los cordeles de la bolsa en mucho tiempo; y pensándolo es que me apretujaba a la Alianza tal como Pablo no podía conseguir que me apretujase a él. Cavilaba acerca de mis abominaciones cuando sonó el teléfono. Naturalmente era la voz de Wanda y por cierto que excitada y apremiante. En Rosario habían tiroteado el edificio de la universidad, lo que constituía una medida inteligente. Nunca he conocido imbéciles más grandes que los figurones de la Universidad, de modo que el Régimen también acertaba en tirar contra aquella gente —profesores y estudiantes— ante los que Pablo y yo sentimos siempre invencible repugnancia. Pero esta vez fueron más lejos: un par de muertos, un herido grave, y los que desaparecieron hacia el norte, por la frontera de Formosa, ya nimbados por un confuso hálito de héroes. ¡Y hay que hablar de héroes! Los héroes de la resistencia refugiados en Montevideo encontraron en el sacrificio un agradable modo de vida; los orientales descargaban en ellos la envidia histórica que los separa de nosotros, los argentinos ricos, los gauchos fanfarrones de la hermosa ciudad del Plata, ellos como los hermanos de América, con el pico abierto para devorarnos las fronteras, para el desprecio colectivo: los che, hermano, muerte al argentino, al rico tipo de la América. Los orientales, digo, aprovecharon el paso fanático de los héroes, felices éstos de haberse dejado vapulear. Pero Wanda chillaba en el teléfono y me exigía que estuviese despierta. Como si alguien hubiera podido dormir ahora —eran las tres— entre la lluvia, la casa en sombras y el maldito velador de voile y terciopelo, primorosa obra de las tías, que iluminaba tenuemente el dormitorio. Alguien se había sublevado en Entre Ríos contra el General y todo coincidía. La gente amiga ya estaba sobre aviso, por eso había viajado Pablo a Rosario y no debía alarmarme. Y quizá albergaría a un par de muchachos por un día o dos.

—No es posible macanear por teléfono —dijo Wanda con su predilección por las palabras que consideraba argentinas—. Preparate, nena —dijo antes de cortar.

Me quedé de espaldas en la cama forrada en raso azul celeste, segura ahora de que mi mundo personal era blando y confortable. Hasta Mamá Viuda me resultaba bien; en la madrugada era un puerto de refugio y con ella mis hermosos muebles de caoba y hasta el camisón de seda natural. Comprendí también por qué aquellos astrosos revolucionarios me envidiaban y por qué miraban a Pablo con terca reticencia. Para ellos seríamos siempre burgueses, y revolucionarios para las Damas del Club de la Victoria. También me explicaba las exigencias de Wanda y la actitud protectora de Cantó, al menos conmigo. Pero Pablo daba ahora pruebas de coraje, de sagacidad política, circunstancia que me enorgullecía y al fin y al cabo la vida no hacía otra cosa que empezar.

Bajé a la cocina conociendo la eficacia de mis compañeros. Se harían presentes en seguida, tenían automóviles, armas, departamentos misteriosos de los cuales disponer: ahora me tenían a mí como un pequeño mecanismo nocturno al servicio del Régimen. Con la desaprensión usada con frecuencia a lo largo de mi vida consideré cuán distintas eran de las imaginadas estas modestas vacaciones conyugales. Antonio cazaría en la laguna Chis Chis patos salvajes y otras parejas más afortunadas se agitarían al ritmo brasileño en las boîtes del Tigre. La llama del gas me chamuscó los dedos mientras preparaba el mal café que era mi costumbre. Escuché el motor de un automóvil y voces en la calle. Ellos entraron en una forma tan habilidosa que cuando lo recuerdo se me hace que usaron el ojo de la cerradura para invadir la casa. Eran tres hombres y dos mujeres, cuatro desconocidos, y Wanda que los acompañaba. Utilizaron los sillones, se quitaron los zapatos y pidieron café.

—¿Cuándo vuelve Pablo? —preguntó un hombre.

Wanda contestó por mí que ya estaría en camino. Lo de Rosario había sido un buen trabajo y seguramente el Jefe —quizá se refería a Cantó o al. General— estaba satisfecho.

—Tu marido tiene cara de niñito bien, pero es un verdadero macho —dijo Wanda en tanto revisaba cuidadosamente las aberturas de puertas y ventanas.

Ninguno de ellos pasaba de los 25 años. Ellos no eran
perseguidos por cierto, pero el Régimen tenía los tentácu-
los pasados por sus hombros. Pensé: tratan de protegerse
de alguien.

¿Y qué hacíamos Pablo y yo, en medio de la aventura
atroz, entrando por la ventana a un mundo que tenía re-
glas, leyes y condenas particulares?

—En cambio vos sos verdaderamente una nena de mamá —dijo Wanda, complacida, entrecerrando los ojos con
un siniestro aire policial. Hablaban en voz baja y rápida.
Les serví café y algo de beber. Sentía los ojos de uno de
ellos hurgando bajo el salto de cama de gasa azul, confir-
mando aquello de que todos los hombres terminan por
hurgar bajo las ropas de una.

—Una nenita —repitió Wanda para distraerme y con el
objeto de que no oyese la versión completa de lo sucedido.
No precisaba oírlo; éstos eran quienes mataron a los estudiantes. Quizá sólo los habían herido. La gente daba en la
manía de exagerar las cosas. Quizá solamente había heridos y prófugos para Montevideo. Los desconocidos en mi
casa hablaban de los que escaparon con un rencor tranquilo
que me dio frío. La otra chica trató de mostrarse amable.
Al menos me sonrió:

—Quisiera otra taza de café —dijo—; estoy cansada.

De modo que le indiqué la escalera y los dormitorios,
el de Pablo, el mío, el que concibiéramos para los huéspedes durante nuestros largos atardeceres de novios. Estos
eran los primeros huéspedes.

Tenía ganas de hablar ahora.

—¿Así que duermen separados? ¿Eso es fino o qué?
—preguntó.

Mientras le daba a elegir entre las habitaciones contesté
tranquilamente. La conspiradora elogió los muebles oscuros

y antiguos de la habitación de Pablo. Elogió los cortinados
de brocato y miró alrededor con verdadero asombro.

—Así es como viven los ricos —dijo al fin.

—No somos ricos —protesté.

Y bien que no lo éramos aún. Estábamos sabiamente
disfrazados; Mamá Viuda abrió sus viejas arcas y de ellas
extrajo telas y restos para vestir sus títeres. Los títeres jugaban ahora a la revolución. Pero Mamá Viuda continuaba
rica y con sus buenas relaciones oficiales cáda año se volvía
más rica. Explicar todo eso a mi visita nocturna carecía de
sentido. Pero me halagaba su estupor.

—¿Vivís en Rosario? —pregunté.

Tenía hermosos ojos azul oscuro, la cara sin pintura y
los cabellos largos, con un jopo ruloso sobre el lado izquierdo de la frente. El jopo era un horror y también lo
eran sus zapatones de alta plataforma. Pero las piernas
dejaban sin aliento. Yo había tenido siempre la manía de
admirar la belleza de las demás mujeres, me gustaba escu-
driñarlas sin piedad, los pechos, las rodillas, sin que me
atrajeran por eso, más bien como si ellas y yo fuéramos
aves enjauladas, despiojándonos. Esta no me resultaba mal
del todo. Se encogió de hombros.

—Era de las villas.

Se sentó en el borde de la cama de Pablo y ahora era
una compañera de colegio, visitándome. Dijo llamarse Alicia y se había rebautizado a sí misma: Alicia Eva.

—Dieron a mi padre un buen empleo en el Hogar Escuela. Los chicos están internados ahora, mis hermanos.
Estudian, hay que ver. A Rufino hubo que llevarlo al Ins-
tituto del Quemado para los injertos, la Señora se ocupó
de todo. En la villa las cocinas de kerosén saltaban por el
aire junto con las casillas, los catres y los aparadores. Rauli-
to se quemó de esa manera. Ahora dirijo una de las uni-
dades de la zona y estoy bien.

—De modo que te cambiaron la vida —dije.

Alicia me miró con seriedad.

—¿Vos no creés que se la cambiaron al país?

Terminaría por denunciarme como hacían otras si es que me mostraba vulnerable. Pero sentí sueño, frío y fastidio de que mis vacaciones conyugales hubieran fracasado.

—Mi familia padece mucho —dije pensando en la Castellana.

—Son los oligarcas.

—Mi padre era jefe de un laboratorio, mamá, mi hermana y yo. Cuatro pelagatos, te lo aseguro. Nosotros creíamos en la cultura y en el ahorro. En la historia, tal como se aprende.

Ella se rió con ganas.

—¿No sabés que hubo guerra en Europa? —preguntó. Ya estaba en bombacha y corpiño, extendida sobre la colcha de moaré. A Pablo lo hubiera excitado aquel largo cuerpo macizo sobre su cama. Desde el piso inferior se escuchaban las voces de los otros y el apagado zumbido de la radio. El teléfono sonaba casi sin parar y Wanda lo atendía con su hermosa voz de contralto y su jerigonza checoslovaca. La casa era base de operaciones.

—Es muy eficiente —dije señalando el hueco de la escalera.

—¿No sabés que hubo 23 millones de muertos, un mundo terminado? —insistió Alicia bostezando—. Con eso y todo, los argentinos siguen pensando en la cultura y el ahorro. Cuando hay que trasformar, ¿querés decirme de qué te sirve el ahorro y la cultura?

Cantó decía que los argentinos eran exquisitos consumidores de la cultura ajena. Alicia aprendía de él sus argumentos: pero el país crujía como una fina capa de hielo sobre la que se caminara sin cautela.

—¿Vos no creés que le cambiaron la vida al país? —repitió como si estuviera por dormirse.

El Régimen estaba lleno de buena gente como ésa y aun más; sin embargo, Alicia había intervenido en sacar del medio a un par de estudiantes exaltados. Ahora me hablaba de Pablo.

Había estado magnífico en lo que le tocara actuar; no, no era un dirigente todavía, pero la policía de Rosario requirió su ayuda por encontrarla valiosa. ¿No estaba orgullosa acaso? ¿No era una buena peronista? Yo quería hablar de otras cosas de la vida. Pero Alicia, a semejanza de los otros, estaba muy fanatizada, parecía feliz al hablar del Régimen, como si éste consistiera en una mágica aventura, en una fiesta interminable que ya duraba años. Las calles y los caminos del país estaban llenos de gente que iba a la fiesta; los sindicatos y las fábricas, los peones del campo, las sirvientas y los empleados de banco. El Conductor era el flautista de Hamelin hipnotizando a los niños de la aldea. Tras él corren los ríos del pueblo y la Argentina se desplaza como una mujer hermosa destrenzándose el cabello sobre la corriente. Yo pensaba que, a la vez, el Régimen alimentaba una vieja farsa. Mi suegra no podía ser más rica y también las damas que tejían adefesios para el Club de la Victoria y los terratenientes y aun los que hacían crecer sus fábricas como el tallo de habas de Juanillo, los ricos de la noche a la mañana, la comparsa, los Jueces de la Suprema Corte cantando los muchachos peronistas en mangas de camisa, y los universitarios rindiendo pleitesía a la Primera Dama. Iba a decírselo. Aunque se contaban historias negras de superchería y delación, no creía que Alicia fuera de ésas. Un periodista había dejado sin empleo a las maestras de una escuela que no adoraban la imagen del Jefe. En el teatro sólo trabajaban las amigas de los funcionarios. Buenos Aires estaba llena de gente de color subido; mi suegra se moría de asco y las sirvientas se iban a las fábricas.

—Esos negros —decía la Castellana mientras lavaba los platos. Añoraba su blando paraíso a orillas del laboratorio. Ella había sido una mujer virtuosa y ahora el resto miserable de su pensión vitalicia se le escurría entre los dedos, ni pan dulce ni sidra para la Navidad de la Castellana. Claro que habían cambiado la cara del país y ésta era la cara verdadera. En el curioso panorama, aquella extraña manía de jugar a las aventuras podía ser peligrosa.

—No te conviene hablar así —notificó Alicia despabilada ahora. Su linda cara brillaba débilmente en la oscuridad. De pronto me contó que era la amante de uno de los que conversaban en el piso inferior, junto al receptor de radio, con Wanda. La historia se volvió excitante: sus relaciones eran formidables.

—¿También las tuyas? —preguntó—. Para mí, compartir su cama me parece lo mejor del mundo. A veces en la Unidad Básica dejamos el trabajo para...

Lo habían hecho en el baño, en la escalera y en la parte trasera del automóvil, en el parque Independencia de Rosario. No podían contenerse. También su cuerpo brillaba. Las mujeres terminan siempre por hablar de cómo les va en la cama. Pero yo no podía arremeter ahora con los besos del cura ni los inocuos tés con Antonio en la confitería escandinava ni confesarle que jamás había hecho el amor completo con Pablo, en la cama que utilizábamos ahora. Creí comprender que Pablo le gustaba un poco. Quizá los revolucionarios también se entendían en el sexo.

—Wanda es la musa de Cantó —dijo sonriente.

Fue en ese instante que las voces subieron la intensidad del tono y nos enteramos de que los disturbios en Rosario habían sido dominados. La voz de Wanda denotaba alegría:

—Abajo, muchachas —gritó.

Pero mientras Alicia volvía a vestirse supe que habían pedido desde la Alianza que concurriéramos a prestar servicio. Aún el centro de Buenos Aires estaba enfervorizado y se precisaba gente.

—Nadie pensará reconocer a estos amigos —explicó Wanda sirviéndose el vigésimo café. Decidieron que dos de los visitantes nocturnos quedarían en casa y con el resto viajaríamos al centro en el automóvil ahora estacionado una cuadra más allá. Pregunté por Pablo.

—Está por llegar —dijo Wanda saliendo de la casa.

Apagaron las luces y apretada por Alicia y otro tipo, en el asiento trasero, deseé que Pablo estuviera conmigo. Los dedos de Pablo eran los barrotes en la pequeña cama de madera. Blanca apretaba los barrotes para sentirse segura. Los compañeros vibraban de entusiasmo y entonces descubrí que la acción procura un placer intenso. Del hombre que viajaba junto a Wanda sólo conocía los rasgos de su cara. No había abierto la boca, fumaba ávidamente y el humo espeso de su cigarrillo importado impregnaba la atmósfera del coche. Alicia y el hombre conjeturaban y no cesaba de llover. Atravesamos la avenida General Paz y encontramos una patrulla. El distintivo de Wanda los llenó de buena voluntad hacia nosotros. Ya en la avenida del Bajo empezamos a correr. Me gustaba Buenos Aires a esa hora, era un terreno conocido en el que podía sentirme cómoda. Las calles, despojadas de la fea chatura que el día descubría en ellas, tenían, bajo los faroles, un aspecto renovado. Me gustaba aquel loco barrio parque extraído de París y el Bajo. Cualquier cosa podía ocurrir bajo la columnata de Leandro Alem, ahora limpia de cabarets y cafetines. Pero no podía limpiarse el alma de una ciudad ni los entretelones de sus viejas casas de inquilinatos; a Buenos Aires nadie podría limpiarla nunca. Al pensarlo me sentí argentina y segura. Cuando Wanda dobló en Corrientes escuchamos las carreras de la poca gente que aún andaba a esa hora, dos policías a caballo que hacían resonar los cascos sobre la calle Reconquista.

Más allá, cerca de Florida, habían estacionado dos carros de asalto de la polica.

—Estos mal nacidos de los universitarios —dijo Wanda.

El hombre habló por primera vez:

—Los cipayos, los judíos —dijo.

Alguien se cuadró: bajamos. Podíamos dejar el automóvil frente al edificio de la Alianza si es que el peligro había pasado seriamente. Vimos la luz, gente que vigilaba la entrada, y por las ventanas el interior, lleno de animación y luces como si hubiera una fiesta. Cantó, detrás de su escritorio, ocupaba el teléfono:

—Pablo estará aquí en un par de minutos —dijo con la deferencia que usaba conmigo. Indicaba una clasificación. Las clases existían, después de todo. Pero, ¿cuál era mi clase? ¿Cuál es mi clase hoy? Siempre envidié la forma en que los obreros se sentían de un solo lado de la calle. Papá Maggi se ocupó en ponernos fuera de lugar ahora. Mientras Cantó explicaba cómo es que se había limpiado Rosario de los asquerosos vendepatrias, Wanda lo aplaudía. Es posible que hubiera amor entre ellos y el amor produce envidia. Éstos despotricaban con amor. Limpiaron Rosario y ahora vendría Córdoba, limpiarían lo que fuera. Pablo había actuado frente a una patrulla de tres personas. Fue admirable, dijo Cantó. Al día siguiente, por la mañana, se redactaría el informe. Casi sentíamos rechinar los dientes de Cantó. Pablo Achino, mi marido, volvía su cara oscura hacia la mía en la iglesia de San Miguel Arcángel. El mal cura pensaría: lo engañará no bien ponga un pie fuera de la iglesia. Pero yo me contentaba con infidelidades furtivas y bastante idiotas de buenos o malos pensamientos. Ahora deseaba de veras estar cerca de Pablo; trataba de imaginarlo en el Parque Independencia convirtiéndose en el ala fuerte de la patria, encabezando la patrulla de la ejecución, despojándose del abrazo letal de Mamá Viuda Vieja. Pablo luchaba por nosotros. El local estaba lleno de gente; desde lejos nos llegaba la famosa marcha por los altavoces de la Avenida de Mayo, donde funcionaba "La Prensa", y algunos disparos a lo lejos. Cantó nos informó usando su mejor voz de dirigente: Se había sublevado un general recalcitrante y sus mismos partidarios lo habían traicionado antes de estallar el movimiento. El hecho tenía raíces en la historia. En la Argentina los movimientos se daban hacia afuera, toda la historia se tejía en la capital, en tanto que las veinte provincias seguían sintiéndose destinatarias de las traiciones. La provincia no había dado más que aquel inmundo sanjuanino. Y a Facundo. El líder único, nuestro movimiento había nacido sobre el puerto.

Se escucharon carreras, calle abajo, y Cantó abrió uno de los balcones.

—Cuidado, jefe —gritó Wanda dramáticamente.

El carro de asalto estaba apostado en la esquina del café escandinavo de mis citas. Dos policías a caballo conversaban con los muchachos de guardia, la metralleta bajo el brazo, fumando, tomando café de un termo que manejaba una mujer. Había comenzado a llover de nuevo y la calle Corrientes brilló bajo el aguacero. Un pedazo de la calle San Martín reflejó el frente de los edificios. Pasó un coche Chevrolet de modelo antiguo, color verde. Adentro sólo viajaba una pareja. Hubo un revuelo.

—Che, ¿por qué no los revisan? —gritó Cantó a los vigilantes.

—Ya lo habrán hecho los que están de guardia en Plaza de Mayo —dijo entonces un hombre desde el puesto que ocupaba.

Entonces alguien avisó que habían visto a Pablo y sus compañeros avanzar desde Sarmiento.

—Dejarían el auto en el Bajo —dijo Wanda.

Ardía en deseos de reunirme con Achino y al fin de cuentas eso significa estar casada. Yo era una mujer casada, pues.

—Ahora verás al héroe —dijo Cantó, medio cuerpo afuera del balcón.

—¡Perón! —voceó un muchacho desde la escalera. Algunos se atropellaron para ver mejor. Por primera vez Pablo era esperado como un jefe.

—Déjenlo pasar, compañeros —gritó Cantó a los de uniforme—. Son los que vienen de Rosario.

Vi a Pablo claramente. Llevaba una campera color claro que no le conocía y puso su rostro bajo la luz al llegar a la ventana desde la que lo observé. Me vio.

—Podés bajar —dijo Wanda.

—Mañana todo esto estará felizmente terminado —dijo
Cantó—. Bajemos.

Fue en el momento de poner los pies en los escalones
que el ruido de un motor poderoso tapó las voces de quienes aguardaban en la calle.

—Che: vienen otra vez los estudiantes.

El automóvil llevaría el escape abierto porque los ruidos
se hicieron terribles; quizá fueran los cascos de los caballos
o el carro de asalto del que ya bajaban los hombres armados
haciendo chocar las botas contra la vereda. Alguien ha de
saber cómo es el ruido de las botas repicando sobre una
calle desierta y un escape de automóvil y los disparos de
armas de fuego que nunca se sabe si son disparos. Fue la
voz de Cantó:

—Son los hijos de puta otra vez, los mismos que balea-
mos esta tarde. ¡Carguen!

Wanda se arrojó por la escalera, de modo que vi la
puerta de salida y un trecho de la calle San Martín por la
que corrían los compañeros, los agentes y algunos hombres
de civil surgidos de los automóviles. Era el Chevrolet verde
y la mujer disparaba sin mirar; su metralleta lanzaba fogo-
nazos como luces de colores. Todo duró lo que se tarda en
atravesar el vano de una puerta. Casi no sentía los pies
ni los ojos, porque ellos maldecían y disparaban a la vez,
había olor y una terrible confusión. El rodete de Wanda
se soltó sobre sus hombros y pensé insensatamente cuán hermosos eran sus cabellos. Ya estaba en la puerta de la calle:

—Madre, mamita —gritó un agente.

Vi al que caminaba junto a Pablo sacándose las manos
ensangrentadas de la cara. Sin embargo, caminaba; estaba
de pie. Vi a Pablo detenerse sorprendido, juiciosamente. Vi
la cara de Pablo de perfil sobre las baldosas mientras se
moría. El balazo le había entrado por la nuca y bajo su
mentón brotaba la sangre por un orificio diminuto. Vi
volverse gris el color de su cara canela obscuro, los largos
ojos sombreados entreabiertos y su cara hermosa, su cara

amada para siempre, su gesto de niño en la Primera Comunión; vi su cuerpo crisparse y extenderse como si Mamá Viuda Vieja lo hubiera reclamado por última vez. Vi la cabeza limpia en el borde del umbral del edificio, la insignia de la Alianza en la solapa y los compañeros que aullaban, que disparaban al aire y contra las vidrieras de Cables para el Exterior, el estupor de Wanda y el carro de asalto que perseguía un Chevrolet ruinoso a la distancia. Y vi otras tantas cosas sobre esa cabeza dorada todavía, pero muerta, con una expresión de estupor y desdén indescifrable. Vi la primera parte de mi vida; todos me rodeaban, pero era yo quien sostenía su cabeza. Yacía allí. Dije sin mirar a nadie:

—Era Pablo.

SEGUNDA PARTE

La comida es una rutina tan precisa como una operación de matemáticas. Todos —la familia— conocen los pasos previos, las exclamaciones, el lugar del dentífrico y la forma en que yacerán los zapatos a los costados de la cama. El vaso de agua sobre la mesa de noche, o el televisor, la cama abierta hacia el lado izquierdo, las hijas despidiéndose con un esquema infantil aún —uno de los últimos esquemas— y el afortunado cansancio de Raúl. Quizá antes de dormir, precariamente junta, la familia intente una comunión fugaz. Un vaso de jazmines del cabo perfuma el chiffonier:

—Te he traído flores, Blanca.

La señora Ordóñez no quiere que le traigan flores porque de algún modo la domina una loca turbulencia interior, un monólogo de entrañas que se asemeja al sordo y agradable rumor de una caída de agua, un trasfondo de agua para la realidad enemiga. La señora desearía ahora, sin duda, detener los pensamientos, las imágenes y las decepciones. Porque esa cara hermosa embadurnada de cremas frente al tocador es la cara de alguien que envejece a fuerza de goces, intentos y fracasos. Pareciera que ha inventado cada minuto de placer, que éste es una nueva concesión al buen gusto, si se quiere, o a la tabla que aferra con vigor, en el desastre; el placer casi siempre es producto de la fantasía. Ella vive más si admite su dolor hecho esencia y existencia, elige cuidadosamente como quien moja su pincel para obtener por fin el color, el trazo que desea.

—Lindas flores, Raúl. Te las agradezco.

Y aún puede agregar:

—Querido: te las agradezco.

O bien:

—Querido: qué lindas flores me has traído.

Pero no es la intención, ni siquiera la respuesta ni aun la presencia ingenua de las flores las que gobiernan la antesala de sus sueños sino el cuidado que pone en no lastimarse demasiado. Esta imagen de hoy —restan muy pocas— es otra imagen sepia con un bello olor de álbum polvoriento donde no hay exceso de dolor sino la humillación de estar viva y de ser una mujer; por lo tanto, un objeto en el estante del marido, del juez o del amante, un objeto con la aureola de la maternidad y la debilidad y una salud impecable desgraciadamente añadida al insensato deseo de sobrevivir. Lo cierto es que para saber algo de esto es preciso sentir alrededor el sedoso caparazón femenino y embadurnarse la cara con ungüentos milagrosos frente al tocador en el que se deja de ser joven; o mudar de prejuicios con infinita paciencia, con una fervorosa devoción por lo que se quiso ser.

¿Quién sino yo sabe con certeza lo que es permanecer a merced de los que pasan cerca? Una mujer, dicen con todo lo que eso significa: una mujer que vive bien, al fin, como si vivir bien significara esto. Aunque esté consciente de una buena casa y la comida a punto con el gesto de la santiagueña entre ufana y extrañada de trabajar para los demás. De todos modos la comida está segura, a tiempo, y también los zapatos y el abrigo. Quiero decir: sé lo que significa tener firmes todas esas cosas debajo de los pies. Y en cierto modo sé cuánto significa lo que sobreviene; aun así el sedoso caparazón es el baile de provincia en una silla de respaldo de madera, contra los muros del salón de fiestas esperando que te saquen a bailar. Entonces una aguarda el éxito, la paz o el amor, un poco ridícula, algo ajada, con aspecto de encaje envejecido, controlando el peso, el paso de la moda, la altura y el contorno de los hijos, atisbando

el aire del que te quiere ahora, cuando no el mismo desde
siempre: es una mujer y basta. Mientras se escriben historias y tratados de psicología afirmando los derechos y
deberes de los sexos, sólo aquella que te devuelve la mirada
del espejo sabe y ve. A veces, generalmente reunidos en
la comida cotidiana, pienso en todo cuanto ocurrió conmigo.

Si pudiera sumar los desdenes, las humillaciones, los
errores, la maledicencia, la difamación, la infancia, la envidia, la patraña, la injusticia, la herida gratuita, el desamor,
el egoísmo, la reticencia, la murmuración, la calumnia, la
frialdad, el rechazo, la trampa, también vería la preciosa
construcción de lo que puede ser. Si recuerdo la torpeza
de papá, la obcecación de la Castellana, la mezquindad de
Pablo, la ruindad de Mamá Viuda Vieja, la estudiada entrega de Raúl, el nacimiento de las hijas, el primer viaje a
París, los dolores de parto, la concepción del primer objeto,
el aplauso de Garrigós, el desdén del gran diario matutino, el
rencor de Alicia en la primera exposición, la tarjeta de Rocky
plagada de números telefónicos, el rostro de Andrés, disolviéndose, la Señora apoyada en el ataúd de Pablo, mis piernas tercamente apretadas en mi noche de bodas, el cura
forcejeando conmigo, el médico que cuidaba las parturientas
en el hospital invitándome a su cotorro; Silvia, mi hija
puntualizando: te equivocás, mentís, envejecés; el crítico
amable puntualizando: nada de esto sirve; el amigo que
insiste: pasará; Luchino reprochándome: me utilizaste; Teresa afirmando con ira: siempre fue la misma; Raúl preguntándome si he de casarme con él, Raúl trepándose sobre
mi cuerpo, Raúl convencido de que envejecerá conmigo,
Raúl ya envejecido, Rocky exigiéndome cuentas de mi
tiempo, Alicia afirmándome sobre las hemorroides de su
marido, el marido de Alicia restándome importancia, ambos
pagando mis cuentas de modista, las banderitas argentinas
y francesas en la mesa de té de Harrods, el edificio de la
Alianza y el cura con el que hablaba de política, el muchacho de fuerte vozarrón que subía por Corrientes al grito

de PERÓN; Perón asomado al gran balcón frente a la muchedumbre, las palomas de la Plaza bañándose con los
hombres y mujeres en la fuente, una cara absorta a través
de un vidrio de automóvil, nos cobraremos cinco a uno, la
Señora y la bondad de nuestro pueblo, el deseo de afirmarse
en una fábula, el amor como la imagen del Sagrado Corazón, el Sagrado Corazón que movía la cabeza cuando le
rezaba, la Señora caminando por el foyer del teatro, el
Embajador invitándome a una comida de etiqueta, Rocky
tan cerca del amor como si fuera el amor mismo, la vendedora de modelos descubriendo mi posibilidad económica,
las estaciones sucediéndose vertiginosamente unas a otras,
las santiagueñas que cocinaron para mí, Papá Maggi agoni-
zando ante una muerte exclusiva. Recuerdo o vivo retrocediendo en el tiempo, pensando en lo que fue o imaginándolo con un reloj furioso y un calendario como jueces de
la prueba. Entonces hasta es posible registrar el paso de cada
hora desde el instante en que uno va a dormir, sabiéndolas
irrecuperables, preguntándose: ¿debo pensar en algo? Así
es que se buscan las imágenes menos dolorosas, cada vez
con menos imágenes, ésta no, tampoco aquélla, evitando
ciertos recuerdos como quien teme pisar donde un vaso
de cristal se ha hecho pedazos, para no cortarse la planta
de los pies, para no ensangrentarse, cada día son más escasos
los buenos pensamientos; éste no porque figura Tal y éste
tampoco porque fue lo peor y la cual humillación y el tal
oprobio; vayamos entonces a la infancia pero la infancia
fue un espacio de diez por sesenta, aquella medida casa de
clase media para el catastro municipal, la casa que es ahora
un dispensario, creo, y eso tampoco duele porque en la patria no aceptamos ni queremos ni tenemos tradición. Se
piensa, de ese modo, en lo menos doloroso, ya que hemos
colmado la capacidad de sueños; la gente tendría algo de
piedad si asistiera a los prolegómenos de sueño en la noche
de alguien que envejece, donde pone el pie, el pensamiento,
sin saber qué hacer, porque ahora se descubre el borde de

una herida y la cicatriz que puede inflamarse hasta que
sobreviene el sueño y sus revelaciones siniestras, su abrazo
letal con lo que resta de mamá, resucitando muertos, dialo-
gando en el absurdo y las reminiscencias. Cada noche es
peor. Hasta que se piensa que la cabeza en el hueco de la
almohada es la del condenado. Entonces aflora una adolescente intacta, asombrada por la feroz intimidad del matrimonio y se es la misma del banco de la escuela, peinándose
las trenzas. Desvalida, inerme, salteando heridas y salpi-
cando sangre, un cuerpo entregado en la posición que alguna vez será la de la muerte, escuchando la respiración de
los que naufragan cerca; a veces, la ruidosa respiración
de Raúl, a mi lado, como una estatua yacente, año tras año,
preguntándome si nada ha de cambiar con la posición de
las estatuas y un poco más allá, las hijas que ahora faltan a
la cita, cada vez con más frecuencia porque está la calle, los
amigos y las invitaciones y esa vida de ellas que ha de ser
sin duda una infancia cerrada, un cuarto espacioso ahora y
luego el recuerdo de diez por sesenta pero eso no importa
todavía. Nadie piensa en el paliativo cuando es un hábil
bisturí el que escarba las partes sensibles del cuerpo, ellas
y Raúl duermen, se divierten, se separan o respiran simplemente, pero Blanca Maggi, que como todos, nace y muere,
sólo se tiene a sí misma como panorama principal.

Por un instante, Eva Perón apoyó su pequeña mano enguantada en el borde del atúd.
Una pequeña mano, pensó Blanca consciente de esos detalles. Los dedos juguetearon con un borde de puntillas; era
macabro y fuera de lugar. Pablo y ella habían prometido
asistirse para la cremación, pero nadie piensa seriamente
en eso a los veinte años, estando aún fresco el cordón
umbilical.
—Mamá Viuda no debiera comportarse de ese modo

—dijo a Teresa. La cara de su hermana se deformó como quien mira bajo el agua. Más allá, la Castellana repasaba su rosario. Caviló acerca de la patética autenticidad de su madre que tomaba el asesinato de su yerno compadeciéndose a sí misma, reflexionando, sin dejar de rezar con absoluta devoción porque con Dios y sus grandes circunstancias no se juega. En este valle de lágrimas también le había tocado esto, ya que Blanca —según sus devotos cálculos— olvidaría, la juventud de su hija se le aparecía como una misteriosa posibilidad de conjugar intrascendencia y egoísmo: olvidaría, afirmó compadeciéndose de nuevo. Ella había casado a su hija contra su voluntad y los resultados funestos de aquella unión se lo explicaban casi todo. Mamá Viuda Vieja resopló a su lado: de modo que la miró con un leve desdén, con su imperceptible mueca de fastidio.

No es dolor, pensó.

Porque se atribuía la exclusividad del dolor después de haber visto a su marido con ese cáncer atroz y, pensándolo, el rosario quedaba inmovilizado entre sus dedos. Se sobrepuso. Había criado a sus hijas para que ahora se desprendieran de ella, había deseado a Blanca a su imagen y semejanza y ya no le pertenecía; sus exiguas rentas eran llevadas por la imprevisión del Régimen y por esa Mujer que acariciaba el atúd, cuya presencia los desbordaba para siempre. Y todo transcurría en tanto su casa de la calle Alberdi se desintegraba con los pedazos de mampostería sin reposición, las puertas de pintura vieja y las cerraduras sin llaves. Dejando de lado la curiosidad —no había mirado a Eva Perón cuando pasó a su lado con una delicada estela de Arpège— estaba ahora frente a ella: no había más que girar los ojos pero faltaba aún el quinto Misterio Gozoso e imaginó al Niño en el Templo y a su propia hija, a Blanca, corriendo a sus rodillas con una curiosa trenza en la parte alta de la cabellera. Ahora no podría retener las lágrimas ya que lloraba por sus imágenes y por ella. Su llanto era extremadamente justo. Había clamado justicia, en el largo trayecto

conyugal, usando su responsabilidad y el carácter de Maggi
—pobre papá—, criando a las niñas para que fueran su
continuación, su consuelo y su compañía. Las hijas terminaron por querer vivir e irse. Colgada del cuello de Blanca,
cuando la boda, alcanzó a decir: ¿para qué? La vida y la
muerte le daban la razón. Ambas rompieron duramente el
dulce caparazón de la real familia Maggi, y allí estaba
Pablo —sollozó— en el ataúd, con ese aspecto de desdén
e indiferencia de los muertos.

La pequeña mano repiqueteó nerviosamente; siempre era
difícil conocer el tiempo exacto de permanencia en un
lugar. El General no podía asistir a cada caso de esos; quizá
llegaría al velatorio esa noche a última hora. Pobre viudita,
dijo la Mano.

A Blanca se le ocurrían imaginaciones deshonrosas: deseos de evacuar mientras estaba a punto de tomar la Comunión o los órganos de Cristo bajo el taparrabos. Ahora
pensaba que la mano de Eva empujaría el ataúd y el cuerpo
de Pablo caería con estrépito; vio la cara de Mamá Viuda
Vieja aullando a horcajadas de su madre y todas las abominaciones, los asistentes a la ceremonia fúnebre —Cantó,
Wanda, Antonio, verdaderamente compungido— corriendo
arriba y abajo del salón, entonando la marcha triunfal de
"Aída", la "Muerte de Ase", el "Ave María" de Gounod. O
Eva en el ataúd en lugar de Pablo y Pablo fornicando. Dios
mío, gimió, echándose a llorar. Aun entre sus lágrimas seguía
muy consciente de aquellos dedos que al tamborilear representaban tantas cosas positivas. Un paso importante fuera
de su mediocridad, el mundo, el mundito, el mundidito del
laboratorio de Papá Maggi. Sintió que la cuchilla misteriosa
insertada en su costado desde el instante de levantar a Pablo
en el umbral, se escurría ahora, cortaba, rasgaba delicadamente, atravesaba con prolijidad el diafragma, el esternón
y la garganta. Eva la miró a través del fino velillo que
bordeaba su sombrero. No podía besar a Pablo delante del
gentío, no podía treparse al ataúd según su deseo. Desde

que la llevaron al horrible salón del Consejo Superior pensaba que Pablo había desaparecido de su vida y no podía soportarlo. Sobrevendría algo pavoroso: el regreso a la casa de mamá.

—Es una infamia —gritó golpeando con el puño el mismo borde que rozara la Señora. La mano enguantada tomó su mano:

—Es infame —repitió Blanca. Pero ahora no se refería a Pablo, aquel mineral, el fósil, eso que se enfriaba y adquiría rigidez. Qué infamia. Volvería a las fauces de la Castellana. Su madre la aguardaba en la puerta de calle con el rostro del que ha sufrido hambre largamente. Se le arrojaría utilizando modales nuevos, impulsos de una sujeción antigua y sobreprotección: mamita mía, mi mamita, se lanzaría sobre ella para poseerla una vez más. Y miró a Eva Perón con aprensión. Lo entenderá, pensó desesperada. La gente en la Argentina soñaba con el milagro que trasformaría su vida, el encuentro con Eva que podía significar la gloria y la fortuna. Su compañera ocasional del día en que mataran a Pablo se lo confirmó: en la Escuela Superior estuvo cerca de Perón.

—Una alumna brillante —dijo el Presidente.

No encontró aliento para contestarle, las mujeres peronistas eran todas un poco las hembras de Perón.

—¿Qué desea usted?

Se le ocurrió de pronto.

—Un viaje a Italia.

Un sueño.

—Hecho —dijo Perón.

Quizá debería contarle a la Señora cuánto la horrorizaba la presencia de su madre; era el caso intentar al menos y puso en los ojos toda la carga de la que se sentía capaz. Pero la Señora —más sensible— sólo vio el dolor.

—Es una infamia —aceptó con su pequeña voz metálica—, son ellos los que mataron a este compañero. Debés recordarlo y actuar en consecuencia.

Casi era una orden y Blanca se maldijo porque la figura de la Castellana ocupaba ahora toda la puerta de acceso, tomaba un delicado tono verde: la atraparía al salir. El rostro delicado y ceniciento de la Primera Dama se acercó para besarla.

—¡Valor!

—También ella sufre —advirtió Blanca, asombrada; sufría por la baja que Pablo representaba en el movimiento, lamentaba una muerte real, evocaba sus años crueles. Y Blanca veía volar el tiempo con la mano enguantada y la posibilidad de solución a su conflicto. Sufrían un dolor distinto y por segunda vez en poco tiempo, se reencontraban reconociéndose. Pero todo terminaba allí: la Señora anunció que se comunicaría con ella, pero Blanca supo que no la volvería a ver. La aventura se esfumaba como el aire harto familiar que recordaba en Pablo, aventado por la muerte. Ella recordaría siempre los anchos pómulos y los ojos moteados, las pestañas claras con un polvillo de oro, aquel aire fraternal con que volvían a verse tras el loco correr por Buenos Aires, sorprendidos como los colegiales en la complicidad absoluta de sus vidas. Era materia inerte ya y Pablo, más bien, yacía bajo el gomero de la Plaza San Martín. Con el horror que la perennidad produce a los veinte años descubrió de pronto que todo consiste en sustituir imágenes. De allí en más, olvidar para ella, sería siempre una palabra.

—Hija mía —dijo la Castellana acercándose.

Y la abrazó.

—¡Ay Dios, ay mamá!

Vio alejarse el fino tailleur de la Señora y a Teresa disponiendo con eficiencia los detalles del entierro.

Su hermana haría todo por ella, ahora, por ejemplo, enterrar a su marido. Quizá Mamá Viuda Vieja le devolvería a Pablo al abrazarla, pero sólo sintió el indefinible hálito a remedios para el asma y la férrea complexión de la vieja cintura. Las tres cotorras japonesas la miraban. Y en los tres pares de ojos implacables distinguió el reproche helado:

de haberse casado cuerdamente, Pablo estaría vivo. Su mujer trajo el mal consigo y juntos incubaron la insatisfacción y la aventura trágica. Las tías lo veían correr como otrora por el patio del colegio de los Hermanos Maristas con su cuello amplio y la corbata moño, el niño de la esterilidad común, de la aridez en la que habían vivido. Y recordaban a Blanca, tal como la encontraron en la elegante confitería de la calle Santa Fe donde Pablo las citara para las presentaciones. Una abominable costumbre medio pelo, dijeron entonces, como si para lo fundamental no estuviera la casa, la adecuada fortaleza de una buena familia, si es que existía la familia. Sólo vieron a la adolescente retrepada en su silla, los hombros encogidos, los amedrentados ojos ocupándole la parte superior de la cara, las mechas en desorden; una belleza audaz y desprolija para un Pablo arrobado. Fue deplorable. Pero sonrieron aceptando el casamiento desigual, todo por él, y ahora estaba a la vista del resultado. Quizá debieron presionar, otorgar valor al par de ases como el que tenían en su mano; jugar hechos favorables, despertar la codicia en Pablo o su menguado sentido de responsabilidad familiar. Lo discutieron a pesar del asma y del malestar común.

—Pablo nos arrasará —aseguró Mamá Viuda con entereza—. Se casará con ella después de todo.

Entonces discutieron los regalos, la casa que se les ofrecía y los bienes. Pablo disponía de la parte de Cayetano y aunque podía retacearse el campo de Navarro existía la finca en Mercedes y las acciones. Heredaría de algún modo. Ahora miraban a Blanca en ropas de luto con imparcialidad. Sólo heredará la casa, pensó Ernesta, acomodándose en la silla. El mal no había sido irreparable; nueve meses de unión sin hijos no pueden darle tantos derechos. Las tías y Mamá Viuda lo resolverían en el próximo cónclave, cuando lloraran a solas y en paz al adorado niño desaparecido. Nadie hablaría de crimen, sólo de muerte por la patria, y eso les parecía razonable, las conformaba en parte, haría menos horrible aquellas tardes de pésame, en que las amigas fieles y la colectividad francesa, las Damas del Club de la Victoria y las de las Villas se turnarían para acompañarlas. Ernesta, la menor, había enterrado a sus dos maridos con idéntico estupor: era ella quien sobrevivía, afortunadamente. Sálvese quien pueda, pensó llorando. Besó a Blanca fríamente soportando el odioso tratamiento de señora que nunca había conseguido cambiar en la chica.

—No vale la pena esforzarse —dijo Blanca a Teresa consolándose con su presencia—; ahora estas mujeres desaparecerán también.

—No vuelvas a casa de mamá —dijo Teresa—, sería desastroso.

Así debían sentirse los seres humanos después de una catástrofe: un tren que descarrila en la noche o el barco aullando con una sirena estridente sofocada por el agua, los gritos, las imprecaciones y la huida.

—No sé.

La noche pasaba sin embargo con una rapidez pasmosa, de tal modo que Blanca recordaría escenas aisladas y guardaría rencor por ellas. Cantó mostrando una desolación auténtica y Wanda con la odiosa resignación ante la desgracia de otros, eran el común denominador de los hombres y mujeres habitantes de su mundo. Es a ti a quien le ocurren las trágicas cosas que todos lamentamos. Pero es tu dolor de alguna manera y que sea tuyo me tranquiliza. El juego consistía en una rara habilidad para no ser alcanzado. Y Blanca aprendió la lección vorazmente con su juicioso don de adecuarse a las peores circunstancias. Ofrecía el lado de su cuerpo menos vulnerable, un fino reborde de su espíritu. Pero vacilaba al recordar a Pablo. La Castellana quería que Pablo se hubiera vuelto hacia Dios en el último momento, como se revuelve un niño en los brazos de su madre. No podrían saberlo: sólo el alma y Dios y trató de explicárselo a su Blanca pero Blanca no deseaba saber nada de Dios por el momento. Entonces la Castellana la instó a sufrir como cristiana y no como una hereje.

—Al dolor añadirás otro dolor.

Extendió sus brazos como un incendio fantástico. Pronto rodearía a Blanca, un paso más y la muchacha caería en el piso de la calle Alberdi con los muebles enfundados y su impoluto Baccarat:

—¡Nada de eso. Nada de eso!

Estaba lista la cama de soltera o la de mamá con el hueco aún vivo del cuerpo de Papá Maggi y los viejos ardores esfumándose bajo el crucifijo de falso marfil. Podía elegir. Su madre estaba sola y ella ocuparía nuevamente el lugar reservado en la ancha cama matrimonial, misteriosa y sin estilo. Teresa y su marido las visitarían algunos días por semana, la puerta de calle se cerraría a las nueve de la noche. Miró a su alrededor en la sala fúnebre del Consejo Superior imaginándose que podía ser un hospital, la cárcel o el camposanto. Nada le quedaba por hacer allí ya que Pablo aguardaría pacientemente bajo el gomero de la plaza y no en ese ridículo cubil cuajado de puntillas. Aún encontraría el olor de Pablo entre sus ropas, en las sábanas y toallas. No tenía dinero ni trabajo y en pocas horas más la vida se haría presente con sus precarias exigencias de comer, vestirse y caminar. Mamá sería el pozo al cual se arrojaría finalmente. El Régimen la asistiría durante un tiempo, pero ella no había estado nunca del todo con el Régimen. Ellos lo sabrían también. Había que volver entonces.

Los cirios auténticos fueron reemplazados por eléctricos y la gran corona de la Primera Dama presidió el eclipse físico de Pablo. Oyó que Cantó comentaba la campaña provincial que comenzaría al día siguiente aprovechando el aire subversivo de Rosario y Córdoba. Ya la gente hablaba de sus propios intereses, algunos levantaban el tono de la voz y un grupo bajo la ventana se reía alegremente. Hubiera querido saltar sobre aquel cuerpo que ahora amaba y rescatarlo. Hubiera deseado ser una más en la Gran Causa, como Wanda, o al menos una auténtica viuda resignada. Pero era

Blanca Maggi con fervorosa adhesión por todo cuanto se le refería. Un animal salvaje se despertó en ella para defenderla; podía morder y huir, era también una dualidad curiosa que le permitía dejarse estar o caminar a la zaga de la Castellana.

Desde la calle llegó la marcha oficial y hubo un revuelo intenso y algunos abrieron las ventanas. La marcha victoriosa y el confuso coro del pueblo penetró en la estancia mortuoria. Iba a decir:

—Querido: ahí está tu gente, ya que no la mía. Pablo: sólo me tengo a mí.

Pablo se moría del otro lado de la calle, como siempre. Ahora era su viuda.

—Salgamos —dijo la Castellana—, vamos a tomar aire.

Inútil permanecer al lado del ataúd como Teresa, a Teresa no la despegarían de allí a pesar de haber aborrecido conscientemente a su cuñado. Sería ella quien acercara la botella de formol balanceándose sobre sus piernas cortas, de tobillos finos. Todos admirarían su valor y desinterés. Blanca sentía sobre sí el peso de la familia de Pablo, la comprensión angustiosa de Wanda que la descubriera una vez en compañía de Antonio; Antonio que pensaría:

—Pronto.

Ella despertaba cosas ambiguas que no eran compasión ni objetividad; sólo amor o aversión furiosa. Quiero ser vieja, pensó mirándose, al pasar, en un espejo.

—El aire de la calle es lo que necesitás —dijo la Castellana—, Teresa hará la guardia. Y está la madre de Pablo.

—Yo no estaré, querido.

La calle le hizo bien de veras; más allá, sobre la avenida, el borde de una gran manifestación ondulaba como el extraño lecho de un río. Se oyó el ruido de las portezuelas y una orden oficial.

—Vamos —dijo la señora Maggi.

Ahora sería preciso guardar esa noche junto con las viejas cosas.

Aprendí de Rocky lo que es vagabundear y malgastar la vida arrastrándose entre cafés a la italiana y vidrieras; sé lo que es el tiempo irrecuperable entre los gemidos de placer verdadero y un cuerpo de hombre absolutamente imprescindible. Hay muchas emociones que Rocky trajo consigo y cosas que sé a través de él. Porque mi amor por Rocky describió una parábola perfecta, tuvo todos los colores y, de sentirme honesta, debí dedicarle una vida. Pero con Pablo se había esfumado mi vocación de sacrificio y sobrevino en cambio la costumbre repudiable de tratarme bien.

No quiero decir que fuera feliz. Quizá al principio y por poco tiempo. Nadie es feliz con un asunto como ése, más bien todo se vuelve inevitable de modo que un día sin pensamientos o vaivenes amorosos nos oprime el corazón o nos hace desdichados todavía. Un día despojado de la piel y el cuerpo no es sino una terca acumulación de minutos imprecisos. Porque también se adquiere la costumbre del amor y es muy exigente.

Mi joven amante, pues, me salvó de cosas horrorosas. Por eso al amor se ha mezclado a menudo una gratitud honda, casi un impulso de lealtad. Se lo he dicho y se lo digo aún:

—Agradezco sobre todo el hecho de que existas, amor mío.

Digo amor mío para que las palabras me llenen la boca con su significado. El amor no es la complicidad, la amistad o el compañerismo. El amor es esto: el pelo rojo y los azules ojos de Rocky, el ancho de sus hombros y sus ternuras tan bien impostadas como su voz y una presencia que abarca y es mi horizonte. Es Rocky, todo, al fin y al cabo.

Él me liberó de las feas habitaciones amuebladas con radio funcional y esas asquerosas cámaras conyugales con inscripciones a mano sobre la cabecera. Me ha liberado de la fealdad y del desaliento y fui con él, joven otra vez. Aun pa-

gando caro sus efusividades desperté con él a un amor
insensato, de modo que no he sido entre sus brazos la señora
de Ordóñez de doble vida, sino Blanca Maggi o Blanca
Ordóñez, como se prefiera. Yo.

Algunos días, correr tras Rocky resultaba ofensivo. Tomé
el hábito de desaparecer de casa sin explicación y el desbarajuste general se hizo más patente los sábados por lo general, esos fines de semana lamentables en que la vida elegida
libremente se detiene; corría en pos de Rocky durante la
semana y recuperaba el domingo mi tedio existencial. Tenía
tiempo entonces para descubrir las fisuras en el cielo raso
y una humedad progresiva mojando la pared del comedor;
la mañana del domingo trascurría en cama con el tocadiscos
y las disputas de mis hijas y Raúl descansando por obligación.
Desde el viernes por la tarde no veía a Rocky. ¡Qué cruelmente nos atormentaban las ausencias mutuas de las que uno
y otro dábamos cuenta algo después, confusas cuentas! Por
la tarde, en el domingo me alcanzaba aquella lejana tristeza
de las vacaciones en casa de mis padres. Junto a la casa
crecía una tipa y al florecer su olor era el mismo que subía
hasta el balcón de las macetas elegidas por la Castellana.
Me costaba admitir que el futuro era breve e inmediato
como una seca orden que tiene que cumplirse.

Berta conoció a Rocky a fuerza de verlo en mi compañía.
Me atropelló:

—Has vuelto a las andadas.

Le expliqué que Rocky no era un sucio payaso como
Andrés ni usaba el viejo rencor de Luchino, tan polvoriento
como la biblioteca en la que agoniza, ni el mozo que nos
sirviera en la Foresta de Tijuca. Mucho menos, es Raúl.
Descubro pues al responderle que he tenido relaciones nulas
con los hombres. Devaneos sería mejor decir, ni sexo ni
amistad; sólo una ansiosa necesidad de halago y de confirmación más que otra cosa. Descubro que hay zonas vírgenes
en mí y eso me causa gracia y pena a la vez tal como si fuera
una de esas mujeres que se adornan con cintas y volados,

aferradas a los vestidos de la adolescencia mientras la cara
y el gesto se le envejecen con la prisa acostumbrada. Descubro más bien a la niña y es posible que también Rocky
descubra algo de eso. Cuando vaticina con crueldad los años
de Berta, ignora que ella y yo somos de la misma edad;
cuando acaricia amorosamente el contorno de mi cara, ve
la Blanca interior, lozana y permanente y la emprende con
esa zona virgen que dispongo para él con placer, retardando
las fases de la entrega para hacerla perceptible.

—No hago caso a lo que se dice por allí —dice Berta
que hace siempre caso, absolutamente—, pero debes ser
discreta por los tuyos. Nadie discute el derecho que tienes
a hacer uso de tu vida, pero Garrigós te ha visto tantas veces
y está en el medio ese siniestro amigo de Rocky. Hará pedazos tu reputación, eres centro de la curiosidad aun pagando
duramente un pasado que proclamaste tantas veces. Por todo
esto es que debes mantenerte con cuidado, no destruirte,
trabajar, te destruirás si continúas la aventura. Es un aviso
de quien te quiere bien.

Insisto en que Rocky me es imprescindible y aun en las
cualidades de su espíritu. Pero Berta pisa ahora con seguridad:

—Gigí estaba loco por él.

—Rocky no fue un homosexual.

—Le encontrará, repito, lo que le encuentran todos —se
ríe un poco—; lo que le encontramos, quiero decir.

De modo que al día siguiente, recostada en el diván de
paño azul observo el ir y venir de Rocky por su curiosa
habitación. Hace unas semanas afloja su tensión. Es menos
el ardiente vagabundo y se me entrega. Viste ahora sólo un
par de pantalones y la luz que entra por las ventanucas
velan su piel demasiado blanca. Pablo, aún muerto conservó
un hálito dorado; las madreselvas y la tarde lo devuelven
sobre Rocky, doran sus pecas, tiñen los antebrazos poderosos
y el vello rojizo de su pecho. Pienso que he de repetir para
él la anécdota maliciosa de mi amiga y hacerlo partícipe de

mi aprensión. La burguesa que sobrevive en mí imagina un futuro brumoso en nombre de mis hijas. Si ellas lo supieran. Se lo dirán tal vez. Lo adivinarán no bien pasen un par de años más.

—Tu madre esto.

La Castellana amaba en silencio al doctor Raoult. Mucho después de la enfermedad que los reunió, el doctor se casó con una maestra jubilada, su amiga de años atrás: una ridícula novia formal y bondadosa llegada al matrimonio tras rigurosa espera. La Castellana lo apuntaba mordazmente. Yo la veía sufrir y regodearse en el sufrimiento como todas las mujeres. Papá dejaba el laboratorio a las cinco en punto y ella lo aguantaba ofreciéndole café o agua mineral. Después regresaba al mirador del balcón, con las mantas. Pobre mamá. Con el tiempo se curó. Raoult sigue siendo su médico y le diagnostica artrosis crónica y diabetes, con la imparcialidad de ciertos médicos discretos. Mamá debe recordar aún la tarde en que lo vio llegar, cuando su pulso subió vertiginosamente. Debe haber olvidado la maestra, la boda y la cara sorprendida de Raoult al advertir su confusión. Pobre mamá. Mis hijas en cambio, son dos bellos animales criados sin mayores ceremonias. Cierta vez —hace algún tiempo— descubrí que había terminado el ciclo junto a ellas. Recordé los días nebulosos de la infancia como un montón de calendarios. ¿Cuándo pasaron esos años? Había estado tan fuera de lugar entonces, viviendo distraída, fornicando con regularidad ahíta como quien duerme y come hasta saciarse, llenando el claro de las horas en busca de pasatiempos mínimos, plena y limitada a la vez. Ellas crecían sin embargo. Crecen todavía.

—Quiero que me ayudes a ser prudente —digo a Rocky un poco fuera de lugar. Se detiene.

—¿Ahora me lo decís? ¡Querés tenerlo todo, Blanca! Te pedí que no te me hicieras necesaria. Ahora no podría estar sin vos.

Esas frases en su boca son música sagrada. Le tiendo los brazos pero se niega.

—¿No significo más que esto?

—Abrazarse es casi todo, Rocky.

No pienso en mis hijas ahora. Mi contorno familiar es
una atmósfera lejana en tanto aspiro este perfume de hombre que conozco; y rodeo el cuello con los brazos mientras
Rocky cae en el diván, abrazándonos apresuradamente como
si el tiempo fuera escaso o el cuerpo inabarcable. Me reprocha falta de amor, tibieza en los sentimientos, mi apego
a la comodidad y a la convención aceptada tanto tiempo
atrás.

Pero abrazar a Rocky es mi rebeldía, tal como si dijera:
soy.

Y a veces uno llega a la abyección. Sentada en la mitad
de la sala del jefe descubro, en un mueble apolillado y
hermoso que Rocky usa como gaveta, un mazo de cartas.
Hace media hora que lo aguardo y su extraña casa, sin él,
se parece más que nunca a la jaula de una fiera. Por aquí se
pasea mi chacal, mi soberbio ocelote camina de un lado a
otro oteando a través de la ventana el día y la noche que
crecen y se mueren sobre la estación de ferrocarril abandonada. Ahora son unas cartas y clavo en ellas mis dos manos
con una curiosa sensación de vacío y de ansiedad en la boca
del estómago. De niña, al quedarme sola, vagaba por el
dormitorio de mis padres como si fuera tierra prohibida.
Vestía un largo viso de satén oscuro que fuera de la Castellana y me espiaba en el espejo. El contorno delataba a la
mujer incipiente bajo el satén. Me asaltaban extraños deseos,
confusas impresiones sensuales aún sin develar. Estirada
entonces sobre la cama de mis padres imitaba a solas los
extraños forcejeos que descubriera entre sueños. Me con-
vulsionaba. Por fuerza el viso largo y ceñido de satén abría
otras imágenes. Era con una sensación de horror que me
despojaba de la prenda retomando el aspecto infantil que
todos conocían, tal como si un ser horrible y malicioso se
escondiera en mí, tras la cara inflada y tersa, y el cuerpo
adolescente. Ahora tenía el mazo de cartas y era natural

que las leyera. Di comienzo a la ceremonia desparramándo-
las alrededor; sobre blancos y azules con distintas letras y
direcciones ignoradas. Rocky había vivido en una calle
absurda, Lucas. ¿A quién podría ocurrírsele vivir en una
calle semejante? Y leo:

—Amor mío.

Letras torpes y repulsivas, requiebros y lamentos mientras
recorro los papeles para conocer el nombre y herirme un
poco más: Cristal, Caracol, La Gorda, con lugares remotos
en Tailandia, Persia y Hungría. En todas partes había
estado Rocky amando. Compruebo celosamente las burdas
faltas de ortografía que me producen placer. La ausencia de
un espíritu, el regodeo de un Rocky abrazándose a otra
mujer, a diez mujeres, querido mío, por qué estás tan lejos,
querido te besa tu gorda, una intimidad viscosa, un olor a
podredumbre ajena, a humores, a semen y lágrimas. Si se
entra en cosas como ésta, difícilmente pueda volverse atrás.
Ya nada queda fuera de seguir, algo más allá, dentro del
barro, en un agua cenagosa y atractiva. Lo que dijo la
Gorda a tu papito llenará todas las posibilidades de razonamiento o los lamentos de la tierna alemana analfabeta
que clama su impotencia por no haber conseguido más que
un par de marcos, esta vez, querido, vida mía. Así es como
me entero que nada hay de nuevo entre nosotros.

Quizá algo del ardor o del cansancio, todo lo que dijimos
lo dijeron y la vida es una asquerosa repetición de actitudes,
de gimnasia, de oratoria; y adelante con esta carta extraña
fechada en Baden Baden, ya casi no duele leer el monótono
encabezamiento: amor, tan fácil que es la palabra y el
contenido sólo para una austera aristocracia. Pero esta vez
hay fotografías sobre las que caigo absolutamente hambrienta de imágenes y de instantes detenidos en el tiempo. Y
hay una muchacha, dos, tantas, todas tienen la nariz demasiado prominente —son insignificantes por no pensar que
feas, francamente—, una mujercita cualquiera, de ésas un
millón, ni peores ni mejores que yo, y encuentro hasta foto-

grafías en la cama, Rocky abrazándose a una colegiala, sólo veo la pollera sobre las rodillas, el brazo de Rocky y un absurdo par de mocasines. Rocky, mucho más frágil, adolescente, con su aviesa cara teutona, sonriéndome desde el papel y una mujercita ordinaria —te daré estas fotos de "carné", querido—, dos mujercitas, una caterva de mujercitas ordinarias que se llaman Cristal, Helga o Caracol. Así es como se llega a la abyección, medio enloquecida, desparramando el contenido de los sobres y las fotografías —las colocaré prolijamente, se las dejaré sobre la cama— y se piensa, cama, amor, mujer, con un dolor áspero y callado como el de un monstruo que ocupa el espacio intercostal izquierdo. Es preciso saber lo que significa bajar escalones como ése porque el amor tiene exigencias y requiere tiempo y dolor. Descubrir alegría en una torpe carta de mujer que reclama "vida mía, cuánto te echo de menos" porque la otra era en cierto modo ignorante e inferior clamando al otro lado del océano; yo quería que fueras un hombre de verdad, Rocky, pero tú no quieres serlo, de modo que la pequeña intrusa se había planteado un problema similar al mío, es necesario que afrontes tu vida, que seas hombre, hasta que Rocky deshace el lazo —cualquier lazo— insistiendo:

—Me quisiste por lo que soy, no por aquello que se te ocurre inventar ahora.

Y le encuentro razón, curiosamente estoy de acuerdo con el desconocido por el cual clamaba Helga y la cauta Caracol, que quiere —dice— la esperanza de sentirse encinta, preñada de él. Lo quisimos por lo que es un advenedizo, un bello trepador, un tramposo, un vividor, un proxeneta o un homosexual, quizá. Quién lo diría. ¿Pero qué es lo que amamos en él? A más de su espléndido caparazón, lo viviente, los latidos de su corazón, su sexo y sus ardores. Siempre una mujer ama por lo mismo, todas nos hallamos en el punto sobre el cual convergen los alicientes amorosos. Pero a Cristal la imaginaba dueña de contrastes, pelo negro, piel blanquísima, y estaba Helga que reclamaba cordura y Caracol, con un resabio marino y algo cursi. ¡Qué alivio suponerlas tal como eran, peor quizá, con el insólito prestigio de haber sido tocadas por la mano de Rocky, y por lo mismo, ennoblecidas! Y también es una sorpresa advertir el espíritu que oscila tras medio centenar de cartas, imposible detallar esa catarata de inventivas, de requiebros y de lacrimosas recriminaciones. Siempre se echa de menos, se teme, se vacila y se entrega una de modo similar. De tal modo he salteado frases y párrafos enteros, me ha resultado tediosa la prosa torpe que clamaba por la presencia de Rocky, he leído las últimas cartas con gloriosa resignación, como quien vuelve de un viaje accidentado. Ha sido grande y magnánima al distinguir el fino amor de la Caracol en Baden Baden, de la untuosa carga erótica en Cristal. Hay que haber atravesado esas zonas oscuras del no razonamiento y de la pequeña abyección para darse a sí mismo un baño saludable de humildad. Sólo lo que existe en forma absoluta, está impreso, inmenso, fijo. Ellas vivirían por siempre en medio de besos y raptos, de lágrimas y accesos amorosos. Descubrí que Rocky usa una técnica de gran monotonía: también eso me daba placer. Yo era una más. También yo estaba sumergida en qué. Había explotado a las otras y a mí, los marcos de Helga equivalían a mi anillo de zafiros mal vendido. Quizá Helga se cansara pronto, quizá aquel espléndido Sigfrido se le apareciese en seguida con su verdadera luz. No concluía sin embargo. Existían cartas de Florencia, de Pisa, de Rávena, de Salzburgo y de Bonn. Un Enrique misterioso y cargado de ironía daba las gracias a Rocky por su función de guía. Hablaba de la Selva Negra y del Rin. Hallé cuatro tarjetas; todas breves y siniestras. Te agradezco, querido, tu gentileza, sin que se supiese bien qué clase de ayuda agradecía. Las bellas tarjetas de Rocky me hacían mucho mal, era una negrura inadmisible en él, lo evocaba con su aspecto de dios griego, paseándose frente a Gigí, a Gigí languideciendo por él.

Otra tarjeta, esta vez de Rusia; Enrique insistía: ven.

Entonces no puedo continuar la marcha de mis descubrimientos, más vale dar un paso atrás, dejar sobre el diván, prolijamente ordenadas, las fotografías, las cartas, las tarjetas. Calzarse: mirar alrededor la cueva de Rocky, de mi espléndido ocelote, del chacal de tantos otros. Me dirá:

—Tuve mi pasado.

Está junto a la puerta contemplándome sacudido por descargas eléctricas, la podredumbre va a dar a su nariz armoniosa. Intuye el nauseabundo olor que he llevado hasta mi conciencia, es olor a muerto en descomposición, ve, como yo, hojas secas, pañuelos sucios, flores, velas, pensar que un hombre se va dando en semen y lágrimas, que un hombre al que se ama no es acaso nada más que eso.

—Tenía veinte años —se defiende—; lo que has hecho es indigno e infantil.

—No quiero hablar. No voy a oírte. Dejame pasar.

—Estuviste esperando que apareciera, lo esperabas ahora, podrías haberte ido en el instante de leer la primera carta. No son sino caras de un mismo problema. Te quedaste para darme tiempo a que reapareciera. Ahí lo tenés, pues. A lo largo de tu vida —grita Rocky enfurecido—, ¿qué es lo que has hecho? ¿Qué me reprochás? No te conocía. ¿Qué fue de vos antes de conocerme? ¡Quién sabe si podrías exhibir un historial mejor!

Salto hasta la puerta mientras las hojas y los recuadros de cartulina yacen como una mujer abierta en el diván. Sé que no me dejará salir y eso me trae un reconfortante regocijo. Estoy a salvo mientras su gran cuerpo guarde la puerta de entrada, mientras intercepte la suave luz de la tarde; estoy segura en tanto rechinen sus dientes y se manifieste con miradas y gestos asesinos.

Mientras me amenace:

—Voy a acabar por matarte.

Estoy en la etapa del amor en que aun la brutalidad me parece hermosa. Pero me pregunto con dolor si también las

otras habrán encontrado los reproches maliciosos con que
me insulta sabiamente:

—Entrás aquí, maniática, ladrona, revolvés mi intimidad, te aprovechás, buscás en la basura con un estúpido
deseo de hacerme y hacerte mal. Porque lo que te ocurre
al fin es que necesitás justificar lo que presentís, lo que
soy para vos, un pedazo de cama, el cuerpo...

—Lo eras también para los demás, querido —a tiempo
que retrocedo con la mano de Rocky cerca de mi cara.

—Vividor —susurro—, vividor, vividor.

Y la mano de Rocky cae sobre mi mejilla, después sobre
mi hombro, la violencia y este hundirse progresivo y reconfortante como un abrazo maternal. Entonces nos deci-
mos tantas cosas, cada vez más airados, la voz entrecortada
y un cansancio infinito porque si Rocky ha mentido será
imposible descubrirlo; si soy yo quien quiere desembarazar-
se de él, nadie podría preverlo ya que estamos ambos sobre
el diván, exactamente sobre las fotografías y las cartas, las
siento crujir y quebrarse, algunas yacen en el suelo, una
contra la espalda, bajo la cintura, se me pegan a la vez
que sus manos van despertándome y lo acomete una furia
de amor que seguramente ha de ser el mismo que en Tailandia y Baden Baden, hasta que yacemos victoriosamente
sobre estos crujientes esqueletos de lo que está firme, seguro en su pasado. Mientras me abraza, rememoro con
horror el fresco rostro de Rocky casi niño, sonriente, apretado a una cara virginal de adolescente, falda alzada y mocasines. Y aunque la imagen me excita mucho más, recupero algo de todo lo perdido y me escurro saliendo de su
peso para abandonar el sofá deslizándome, bañada en lágrimas y temblando de despecho porque al menos hoy no
repetiré con él la preciosa ceremonia del amor. Me digo:
no lo haré, y le grito:

—No quiero, no quiero; quisiera verte muerto o estar
muerta.

Estoy consciente de que nuestros gritos atraviesan los fi-

nos tabiques de la casa del jefe y ganan la calle; dos niños
que jugaban junto a la casilla del guardabarrera nos oyen
y levantan la vista sorprendidos. Desgreñada aún y abro-
chándome, me alejo del diván desde el que Rocky me atisba
como un animal salvaje. Una de las horrorosas cartas se ha
pegado a su muslo izquierdo. Papito querido, papito querido, la muñeca no quiere dormir porque has sido cruel
con ella; veo desde lejos la procaz tontería de ese requiebro
obsceno, el llamado de una hembra niña al mismo hombre
que ahora adoro y que deseo hasta que me duelen las ingles
y las piernas. Rocky me insulta ferozmente. No elige las
palabras sino que se muestra tal como es, brutal y chaba-
cano, un violento muchacho de la calle. Me insulta con
desesperación y descubro loca de alegría que me ama precisamente por eso, insultándome con impotencia y firmeza
desconocidas en él, propias del amor. De un salto está a
mi lado, pero esta vez hemos ido muy lejos. En casa me
echarán de menos o tal vez es sólo la costumbre familiar,
pero la reyerta se mantiene como una serpiente que ataca
y retrocede. Abro la puerta para huir —los niños en la esquina vuelven tranquilamente a sus juegos—, pero una
muchacha de servicio en espera nos sorprende. Doy unos
pasos por el viejo andén. Me he despedido de él con cierta
majestad y es preciso que mantenga mi actitud. El fin del
andén será el de mi propio aliento, si Rocky cierra la puerta.
No daré un paso más. Lejos de Rocky está cuanto detesto,
en cierto modo cuanto no lo contiene y me privé, por esa
circunstancia, del ardor y la alegría. Amas, Blanca Ordóñez. Me ensaño con la certeza de repetir, amas de veras.
Y ya sólo faltan un par de pasos para abandonar la mágica
estación donde hoy se cierra cuanto quiero. Vuelvo. Es preciso encontrar el pretexto o la palabra, fingir más ira de la
que se siente o dejarme ganar por ese despecho sordo y trágico de las malditas cartas leídas. Volveré para insultarlo
—resuelvo— corriendo hacia la casa. Rocky está al acecho,
aguarda.

—¿Qué querés? —ruge—, a qué venís, maldita, ¿venís a burlarte o qué? Ya me has rebajado a un nivel atroz. ¿A qué, ahora?

Entonces lo increpo duramente para indignarme por sus gritos, por sus insultos y hasta por sus lágrimas. Yo sé cuánto y cómo me ha engañado, aúllo, lo supe siempre, ni por un instante he cedido a la tentación absurda de creer en su mistificación. Ha sido proxeneta, vividor y homosexual. Ha sido todo, y lo más siniestro todavía —todo hubiera perdonado yo en Rocky—, amó sin mí.

—¡Maldita seas! —Rocky retuerce uno de mis brazos, y cuando me dejo caer adivino su intención de arrojarme de su casa; es una escena vana y chocante de la que podríamos avergonzarnos ambos. Pero una furia que hace crujir los dientes ata la prudencia, impide una disculpa. Me grita que me vaya, asegura que está hastiado de la historia, me amenaza, se lo pagaré cruelmente.

—¡Ya te lo he pagado!

Me arrastra por la habitación y siento sus dedos crueles en el antebrazo y un ardor intenso en la mejilla que hace saltar mis lágrimas. Consigo huir y tomo de la mesa mi retrato, lo estrello contra el borde de una silla, los cristales saltan y crepitan.

—¡Ah, perra! —vocifera, tomando el retrato de la alfombra y haciéndolo pedazos.

—Perra sucia —aúlla—, todo lo destrozás, todo cuanto tocás queda impregnado de veneno; así es como querés destruirme.

Lloro blandamente de rodillas en la alfombra, hiriéndome con las diminutas esquirlas afiladas, y Rocky, en mangas de camisa, deja la habitación. Escucho con sádico placer y con miedo el portazo que hace oscilar la lámpara. Se ha ido, pienso encanallada, quizá no vuelva ahora y ya hemos perdido la mitad de una bella y larga tarde. Aquellas cálidas mujeres de las cartas cobran todavía la presa, lo recobran. Quizá él se vaya. Miro con dolor la casa que guarda el olor de su cuerpo y las huellas de toda su violencia. Lloro sin cuidarme de mi cara, siento el pelo pegoteado, la cara mojada en sudor y el espejo muestra una mujer con aspecto atroz.

Yo no sé qué hacer. No volveré a mi casa, esperaré. Falta un cuarto de hora para que el reloj marque las nueve; trato de fijarme condiciones de capitulación decorosas. Quizá regrese todavía. Pero son las nueve de la noche, y como la triste ama de casa que siempre aborrecí ser, me pongo de pie para ordenar la habitación, para vaciar los ceniceros, para aguardar a Rocky. Hasta que oiga el ruido de la llave y vuelva a entrar, deshecho, con su cara aniñada, torva y maliciosa, con su fantástico desapego por todo.

—No tengo adónde ir —dice sencillamente. Se deja caer sobre la silla. "Cuánto lo amo", pienso, dándole la espalda. Sigue hablando—: Por favor, estás aquí, al menos.

Jura que me ama y clama su verdad con un énfasis a medias triste, todavía a medias furioso.

—Todo eso ha sido mi pasado.

Pero hemos llegado a la violencia y se han dicho frases de rencor irreparable. Escenas grotescas de encuentros y de fugas, el escandaloso arrastrarse uno en pos del otro, lastimándose. Pero Rocky sabe, como yo, que hemos llegado al límite. Cae de rodillas y aprisiona mi talle, besa mi cuello, mis mejillas, los senos, los muslos y los brazos.

—Amor mío —dice con súbita humildad.

La ira de los dos va disolviéndose —aún me sacuden los atroces celos como el último escalofrío de una fiebre—, enfrentándonos de rodillas, mientras Rocky me besa tiernamente, buscando refugiarse en mi vientre, mostrándose vencido y pidiendo protección.

—No bien salí a la calle comenzó el tormento —dice llorando—. Dejar de verte, Blanca, no concibo el minuto en el que no estás. ¿Adónde ir? Sólo pensé en volver; cerrar la puerta es el comienzo del suplicio. Un mundo donde no estás, Blanca.

Es la música sagrada, es la letanía a la Santísima Virgen
María. Es mi Evangelio. Sé que soy feliz mientras besa
mis magulladuras, arrodillado y manoteando como un niño,
como un hombre vencido, como un ser que me ama. Digo:

—De modo que vos eras el amor.

—Amor mío —repite Rocky, complacido al admitirlo.

Ella volvió a la casa de la Castellana como quien regresa
de unas mezquinas vacaciones. Magras vacaciones ahora in-
terrumpidas, un paréntesis que dejaba atrás sin acertar con
la actitud, dando lugar a la vergüenza y a la piedad, acaso
algo de rencor, en suma, una aguda sensación de fracaso
por cada movimiento. Se vio asombrada deteniendo el taxi,
utilizando el ascensor y estudiando en el espejo del panel
el fresco y lindo rostro en que imprimía apenas aquella
primera batalla de su vida. Depositó las dos grandes valijas fuera del ascensor, cuando su madre se asomó regocijada.

—¡Bienvenida, hija!

Pero se besaron con afecto real. Al entrar por la puerta
de servicio debió atravesar el comedor, la sala rococó y el
extravagante saloncito con la lámpara otomana. Ahora todo le parecía más viejo, más estático y gastado. Aun así
la conmovió comprobar que su madre había preparado
buñuelos para el té y vio, sobre la mesa, el juego de loza
inglesa de las grandes ocasiones. En la cocina sintió el olor
a la comida de la casa, al té y a las tostadas.

—Quisiera ocupar el cuarto de servicio, que es independiente —dijo Blanca.

Su gran máquina mental comenzó a funcionar con agi-
lidad. Recordó que esa habitación daba al patio tragaluz y
el patio a la puerta de salida; había, pues, un agujero por
el cual escurrirse y la posibilidad de que mamá no asentara
sus garras sobre su pobre humanidad. Estaba depositada en
su punto de partida, de tal manera que la aventura junto

a Pablo y su fugaz liberación de la tutela familiar resultaran ases de una parábola. Quizá papá Maggi reapareciera ocultándose en el placard del comedor para beberse un par de copas de vermut antes del almuerzo. Su hermana tomaría el largo baño de inmersión que tanto le agradaba. El teléfono sonaría para traer la voz de Pablo. Pero Pablo estaba quieto en su ataúd, pasiva y decorosamente enterrado en la Recoleta, como corresponde a un muerto de clase media alta. Se sacudió de dolor: quizá todo sería bien distinto si aún lo tuviera conmigo; hasta accedería a gozar con él sin sentirme invadida por la furiosa irritación que lo hiciera en vida tan desdichado. Vive y seré otra, pensó transida.

—Mejor es que ocupes tu pieza de soltera —dijo Mamá—. No habrá más que desarmar la cama de Teresa.

La miró bajo sus largas pestañas tiesas:

—Podés dormir conmigo —agregó como quien estudia el terreno—, ¡mi cama matrimonial es tan enorme!

Conocían otros casos como el de la prima Lila, que dormía junto a su madre desde que el marido muriera en un naufragio. Al principio, Lila había sentido miedo de la oscuridad, creyendo escuchar la sirena del barco y el siniestro chapoteo del agua. Ahora ya no sabía bien por qué dormía con su madre; tenía un hijo que era criado por ambas, madre e hija, en feliz combinación. La Castellana lo comentaba favorablemente.

—Madre e hija se comprenden bien —decía.

Era como si estuvieran casadas. Pero Blanca no había tenido un hijo, gracias a Dios, de modo que mamá sólo gozaba la oportunidad de apoderarse de una vida. Ahora mismo la recuperaba hablándole con inocultable regocijo:

—La vida es misteriosa. El día de tu boda sentí mucho dolor porque no quería que te fueses de mi lado, que te casaras casi una niña. Lo soporté asimismo. Y ahora estás aquí y estoy contenta.

¡Oh mamá monstruosa, inocente y monstruosa madre!

Se movía por la pequeña cocina —parte de su rei-

no—, alrededor de la coqueta mesa con que aguardaba el
regreso de su hija; sus manos de nudillos gruesos volaban
sobre la bandeja, alisaban las arrugas del mantel, acari-
ciaban el pelo de su hija, buscaban en la acción los pretextos para aquella alegría inocultable. Blanca pensó:

—Obtendré mi libertad, me casé para liberarme de esto,
tendré amantes, te los traeré a la cama.

—Serviré el té —dijo mamá.

—La habitación de servicio resulta un buen departamento aislado. Te molestaré mucho menos, mamá.

—Tu pieza de soltera está recién pintada —adujo mamá
fríamente—, es más caliente y tiene buena luz. También
en mi dormitorio hay lugar de sobra.

Ella había sido injusta con Pablo y su madre debía comprender ahora cuánto es que sufría. O acaso podría hacér-
selo entender más adelante iniciando de este modo un buen
período de mutuas relaciones.

—Mamá —exclamó persiguiéndola por la cocina—, mi
vida con Pablo fue un fracaso. La noche de la boda dor-
mimos separados. Lloré todo el tiempo soñando con vol-
verte a ver, con dormir junto a Teresa y, al abrir los ojos,
encontrarme nuevamente con ustedes.

La Castellana esbozó un imperceptible gesto de impaciencia:

—Oh —exclamó apenada—, ¡se han quemado mis
tostadas!

Hurgó dentro del horno hasta extraer cuidadosamente
las rebanadas de pan, chamuscadas y humeantes. Protestó
en tanto manipulaba con habilidad doméstica sobre la mesi-
lla de mármol. Mientras raspaba cuidadosamente la corteza,
el recipiente se llenó de diminutos fragmentos de carbón.
Blanca observó fascinada aquellos minúsculos detalles. Entraba en la alquimia, en la rutina y en la gran trampa familiar. Algo se quebró en ella con un nítido ruido de cristales.

—Qué tonta soy —dijo mamá con fervor—, había olvidado.

Escuchó la voz de su hija con expresión cerrada.

—¿Entendés, mamá?

Soledad colocó la tetera y el plato de tostadas sobre una bandeja de aluminio.

—Vivimos en un valle de lágrimas —dijo.

Desde la cabecera indicó a Blanca su antiguo lugar solamente con un gesto de sus grandes ojos cansados.

—He sufrido tanto ya —dijo—, no me atormentés. Los cristianos conocemos este viejo valle de lágrimas. Oh, no me atormentés más con esa historia. Te lo advertí; así y todo, arrastraste con mis prevenciones, quisiste huir.

Grandes ojeras rodeaban los ojos que papá Maggi admirara hasta su muerte; todo el dolor del mundo iba a pasar por ellos, como un meridiano exacto que dividiera y decidiera el tiempo de los otros y la oportunidad de señalar la culpa.

—Sufre por sí misma, no por mí —pensó Blanca asombradísima. Ahora la Castellana quedaba libre para siempre de su abnegación y ella volvería a usar su valle de lágrimas para huir. Pero si hablaba, mamá retomaría el llanto ronco y desigual que había conseguido conmoverla siempre. Ahora se quejaba sordamente de la dureza de su vida, de la ingratitud y ceguera de los hijos, de cómo había anunciado que aquel matrimonio prematuro terminaría mal. No podría pedírsele de pronto que diera la espalda a su pasado, tan difícil como fuera abrigar afecto por Pablo, guardar sus prevenciones, digerir la idea de Blanca casada casi púber. La tragedia le daba la razón.

—Soy yo quien quedó viuda, madre.

Mamá retiró las tazas de té para dispersar los malos pensamientos y condujo a Blanca a la habitación donde meses atrás Ernesto Maggi se escurriera decorosamente hacia la muerte. Blanca estudió con cuidado las paredes de su celda: ignoraba el tiempo de su reclusión. En vida de Pablo se había deleitado visitando a su madre. Visitar a mamá era resistirse a la tutela de la nueva familia y una forma de

negarse al odioso cuadro de las tres cariátides. Era decir no
a la forma. Se había deleitado; pero ahora la asaltaban los
mismos deseos insensatos de otrora, cuando los besos bajo
el gomero de la Plaza San Martín tenían un sabor de liberación y de victoria sobre los suyos. Junto a la ventana
mamá conservaba una vieja cuna de madera ocupada por
muñecas. En las paredes, bajo los vidrios del tocador, en
la mesa de noche, sonreía su propia y bella cara de bebé
y una niña pasada de moda que fuera Teresa: ambas desnudas, sobre quillangos, en bombachones y medias, con de-
lantales y volados y blanco plumetí. Y también estaba papá
paseándose por Mar del Plata, y el abuelo, con la misma
adustez de la Castellana. Por todas partes rosarios, pilas de
agua bendita y palmas de Domingo de Ramos, algunas en
lazos caprichosos. El Sagrado Corazón sangraba copiosamente en la cabecera de la cama, cercano al crucifijo de falso
marfil cuyo tintineo la horrorizara quince años atrás. Estaban los rosarios bendecidos por el Papa, el diploma con
la egregia firma de Pío XII y ella desnuda llena de hoyuelos, chupándose el índice en una radiante mañana de playa,
ella sonriente con las trenzas de los trece años en la casa
vieja; Teresa mostrando una dentadura espléndida, el campo del abuelo y el tío Esteban en la conscripción. Pero eran
las muñecas primorosamente almidonadas y sonrientes las
que le producían terror. No podía evocar sin congoja la
niñita que fuera jugando con aquellas hijas inertes de miembros fríos y pelos ensortijados. De la infancia, Blanca recordaba el dolor, el insomnio, la mortal seguridad en el
orden que le establecieran y el jadeo de sus padres. Ella
se había retraído al contacto con su padre como si éste la
quemara. ¿Quién la quemaba desde entonces?

—Tengo tus muñecas —dijo mamá innecesariamente—.
Oíme, Blanca: podés dormir aquí.

Pero ella obtuvo una pequeña victoria cuando cargó con sus
valijas en dirección a la pieza de soltera que se abría en un
extremo del breve corredor. A la primera escaramuza, mamá

supo replegarse bien. Abrió la ventana que daba al tragaluz
y Blanca vio la pieza tristemente iluminada por reflejos.

—No importa —dijo.

Deshacer las valijas fue como enterrar a Pablo nuevamente. Ella quiso ver cómo es que lo sacaban de la camilla, ya rígido; era horrible y cómico a la vez aquel pobre y
bello cuerpo tieso al que los hombres arrastraban sin con-
templaciones, ese cuerpo negándose a penetrar en el ataúd.
Entonces, para su liberación, rompió a llorar y lloró copiosamente como en el instante mismo en que las macabras
puntillas que Eva Perón acariciara nimbaran para siempre
el rostro angelical del que fuera su marido. Ahora podía
llorar de veras escuchando sus gritos, sus hipos y sollozos,
aguardando el momento en que la cabeza de mamá entrara
por el hueco de la puerta para interrumpir su diálogo con
la desesperación. Hay que dejar sola a la gente cuando
sufre, en verdad, habría que dejarla sola casi siempre. Su
cara se empapaba de sudor y lágrimas y experimentaba esa
piedad injusta, más densa cuanto más dura se mostrara
a los demás. ¡Cómo se compadecía en tanto iba separando
uno a uno los restos de aquel esplendor fugaz! Se felicitaba por el tipo de vida que Pablo y ella eligieran y aun
echaba de menos la casa donde vivieran tan libres como
en una impersonal pieza de hotel. Desde ese momento,
debería compartir los magros ingresos de la Castellana y
las pocas cosas que conservaba de Pablo. Mamá Viuda Vieja mantenía bajo custodia el grueso de los bienes y ella
no los discutía tampoco. La Vieja y sus dineros, la caja de
caudales y su cajón de seguridad en el Banco de Boston
podían irse al infierno. El peronismo era un buen pretexto para despojar a su hijo y eventualmente para dejar
de lado a su nuera. Pero Blanca heredaba de sus padres
una orgullosa indiferencia por los bienes materiales. Podían irse al infierno y se reconfortaba. maldiciendo a las
tres cotorras japonesas expulgándola, insistiendo diariamente con sus presagios y prevenciones. De tal modo que lloró

libremente usando la feliz facilidad de llorar que uno tiene
cuando es joven, acariciando la idea de su invalidez espiritual tal como se había dejado acariciar por Pablo, abandonándose. Cuando acabó de acomodar su ropa, había cesado
en su congoja: Mamá pudo recuperarla entonces en todo
su valor. La incorporaba ahora a las muñecas, se ocuparía
de su ropa, de sus comidas. Un llamado fuera de hora las
estremecería como el contacto de lo insólito. Pero en ese
instante el teléfono sonó en el departamento e hizo vivir
a las dos mujeres silenciosas una experiencia compartida.
Lo oyeron interrogándose con la mirada como otrora cuando la realidad exterior irrumpía agresivamente en el estrecho recinto de los Maggi. Blanca saltó hacia el aparato
antes que su madre: el hilo le entregó la voz de Antonio
invitándola para la hora del té. Y ella contestó con evasivas
mientras su corazón voraz se inclinaba por ceder, atenta
a las campanadas de una vida, sones demasiado fuertes
para resistirse a su llamado. Y resistir, ¿por qué? Blanca
estaba de regreso en casa y toda la atroz ceremonia de la
simulación· y el mito cotidiano se ponían en funcionamiento. Quería dar aviso a su madre acerca de la invitación,
pero de hacerlo recibiría de ella las conocidas observaciones
de prudencia. Antonio, el primer llamado de la vida al
fin, caería bajo la observación de aquella mujer maternal
que la rodeaba con sus brazos. Se vio de nuevo sentada
a la vera de Teresa gesticulando astutamente para obtener
la mezquina libertad de sábado a la tarde. La Castellana
pasaría a Antonio por su fino tamiz, nada quedaría de él.
Los Maggi sólo aceptaban una terca medianía que no lasti-
mara sus recias estructuras. Antonio en cambio era locuaz e
insólito, viajaba por Europa, opinaba con sarcasmos y es-
cribía en un periódico.

—Una cabeza floja —diría mamá.

Entonces Blanca mintió con desenvoltura, solazándose ante el asombro de Antonio que insistía en su invitación, sin
comprender.

—Te llamaré después, querida. Debo desempacar ahora, te llamaré después.

Estaba bien así. Mamá la observaba atentamente. Ella pactaba. Colgó con la seguridad de haber vuelto de veras a la vida. Madre e hija respiraron.

La reyerta ocupa ahora gran parte de mi vida. Los míos me contemplan con asombro como a una planchuela sometida al fuego. Ahora crujo, estoy casi blanca, voy a fundirme. Con Raúl los caminos se bifurcan fríamente. El proceso va entonces desde la atonía sexual hasta la imposibilidad de hablar. Y más que todo advierto la pérdida de la alegría como señal de madurez, esa horrible certeza de que las cosas nunca son buenas del todo. Y a la vez existen el tedio, el desapego y la tristeza como un acorde final desacompasado e incoherente cuando los psicólogos afirman que la armonía es la corona de los que lucharon bien. Ahora, la reyerta. Abro los ojos sin deseos de vivir, tan luego yo que he vivido con las velas desplegadas; si es cierto que amar es sinónimo de vida y no una frase para anotar cuidadosamente en el borde de un libro. Amar. Vivir. Ahora es despertarse y que el espejo niegue. En primer término, las grandes manchas que el sueño no ha de borrar —seguramente— ni la tez cansada, una Blanca augusta que extrae como una hechicera su espejo del cajón. Lo tengo siempre a mano para asombrarme de este rostro marchito detrás del cual se oculta una espléndida muchacha de veinte años todavía. La piel amarillenta, los finos trazos bajo el ojo, las comisuras, ese pelo a medias coloreado, las pálidas encías, todo cobertura para una animal salvaje, siempre presto y joven, cubriendo apenas un ardiente corazón. Hasta que tengo conciencia de haber despertado en mi dormitorio de casada, el hueco de Raúl al lado, y comienza la desazón y la reyerta.

Han dormido sabiamente estirados uno junto al otro y
ella piensa que son las estatuas yacentes de las tumbas,
en El Escorial, con Don Juan de Austria cuyos labios abul-
tados besara a espaldas del guía, como en el primero de
sus viajes. Soñaba junto a Juan de Austria, porque ella
había tenido siempre hambre y sed de lo notable. Un
bello bastardo pudo servir a tan altos fines. Y lo besó,
avergonzándose de su puerilidad, tomada por lo macabro
del lugar, rodeada del hedor a muerte, a real investidura,
a tiempo, tan lejano a su Buenos Aires familiar, colgando
como siempre de un mapa fresco aún de pintura, sin reyes
ni historia ni grandeza, aquella ciudad donde también vivían los demás y era su límite. Ahora al despertarse veía
la espalda de Raúl vistiéndose a tientas en la penumbra
amarillenta. Le chocaba el gran cuerpo musculoso de Raúl
y su intimidad. Ya no era posible. Entre ellos había abis-
mos más reales e indecentes que el acto cotidiano de adulterio; no un cuerpo de 25 años que nos ama ni un lecho
felizmente compartido. Antes que todo estaba la tristeza
de despertar a lo que se sabe de memoria. La reyerta empieza entonces por mínimos motivos, fútiles motivos casi
siempre, porque el desacuerdo corre entre terrenos escarpa-
dos, salta, va a dar más allá. Raúl le ruega compostura sin
quejarse ya que el asombro suplanta otras sensaciones. También reclama, a veces, sus viejas palabras amistosas o al
menos la forma sostenida durante veinte años. Sin embargo, no hay nada más que esa cruenta mala voluntad recí-
proca, espesándose como una niebla dentro de los cuartos
y ventanas de la casa.

—No bien abro los ojos, comienza la tragedia —grita.

Y ella recuerda su casa de la estación del jefe, los furiosos diálogos, los juegos infantiles, pero sabe que son
gritos de acentos positivos, lúbricos gritos fugaces y no
aquel cortejo de las aborrecidas cosas que van a comenzar

a desfilar frente a sus ojos, el beso de despedida de Raúl, su intenso alivio de quedarse sola, las voces estridentes y malhumoradas de las hijas. La gente habla del hogar. Ahora la espalda de Raúl se vuelve para que él le reproche seriamente el abandono que consume las raíces del grupo familiar. Vivir como estatuas yacentes y un hombre que no acaba por desaparecer, que ya no es un hombre sino una monstruosa institución en la que se cree o no. Raúl pelea pero no ceja. Y termina de calzarse los zapatos mientras le enrostra sus cajones descuidados y la soledad en que sobrevive. Sin darse por vencido escoge el otro extremo de la reyerta inútil que los toma por el cuello, sacudiéndolos. Y las niñas —aquellas extrañas mujeres engendradas— podrán despertarse para oír cómo es que papá y mamá se desangran cuidadosamente sin haberse levantado todavía, cómo es que el principio del día tiene en germen el tedio, la ira y la tristeza de la tarde. Ella pierde tiempo discutiendo y tratando de mostrarse honesta. Mira hacia atrás los largos años de cómoda compostura como si no fueran suyos. Las hijas son mujeres que duermen hoy tranquilamente desentendiéndose, aquella espalda madura fue siempre Raúl y esa mujer hastiada, ella. Hay mil cosas por las cuales disentir. Ahora Raúl reprocha sus ausencias sin excusa y los incomprensibles paréntesis de silencio en que ha transformado su vida. Rocky necesita todo. Debe dárselo. De pronto Raúl es papá Maggi cerrando la puerta de calle a las nueve de la noche. La Castellana indicándole el lugar exacto de su lecho, su regreso. Blanca despojándose crudamente de su permanente mal humor, ella tan luego que siempre abrió los ojos bien balanceada con la vida. Pero ahora elige la reyerta porque la insatisfacción es ese monstruo odioso que cambia férreas estructuras. Que ya no son tan férreas. Sabe que acepta fríamente una casa y una mano sosteniéndola. Pero el andamiaje preparado cruje bajo sus pies, arrastra consigo pedazos de ladrillo, cal y cemento. Todo se derrumba. Raúl

exige reciprocidad. Pobre amigo mío. Pablo muerto en su
ataúd tendría más fuerza ahora. Porque ella se siente un
animal desbocado que cocea y tiene que saltar; más aún,
cuando el sueño la abandona queda despojada de la pequeña felicidad de estar dormida. Día y noche, marido
e hijas la ven desfilar con furia o impaciencia. Nadie fue
menos responsable que ellos. Sus hijas, que se desentienden,
chocan a menudo con una mujer vociferante y, en todos,
el egoísmo toma forma de cualidad vital. Raúl enlaza cada
circunstancia para presionar:

—Hiciste mal en presentarte con tu amigo en lo de
Garrigós.

Es un certero disparo sobre el blanco, ya que ella pasa
sus tardes íntegramente despegada de los suyos envuelta
en el otro, al que atribuye todas las virtudes.

—Lo sé, lo he visto —ruge Raúl casi por cábala.

Pero Raúl se desentiende de ella; es la estructura y la
cáscara pintada con esmero lo que defiende mientras se
entrega él también —como un fanático— a la reyerta cotidiana que los desintegra lentamente. ¿Cómo ha ocurrido?
Desaparece el afecto fraternal, desaparece un contorno humano porque la piel y la carne de Raúl son su piel y carne,
y, verdaderamente, no puede pedirse a nadie que sienta
pasión por su propio cuerpo.

A veces, cree que la discusión en que están enredados
es una ligazón más viscosa aún que la de aquellos largos
y penosos años compartidos. La pareja no imaginó para sí
semejante capacidad de choque, semejante capacidad de soportarlo todo y de rebotarlo todo. La reyerta, pues, está en
el aire porque ella y Raúl, siempre pronto a estallar, bor-
dean la desintegración. Las hijas en otro ángulo configuran
una historia aparte. Papá y Mamá son esos seres vulnerables que se retuercen y hacen muecas frente a los fríos
ojos de los jóvenes. Entonces hay medidas nuevas para la
existencia. En el suelo, a un costado, como los vidrios barridos sin esmero, yace todo lo que fue. Pero no todo, y es

casi más difícil ya que aún resta algo por salvar. Es una
instancia no agotada la que lanza sobre los Ordóñez una
pelea copiosamente alimentada. Hay reproches aún, como
un animal que tarda en morir, que acaso no ha de morir
del todo, hay exigencias y argumentos y una cruda adhesión
a la monotonía y a la seguridad. De aquel lado de la puerta se levanta incierta una historia semejante. Blanca piensa
que está a salvo ya que aún le queda la elección de sobre-
volar su fábula. Y acepta la reyerta.

Yo vi a este hombre antes de ahora. Un rostro enteramente afable y bondadoso escudriñándome bajo las espesas
cejas rubias y un corpachón maduro dentro de su guardapolvo. Quizá un hombre de esos que viajan a menudo o se
encargan de mostrarse inteligentes y famosos, aunque no
es el tipo si se quiere. Ciertamente. Alguien pasó el santo
a la Castellana cuando el primer ataque me derrumbó a
los pies de la cama matrimonial sin ánimo de nada. La
noche antes, besándome con Antonio en la oscura calle-
juela de San Isidro, advertí que los besos se miden por
algo más que su intensidad, más que por la entrega; es una
dimensión especial, dimensión de beso, diríamos, y así
también resultan anchos, largos o angostísimos. El beso de
Antonio bajo la sombra de Martín y Omar fue espeso y
ancho y yo estaba en parte ebria por la botella de Jerez
Osborne y la luz incierta de la boîte donde él me estrujara
diestramente como si en vez de una viuda reciente sólo
fuera la niñita Maggi a la que conoció casada. Supe que
figuraba en lista, desde el momento en que admiró mis
pantorrillas como buenas según su exclamación; también
advertí que no dejaba de gustarme su cinismo al pretextar
un malestar para subir al estudio de la casa dejando a Pablo
con los otros invitados junto a la chimenea. En el estudio
me dejé besar. Pero Antonio no podía ni aceptaba entrar

en una historia con la casadita del dirigente Achino, su amigo, y me dejó correr con algunos besos furtivos y las salidas a la hora del té. Adulterios de bolsillo fueron aquellos hasta que, animándose a la muerte de Pablo, me llamó a casa de mi madre. Hay que haber estado sola, divorciada o viuda quiero decir, sola de alguna manera, para aprender cada detalle del asedio y la fina desconsideración con que se nos trata. Una mujer sola es siempre mercadería fácil o algo así. Un asunto para discutir, un "affaire" de todos modos. Quienes lo están, lo saben. Antonio encontró la calle libre y yo también. Comencé a aceptar sus invitaciones y a desearlo y también a aburrirme en su compañía con una mesa cursi y pequeña sobre las rodillas, en el Copper Kettle, de ambiente falsamente tirolés y tortas caseras, parejas que fingían despreocupación y las señoras infaltables, las damas ocupadas en el té. Me aburría el largo monólogo a la vez que me gustaban sus dientes, el aire felino con que se defendía, el buen traje de hechura inglesa, todo lo pérfido que había en él, hasta su aire de amigo contrito ante la muerte de Pablo, a quien con gusto hubiera birlado una y mil veces su linda mujer. Me gustaba casi todo en él. Excepto que existiera. Me guiaba por las primeras impresiones que son válidas, quizás las únicas genuinas. Quizá el único momento válido en amor es el primer vistazo, lo poco que se puede conseguir, casi da risa, el amor en un mundo que termina, 2000 años de civilización y aún no comenzó la otra. Yo que quise ser heroica he culminado tomando el té en el Copper Kettle, con este joven Secretario de Coordinación de los Comandos Antiperonistas y Universitarios del Distrito Bonaerense. Pero me aburría —lo recuerdo— pretendiendo hacer literatura con sus afanes de liberación en tanto relataba minuciosamente una gesta inexistente.

Si consideramos que Perón estuvo tres semanas en la cañonera a la vista y paciencia de la ciudad de Buenos Aires y no hubo siquiera uno que se arrojara al río para ir a res-

catarlo; no hubo un dirigente, un obrero, un general, un
arzobispo metropolitano, una ama de casa, una niña del
Consejo Universitario, un histérico, que tuviera ese gesto
heroico que la patria necesita. Ni uno solo en la masa de
cagones, de cómodos, de miserables, de canfinfleros y de beneficiarios del Régimen, una mujer enamorada, nadie se
arrojó. No hubo un grito de heroísmo ni una masacre
que justifique el largo rosario que, diez años antes, Antonio
recitara cada tarde en el Copper Kettle antes de pedirme
que fuera a su departamento. Ni el líder se decidió a reclamar valor sabiéndolo volátil como lo sabía, y Eva Inmortal estaba muerta de cáncer —y ahora desaparecida,
orinada, escarnecida, erigida en santa— para que Ella sí
emergiera vociferante en las esquinas, absolutamente convencida de ser La Causa y la Revolución. No hay nadie en
un país provinciano y formidable con su nariz pegada al
escaparate de los grandes, sus agrias voces apagadas, tan
poco como se puede conseguir de este puñado de argentinos
gesticulando desde la periferia, tan absurdos como la revolución fascista que aullaba Cantó en sus discursos y el odio
de Pablo por los cobardes, los judíos y los inferiores, su
amor por la Gran Argentina, católica y cegata que era una
revolución también. No había nadie más que este Coordi-
nador del Distrito Federal que me sonríe diez años atrás
y me convida con appelstrudel en tanto roza mi pierna con
su pierna bajo la mesa diminuta y Costa Vladescu usa el
címbalo y demuestra cuán insoportable puede ser un centro-
europeo.

A este hombre rubio y cejijunto que me atiende lo he
visto con anterioridad, siempre ávido de hacer el bien, como
buen médico que es, disimulando su turbación en tanto
desliza la aguja del tranquilizante en mi vena, sobre el
brazo izquierdo, y la modorra, la penumbra, las cejas gruesas
y rubias me convidan al desquite, quiero decir a la larga
charla incoherente.

Ayer caí otra vez a los pies de la Castellana y ella gritó.

Yo tenía mucho sueño, pero los brazos y las piernas eran ajenos al resto de mi cuerpo, se movían por sí mismos, tomaban rigidez. Mi madre entonces decidió que algo andaba decididamente mal en el delicado mecanismo y atribuyó el desastre a mi alocada vida de mentirle cada día, de salir todas las tardes y de aniquilarme en las clases de Filosofía y Letras. Ella ya debería saber que sólo asistí a clase tres semanas al cabo de las cuales descubrí cuán beneficioso puede resultar el hecho de una universidad al servicio de mis aventuras. Las clases me han proporcionado pues un horario acomodado a las invitaciones de Antonio y la posibilidad de conocer ese puñado de hombres y mujeres diferentes, no los maniáticos de la calle Reconquista a la caza de heroicidad, sino seres humanos muy jóvenes, que me otorgan a la vez una curiosa patente de irresponsabilidad —la mía— y una vida austera y nueva de blues, night clubs y cigarrillos a horas insólitas, en la siesta y a la mañana, a las siete menos cuarto, y aun bien entrada la noche. Todos ellos simples estudiantes, poetas mugrientos o prolijas niñitas de sociología, tan inverosímiles como se muestran, destruyendo la certeza de no servir casi para nada, escudándose en Bertold Brecht, Fromm y Orson Welles.

Pero de alguna forma ellos constituían y todavía son el grupo humano del que la Castellana y papá Maggi me despojaron sabiamente. Junto a ellos recupero a la muchacha que no pudo ser del todo y que ahora seré hasta la vejez, la mujer niña ávida de sensaciones de amor y de alegría, la cazadora en cercado ajeno, la ansiosa de emoción que se interroga con temor si todo ha terminado, si no habrá ya imprevistos o miradas que la siguen y acompañan y también posibilidades infinitas de amor y fantasías. Entonces en la Facultad me hice un racimo de buenos compañeros torvos y falaces pero imprescindibles en la diversión y búsqueda. Descubrí que no es tan difícil ser viuda, estar sola o disponer del sexo como la Castellana se empeñó siempre en convencerme. La vida rompe sobre el primoroso ataúd de cristal

y piedras falsas en que mi familia encerró la pequeña vida
cotidiana. Fuera del chico mundo de papá en el laboratorio,
fuera del ventanal, en la calle Alberdi —donde la Castellana soñaba con ver aparecer al doctor Roualt de cimera y
a caballo, desde el Mío Cid a Werther—, un río centellante
y pavoroso obtiene rápida trasformación. Yo quise dejarme
deslizar por él, pero ahora los miembros se niegan a se-
guirme y la Castellana pidió el nombre de un médico, al tío
Hipólito. Y en eso estaban cuando Hipólito recordó al
doctor Ordóñez, de modo que madre e hija, pasablemente
acicaladas, fuimos al pequeño consultorio de Viamonte, con
tres sobrias chapas en la puerta. Todo me gustó al entrar
aun cuando estuviese distraída. Ahora que soy vieja casi,
sé que el presente y el pasado y aun lo que ha de venir
forman el gran cuerpo único, como un inmenso dado que
arroja este número y el otro con una pasmosa posibilidad
de cara o cruz, siempre el mismo dado.

—Usted debe responderme —le digo al médico, inclinado sobre la camilla en la que me estiraran al entrar. Por
fortuna mamá está en la salita contigua y he de dejarla
con un palmo de narices, mandaré su maldita curiosidad, su
infame solidaridad al demonio.

—No tema —dijo el doctor Ordóñez con rara clarividen-
cia—, estamos solos.

Entonces pude sonreír: me estiré como una enorme gata
en la camilla, sintiéndome pequeña y protegida. El doctor
Ordóñez, con algo más que un interés profesional, se inclinaba ansiosamente. Respiré al decir por primera vez en
mucho tiempo: alguien piensa por mí.

Y la cosa es explicarle cómo es que me hice peronista
y que aún lo soy aunque ya resulte algo difícil porque la
gente como los Maggi, los Achino y los Ordóñez —mucho
más— están inexorablemente de un lado en la trinchera

abierta. Cuán presuntuoso hablar de trincheras en la República Argentina donde existe una asquerosa doctrina de pasividad. Ser peronista ahora resulta un índice de pueblo o aun de bribones del Régimen, pero ni los Maggi ni los Achino ni el doctor Ordóñez eran pueblo ni beneficiarios. Integraban pacientemente la enorme mayoría y comprobarlo me impacientó. El doctor Ordóñez sonrió mientras se movía en la penumbra de la sala buscando un pulso acelerado. Aún los brazos y las piernas estaban rígidos sin que dejara de pensar por eso que realizaba la gran representación. Todo consistía en aflojar, en relajar las mandíbulas y el engranaje de ficción para que entonces las piernas y los brazos se movieran como siempre. Yo creía estar fingiendo. Me arrojaba a la mistificación, pero Ordóñez decía que no —eso es lo reconfortante—, que yo no fingía para nada y que mi historia era más bien real. Creo que entonces empecé a cobrarle afecto. Es muy cómodo sentir que alguien cree en la verosimilitud de mis piruetas, ya que de algún modo son auténticas. El prójimo advertía una representación y esa arbitrariedad me hacía desdichada como expliqué a Ordóñez minuciosamente, condoliéndome de que sus cejas continuaran resultándome anchas y feas y su corpachón deforme. Pero al sonreír le descubrí una boca hermosa y espléndidos dientes juveniles, un bronceado vigoroso en la piel bajo la cual se asomaba el gallego disfrazado de patricio; sobre la pared, Ordóñez mostraba el escudo de armas de una familia vieja y dos antepasados semejantes a él, de idéntica expresión. Eso significaba en la Argentina una presunción de buena cuna y allá él si se divertía sintiéndose cómodo, más fuerte. Estaba dispuesta a transigir aun con el antepasado de gruesas patillas a la moda y con el doctor Ordóñez actual, el que se condolía suave y sabiamente de mis vicisitudes, el que escuchaba con preocupación mi discurso lastimoso para reconfortarme luego. Y a la vez era curioso saber que mis brazos y mis piernas no estaban rígidos por mi voluntad, sino por un impulso mucho más

fuerte que todo el esplendor mental del que me jactaba.
Estaba realmente enferma y necesitaba apoyo, solicitud, cuidado, un bagaje a cuenta de Ordóñez y pensándolo supe
que mi cuerpo respondía dócilmente, que me llegaba la paz.

Lúcida, mientras veía en opuesta perspectiva las piernas
varicosas de mamá y una leve pelusa enredada en las patas
de la cama, caí a los pies de la Castellana dando comienzo
a una nueva parte de la historia. La noche anterior, en una
boîte de Olivos, Antonio se había mostrado desagradable.

Era mi amante desde hacía un par de meses, pero más
allá de la curiosidad, todo consistía en hacer gimnasia. Había resultado un hombre gimnástico de veras. A los largos
monólogos del Copper Kettle con las aberrantes alusiones
a su gran valor, a su asombrosa autovaloración, se sucedía
la etapa de erotismo. Tenía una costumbre inquietante que
me resultaba odiosa: llevaba las cifras de sus arrebatos y me
llamaba infantita. O infante, según se diera el deseo o su
inmediata fantasía.

—Infantita: yo seré político. Pero en la Argentina no
existen partidos políticos para mí: yo debería ser un conservador inglés.

¡Asombroso! Vivía con sus padres y hermanos en un
palacete de Belgrano que yo espiaba ávidamente desde la
ventanilla de mi ruinoso colectivo. También la mansión
asombraba. Mi vida como Blanca Maggi había sido bien
modesta. La gente como yo habita departamentos de cuatro
habitaciones o viejas casas en alquiler congelado. Los meses
de matrimonio con Pablo y el sólido prestigio económico
de Mamá Viuda Vieja no alcanzaron a trasladarme de clase.
De una medianía abrumadora pasé a la burguesía aún no
decidida por Perón. Algunos pocos saltaban la gran barrera
de fortunas colosales, judíos polacos refugiados después de
la gran guerra, serenos de garaje, mecánicos, viajantes de
comercio y taxistas. De pronto descubrían impensadas condiciones de empresarios, se convertían de la noche a la
mañana en hombres de millones. Mi suegra, en cambio, las

cotorras japonesas, sus amigos, eran beneficiarios vergon-
zantes. Pesaba demasiado en ellos un pasado en el que la
Argentina engordaba sabiamente como una matrona entre
vacas y toneladas de trigo. La Argentina crujiente y sucia
como les ofrecía Perón todavía era pecaminosa. Engordaban
entonces a escondidas, enriqueciéndose sin el preciado salto
que los convertiría en magnates. Sus casas seguían siendo
los petites hoteles sin estilo y sus automóviles los rotundos
carros de colores neutros. Era una medianía cómoda sin
deudas apremiantes ni libretas de almacén pendientes en
una línea de mediocridad. Estaban libres de las penurias de
la Castellana, pero se encerraban a vociferar contra los diamantes de Eva Inmortal y los paraísos de su hermano. Eran
por lo tanto, más que nunca, unos pobres diablos. Los padres de mi flamante amigo, en cambio, pretendían obtener
tradición con el respaldo de sus hectáreas en Azul: pretendían distinción más riqueza. En la Argentina eso era el
poder, es todo. Por lo cual la casa de Belgrano me asombraba
porque en mi universo diminuto una mansión umbría podía
resultar un cuento de hadas. Y escuchaba los interminables
relatos del amigo sobre la necesidad de alejar a su hermano
menor de un país contaminador: Londres, Nueva York y
París, donde pudiera criarse en libertad. O las exigencias
del padre con la hija, la heredera forzosa para la que se
exigía poco menos que un príncipe. Quizá en los comienzos
me sentí deslumbrada, pero luego dejé crecer en mí los
demonios; descubrí que los habitantes de la mansión umbría
eran media docena de maniáticos atrincherados en una loca
ficción de aristocracia y de dinero. La madre de mi amigo
descendía de tamberos y su abuelo sólo podía mostrar sin
ruborizarse un apellido como el de Dubois. Sentí desprecio
por él. Y lástima también.

Pero la vida con la Castellana se tornaba insoportable,
mis apremios de dinero me llevaban cada semana al Banco
de Préstamos y una vez ya me había visto en figurillas para
ocultarme a un vecino de piso junto a la ventanilla de la

caja. Ante ese panorama el mundo que me ofrecía Pablo
era una broma fantástica. Me reprochaba ceguera y tontería.
Lamentaba crudamente no haber respondido a sus abrazos
o no exigirle su retiro de las andanzas aliancistas. De vivir
mi marido yo hubiera tenido el bienestar cotidiano asegura-
do. Y este nuevo amigo con el que el sexo se disfrazaba de
amor no resistía comparación alguna. Amaba a Pablo muerto
como jamás consiguiera amarlo en vida y era el triunfo del
absurdo, era mi loca carrera hacia un punto luminoso que
podía existir o no. Pero Pablo estaba muerto luego de ser
bien desdichado. En la penumbra de un sórdido departamento de soltero —de un bulín quiero decir—, Antonio terminó
de desflorarme. Cruzamos la ciudad en un taxi hasta aquel
diminuto ambiente que clamaba a gritos lo que ofrecía, su
utilidad. Buenos Aires se pegaba a los neumáticos, pero yo
era muy joven y estaba aturdida para aprender el significado
de esta ciudad caliente. Me volvía hacia él:

—¿En qué pensás? —pregunté.

Antonio tenía, como siempre, una frase preparada.

—Siempre que estoy emocionado, callo —dijo.

Y yacimos en un diván de terciopelo rojo mientras miraba
a sus espaldas las falsas máscaras africanas de la pared y
algunas acuarelas de París de jour. Claro que el acto pasó
sobre mi cuerpo como una ola mediocre. Sentí a Antonio
respirar burdamente, desinflarse, en tanto su firme empuje
me convertía definitivamente en mujer. Ahora era una mujer completa. Una casada como Pablo no lograra conseguir
tras los doce meses de magra aventura conyugal, con su pobre
acto de amor atemorizado casi siempre deshaciéndose sobre
la cama de raso turquesa. Antonio se desinflaba: su placer
era fugaz y avaro, un minuto y ya estaba de espaldas otra
vez, recobrado y encendiendo el cigarrillo. Lo contemplé
fríamente arrobada por lo que acababa de suceder allí. De
modo que aquello era el amor, el fin de la virginidad y aún
no conocía nada de placer. Todo consistía en eso. Antonio
estaba dotado de una feroz y opaca animalidad; su vigor

era seco y persistente como un terco picotazo. Podía hacer el amor muchas veces y siempre era el mismo acto obsceno y desabrido. Yo, desdoblándome, miraba con sorna a la pareja abrazada en el diván. Me miraba con piedad, con dolor, con rabia. En el espejo del baño primoroso, cuajado de volados y de frascos, con el rastro de tantas mujeres visitantes del lugar, veía mis ojos cargados de inocencia, la boca aún hinchada por la infancia, la frente mostrando cierta loca limpidez. Me tenía lástima y la curiosidad fue el timón de aquellos días grises. Nunca consiguió Antonio arrancarme una leve complacencia. Llegaba. Empezaba el rito. Pretendía caricias apasionadas pero mis manos parecían impotentes. Atisbaba sus gestos y efusiones como si él hubiera sido un pobre animal gesticulante. Fue Antonio quien dio al amor un aspecto de gimnasia. Su cuerpo espléndido no despertó más que un oscuro sacudimiento de curiosidad y en manos de aquel frío mamarracho me hice mujer. Todavía me pregunto cómo es que pude imaginar —tenía veinte años— que algo de eso participaba en el amor.

—No se atormente —dijo el doctor Ordóñez—; si los detalles le hacen mal, omítalos.

Descubrí en seguida que se dejaba invadir por mí, que manifestaba un interés insólito, que me recordaba si espaciábamos las sesiones. Afuera, la Castellana aguardaba con paciencia el resultado del análisis.

—Será muy largo —dijo Ordóñez—; su hija está muy herida. Habrá que andar despacio.

Por fin la Castellana dejó de ir asegurándose que mis visitas eran estrictos cuarenta y cinco minutos por semana. Mejoré y fui al consultorio de Ordóñez todos los días. Aún no habíamos salido de la habitación en sombras donde recitaba mi monólogo y en cuyo rincón Ordóñez se apostaba enternecido.

—Siga —decía.

Tenía una hermosa voz. Entonces era preciso escarbar porque los recuerdos son animales de tierra, infinitos gu-

sanos, hábiles topos que huyen de la luz. Casi los sentía
correr en los espacios libres del cerebro, atravesar mis venas
y masticar tercamente cada víscera. Trataba de ocultar mi
turbación con una alegría intensa que convertía la visita en
un acto social. Advertía el creciente entusiasmo de Ordóñez
y sus esfuerzos por aliviar mis tensiones. Confesaba con
lealtad extrema:

—No soy psicoanalista; soy un buen clínico. Debería
revisar su maquinaria, no los infinitos resortes de su sensibilidad. Ya ve cuán grande es el esfuerzo que realizo por
usted. La veo muy espléndida: lo merece.

Se mostraba formal cumpliendo con cada apariencia y
hablaba de Antonio. Mi inocencia de entonces mostraba las
pequeñas deserciones de la vida como índices de inmoralidad. Omitía frente a Ordóñez mis devaneos con un cura
vicioso o con mis compañeros de ruta. Hubiera sido difícil
explicarle que la muchacha espléndida había pasado su noche de bodas evocando a un cura apenas conocido. Mucho
más difícil insistir en el hecho de estar incapacitada para
la fidelidad total. Me asombró sin embargo que Ordóñez
comprendiera mi amor por Pablo y que me rogara cariacon-
tecido abstenerme de completar la anécdota.

—Usted lo amó —dijo—; basta mirarla.

Ahora, al dormir junto a mi madre, sabía que Ordóñez
me aguardaba al día siguiente y eso mejoraba las cosas. La
vida tensa otrora mostraba blanduras y contornos. Me aferré
a Ordóñez, contenta de estar a punto de comenzar un nuevo
juego, más alegre y cauteloso que los anteriores. Así fue
que mis relaciones con Antonio no excedieron la fugacidad.
Durante un par de meses, en tanto la Castellana me creía
en los claustros de filosofía, tomaba un taxi hacia el clásico
departamento de un ambiente, cargado de presencias. Nunca
me sentí sola allí. Cada silla, cada velador, las botellas de
whisky en el bargueño y la cocina diminuta estaban impreg-
nados de parejas. Un domingo, Antonio decidió dedicarme
su tiempo por entero. Con hábito mundano compró sándwi-

ches, vino y pollo, y los llevó consigo. Yo lo contemplaba casi con odio. Decidió usar las instalaciones y mostró una alegría sana y animal que me daba en el estómago. Hicimos gimnasia al compás del tocadiscos y escuché "El hombre que amo" como un monje frente a la profanación. Nunca volví a escuchar a Gershwin sin que se me revolviera el estómago. Antonio se admiró a sí mismo lealmente, contó con cuidado sus actitudes viriles, comió con apetito y oyó a Gershwin y a Chopin con idéntica desaprensión. Al cabo de la tarde, sin haber conseguido mantener más que un diálogo desigual y absurdo, me confesó que se sentía dichoso.

Y luego, condoliéndose:

—Debiéramos usar un camisón blanco, con puntillas y lazos como el de las abuelas. Siempre habrá un camisón blanco para ti.

Una niña idiota encerrada todo un domingo en un departamento de soltero debería constituir un acto criminal.

—Pienso que la ley ha de tener en cuenta casos como ése —musité a los pies de Ordóñez, mientras éste acariciaba mi pelo—. La ley, la Iglesia Católica debería impedir que un gimnasta indecente confunda ante los ojos de una chica idiota los alcances del amor.

Antonio puso fin a la comida e insistió con minuciosa sensualidad sin un gesto, un beso o una mirada memorable. La aventura fue arrojada al cajón de la basura, junto a los restos del pollo, las migas del pan y la piel de las espléndidas manzanas. El tocadiscos funcionó sin cesar hasta las siete de la tarde; de pronto recordó sus periódicas tareas clandestinas, dejó el diván y pasó entusiasmado a la ducha para recuperarse. Todo cuanto pensé acerca de nosotros, en la infame habitación, escuchando "El hombre que amo", no he conseguido trasmitirlo nunca. En el espejo estaba el rostro cándido conducido al altar donde la esperaba Achino. Era de un candor absoluto. Aun bajo los torvos ojos del cura despidiéndome:

—Adiós, señora.

Y vi de nuevo la cola de mi traje de novia y la alegría algo ridícula de Pablo. Ahora yacía semidesnuda en un diván prestado. El ruido de la ducha trajo la presencia de alguien a quien la gente llamaría —de enterarse—, y sin la menor piedad, mi amante. Un vómito violento me subió por la garganta y entré corriendo en el cuarto de baño donde Antonio se friccionaba con colonia.

Me atendió sin ternura, como un buen boy scout a su compañera de excursión. Me hizo beber café y volvió a tenderme en el diván. Sobre mi frente, Antonio había colocado un pañuelo empapado en agua y hielo. Pronto me sentí mejor. Mi amigo continuó vistiéndose a tiempo que apreciaba mis buenas dimensiones entre sonrisas y comentarios admirados.

—Lo que tenés es un cuerpo espléndido, m'hijita. Es por eso que la gente siente debilidad por vos. Un cuerpo de primera.

Casi en seguida bajamos en el ascensor mientras él silbaba con ingeniosas variaciones. Volvió a preguntarme si necesitaba compañía y lo negué.

Pero mientras evocaba la historia descubrí que estaba hablándole a Ordóñez de mi infancia, sin haber despegado los labios sobre Antonio. La honestidad que me asistiera en las primeras entrevistas se esfumaba. Comprendía el hecho de que Ordóñez quisiera otra Blanca impoluta para sí, una Blanca eterna que pasaba por los bulines y confiterías sin variar la tersura y limpieza de su frente, una Blanca etérea e inmaculada que lo necesitaba. Rápidamente traté de convencerlo de un Antonio dotado de caballerosidad, enteramente muerto de amor por mí. Vestí al indecente mamarracho con todas las galas de la imaginación; declamaba, decía frases ingeniosas, era rico y vigoroso, respetable y temido a la vez. Fueron días de dolor. Cuando no veía a Ordóñez caía en manos de la Castellana con la misma inercia que en los tiempos de soltera. Casi no salía de casa y los domingos volvían a ser temibles. Dejé de saber sobre Antonio durante largos lapsos. Me evitaba y algunas veces supo negarse en el teléfono. Lo perseguí todo cuanto pude, aterrorizada de quedarme sola. Aún no conseguía entusiasmarme ante las rizadas patillas rubias de Ordóñez ni por su honesto aire de profesional exitoso. El amor es una aberración miserable desde el momento en que no conseguimos amar a quien se lo merece. Se ama a un criminal, a un vicioso, a un explotador. Mi larga práctica burguesa volvía insoportable el hecho de haber compartido la cama con un hombre que no era mi marido. Una costurera engañada no habría perseguido a Antonio más que yo, hasta que me confesó que, sin creer en el valor del matrimonio, nos casaríamos. Todo me produjo horror. Pero el hecho de haber sido su amante horrorizaba aun más a la modesta hija liberada de los Maggi. Creí que me casaría con Antonio y que una vez casada, las cosas mejorarían. Fui de nuevo al departamento, pero ya el hilo estaba roto, aun el hilo precario de la sensualidad unilateral. Descansamos en el diván de marras cuando comenzó a hablarme de Iris Manzoni, hija de una lavandera de Belgrano, a quien conociera en el consejo de Coordinación Revolucionaria. El insensato seguía utilizando la jerga que derrotara a Perón, ahora que el país entero se volvía peronista. Lo aprecié abandonándose a Iris descubierta y muy entusiasmado. Fue ésa la última vez que lo vi. Pasé un mes de pavorosa humillación y me curé. Se casó con Iris Manzoni y acabó cortándose las venas en Río Grande. Lo recuerdo con asco como quien se ha entregado a una aventura por un móvil de venganza y con él escupí sobre los míos el haber sido tan mediocres. Me vengué con Antonio de una estructura criminal y de una sociedad podrida contra la que me rebelo. Acostarse con un hombre por venganza podrá parecer perverso, pero es más bien una aventura expiatoria. Hubiera querido desintegrarme en tanto sollozaba relatando a Ordóñez mi desventura junto a Antonio. Ordóñez se mostró conforme, dijo frases piadosas y me ofreció café.

El hecho de entrar diariamente en la casa del jefe le produce un placer doloroso. Ya en la calle, junto al río, a la vista del puente de hierro cubierto de maleza, la proximidad de Rocky la sacude con una emoción memorable y el convencimiento del amor.

—Sos el amor.

Ambos se aceptaron.

Los objetos de la intimidad de Rocky revisten frente a Blanca Ordóñez una insólita solemnidad. Porque en la vida cotidiana él se acompaña con los rastros de su terrible pasado, como una paradoja de aquellos días bravíos, de sus cruentas aventuras en el Mato Grosso, de sus penurias en las minas del Perú, de su paso como mozo de cordel en Amberes o de sepulturero en Dusseldorf. De todo eso sólo quedan las bellas cosas rescatadas para una intimidad casi pueril, de tal modo que sobre una consola alquilada reposan los cocos y canastillas de mimbre, los palillos para comer arroz y los tornasolados caracoles de los mares tropicales. Blanca ama, más que al resto, las parejas de trapo en actitudes amorosas, arrojadas por el mar a los pies de Rocky en las playas de Bahía. La pasión lleva a los hombres a entablar tratos con el diablo. Aquellos muñecos de trapo torpemente cosidos, tan expresivos e inocentes, le hablan como ninguna otra cosa de un Rocky adolescente que ella desea ardientemente conocer y compartir. De espaldas en la cama, se atormenta, complacida, evocando el son sensual de un tamtam de negros; también ella está en la playa de Ipanema mientras el mar devuelve con un ruido misterioso las parejas de trapo firmemente unidas. La señora Ordóñez se asombra de encontrar hermoso cuanto se refiere a su amante, aun el pequeño buho de madera tallada, con ojos y uñas escarlata que encogen su corazón. Al entrar en la estación abando-

nada suele preguntarse con ardor qué es lo que la aguarda
en la casilla del jefe. De un vistazo estudia la habitación
descubriendo con alivio que Rocky ha estado a solas desde
que ella lo dejara, la tarde anterior. Ha comenzado a odiar
crudamente la estructura de la vida familiar que la separa
de su hombre. Se irrita ante sus hijas y Raúl le resulta aun
más difícil ya que unas y otro presuponen tiempo y el tiempo exigido la separa de Rocky. Llevada por la fantasía los
crueles quince años de ventaja dejan de existir. Su condición
de casada veterana es un escollo diminuto, la miseria de
Rocky y su impavidez no figuran en la vida acariciada que
ella espera de su compañía. Rocky no sólo es endemoniadamente adicto a ella sino fiel y dueño de una absoluta capacidad de amor. Se entrega y exige de la mujer un trato
apasionado; en el comienzo de su vida admite a Blanca
Ordóñez como su única y dichosa posibilidad.

Al trasponer la puerta, esa señora Ordóñez se asombra de
encontrar a Rocky, bello y fragante. El olor de su piel im-
pregna las sábanas revueltas y al besarlo ella cierra los ojos,
hasta agotar sus sentidos. Rocky también aspira sobre su
cuello y pechos, besa tiernamente sus mejillas. Riñen casi
siempre. La noche que se ha hecho desmedidamente larga
para ambos los llena de rencores sombríos y aun de presentimientos. Cada noche en blanco es un anticipo de soledad,
en progreso permanente. Rocky la imagina lejos de él en su
mundo amable y fácil que hace de Blanca la burguesa abominable. Blanca en cambio se inquieta por las compañeras
fantasmales, por aquel endiablado mundo de mujeres jóvenes
y libres que rodean a Rocky, según sus desvaríos. Se enros-
tran mutuamente desconsideración y olvido y bien pronto
una descarga los separa. Blanca recorre la casa con veladas
amenazas, se muestra histérica y ansiosa. Rocky fuma sin
cesar insultándola con escrupulosa originalidad, reprochán-
dole falta de adhesión total y cobardía. Vuelven a abrazarse
y yacen con pasión, con estremecimientos y temblores, sollozando de amor y obstinadamente mudos y vacíos; yacen y

vuelven a reñir, como si el sexo y la violencia fueran los signos del amor. En tales condiciones ella borra el mundo mediato de sus percepciones. La mayor virtud de Rocky es abstraerla de la realidad para lanzarla —para elevarme, dice— a zonas primarias y esenciales. Se sorprenden de compartir esa emoción también.

—Nada hace falta fuera de nosotros.

Asienten.

El hombre joven la sume en una esencia misteriosa donde los valores buscan ubicación y al fin la encuentran; regresa a una plenitud de edad en que basta el calor del tiempo y el cielo que cambia con las estaciones para sentirse totalmente satisfecha y para siempre. Rocky la colma con la juventud, vívida otra vez, palpable. Ella ama sin cálculo y sin presiones, llevada de la mano por una autenticidad casi suicida. Hubiera arrostrado por él tormentos y peligros, la pobreza y un insolente anonimato le parecen una fiesta. Su vida es angustiosa y ahora descubre —algo tarde— la edad y la capacidad de amar. Rocky también es una fiesta. Casi se siente capaz de perder la condición de sensatez ya que no conserva su voluntad de análisis. Veinte años antes podría haber iniciado sin temor una vida con su amante. Pero envejece en medio del tormento del espíritu y de la simulación, de vestidos rejuvenecedores, de afeites y de sombras protectoras; envejece al lado del espléndido amigo que la ama y el futuro es una cueva en tinieblas poblada de ecos agoreros y alimañas. Si Rocky insiste en el argumento de su cobardía, ¿cómo explicarle —la cabeza apoyada en el vello rojo de su pecho— que ella está vieja? La decadencia de la señora Ordóñez es sólo un problema de conciencia porque aun en el abrazo más ardiente, Blanca sabe que está tomando a Rocky en calidad de préstamo. Llegado el tiempo de pagar, alguien cobraría a la señora Ordóñez aquella cuota de irresponsabilidad feliz. Pero en tanto, camina con prisa por el borde de la estación abandonada y toma su felicidad como un caballo brioso, por las crines encrespadas. Rocky cumple la parte de aquel pacto amoroso con generosidad; se asombra de quererla tanto, se lamenta tiernamente de haber entregado su vida a aquella histriona.

—¡Como te quiero! —repite sin cesar—. ¿Para qué diablos fui a la exposición de tus mamarrachos? Estoy perdido. Nada en tu obra merece la imprudencia de encontrarte. Sos una actriz excelente y tus objetos, caras de tu gran dado tramposo. Cómo te quiero —insiste estrujándola—, maldita mujer, ¿qué es lo que has construido alrededor de vos? No encuentro más que amor.

La señora Ordóñez descubre su felicidad y el suyo es un gozo avaro semejante al placer físico; aquella ola ardiente y fría que los devuelve estrepitosamente a la normalidad. Su vida se convierte en un infierno de dudas, de riñas y supercherías. Tiene que apoyarse en algo, porque la soledad en que la exilia el amor es dura. Debe recurrir a Berta, pero Berta es impiadosa:

—Te exponés locamente —dice—, exponés la paz de tu casa y tu marido. Nadie ha de negarte el derecho de querer a Rocky, pero hay que cerrar los ojos. Renunciá. No podés injuriar a Raúl así. Hay mujeres que no tienen hogar ni amante. Debés entregar lo que sea ajeno a tu pasión. Debés pagar.

—Berta vive sola —anota la señora Ordóñez desdeñosamente— sus amantes la visitan por obligación, ha descartado la vida de familia. Va secándose pronto y mal.

—Por piedad —le ruega.

—Caminás sobre un filo, te arriesgás.

Blanca sabe con certeza que su amiga se vengará con ella.

—Piedad —repite.

—Debés pagar. Elegir.

Blanca no puede elegir. A un año de conocer a Rocky ya es su esclava. Aquellas noches fantasmales son en proyección torturas refinadas. Separarse de él en una esquina de Florida le ocasiona un feroz desgarramiento del que no consigue desprenderse, hasta que la vence el sueño. Está acorralada e impaciente. Casi ha conseguido eliminar de su horizonte la presencia de Raúl, pero en su regreso a casa,

Raúl se convierte en un ser vivo que habla, exige y hasta
recuerda. Aprende cómo es que algunas mujeres llegan al
crimen u optan por desaparecer. Sus hijas son dos mujeres
sarcásticas que la miran resignadas. Su deseo, su vida toda,
quedan en la calle Florida, donde Rocky la despidiera un
par de horas atrás tristemente apoyado en la pared. Comprende a la vez que se despide de su juventud, de su facultad envidiable de ser íntegra y completa, de las cosas esenciales por las que araña desde la calle Alberdi, esa maldita
felicidad escurridiza, aquel maldito amor. No puede decirle:
te amo como última posibilidad. Te amo porque después
de vos, no habrá cabida para otro. Porque estoy vencida y
después de vos sólo cabrá sobrevivirme. Nadie quiere ser lo
que no fue. O lo que fue y ya no es. Sólo dice con ardor:
— Me gustás desde los pies a la cabeza.
Mediante fábulas y prodigios consigue pasar junto a su
amigo la mayor parte del día. Pero aún restan las noches
en que es preciso ocupar la cama conyugal sintiendo asco
cuando su marido incurre en falta al rozarla con la pierna.
Un asco nuevo ante una vieja piel y un contorno familiar,
como si la noción de pecado se invirtiera y éste fuera el
pecado y la profanación ante su ídolo. Una moral nueva. No
ha de ser malo nada que nazca de la autenticidad, de su
bronco grito de placer en brazos de Rocky, del hondo caudal
de sus sentidos. A veces debe acceder al antiguo abrazo y
llora en la oscuridad con vergüenza, como una niña violada.
Apenas puede hacerse a la idea de que Ordóñez ha sido
su marido durante veinte años. Se siente impoluta y pura.
La convicción de ofrecerse a su amigo tan limpia como fuera
ayer, la lleva a desvariar. Sobre el límite, cierra sus sensaciones ante Ordóñez que exige de ella la mínima reciprocidad. Cada encuentro los convierte en desconocidos que pac-
tan y resisten una prueba interminable. Entonces Blanca
atribuye a su marido todos los errores. Un hombre que pacta
en el amor, se lo merece todo. Aquel que se contenta con
un afecto frío se hace pasible a la traición. Ya casi no reco-

noce en él los rasgos familiares, la irrita su voz, su forma
de comer o de apoyar los labios en el vaso, un beso le produce horror. Se justifica de ese modo y llora mientras cumple con un rito inexistente. Se rebela, rehuye su contacto:

—No es preciso que me vejés —dice.

Ordóñez cede por asombro.

—No quiero vejarte. No quise hacerlo nunca —contesta
defendiéndose.

Todavía es su marido aunque Rocky la cree más libre o
trata de imaginarla así para desligarse a su vez de la conciencia. Habla de casarse con ella y sufre como el hombre
en que lo convierte la aventura. Pero si Blanca, llevada por
su creciente entusiasmo se desliga de sus hijas, Rocky se
bate en retirada:

—No quiero ser el mal de nadie —afirma.

En ocasiones Blanca está lista para el desprecio y sufre
hasta quedar sin fuerzas. Pronto cree advertir que el amor
de su amigo disminuye y que sobreviene el desapego. Con
elegancia echa a broma aquellas palabras de melodrama que
tanto la avergonzarán en otros. Traición, desdén, superchería
o aburrimiento. Una noche lo ve entrar en un café con un amigo de su edad y dos muchachas. No quiere seguirlo y regresa
a casa donde vacía una botella de whisky antes de dormirse.
Sueña penosamente que una joven de cabellos largos viene
a visitarla junto a Rocky. Se despierta sacudida por los
presentimientos en una madrugada cenicienta y larga.

Cada amigo que Rocky menciona puede convertirse en
enemigo. Ya no es Gabriel ni Tissen, pero están el hermano
de Gabriel con su bella esposa y un recién llegado profesor
de botánica. Blanca estudia la posibilidad de relación que
ellos traen consigo. El profesor de botánica está de novio
y la hermana de su novia es joven. Cualquiera de ellas tiene
edad suficiente para ser su hija y Rocky las ve a menudo.
Aquellas noches infernales pueden dar origen a la alquimia;
al fin y al cabo Rocky se enamoró de ella un año antes
viéndola vagar ansiosa y ofreciéndose en su exposición de

objetos. Evoca con dolor esa pasión que se aleja, a la que imagina al menos alejándose cada día con una desazón amarga. Ya no es dueña de la situación.

Revisa ávidamente los rastros sobre el borde de una taza de café o las anotaciones en el margen de los libros que Rocky desparrama por el suelo. Quisiera perforar su frente y descubrir la infamia de un pensamiento o convertirse en aire para obtener, por fin, la explicación de aquel tiempo de Rocky que se le escabulle. Inventa una patraña y lo introduce en la familia. Rocky recibe la novedad como un regalo largamente acariciado, sale de su cueva y se dispone a compartir la sociedad de la gente con la que vive la mujer que ama. Insiste mucho en que ella cumpla su promesa; se hace describir largamente el plano de las habitaciones, el nombre de las hijas y hasta las recónditas ventajas del doctor Ordóñez.

Por fin llega a la casa con un gran ramo de flores y una sonrisa colegial. ¡Cuán tierno y agradecido es! ¡Con cuánta dignidad se deja estar! Trata a las hijas jovialmente y a Ordóñez con helada cortesía. Halla a su gusto los muebles y el diseño del balcón. Constantemente hace planes de reformas: en el balcón un gran cubo de vidrios, las plantas tropicales caerán sobre la baranda, hará crecer el césped entre las piedras. Siempre está Rocky lleno de ideas seguramente irrealizables. Afirma con orgullo que sabe hacerlo todo, escribir para teatro y pulir los bordes de una mesa; de alguna manera sería factible construir para los Ordóñez un espléndido jardín de invierno, o un barco para visitar el Delta o viajar juntos por tierra hasta Río de Janeiro. Sólo hace falta el dinero. No es mucho lo que se precisa, basta con el buen gusto nato y la imaginación. Él posee asimismo el ingenio, las ideas, la inventiva y las herramientas. Aunque pensándolo mejor tal vez sería preferible largarse al África o recorrer América del Sur en jeep.

María Luz y Silvia lo encuentran atrayente. María Luz más que la otra, complacida en continuar los desvaríos de Rocky como un sistema de fastidiar a mamá.

Ordóñez, en ausencia de Blanca, interroga a sus hijas:

—¿Qué piensan de este nuevo huésped? Lo encuentro vulgar, casi ignorante. Mamá se apega a él para contrariarnos.

—Es muy apuesto —contesta María Luz con sorna.

Silvia se desentiende del problema porque ella conoce —dice— las viarazas de su madre. Muchos han desfilado por la casa: Berta, Garrigós, Lucchino, Alicia. Todos con idéntica fruición momentánea. Además Rocky engordaría pronto y los aburre.

Reunidos a la hora de comer rehuyen el tema con cuidado aunque Blanca, vencida por la inseguridad, lo trae asido por la mano en cada frase. Lo invoca como a un espíritu divino, se conforta hablando de él y presentándolo a la familia como un hecho consumado. Sabe además que Rocky halla a María Luz tan atractiva como ella lo fuera a los catorce años. Lo descubre observándola o divirtiéndose con ella a los dados o a las cartas. Pero cuando en la casa del jefe se descarga del ámbito maternal, halla también íntegro y maduro el contacto de su amigo. María Luz queda relegada en el olvido y aun es posible resolver entre ambos el futuro de la chica como dos buenos cónyuges que comparten responsabilidades.

Sin embargo para Blanca su hija se ha convertido en una mujer envidiada, curiosamente controlada en su día pacífico. Entra de golpe en el cuarto donde María Luz se desviste para espiar su desnudez. Más que entristecerla le asombra el cuerpo esplendoroso y terso que se muestra ante ella. Los pechos que no ceden media pulgada, la cintura diminuta, el rostro admirable al que el sueño embellece más y la fatiga agota apenas. Eso es cuanto se ofrece Rocky para comparar. También la joven de las cartas, la adolescente de las fotografías, ofrecía el mismo exterior inmaculado. Nunca hasta ahora imaginó que la virginidad fuera un bien apetecible. Jugaría gustosa lo que le resta por vivir para retroceder a sus veinte años enterrados.

Cuando Berta le pide nuevos objetos para una presentación, se desentiende.

—Dejame tranquila.

—Tenés tiempo, Blanca —insiste la otra con fastidio—. En abril comenzaremos a enviar el material a Río. Verás otra gente, será otra dimensión para tu locura.

Pero ella no puede explicar a Berta que Río es sólo un lugar del mapa donde Rocky ha copulado, ha querido o ha estado a punto de morir.

Frente a Garrigós, que escribe un encendido artículo acerca de su obra, se finge enferma convencida de que aquellos dos envidian su felicidad. Rocky tampoco la anima a proseguir con los objetos, más bien parece inclinarse —como Dios Todopoderoso— hacia un acto de pura creación.

Al regresar de sus correrías nocturnas la informa mal y desordenadamente sobre sus conclusiones. Vuelve a frecuentar a los actores de teatro de vanguardia, para él hombres y mujeres admirables. Los hombres, a los que respeta en forma misteriosa; las mujeres, víctimas de sus críticas más amargas.

—Las mujeres son un ejército miserable —es su frase—: son mezquinas, pérfidas y vulgares.

Se divierte acicateándola. Brillan los ojos azules al reparar en su congoja.

—Menos vos, se entiende.

Casi está a punto de inclinarse frente a él y orar. Pero Rocky la lleva rudamente contra la pared, la acorrala.

—Si modelás para los demás, sos igual a ellos. Si estás en este mercado infame de la gente, te encaminás como ellos. Si exponés tus objetos, si corrés tras la crítica, demostrarás que sos pequeña y vanidosa. Como tus amigos Berta y Garrigós. ¡Qué basural tenés a tu lado!

Jura que nadie leerá sus grandes obras antes de morir y tiembla de emoción si alguien se interesa por él. Hay en todo un frenesí destructor que le da grandeza. Jamás un ser humano fue capaz de destruirse con tanta perfección.

Cuando el doctor Ordóñez trata de convencer a su mujer de los escasos méritos que halla en ese amigo singular, María

Luz y Silvia pierden su interés y Rocky desaparece de la casa. Pero ahora encuentra que sólo es posible la gran aventura poética y sueña con barcos a vela y safaris. La Bahía de San Francisco, azul y melancólica resulta su obsesión.

Al separarse de Blanca por las noches se pierde en sus ensoñaciones en el cinematógrafo y así es que vive —como quien lee el periódico del que viaja al lado— una existencia riesgosa y deslumbrante.

En un instante de delirio confiesa a su amiga la necesidad de adquirir un automóvil alemán de lujo, un bungalow en la selva y un acariciado altillo sobre el río. Apenas prueba bocado. Hace el amor con Blanca como un lobo vagabundo imaginando e incubando planes muertos antes de nacer. En pocos meses concibe una fábrica de cremas de belleza, un barco pesquero que le daría ganancias fabulosas, un puesto de frutas en el puerto, un bar elegante, una cabaña en Bariloche. Con un paquete de dinero imaginario hace curiosas divisiones: su padre —a quien no ve desde los trece años— recibiría una buena parte. Se compraría luego espléndidos trajes ingleses, inventaría un sistema de procrear dinero con dinero como hacen los ricos. Huiría con Blanca o la ubicaría en un bello departamento de Passy. Con todo el ardor de su fantasía esconde sus deseos de inestabilidad. Se acicala locamente. Pule sus zapatos, limpia sus trajes, escoge las camisas más caras de su colección. Parece frotarse a sí mismo hasta sacarse sangre. Si pasan un día armoniosamente enfrenta a Blanca:

—¿Qué es lo que tramás? Algo traés escondido. Has dejado de mostrarte histérica. Cuando te mostrás tan encantadora es que esperás traicionarme. Explícate.

Sus celos son pesados y cargosos como la humedad de un día gris en el verano. La cela por un llamado de teléfono o por un recuerdo del que habló el marido. A fuerza de buscar en un pasado inquieto da con la existencia de Pablo y luego con su muerte con el mismo gozo siniestro del que cae en pecado.

Ah, está bien claro cuánto mal amó, a cuántos se entregó esta ramera. Luego pide perdón de rodillas hasta que encuentra en una caja vieja un mensaje de Lucchino. Agrega y adorna la historia con malsana imaginación pero siempre da en la llaga al momento que Blanca llora y pide a gritos perdón para su falta. Es preciso entonces llevar al rojo la paciencia, templar aquellas cuerdas estridentes. Ella descubre que lo trata como a un niño enfermo pero al sentir el peso de su cuerpo piensa que nunca podrá renunciar a ese placer. Las torpezas de Rocky le arrancan ayes de dolor, sus infidencias y contracciones la hacen sentir miserable. Pasa la vida indagando los pasos de Rocky, su pasado, hasta que adquiere la certeza de que amó mucho y bien. Supone que en la casa del botánico puede encontrar otra mujer y que la aventura se lo arrebatará un día. Pero Rocky es impasible y borra cada rastro como un avezado delincuente. Si Blanca marca un paso atrás, él cae sobre ella para recuperarla con autoridad. La posee entonces. Es un hombre con los dos pies bien afirmados escalón arriba. Ya no tienen mucho que decirse pero separarse les trae la mayor infelicidad. Ambos, por cierto, no hacen otra cosa que esperar.

En alguna parte un reloj marcaba los minutos.

Supe que estaba atenta a sus pequeñas vibraciones, ávidamente, ansiosa por descubrir su paradero tal como si la existencia del reloj fuese un buen sistema de aferrarme al mundo cotidiano, una forma de arrancarme también a mi suplicio. Desde la camilla sólo veía el contorno de los médicos y aquel plato enrejado y luminoso, brillante en el cielo raso. Y luego estaban las correas con las que me ataran las muñecas, el fuerte olor a hospital y el dolor.

La cosa comenzó ayer en el cinematógrafo y puse buen sobre todo —casi me era dado verlo— estaba el dolor.

cuidado en no despegar los labios. Siempre me enfermaron
las mujeres que se quejan por nada, las que contratan el
parto sin dolor antes de haber quedado encintas. Todo
esto es arte y parte de la gazmoñería porque un niño que
está horadando el vientre que lo concibió exige una parte
de dolor, como hay también dolor en entregarse y en morir. Entonces siempre consideré desdeñosamente a esas mujeres flojas que andan lloriqueando por las clínicas y con-
sultorios. Ahora estaba en la camilla tratando de escuchar
ese reloj tanto como para adherirme a una mísera realidad,
para situarme, yo, Blanca Ordóñez, Buenos Aires, Sudamérica y el mundo, pariendo en una clínica de lujo. Y ya
era bastante concesión al bienestar.

En el cinematógrafo por el contrario mi dolor se me
apareció como una circunstancia extravagante. Existe el
tiempo de goce y el de sufrimiento. Ahora resulta que mi
vientre extrañamente quieto cruje levemente y da comienzo
al largo rito. Raúl no lo advirtió. Hemos sido muy felices
hasta hoy desde el día en que me casé con él.

La Castellana contemplaba fríamente una ceremonia a
la que se opuso con escrupulosa eficiencia y fue ella también quien descubrió mi estado. Alzó cuidadosamente sus
cejas tan finas como el trazo de un lápiz de carbón:

—Tus pechos han crecido —dijo observándome desde la
cama que compartimos en la calle Alberdi. Giré con vi-
vacidad pero era tarde. Mis senos, siempre delicados, están
ahora pesados y finas venas azules recorren la piel desde
la axila al nacimiento del pezón. Mentir fue siempre el
gran recurso, al fin, una forma de vida como la mejor;
mentir a mamá hubiese sido quizás otra vez la alternativa.
Pero sus grandes ojos trágicos afirmaban más que decían:

—Esperás un hijo, Blanca. ¿Cómo? ¿Por qué?

Uno de los médicos cuenta que en Inglaterra estalló el
tubo de oxígeno y la enferma, los médicos y las enfer-
meras volaron por el aire. Y alguien introduce mi cara mojada en sudor dentro de la pequeña máscara rogándome sin

miramientos que respire de una buena vez y, al respirar, el relato del médico se sumerge en una campana llena de agua, la voz que habla de Inglaterra y de los muertos desciende en caracol o sube estrepitosamente, se convierte en un grito aterrador debajo de la máscara. Hay en la sala una gran agitación, casi podría decir un constante buen humor, una actividad de buenos colegiales. Todos creen en la conveniencia de prodigar consejos hasta que alcanzo al vuelo el borde de un delantal almidonado, una gruesa cadera de mujer, tan reconfortante, un ser humano —pienso jadeante, si consigo asirla de la ropa la mujer se conmoverá, tendrá piedad de mí, podrá quitarme el dolor.

—Está bien, querida —dice una voz profesional, también una piedad profesional, alguien cuyo trabajo consiste en maniobrar sobre mi cuerpo para que el vientre hinchado vuelva a funcionar. Todo mi esqueleto crujió y cada intersticio, cada pulgada de terreno se adhería al dolor tras un paréntesis penoso.

—Está bien, querida.

Seguramente nunca me vio en su vida ni ha de volver a verme a pesar de llamarme querida y condolerse. De modo que ahora pienso:

—Es absurdo que esté dando a luz entre desconocidos.

O también:

—Estoy aquí y no hay forma de escapar.

Así es que fijo los ojos adelante, quizás donde podría estar el reloj que escucho mientras un campanario, afuera, está llamando al Ángelus. Rezábamos el Ángelus en la Capilla de las Mercedarias, la hermana Ignacia encabezando el grupo, instándonos a tener piedad. El Ángel del Señor anunció a María; y concibió, por obra y gracia del Espíritu Santo. Pobre María padeciendo como yo, pero sin comadronas ni clínicas de lujo, pariendo como todas las mujeres aunque no lo pensáramos entonces, en aquella radiante primera juventud. Más bien estábamos atentas al mediodía azul, a la quinta y los frutales, con un rayo de sol cayendo sobre las espaldas y las cabezas de las niñas postradas todas en la nave lateral. En la iglesia el rayo de sol polvoriento y amarillo y en la calle, una tarde plácida como nunca conseguí después. Entonces introducen filos, al menos eso pienso que hacen los alegres médicos, preocupados y tranquilos, esforzados como victoriosos boy-scouts a mi alrededor. Hasta el anestesista cuenta ahora que hoy es el cumpleaños de su esposa. Lo celebrará después del parto:

—Su hijo nacerá bien, hijita.

Cuando el dolor regresa me propongo obedecer con humildad. Así debe sentirse un náufrago, tan entregado a los demás, tan dispuesto a resistir o a tomar el trozo de soga, un pedazo de madera, una mano que resbala. Sí, señor, déme su mano, alguien me seca la cara misericordiosamente, hasta que el furioso dolor me envuelve, debo despojarme de esta carga, debo parir, debo aplicar una fuerza gigantesca de mil bueyes uncidos; si me dejaran, quebraría las piedras, rompería estas duras correas que amoratan mis muñecas. Este dolor es lo que todos esperaban de mí, en esto acaba la siniestra alquimia del amor, la posición eterna de la mujer, de espaldas, colgada de las piernas, quién pudo haber inventado destino semejante; las firmes piernas entreabiertas porque el mundo de la mujer se teje así. De modo que el dolor es lo que todos esperábamos, ellos y yo, porque el fin de la tortura es la frecuencia del dolor, tanto que uno termina por desear que aquellos pujos horrorosos se sucedan unos a otros, que vuelvan ahora sin detenerse como si el mar interior se enfureciera. Una y otra vez me retuerzo y grito, mis gritos deben llegar hasta la calle, no me explico cómo es que la gente soporta el ímpetu de mi desesperación, el borde almidonado cruje, lo oigo, un sonido aparte, el destronado bolsillo sobre la cadera y una voz resignada informa siempre con la misma complacencia.

—Es el tercer guardapolvo que me deshacen en un mes.

Quizá esta gente que me ayuda necesita hablar del alto

costo de la vida de modo que las palabras pavorosas no lleguen a la parturienta que gime y suda sobre la camilla.

—Se hace tarde. La respiración se debilita.

Quizá me muera —pienso sin terror—, quizá esté muriéndome. Pero vuelvo a tenderme como un arco y ya llega el dolor al paroxismo cuando una mano piadosa coloca la máscara con el curioso olor a caucho y el silbido del oxígeno. Luego, un eco misterioso repite mi alarido. Regreso de un mundo oscuro, subo fatigosamente por un tubo vertiginoso y giratorio, ellos están contentos de mí, la enfermera sonríe:

—Ya puede romper el delantal tranquila, mi querida.

No hay necesidad de que me enseñen aquello que arrojé de mí. Quiero llorar y cerrar las piernas ahora; es indiferente que me estrujen, que aflojen las correas, que una criatura aúlle cerca sin emocionarme; lo esencial es haber podido cerrar las piernas y sentir las sábanas aplastándose sobre mi vientre chato. Y hemos sido tan bien felices, con una cálida felicidad que engorda, en las tardes de verano, cuando Raúl regresaba de su consultorio, ardiente y bondadoso, con sus espesas patillas claras que aún no me convencen. Mamá advirtió nuestras relaciones cuando ya era tarde. Por una vez conseguí eludir aquellos ojos trágicos que me revisan de los pies a la cabeza, a los que doy la espalda:

—Tus pechos han crecido.

Toda yo crecía con mis pechos. La ardiente fragancia de la hora, dos meses antes, se convertía ahora en la gran circunstancia que había que vivir. Ordóñez cerró la puerta del consultorio con una larga práctica. ¿Cuántas veces habría hecho lo mismo? El pasador cayó suavemente sobre la puerta que comunicaba a la salita. Yacimos sobre el suelo sin alfombra. Afuera, los automóviles provocaban un ruido acogedor al deslizarse por las calles. Había yacido con Ordóñez y un goce perdurable afirmaba cada parte de mi cuerpo, lo hincaba en el convencimiento absurdo, en la ple-

nitud que trae aparejada el sexo. Asombrada aún por lo
imprevisto, abría los ojos en la delicada claridad ocre de
la habitación amueblada con gusto severo de varias generaciones, leía el acta en la que el Decano de la Facultad
de Medicina otorgaba a Ordóñez el arte de curar; me preguntaba, a la vez, adónde iba. Pero el devoto jadeo de
Raúl puso punto final a la soledad. Descubrí su fresco
olor a miel y la calidad de un cuerpo ocupado más por
mi placer que por el abrazo. Recordé con melancolía a
Pablo en su rigidez de adolescente y cerré mis brazos
sobre el cuello de Ordóñez con un suspiro de reconocimiento. Raúl era pues la seguridad y la biología. Fuera de las
murallas de mi imaginación, él significaba el orden decoroso, una suerte de amor que concibe el abrazo cada día, la
mesa bien tendida y esta camilla donde doy a luz un hijo.
Había orden en aquel almanaque enloquecido donde brilla
la posibilidad de que Perón se convierta en el héroe permanente del país y en el gestor de mi fortuna, donde puedo
encontrarme a la salida del Plaza Hotel con un príncipe
oriental o rodar por los hoteles de citas en compañía de
un jugador de polo. Era en cierto modo la puerta cerrada
a la aventura. Pero del otro lado quedaba mi madre y su
rígido mundo de principios, aquella vida miserable de la
calle Alberdi con la primera misa de las seis de la mañana
y la tediosa soledad de los domingos. Esos fantasmas serían
aventados por Ordóñez si mi cuerpo se plegaba dócilmente, como ahora, a un contacto vigoroso que arrastra mis últimos escrúpulos. Raúl, doliéndose en llegar después que
otros, me poseyó con una antigua habilidad: descubro así
que todo esto es al fin demasiado fácil. Pero hay que abrir
los ojos para mirar esa niña que se encorva dentro de las
manos de un médico gozoso. Una niña con el pelo oscuro
y pegoteado, con la tez rojiza, rolliza y durmiéndose. Me
dicen que es mi hija, bella, parecida a la madre de Raúl.
Vuelvo a cerrar los ojos. Recién descubro que Raúl era la
mano misericordiosa secando mi sudor, él da a sus compa-

ñeros largas explicaciones profesionales y me asiste tiernamente. Es el fin del largo rito, sólo extraigo alivio de mi
corazón, por todo aquello que pasó. Hay una hija y debo
abocarme a la desconocida tarea de querer sin erotismo ni
obligaciones familiares. La Castellana, en la habitación vecina, aguarda con decorosa voluntad que le anuncien la
buena salud de su hija y de la recién nacida. Confío en ella.
Sé que no tendrá un gesto fuera de lugar y que sus actitudes serán firmes y medidas. Ahora es posible que me convierta en la Castellana de este pequeño monstruo seminal
al que debo amar. Al que amo ya y es insensato e irrazona-
ble amar a una desconocida que nos produjo hace media
hora tanto dolor. Amo a la niña y a Raúl y a la vida prolijamente alineados en el bonito departamento de Belgrano,
donde hay cuadros que representan los canales de Venecia,
tiestos de violetas de los Alpes y un sillón hamaca frente
al hogar de leños. Mis pechos pesan bajo la blusa mientras
un jefe de Registro me pregunta si quiero a Raúl por marido y Teresa —tose un paso atrás— junto a su esbelto
marido de uniforme, asistiendo a la boda de mi "hermanita viuda", esperando que esta vez consiga adscribirme a
la majada, instándome a retomar el paso para dar por tierra con cualquier intento de singularidad.

—Blanca fue siempre muy rara.

Ahora se corregirá, como se desea a los borrachos con-
suetudinarios o a los vagabundos. Todo consiste en hallar
el instante oportuno para que una mujer se integre a una
sociedad podrida que ha de ponerle la brida al cuello y en
el brazo izquierdo su número de alienación. Hay un buen
marido, un parto dichoso y la nueva víctima feliz estará
en condiciones de responder a lo que de ella se espera.
Dije que sí bastante emocionada. Hemos vivido dos meses novedosos y ahora respondo al jefe recordando sin querer aquella misma pregunta en los anchos labios del cura.
A esta ceremonia civil la asiste una autenticidad agradable.
Se trata solamente de manifestar conformidad sobre un li-

bro que quedará archivado. No hay flores ni órgano estridente ni la voz desafinada de un tenor que prueba suerte con el "Ave María" de Gounod. La Castellana no quiso asistir pretextando su grave reumatismo. Estampo mi firma sin mirar atrás con la conciencia alerta y ya segura de que mi garabato quedará impreso para siempre. Y esa misma tarde, ante el ardiente asedio de Raúl, conozco el placer.

—Hábleme —decía Ordóñez, sin decidirse a introducir la aguja de calmante ahora. Puedo llorar al lado de Ordóñez con sentido de mi seguridad. Hay palabras transformadas, disueltas casi cuando él las pronuncia: pobreza, desamor, mediocridad. Entonces también Ordóñez opta por recabar de su pasado esas imágenes que conforman cuanto somos. Creo que le resulta divertido admitir una niñez de pobreza y los largos juegos infantiles en la casona de sus padres, en su alegre casa de tíos y sobrinos. Y yo retorno al juego de la solidaridad que no es sino el disfraz de la atracción sexual en la pareja. Puedo penetrar sin miramientos en la casa de la calle Alberdi, sin cuidar que mi familia real sea algo diferente de la de mis historias. La Castellana fascina a Ordóñez sin embargo. Su balanza de imaginación y voluntad lo llena de entusiasmo; dice que copio los aires de mi madre y, dejando de lado la jeringa, sale de su cono de penumbras para reanudar el diálogo, en una pose juvenil. Siento su mano sobre mi muñeca mientras da cuenta del número de hermanos que acompañaron su infancia hasta la madura juventud que me ofrece junto con su diploma de médico. Trae todo consigo junto a la caja de seguridad en el Banco de Londres y la amenaza de su amiga francesa. Pero no hay cálculo mientras yo observo decidiendo que sus enfermas han de entregársele como ovejas; quizá a otras mujeres su pelo rubio y tupido les produzca amorosa excitación. Es agradable sentirse una buena muchacha algo perseguida.

—¿Y qué es lo que ha pasado ahora? —insiste con amabilidad.

Por el roce de los dedos sé que tiembla. Recuerda cada
detalle del monólogo anterior; me asiste con cuidado como
si protegiera una gestación feliz, me califica generosamente
de absoluta y prodigiosa.

—Prodigiosa Blanca Maggi —dice, acariciando el ángulo
de mi hombro y usando mi apellido de soltera.

Ordóñez es un hombre enhorquetado en la vida cotidiana
que me ofrece un intercambio justo. De modo que al de-
jarlo hablar, yacimos con felicidad sobre la alfombra de
su consultorio y la historia de Achino y de Antonio fueron hechos borrosos que ambos tratamos de evitar a partir
de entonces. Sin esforzarme, también dejé de mitificar.
Ordóñez conoció la vulnerabilidad de Teresa y al hombre de
principios esenciales; juzgó a mi madre con admiración y
se desentendió de la memoria de Papá Maggi. También
quiso hacerse cargo de algunas deudas miserables que acu-
mulara durante aquel año de viudez e incubó por Pablo y
Antonio un odio saludable y desdeñoso que comprendí en
seguida.

Su amiga francesa fue cordial:

—Estás ferozmente enamorado, amigo —comentó mientras comían despidiéndose en el Plaza Hotel.

Pero se vengó.

—A ella la conozco. Es una mocosa atractiva aunque
vulgar. No te hará feliz.

No me había visto nunca; nada sabía de mí. Aquella
maldad precaria me alegró, porque despojar a otra mujer
es saludable. Despojarla de un hombre mucho mejor. A
los veinte años una cosa así ayuda a sentirse fuerte y resulta una forma de victoria. Extremé entonces mi ardor y
mi camaradería mientras Ordóñez se amoldaba al amor
con una ductilidad casi de artista. Había nacido para eso,
lo admitía y amaba bien. En los tres meses del invierno
recorrimos Buenos Aires, besándonos, cambiando confidencias y prometiéndonos. Fue entonces que la Castellana descubrió mi preñez y entonces nos casamos. Yo tenía hambre

de normalidad y de compañía. La dura prueba de la muerte de Pablo y mi regreso a casa me otorgaron cierta cordura. Acepté ser la señora de Ordóñez con un entusiasmo de primer cristiano. Prometí devotamente, llegué a escribir un decálogo de la mujer casada como ejemplar perfecto y ocupé el departamento que Ordóñez comprara para mí con una espléndida sensación de plenitud. En tal estado de ánimo no era fácil adaptarse a la vida de una mujer de médico, tan joven como era, atareada en una casa pacífica donde me sentía libre y saboreaba el placer. Hemos sido felices ciertamente, tal como si el bienestar me adormeciera. He debido dormir, se me ocurre ahora que advierto la piedad de Raúl cuando aplica la máscara y seca mi sudor. En nueve meses me he mantenido bella, vi crecer mi vientre con una suerte de injuriosa languidez. Hemos almorzado en el balcón, compartido una cama angosta sobre la que nos apretamos. Por las noches, leemos a Hernández como una ingenua concesión a la rebeldía hasta que los leños del hogar se han hecho brasas y Ordóñez me recuerda en el abrazo que el hospital lo necesita a las seis de la mañana. Ahora nace nuestra hija. Todo fue rudo y dichoso como un buen parto de los de antes. Tendida en la camilla y al atravesar el corredor veo el perfil adusto de la Castellana y pienso que mi hija se llamará María Luz porque es un nombre snob y fuera de las dos familias. María Luz Ordóñez para afirmarme del todo en la normalidad y despertar a una buena vida burguesa que encaje en la biología y adormezca el dragón que llevo adentro. Sí la niña llega a llamarse María Luz es posible que mi suegra se obstine en hacer figurar su nacimiento en notas sociales. Y el detalle aumentará mis fuerzas en el buen sentido, llegaré a mi departamento de Belgrano con las caderas redondeadas, los pechos madurándose y unas saludables intenciones de gestar de nuevo y parir por segunda vez. Al fin y al cabo descubro ahora lo que se pretendía de mí. Lo que vociferaba papá Maggi al regresar del laboratorio, enfureciéndose

por fútiles motivos y exigiendo la presencia permanente de
su esposa e hijas. Ordóñez también está de acuerdo con
esa gran burguesa que le pertenece, casi una cortesana para
él, pero muy señora, muy centrada al cruzar la puerta de
calle. Ea. Esto es lo que se pretendía. La Castellana y Raúl
intercambian saludos cariñosos cuando alcanzo a ver el gran
búcaro de flores —las rosas de Raúl— y un telegrama jo-
coso de felicitación. La Castellana opina que he estado
fuerte y bien. El recuerdo del dolor es como el feroz paso
de un tren a loca velocidad. Me siento débil aún, algo
asqueada y dichosa de que todo haya pasado. Casi soy una
mujer normal mientras me trasladan delicadamente de la
camilla a la cama niquelada de mi habitación, en el primer
piso. Llevo un camisón primoroso y siento entre los dedos
laxos, el anillo de bodas, enteramente normal, en un alegre
mediodía. Una puntada lacerante me recuerda, entre las
piernas, el reciente paso de mi hija. En algún lugar de la
clínica, la niña recibe sus cuidados y sonrío lastimeramente
a mi marido inclinado sobre mí, jovial y amoroso. Ea. Esto
es bueno y memorable. Mi madre abandona mi habitación
y Ordóñez me besa en la boca con un beso amplio y húmedo esta vez. Usa su rotunda sensualidad. Es convencional
y dueño de una pérfida simpleza. En el fondo, quizá le
importe bien poco lo ocurrido, pero es feliz con mi paso
a la normalidad, con el acontecimiento y con sentirme unida a él. Somos pues, un matrimonio.

—Feliz —acota la enfermera que viene a buscar la ropa
para la niña—; una pareja enamorada.

Quiero preguntarle si es natural para ella que la gente
se acople y tenga un hijo por reacción mecánica. El amor
debe parecerle una historia para el cine o las novelas por
entregas. Es que el amor es casi una inmoralidad aquí.

Y todo lo que ocurre por sano y por normal me parece
a la vez un tanto obsceno. Pero estoy confortablemente tendida en una cama llena de sol, mi pulso es bueno.

—Mi querida —insiste Ordóñez.

La Castellana entra sonriente —hay en ella una alegría
helada—, has estado bien (me ha perdonado ya, se ha re-
signado); es una niña muy hermosa.

Y ahora Garrigós sostenía frente a sus ojos el diario de
San Pablo en que se la elogiaba como si ese hecho perdido
en una columna lateral e impresa marcara la circunstancia
cumbre de su vida.

—Yo me encargué de enviar aquel objeto tuyo que siempre me pareció excelente. Ahí lo tenés: bastó una simple
ojeada para que el Museo descubriera en él la calidad.

Blanca lo miró sonriente. Su objeto era un par de horas
ya lejanas en que las manos trabajaran. Y el espíritu. Una
enorme nuez de hierro con su prolija abertura sobre la
planchuela de madera. Como siempre había trabajado con
entera convicción: pulía el material y canturreaba alegremente a la hora en que sus hijas dejaban la casa despoblada de reyertas, de preguntas y de responsabilidad. Así
fue como ella retomó el camino de expresión con el bagaje apresuradamente acumulado. Todo era cuestión de
habilidad. Quizá bastaba vivir un año en París para regresar sonriente con una congoja perdurable y un buen
repertorio de nombres de calles y de plazas. Entonces sus
objetos quedarían nimbados con el extraño prestigio de los
que hacían bien las cosas; Europa levantaría una barrera
entre ella y los demás, sus objetos irrumpirían entre plácemes de victoria. Blanca, sin embargo, fue decente.

—Debiste quedarte en Europa —dijo Garrigós compartiendo el té.

¿Por qué la protegía? En su vieja casa, él vivía como
un gran príncipe oriental; su mujer, por ser rica, lo había
salvado del trabajo y no había en Buenos Aires mayor
exquisitez que la suya. Recibió a Blanca como siempre, con
su bata bordeaux, rodeado por sus gatos. Está raído el po-

bre Garrigós como su casa. Las sedas y los buenos brocatos
de los cortinados se habían desgastado por el sol y el uso.
Mirando bien, su enorme anillo de esmeraldas es una buena
piedra de colores. Pero estimaba a Blanca con un dejo de
crueldad y lástima.

Al fin, todavía alcanzaban a entusiasmarlo las mujeres
y movió sus manos en el aire cuando la mucama, en pollera y pulóver de banlón les trajo la bandeja. Siempre
era un desastre el té que ofrecía Garrigós a su nutrido
auditorio de sábados y domingos. Las comidas y los tés
eran la gran debilidad de la casa; como su mujer vivía
recluida en un campo de Rosario, Garrigós debía arreglár-
selas lo mejor posible, aferrado a sus extrañas influencias
como un viejo ídolo en la soledad. El té fue un desastre,
pues. Blanca descubrió una larga rajadura en la porcelana
de su plato; un brioche recalentado le fue servido con elegante despreocupación.

—Nos moriremos de hambre —pensó francamente. Pero
Garrigós enternecía su corazón. Habían hecho amistad algunos años antes, cuando ella insistiera frente a Raúl en
que debía ocupar sus horas con inteligencia. Lo del hospital
fracasó a la muerte del doctor Menéndez y nunca alcanzó
a tomarse muy en serio las alocadas visitas a los niños
anémicos y a las barriadas de miseria. Menéndez había sido
un buen pretexto pero era un médico furioso atado a su
vocación como a un barco que se hunde. Las damas de la
Comisión de Niños eran una docena de holgazanas que en-
gullían té con masas, no los mezquinos tés de Garrigós,
por cierto. En todo argentino destacado hay siempre ese
famélico deseo de ofrecer algo ostentoso y en Blanca resurgía al comprobarlo —cada vez más tibiamente— la salvaje
repulsión del 45 con la carga del piquete de seguridad por
una calle Florida sin peatones y sus amigas elegantes voceando
a voz en cuello la Madelón. Querido Garrigós: también él se
hundiría con su barco en aquel largo besamanos, desfilando
con su pequeña corte irreverente. ¡Querido Garrigós!

—Bien sabés que Brasil nos aventaja en todo —dijo el crítico.

La señora Ordóñez enarcó las cejas:

—¿En todo?

—Construyen, se industrializan, crecen —dijo Garrigós, manejando su taza con infinita desenvoltura. Le ofreció el último brioche.

—¡Caramba!

Sacudió su pequeña campanilla de bronce.

—Algo más, Teresa —pidió sin mirar el rostro impasible de la indígena que reapareció. La suya era una gran familia patricia sepultada desde Rosas en la miseria. Pero conservaban intacto todo lo que pudiera serles útil: eran lúcidos, finísimos, inmoderadamente viciosos. Cuando la gente construía sus fábulas sobre Garrigós él la contemplaba desde arriba. Había recibido cuantos honores pueden aspirarse en la modesta situación argentina y, alejándose de la pintura, esperaba con serenidad una vejez ingrata y luego la seguridad de una muerte con el hábito de terciario franciscano.

—Moriré en olor de santidad —decía Garrigós suspirando entre sus gatos y trofeos. Sus lindas manos bien manicuradas estaban ya cubiertas por las grandes manchas pardas de los años.

El gran persa saltó sobre sus rodillas asustando a Blanca. Ella aborrecía a esas bestias indiferentes arrastrándose en silencio.

—Construyen, ¿por qué no? En Sudamérica todo el mundo detesta a la Argentina, como al niño más dotado de una familia rica. No fabulés, Garrigós.

—Es este un país destructor y abusivo —rugió Garrigós desprendiéndose del gato— y todos estamos muy cansados, Blanca.

La sirvienta reapareció con los brioches despanzurrados que ni uno ni otra volvieron a tocar. Quizá los que soñaban con Europa habían sido más vitales y prudentes puesto que el país llevaba sus hijos a la postración. Blanca advirtió por primera vez las enormes bolsas bajo los ojos de su amigo, la vieja corbata de seda de Milán de nudo grueso que conocía infinitas temporadas, los diplomas enmarcados que brillaban débilmente a la luz de dos velones toledanos. Todo estaba fuera del mundo y ambos se sentían compungidos.

—Debés trabajar seriamente ahora. Prepararé una buena exposición, firmaré la presentación de tu catálogo y dirás a los paulistas que agradecés vivamente la buena acogida de tu obra.

Veinte años antes esa sucesión de frases hubiera satisfecho a Blanca. Ella era ahora un punto luminoso contemplándose en el instante mismo de la creación con renovada angustia. Por veinte años quiso entregarse a una furiosa cavilación: quizá Garrigós acertaba al decir que el país desgastaba lentamente. Todos admitían el gran placer nacional de destruir. Habiendo tomado firmemente la arpillera entre sus manos, hundió la hoja con habilidad. No era más que una herida. Crear en el sur de Sudamérica era lanzar al viento un maullido como el de los pequeños gatos que engordaban a expensas de la mujer de Garrigós. Sólo un maullido. Y estuvo a punto de decirlo, pero la piedad pudo más que una vigorosa convicción. Despanzurraría a Garrigós como a su brioche.

—Debiste quedarte todo el tiempo posible en Europa —insistió el hombre tristemente.

El Gran Persa maulló quejosamente a sus pies y Blanca lo empujó sin disimulos.

—Odiás a los gatos.

—Me fastidian, me hacen sentir mal —dijo Blanca.

—Son nuestros iguales.

Ahora sobrevendría una larga conversación acerca de los gatos y los hombres. Imposible mantener a Garrigós fuera de la frivolidad. Podía ser perverso también con un uso cotidiano de la perversidad que lo rodeaba de enemigos.

Se lo temía por la lengua maliciosa. O por lo que fuera
alguna vez. Ahora solamente envejecía entre brocatos, po-
lillas, gatos y objetos.

Paradojalmente y a menudo buscaba con firmeza aquello
que era dado amar en Blanca.

—Debiste utilizar tu famoso viaje —insistió.

Pero Blanca se había deslizado por la geografía como
quien aprende a conciencia los compases del "Danubio Azul".
Se repetía: estoy en Europa, mientras caminaba por la Dufourstrasse en Berna con un peinado nuevo y feo, mal
interpretado por la peluquera suiza, tan tosca y empeñosa
como el peinado que consiguiera para ella. Estar en Europa
significaba la ruptura de un frente permanente en el que
Papá Maggi y la Castellana dejaban Europa para los muy
ricos, junto con las golosas partidas de canasta y el contoneo
de la rumba en el Cap Arcona. Ella estaba libre ahora de
la gran familia de mediocres e insensatos. Los dejaba atrás
con saña. Y eso significaba más que otra cosa el ruido
de sus pasos por la Dufourstrasse a la hora del té en el
Café Royal, en el tea-room, donde una multitud silenciosa
de viejas damas cargadas de paquetes y sombreros de flores daban cuenta del té "porción" y las enormes tortas de
marrón glacé. Aunque también es cierto que todo se fijó
en Florencia cuando acertó a descubrir, de golpe, desembo-
cando por la Via dei Calzaioli, los muros tornasolados del
Duomo y el Baptisterio, brillantes ambos bajo un cielo de
verano, mientras los italianos sonreían incansablemente desde
sus tiendas de sedas y zapatos, con esa suave untuosidad
que tan bien se confunde con la dedicación y la poesía.
Apoyada en una pared cualquiera recuperó el aliento. El
laberinto de callejuelas, de empedrados primorosos y de palacios, la arrojaron sobre la Piazza della Signora, donde el
sol hacía resaltar el esmalte de la Flor de Lys en el escudo,
mientras la multitud rumorosa de alemanes y norteamericanos se precipitaba ávidamente con sus cámaras fotográ-
ficas. Florencia cayó entonces sobre Blanca como una pose-

sión gloriosa aceptada para siempre. Amó aquellas piedras
y los arcos de la Iglesia con un David meciendo la cabeza
del enemigo por los siglos. Era grato sentirse en la piazzeta,
y resignada al destino melancólico de viajera en tránsito
por la maravilla. Era bueno usar un italiano fácilmente
comprendido por el camarero que aconseja risueñamente
pasta o carne. Todo era muy grato, como contemplar el
verdoso brillo del Arno, de orilla a orilla, surcado por bar-
cas sin pintar y a lo lejos las colinas de Fiésole con la imagen de San Miniato al Monte, recostándose en esa quietud
brumosa y azulada que es ya todo el aire de Florencia.
Y a las siete de la tarde acodarse en el murallón del Ponte
Vecchio, atestado de muchachos inútiles y de americanas,
a las que se las halla siempre viejas y horrorosas, mujeres
con las esbeltas piernas milagrosamente jóvenes y los altos tacos de sus zapatos de diez dólares el par, cheaper
shoes for everybody, hijas de ese enorme país lleno de
crueldad e insensatez, con sus sólidos zapatos y su unifor-
midad. Obviando los italianos que devoran mujeres a tanto
por cabeza, encontraba el Arno y aquel puente que el ilus-
tre general alemán no quiso destruir en la retirada. Es posible que optara por huir de los aventajados joyeros que
ofrecen pulseras con grandes colgantes como faroles y enormes anillos de coral y turquesa. Habían comenzado por ser
judíos y a todo el mundo convenía ahora que lo fueran.
Los judíos, encargados de las joyas, con la complacencia
de los que viajan y se encuentran como Blanca una tarde
en mitad del Ponte Vecchio, sin saber qué hacer. Florencia, preciosísima y casi mágica, como un apretado laberinto
que se arroja al río con las tiendas y mercados de la paja.
Esa Florencia que era la suma al fin de todo el viaje y
cuantos viajes Blanca pudiera realizar. Ella vagaría por
las viejas ciudades y sus maravillas viviéndolas como la
única posibilidad de la existencia. Días continuados de
vagabundeo y falsa penetración con un pueblo dichoso de
farsantes.

—Vi prego, cara signora, sono tanto felice de vederla un altra volta, bella signora.

A cada uno de sus pasos Florencia se arrojaba a sus pies. Era un homenaje intenso y pasional aguardándola en la esquina de Via Tornabuoni donde citara al hermoso florentino que atendía el bar.

—Tu sei tanto bella. Bella.

Bella. Era la palabra tras el objetivo, y por qué no, dijo la señora Ordóñez acicalándose como una niña en su habitación sobre la Piazza Santa Maria Novella, mirando la fachada de la iglesia oculta a medias por los andamios y arpilleras de la restauración. Pero las campanas aventaban casi siempre las palomas dueñas de la plaza y se encontraban empedernidos bebedores de café o vino rosso o bianco, y el café tan áspero y caliente que le quemaba el pecho y el jugo de limón servido en unos altos vasos de cristal tallado. Aquella Florencia, íntima y luminosa, grabada en la historia de su vida, hizo otra mujer de ella, la reflejaba en una mimesis graciosa, rescatada la presencia pesante de Miguel Ángel proclamando su amor por un cuerpo. Blanca retornó humildemente a una base extraña para proyectarse. Se conservó pues tal como se viera en la tienda de lencería principesca apenas esbozada bajo el largo camisón de gasa recamada, amparada por esas mismas sedas y el recato de la alfombra gris, frente al gran tríptico de espejo, en tanto al otro lado de la calle, la mole del Palazzo Pitti con sus abanicos de piedra, la severa geometría del Bóboli lujurioso a sus espaldas, la devolvería por primera vez a la realidad envidiada. Aun amó a menudo los cuerpos espléndidos de efebos y de héroes en la tersa contextura de Donatello y de Verrocchio: apenas si los entreviera en su lejano país sudamericano donde todo lo puede la intuición y la audacia, del que Blanca llegara con una virginidad espiritual que espanta y al que sin embargo regresaría igual. Antes de aceptar una transformación, la señora Ordóñez se fingió italiana y amó con ardor la historia detenida en

los umbrales por los que pasaron antes. Acarició el hocico
de Porchetto imaginando su poder, rezó y lloró en la Chiesa
de la Santa Croce por la tumba de aquella que fue amada.
Pero surgieron, más íntimas que todo, las colinas fiesolanas
y el color azul de la ciudad desde el amanecer en que las
palomas acribillaban los augustos bloques de piedra hasta
la hora en que los jardines escalonados de Fiésole se recogen
y se pueblan de parejas. Mal podía entonces haber aprove-
chado un viaje angustioso en que cada noche dábase a soñar
con el regreso. Se paseó por Europa almacenando ávidamente las postales perdurables que todos los turistas alemanes registraban escrupulosamente. Miró aquel mundo perfecto con la tristeza del que se queda en el muelle sin más
alternativa que el pañuelo. Viajó apasionadamente, como
la gente de su clase, sabiendo que volver atrás sería difícil,
sin cálculo en la entrega hasta el punto de que aquel joven
del Uffizi debió recordarla durante un tiempo como a una
mujer extraña y bastante ociosa. Se llenó de recuerdos de Florencia: un collar de piedras de colores, un rosario de cuentas de madre y la flor de Lys. Llevó todo lo que pudo
en la esperanza absurda de rescatar para ella la belleza de
la Via della Vigna Nuova o del Ponte della Santissima
Trinità. Había pasado su vida razonando inútilmente sobre
sus sentimientos y pasiones, manoteando para mostrar su
buen lado sin suceso, imaginando más que viviendo como
si la muerte de Pablo y su largo monólogo con Ordóñez
fueran caras de idéntico final, gestos sin amargura. Desde
algún rincón de su conciencia Blanca se preguntaba por la
violenta irrupción de un hecho perdurable. Al amparo de
alguna iglesia se sentía bien en Florencia, comprendía a
Florencia pero también sabía que iba a dejarla. Entonces
podía llorar como se llora a solas.

—Necesité aquel viaje para tantas otras cosas —dijo.
—De todos modos aún estás a tiempo. ¿Lo harás Blanquita? Acordate: fui un gran artista, soy un gran crítico.

Un gran artista, sí. Casi no quedaban hombres como él.

Tenía coraje y suficiencia para apostar lo necesario. Fue en ese instante cuando Garrigós, como tantos otros, cedió al mal gusto de mezclar a Rocky en su conversación. Puso rencor en cada frase: que otros se sintieran con deseos del amor, lo entristecía. Blanca torció el rumbo.

—También vos dejaste de pintar —dijo.

Garrigós prefirió desentenderse con decoro a mostrarse conmovido. La señora Ordóñez le traía siempre una pequeña conmoción.

—Te dije que éste es un gran país destructor. De gente cruel como los españoles y cobarde como los italianos. La llanura lo devoró todo, cada hombre en su pequeño túnel y con todo eso y más van a destruirte, Blanca.

—Me destruirán de todos modos; los dejaste de pintar —insistió.

—¡Se habló tanto de mí! Fui un episodio en la destrucción.

—Entonces lo que querés es entregarme ahora una cosa semejante.

—No tenés mucho que elegir. En un par de años tus hijas se desprenderán del todo. Y Rocky. A Ordóñez, en cambio, te conviene serle fiel. En un par de años, estarás acabada. ¡Oh, mujer, no seas tan bruta. No te resistas!

Mariposeó por la enorme habitación tocando apenas algunos objetos.

—Te he prometido este retablo —dijo.

Blanca sintió las manos y los pies helados y tiesos por envenenamiento. Si ella aceptaba el confuso papel de creadora, todos, Garrigós también, destruirían cuidadosamente cada objeto. Blanca despertaba amor y repulsión. —¿Por qué? —se preguntó con inocencia—, ¿por qué se me rechaza?

Decidió aceptar.

—Trabajaré entonces, Garrigós.

—¡Bravo!

La palmeó deteniéndose con usura en el contacto apenas fraternal.

—¡Bravo! Escribiré a San Pablo en seguida. Es decir: cuando regrese de mi viaje a Córdoba. Me esperan con sus adefesios, esperan mi palabra.

—Comienza —pensó Blanca, asombrándose ante su sabiduría—. Ahora va a volverse atrás.

Podía representar la jauría con una docena de agujas de hierro retorcidas. Cada aguja sería el horror. Y el amor por Rocky, una planchuela de cobre reluciente. Haría objetos tintos en su sangre, pues.

Y fue casi en seguida que sintió la molestia imperceptible y livian'sima bajo la tela del corpiño. No puedo revisarme ahora, y Garrigós, limpiando prolijamente su retablo mejicano con el borde del pañuelo, se lo ofreció. Tan argentino como era, inteligente y malicioso, enclavado entre todos como una vieja pared de Buenos Aires. A veces lo quería. Ahora, por ejemplo. Era penoso no dejar de amar a la gente, tenerla cerca y necesitar de ella. Si me toco, Garrigós lo notará. Debía deslizar la mano por la blusa y movió su brazo derecho hasta notar el pequeño nódulo que era casi nada, trató de calcular la fecha. Faltaban algunos días. Quizá es una arruga de la tela, y sonrió.

—Es un retablo precioso.

—Te fascina lo real de las heridas y la sangre, ¿no es verdad? Los mejicanos saben algo de eso.

Ahora había desprendido el primer botón y Garrigós le daba la espalda. Entonces introdujo los dedos de su mano y palpó con cautela, con infinito temor ya en la primera súplica para que nada de eso fuera verdad.

Cuando nos mudamos al departamento de Belgrano, los días eran luminosos, tan fríos y espléndidos como no recuerdo haberlos visto nunca; el río tomaba un violeta intenso y parecía crespo y levantado, casi en triángulo entre muelles y horizonte. El aire seco, extraño entre nosotros, me hacía bien. Ordóñez diagnosticó que mi flacura y la tos desaparecerían y así ocurrió. El barrio estaba en armonía con la blandura que, recién después lo supe, es la felicidad. Porque las mujeres como yo también podemos ser felices en largas temporadas como esas o en instantes intensos y fugaces, de los que luego no nos queda nada. Íbamos al cine y a beber cerveza con salchichas al viejo Adams sobre la Plaza de Retiro. De algún modo nos sentíamos ajenos a un Buenos Aires complicado y duro. Teníamos la casa alegremente decorada y bien caliente. En la chimenea quemábamos leños enormes que nos traía cada semana un viejo sanjuanino en su carro de curiosas inscripciones. Él las cambiaba a menudo —me gusta estar con el gobierno, afirmaba—, enjaezaba el caballo como para un desfile militar y dejaba correr las lágrimas por su ojo izquierdo. A la hora de la siesta, la luz que entraba por las cortinas de cretona era amarilla y cálida. En una de las habitaciones, las niñas arrastraban sus grandes osos de felpa y las muñecas despanzurradas, deletreaban trabajosamente sus palabras, crecían en medio del sol y del calor. Frente al fuego yo leía novelas inglesas y a Flaubert, hasta que se me deslizaba de las manos y dormía un sueño corto y pesado en que las imágenes oníricas remplazaban, no tan piadosamente, aquella tierna realidad. Ya nos habíamos acostumbrado el uno al otro y lo pasábamos muy bien. Paseábamos por un barrio de chalets semejantes, bajando la Barranca de la calle Pampa con un viento liviano y un olor a infancia. Nos conformábamos con poco, ya que Ordóñez repartía su tiempo entre enfermos modestos, su doble cátedra y una creciente preocupación por mí. Todo nos parecía posible ahora que compartíamos el placer de la felicidad, que las niñas crecían y que el tiempo se estancaba, dándonos la ilusión de permanencia e inmutabilidad. Era un gusto esperar el viernes por la noche para ir al centro, al cine y a un buen restaurante francés, procurando imaginar un país distinto. Me horrorizaba recordar las lejanas aventuras de la Alianza y mis meses de mujer sola.

—Hago buena letra —confiaba a una amiga ocasional, la
sueca que fuera azafata, muy joven y hermosa, también
casada ahora con un médico. Y era excelente sentarse a
una mesa y beber con la pareja amiga el buen vino mendo-
cino, áspero y oscuro, cambiando la conversación liviana
que solamente se hacía solemne hacia la madrugada, cuando
los hombres recordaban el hospital del día siguiente, y la
sueca y yo, el bienestar de nuestras hijas. Cada vez, al regresar a casa, me sentía tentada de agradecer a Dios tanta
ventura. Alcanzábamos el último tren de la noche y aún
había tiempo para algunos comentarios. A Ordóñez le gustaba hablar. No era la suya al fin una charla demasiado
inteligente sino más bien una amena mordacidad, un ingenio
amable que comprendí en seguida y que lo hacía, a mis ojos,
hasta agradable. Se hablaba de su infancia muchas veces, de
nuestro largo monólogo inicial y del cuidado que habría de
poner para criar a las niñas. También trazábamos planes am-
biciosos: una casa importante, el automóvil alemán y los
veraneos junto al mar que descubriéramos juntos el año que
nació María Luz. La chimenea del gran cuarto de estar había formado brasas y allí cabeceábamos y bebíamos té muy
caliente antes de dormir. Hacer el amor junto a los leños
nos devolvía un ingenuo aire aventurero. Y lo pasábamos
muy bien. Yo trabajaba a gusto en aquella casa diminuta
compartiendo la vida con la empleada de provincia, estimu-
lada por el buen ejemplo. De tal manera Ordóñez se aficionó
más que yo a la blandura de una vida en la que regían sus
horarios y su entusiasta afición por mi cuerpo; por cierto que
era exigente y concebía el larguísimo paréntesis de bienestar
como victoriosa consecuencia de todos sus afanes. Era simple
y muy ardiente mi marido. Pero a veces y en la intimidad
mostraba una faz vulgar, un ribete avieso de su espíritu
que me lo hacía odioso. Nadie fue entonces más inocente
que la linda señora de Ordóñez en su papel de joven casada
con dos hijas y un marido médico, una pareja de veras tan
encantadora, un ideal de familia tipo, un tipo de existencia

ideal. Nunca se justificó mejor aquel sagrado lazo con que
habíamos querido unirnos hasta el fin de los tiempos, en la
dicha o la adversidad y hasta que la muerte nos separe,
nadie justificó mejor la sagrada institución, nudo corredizo
para el cuello de un feliz modo de vivir, y aun mucho
más lejos, la sagrada familia, monumento importante y ad-
mitido donde todo debe ocurrir con santidad desde el amor
permanente y compulsivo de los cónyuges hasta la devoción
filial, la ~fraternidad, lo que se dice, todo. Nadie lo repre-
sentó mejor que la linda casadita de Barrancas de Belgrano,
aunque Ordóñez consintiera en excitarse ante el confuso
pasado de tan buena esposa y le exigiera la minucia detallada
y hasta cada minuto de su triste historia.

Era muy espléndido recorrer la casa al atardecer con la
conciencia de estar bien afirmada una vez que las niñas
regresaban de la escuela. Cada día encontraba para Ordóñez
una preciosa novedad, un cuadro bien pintado, un moño
de terciopelo púrpura o mis objetos, los primeros que mostraba orgullosamente y que él aplaudía sin reparos. Es así
como una mujer edifica todo un género de vida en plena
juventud, cuando resulta fácil levantarse y atravesar el día;
edifica un bloque monolítico al que dota de calor, de solidez,
de perennidad. Y se adhiere fervorosamente a un orden que
cree perdurable con la juventud sobre la cara y las niñas
que la necesitan y hasta un prójimo amable que admira el
resultado. Es así como la mujer del caso acaba por creer.
Admite la permanencia de aquel reino absurdo hasta que
las estaciones se desgranan vertiginosamente y una bolilla
caprichosa señala fechas e hitos en la historia. Entonces todo
ocurre a la vez porque sus hijas se le desprenden como un
barniz descascarado y no hay una piel nueva abajo sino
una oscura y vieja cicatriz, una herida ancha y permanente
que gotea; y se envejece ante un público implacable, entre-
tenido ahora en comparar la madurez, el paso del tiempo,
mientras aconseja resignación o píldoras para dormir. La
casa misma es ese sitio espantable donde los pasos se repiten

hasta el infinito y se halla el teléfono mudo y el timbre
de la calle que un chico se encargó de liquidar. Hay también
un miedo de dormir y despertarse y el problema resuelto
por absurdo permanece con algunos cabos sueltos y las
preguntas de qué, por qué, no sé. Era muy espléndido ser
ésa mujer. Cada día tejíamos algo de aquella trama agradable, convencidos de recomenzar al día siguiente variando
el escenario de los afanes cotidianos, ya fuera el chisporroteo
de las llamas o el césped bien cortado en el diminuto rec-
tángulo de jardín.

—Hoy fue bueno el trabajo de hospital —decía Ordóñez,
tomándose la cuota de comunicación.

Pocas veces le prestaba atención y prefería, en cambio,
introducirme en el laberinto de mis sueños y formulaciones,
perdiéndolo conmigo para sentirnos seguros y felices. De
modo que nos preocupábamos mucho de comer bien, de la
salud de las niñas, de su hospital y de hacer el amor tantas
veces como fuera posible y muchas más de lo realmente
necesario. Yo era aún muy joven y mi marido no en extremo
melancólico, así que se nos ocurrían siempre cosas extravagantes y cómicas que compartíamos con los amigos de entonces; ambos creíamos con firmeza en un tipo de vida
floreciente y nos mostrábamos amables y afectuosos. Toda
una miel. Un gran instante en el tiempo. Una época de
estabilidad y firmeza. Ahora la reveo con asombro, como
si me viera desfilar por Florida disfrazada, agitando casca-
beles y matracas. Un asombroso y complicado disfraz de
niña buena y bastante idiota, tan buenamente apegada a lo
suyo, tan satisfecha de ser y de yacer, adornada de egoísmo
y de falsa caridad. Lo que la gente llamaría un amor de
mujer paseándose por las calles del centro en traje de aldeana
húngara o de dama antigua.

Raúl amó mucho a esa mujer que fui. La lloró como a
un deudo querido; eligió para ella monumentos y firmó
epitafios. Aún mucho después, cuando asistía asombrado
al renacimiento de la Blanca sustancial, la echó siempre de

menos, se consideró defraudado y preso en una gran trampa
irreparable. De veras fue una sorpresa amarga para él y lo
he deplorado seriamente; simpático y cordial, casi resultaba
una delicia enajenar todo lo que restaba de la vida en su
homenaje. Su itinerario era de una precisión asombrosa:

—Bueno está: viviremos aquí con nuestras niñas hasta que
vayan al colegio de las monjas escocesas; tendremos esa
buena casa que tanto te gusta, hoy podremos cenar en Au
Bugnat, visitaremos dos enfermos, iremos a caminar por la
Costanera como si nos paseáramos por los muelles de Mar-
sella, beberemos café del puerto entre viejas busconas y ma-
rineros jóvenes, nos iremos a la cama y dormiremos abrazados.

Aún puedo reproducir la dulce estulticia de los diálogos:

—Nunca quise a nadie más que a vos, Raúl.

—Tampoco yo. Además, te querré siempre.

—Me has hecho feliz. Locamente digo. Sí. No tuve padres ni casa. Pablo no existió por fin. Me has hecho feliz.

—Podemos prepararnos ahora una taza de café.

—Contame acerca del hospital. Quiero saberlo. Contame.

—Todo ha resultado bien. Yo te lo aseguro: irá mejor.
El doctor Argüello me llevará a la cátedra. ¿Quién podría
oponerse? Oh, Caride es poca cosa. ¿Caride decís? ¿Por sus
contactos peronistas? Algunos enfermos lo encuentran poco
exigente. Pienso demasiado en vos. Hagamos el café, querida.

—Y un pedazo de la torta de manzanas. Oh, Raúl, no
te separés. Acompañame.

—Tenés la cintura tan fina que puedo abrazarte con un
dedo. Mirá: sobre esta pared haremos construir un mueble
biblioteca.

—Pondremos tus libros.

—Y tus objetos. Quisiera viajar con vos.

—Habrá que dejar las niñas a mamá.

—Que nos pondrá excusas.

—¿Hay derecho a quererse de este modo?

—Somos dos tipos de suerte. Abrazame.

Tengo suerte, pensó, caminando hacia la cocina primorosa, y era tan joven que podía creer en la suerte como en una alternativa razonable. Y fui tantas veces necia que viví algún tiempo en la ilusión de mi marido, apretados y gozosos durante los inviernos de llovizna y frío y los veranos en las costas del sur, en una pensión que nos parecía estupenda, donde también el placer consistía en estar juntos en la playa y en la cama, en leer algunos libros, en vigilar las niñas y en descubrir el nombre de las constelaciones sobre el húmedo cielo azul cobalto, el untuoso terciopelo que da al mar.

Aquel mediodía de junio bombardearon la Plaza de Mayo, justamente a la hora de las palabras y de los transeúntes, y el hecho brutal cortó en dos la historia del país. Fue nuestra única epopeya a la que debemos remontarnos cada vez, levantar los ojos hacia el pasado de aviones descubiertos por los empleados de los ministerios, es decir, por todos los que no se decidieron a escapar. Y yo, en el fondo del sillón, junto al fuego, me avergonzaba por los que habían buscado la boca de los subterráneos, los despreciaba, honraba a Pablo muerto con su expresión de desdén y de sorpresa bajo el tiroteo a las puertas de la Alianza. De todos modos, todavía hoy es preciso remontarse al bombardeo, remitirse al drama si se trata de heroísmo. Se hacen cuentas: la muerte de Dorrego, San Martín atravesando los Andes en una silla de mano. Lavalle pudriéndose al sol, la cabeza a salvo y los soldados pudriéndose con él. Ahora bombardean la Plaza con un plan desordenado, caprichosamente.

—Yo le doy al tipo —diría el encargado de la hazaña—. De ésta no pasa, brigadier.

Sólo hallaron a un general moribundo para organizar las fuerzas de tal modo que tuviera que arriesgar la mitad de su vida. Bombardearon la Plaza y los argentinos esperaron grandes cosas. Una mujer del bajo de Belgrano arrancó, con un tirón violento, la bandera azul y blanca que ondeaba en la antena de mi radio. Yo berreaba: ¡Viva Cristo Rey, viva la Marina, libertad! Ella se quedó con la bandera que on-

deaba y con la antena. Me miró seriamente y dijo: Guacha.
Era una palabra cruel. Detuve la marcha del automóvil en
que festejábamos el hecho con Raúl y el matrimonio del
médico y la azafata sueca. ¿Guacha?, pregunté. La sueca
respondió: es una negra. Pero yo quise enfrentarme a la
palabra: ¿Guacha?, le dije. Fuera del auto debí parecerle
menos imponente. Se encogió de hombros.

—Todo lo bueno se termina, dama —contestó. Era una
curiosa forma de tratarme. Pero la mujer lloraba.

—Todo se termina —repitió. Se quedó llorando con la
bandera y la antena de la radio, mientras yo regresaba al
automóvil.

—¡Viva Rojas! ¡Viva la Marina! ¿Dónde están, quiénes
son las mujeres de Perón? —gritó la sueca asomándose por
la ventanilla y agitando su bandera bicolor. Mis compañeras
gritaban en su tiempo: ¡Vive la France! ¡Muera el tirano!
Ahora la sueca aullaba: ¡Muera el tirano prófugo!

—No hagas caso —dijo Ordóñez adivinando el curso de
mis pensamientos. Luego, más tarde, mientras acariciaba
la tersa cara de mis hijas, me dije que debía conservar la
tranquilidad. Paciencia, pensé evocando la imagen de la mujer del bajo que lloraba, todo eso era necesario para la
transformación. Paciencia: los argentinos no tendremos epopeya. ¡Qué pueblo de cagones! También entonces, como
ahora, se estaba por la pasividad, de tal manera que la gente
podía abrirse la camisa sobre el pecho en las puertas de las
fábricas, y hasta los provocadores tiraban en contadas ocasiones. Y tres meses después Perón flotó en su cañonera
calculando el valor precioso de su vida; ya había entrado
en la historia y no estaba escrito en parte alguna que cada
pueblo pudiera liberarse. Sin embargo, el bombardeo puso
punto final a una etapa tan enorme como a las altísimas
puertas de una ciudad fortificada. Desde entonces, antes y
después, también mi propia historia resultó cortada en dos,
casi segmentada por una remezón penosa. Volvería la cabeza
atrás.

—Son tus ilusiones, Blanca —me explicó Raúl, acariciándome la noche en que quemaron las iglesias. Una campana lastimera resonaba en el amanecer brumoso.

—Queman las iglesias —dije con solemnidad.

Me puse a rezar las letanías. El cadáver de Eva Perón desapareció en seguida en tanto los incendios calentaban los muros de las casas y ponían polvorientos y ocres los rincones; las llamas consumían bancos, casullas y los pies de las imágenes. Lo más triste sería ver una Virgen María degollada y el Cristo de la Humildad y Paciencia con bigotes dibujados con carbón y tiza. Aunque no se quiera fue nuestra epopeya y la acepté con alegría. La viví con felicidad agitando mi matraca y el lindo disfraz de dama antigua. Aún me enorgullece imaginar que supe verla y permanecí fiel a las convicciones que arrastraba; quizá fue ésa la mayor perdurabilidad de una pasión, el enconado afán de hallar un país donde solamente existen tres millones de kilómetros cuadrados de bosque, pampa y desierto. No un lugar del mapa ni esa gente engordando con escepticismo, convencidas de ser lo mejor, lo inmejorable, y paradojalmente, todo lo que más desprecian, la resentida y reprimida maravilla del mundo, ese cuzco prendido a los faldones de los grandes países, envidiados príncipes consortes, todo lo peor y lo mejor; quise una Argentina viva como tantos otros, un país donde no hubiera que reírse del Himno y la Bandera.

¡Cómo me escuchaba Raúl, estupefacto, entonces! También nuestros mundos caían por vertientes distintas. Él no fingía la placidez de sus años buenos, ni siquiera la fatiga ante mis definiciones. Para Ordóñez el hospital liberado de presiones, la caída de Perón y hasta las enredaderas que cubrían vigorosamente el costado de la casa eran previsibles. Mi marido no transigía con la complicación. Había levantado una casa, había procreado bien, nadie pondría en duda que me amaba y su trabajo se hincaba cada día como un piquete persistente. Y bien, he aquí que debía orientar los fantasmas e imprudencias de una mujer que por fortuna era

joven todavía, inclinado para besar distraídamente la frente
de las niñas, revisándoles el pulso, con un gesto familiar y
tierno que aventaba las enfermedades. Tras el bombardeo
descubrimos que los años de gobierno fuerte también habían
servido para unirnos. El pueblo viviendo en asamblea era
un buen pretexto para vegetar en paz. Formando la familia,
Raúl y yo estábamos tan a gusto que era preciso buscarse
alguna excusa:

—Perdoname por ser feliz.

A veces nos parecía sentir al país pudriéndose lentamente,
como una viga enorme socavada por los insectos o la arena
húmeda. Un plácido fracaso acuna este país de ricos. Se
adormece uno sobre las posibilidades y se fracasa alocadamente soñando a la vez con un futuro deslumbrante, de
banderas gloriosas y bienaventuranza.

—Debiéramos hacer algo —dije a Ordóñez cierta vez.

—Yo trabajo —respondió Raúl acabando la conversación.

Un trabajo prodigioso como el del hombre que vacía el
bote lleno de agua. Era admirable su íntima persuasión, su
entrega. Trataba de llenar mi vida con aquella casa caliente
y luminosa donde todo me era fácil. Pero astutamente ta-
piaba mis puertas y ventanas con un vidrio rosa al que los
vapores y la respiración de ambos quitaran toda trasparencia.
Era un buen artesano para suturar los primeros desgarra-
mientos y yo le fui enteramente adicta y fiel. Pero los aviones que pasaron rasantes sobre la cúpula de la Municipalidad,
sobre las palomas y los transeúntes, pusieron punto final a
una modorra revolucionaria que no era sino una parte esencial de la vida de ellos y mi vida. Acunada entre frases de
Flaubert, entre veladas insulsas y un impreciso avance de la
madurez, advertí que iba a cumplir los treinta años. Pero
como no había sabido encomendarme en forma adecuada
a los ángeles y santos, aquel enorme arco beatífico se desin-
tegró.

Ahora conoce el nombre del fantasma, su enemigo, el escurridizo ectoplasma de las noches en que Rocky vaga a través de Buenos Aires entre la nada y el abismo, los aborrecidos paréntesis de Rocky. Éste es sólo un cuerpo ajeno que marca cada paso, mueve un pie detrás del otro, enciende un cigarrillo, cruza las esquinas con semáforos y plazas diminutas, saluda, ve, es decir, todo cuanto alcanza a realizar un hombre libre cuya cabeza está a medias ocupada por una mujer comprometida. Y aunque Rocky la ama, conserva en cierto modo la lucidez y parte de sus pensamientos libres, pensamientos especiales de la noche, como son sus pasos y miradas, de acentos diferentes. Conoce el nombre del fantasma, Nina, y es un gracioso nombre de mujer para el contorno ni pequeño ni hermoso ni preciso, una muchacha ni memorable ni fácil, pero libre. Hay que haber conocido —como la señora Ordóñez— el tormento de revisar escrupulosamente cada figura de mujer que se cruza, que camina, que yace o se pasea. Hay que haber conocido la torpe humillación de revisar con pasión esa mejilla lisa que está muy cerca, al alcance del aliento, en la jaula del ascensor que sube hasta el piso señalado porque la mejilla está bajo su lupa, y también los largos cabellos rubios y pesados y la graciosa curva de la boca sin cansancios. Hay que haber vivido el tormento de la vendedora que sonríe limpiamente tras sus veinte años primorosos y la recién casada en el hall del gran hotel, cimbreante y fina de tobillos, jóvenes, lo más joven que se puede ser para compararlos con una real hembra que envejece irremediablemente aferrada a una buena penumbra protectora, al cuello alto de piel, a la fina nota de París, a la almohada que alisa los trazos de su cuello y las amargas comisuras de los labios. Hay que haberlo vivido y cotejar las diferencias, preguntar con espanto por una edad de mujer, por una figura pasajera o una mata de pelo pelirrojo fugazmente entrevisto en la ventana del café. Escudriñar los ojos y los gestos del amante en procura de la señal que delate el descubrimiento de la otra —joven esta vez, siempre más joven—, el sacudón, la leve crispación del sexo, oculta tras una mano que enciende el cigarrillo y la sonrisa tranquilizadora, la voz que afirma: qué tonta sos. La desazón de una verdad leída a regañadientes y el dolor de una evidencia que es el bonito cuerpo de 18 años de una mujer que pasa, que alguien introduce de la mano en la casa del jefe en las Barrancas, un hola desarticulado con la pompa de los que son jóvenes a dúo y no desordenadamente jóvenes aún. Como una señal siniestra llegará el día en que la extraña fauna irrumpirá en el violento paraíso de la señora Ordóñez; ellos, los enemigos, llegarán con sus voces aflautadas, sus pelos desgreñados, sus barbas, su estudiado desaliño, su despreocupación, su estulticia, todo lo imbécil y vacío que se puede ser, embarcados en la aventura de la juventud como si se hubieran colado en un barco por equivocación, con el lujo de veinte años a cuestas, con el derecho a cansarse, a equivocarse, a ser idiotas, malignos o pedantes, con las caras hermosas, sin marcas, con una charla insustancial y el desenfado; la desprolijidad, la maravilla, el sexo y, sobre todo, la colosal seguridad de ser. Irrumpirán, y junto con la horda, una cara graciosa sacudirá la modorra, abrirá la puerta, el sol pondrá más en evidencia la frase cursi del otoño que Blanca Ordóñez borra cuidadosamente de su piel todas las mañanas. Ahora vive su agonía en tanto Rocky devora el pollo a la portuguesa —el plato más caro de la lista— con fruición. Arrastra ese indefinible aire de insatisfacción porque la vida siempre está en deuda con él. Quiere lo mejor, lo más costoso, guarda ávidamente ceniceros y cubiertos, roba objetos que almacena con pasión y a los que otorga un tratamiento de ídolos. De no sentirse observado por Blanca (que no come ni bebe sino que fuma sin parar), se hubiera inclinado por las ostras, el foie gras y el crêpe Suzette. La mujer lo mira con temor y amor, en tanto devora el pollo, el pan, la salsa espesa, y bebe vino pensando, como siempre, en él, despidiéndose.

¿Cuándo advertirá su amigo ese cuerpo pesado en el espejo, el contorno de su rostro que se afloja y tanto como la afea la noche? ¿O es que lo advierte y aun así prosigue, ávidamente, la caza de su espíritu, de la gracia que le alaba, de esos brazos maternales que lo ahogan de erotismo o lo devuelven a la madre? ¿O es que ama de veras todo cuanto Blanca ofrece y la fórmula es mucho más simple? Como Rocky lo ha dicho tantas veces, basta con amar. La noche anterior, noche de sábado, en el café elegante de Florida, ella ha escuchado la conversación de su marido y un amigo ocasional. Inclinada sobre la balaustrada, atenta a ese público especial de los fines de semana, tantas parejas de jóvenes felices y enlazadas, las mujeres medio pelo adornadas como para mostrarse en la vitrina, y los matrimonios. Atenta, sin escuchar del todo las frases del doctor Ordóñez, tan precisas en la descripción de un riñón atiborrado, ni las respuestas del otro, excusando la tardanza de su esposa.

—Estará al llegar; discúlpenme, che, usted, viejo, y su señora.

La mujer del amigo es médica también, todos son médicos en el contorno de Blanca, el mundo entero es un aséptico hospital desbordante de hombres y mujeres ecuánimes, dueños de un envidiable control de la personalidad. Entonces, Blanca, sonriente, finamente desprendida de todo, pensó que la puerta del café podría abrirse para Rocky y su fantasma; trastornándose, escucha en el oído la voz de alerta que la informa detalladamente de las andanzas de su amigo, casi desea verlo aparecer. Sólo alcanza una visión de multitud y es con pena que vuelve a sonreír a su realidad de riñones y esposas en tardanza. En cierta parte de Buenos Aires, capital de la República, Rocky respira, habla o pone el peso de su empecinamiento. No es voluntarioso. No es brillante. También empecinarse es una forma de existir. Él ha conseguido introducirlo en su cabeza; no ceder, no luchar, vivir.

—Ahí viene al fin —dijo el amigo respirando hondo.

Una mujercita de ojos mortecinos avanzó entre las mesas murmurando excusas. ¿De dónde viene?, se preguntó Blanca tendiéndole la mano. Otras mujeres vivían experiencias dolorosas, cínicas y hasta felices. La mujer del médico mentía con decoro. Se preocupaba de dar explicaciones complicadas.

—Miente —pensó Blanca—; toma la peor forma de mentir. Pobre mujer: miente como una condenada.

Rocky no apareció en la puerta del café, de todos modos, y sólo al día siguiente y en la casa del jefe, ella se enteró por él —estaba en paz, casi tranquilo y afectuoso— que comía y paseaba desde hacía un par de noches con Nina. Todo bien inocente, pero ella sabe ahora que el enemigo tiene un cuerpo poco excitante y es amiga de un actor que vaga con sus títeres por la Patagonia. Todos padecen asaltados por una manía ambulatoria; esculpen, pintan, representan, son arquitectos audaces, jefes de publicidad o modelos de televisión. Un conjunto de lobos solitarios despreciando la manada. Rocky los acepta y los respeta. Es cierto: no los ama. Ama a Blanca Ordóñez, en cambio. Y Blanca Ordóñez recuerda una tarde de verano, en la vereda del "Sachas", y con la imagen, una visión de Nina que ahora se hace fiel. Es joven, desabrida, algo masculina en los gestos, en las piernas alargadas, en la cara convencionalmente sin pintar, en la ausencia de artificio. Todo lo que Rocky apetece es una mujer al natural, sin pintoresquismo, una especie que va de la nínfula a la madre. Recordándolo, ella acepta aquellos horrorosos fideos pegoteados y bebe un sorbo de vino. De modo que Rocky encontró a Nina en la placita de Arenales y decidieron ir a un teatro, bien snob, a gusto de Nina y del resto de la horda. Rocky se mantiene decorosamente sobrio en el desbarajuste general.

—Odio bailar. Prefiero ir a la cama. ¿Qué significa el baile, entonces? Odio esa música canalla, odio a los jóvenes idiotas, la ostentación, la pose, los teatros de vanguardia.

No me hagas reír. La melena de los hombres. No me digas.
El mundo se ha convertido en una masturbación colectiva.
Odio a una gran cantidad de gente. Oh, Rimbaud tenía
razón. Habría que morir por delicadeza.

Pero a Nina le gusta aquel teatro de una docena y media
de butacas; dice que ha nacido para habitar bohardillas,
beber hasta la madrugada y discutir acerca de Arnold Wes-
ker, el cine inglés, Cortázar. Adora la Recova, entonces, que
para Rocky es una falsificación; él debe a Blanca Ordóñez
su regreso a la autenticidad y se lo confiesa a una hora
insólita y por teléfono, en tanto Nina discurre a sus espaldas acerca de la guerra en el Vietnam.

—Soy feliz por haberme enamorado de vos. . .

Comieron huevos fritos antes de gozar el diálogo de los
pésimos actores y recorrer el largo pasadizo de la entrada
con los ventanucos y las escalerillas de madera; subieron
al gran estudio compartido entre modelos y pintores, un
atildado mundo de mediocridad. Rocky lo descubre como
un niño que se abriera el pantalón para orinar. Hubiera
podido ver a Rocky en la esquina de Florida y Paraguay, y
Blanca se estremece imaginando la gran cabeza roja, brillante
bajo las luces de neón, el avance de caderas que es su pesado
paso, torpe y varonil. Entonces la mujer llora sin preocuparse
del viejo mozo con anteojos que le alcanza la quesera fastidiado, estas jovatas, ahora verá lo que es bueno con el
bonito pelirrojo que lleva como una condecoración, como
un aviso de dentífrico y pomada para el pelo.

—¿Están mal los fideos? —pregunta el hombre con piedad, tan porteño tener piedad después de la tragedia—.
¿Están mal? ¿Quiere otra cosa? —Que es como decirle:

—No llorés, no puedo, nunca pude ver llorar a una mujer.

Rocky abandona el pollo, sorprendido en su mala o buena
fe, baja los ojos, la cabeza:

—No es posible, querida, que estés tan loca.

Blanca sonríe al hombre que la compadece, consciente de
estar lastimosa. ¡Qué bueno es a veces el dolor!

—Te parecés a tu madre.

Casi soy mi madre, soy mi propia madre, soy tu madre. Soy la madre universal.

—Oh, no quiero terminar de esta manera.

Salen a la calle para que el muchacho pase su brazo alrededor de su cintura y la bese largamente. También ella tiene ahora la cara lavada.

—No quiero terminar así —solloza—; te he querido demasiado y prefiero un fin decoroso.

Pero Rocky demuestra madurez si se trata de un problema semejante.

Hace resbalar su boca por la cara pegoteada y el rimmel derretido tizna su gran cara opaca.

—Ahora te deshacés en lágrimas. Tengo poco afecto por hombres y mujeres, vos me conocés. Si se ha decidido hacer la prueba de vivir, cierta gente es necesaria. Oh, simplemente para llenar el tiempo y los huecos. Son voces solamente. Vivo muy solo; anoche, a la hora de dormir, olía las sábanas en busca de tu olor. Vos también delimitás la conducta de los otros. Escribís el diálogo y dirigís seriamente los movimientos de tus criaturas. Nina es una forma de no estar solo. ¿Qué es lo que vas a inventar después?

Lo pavoroso no era el hecho en sí sino el presentimiento. Estaba resignada a verlo aparecer junto a un confuso contorno de mujer, y aun así, seguía el rastro de un Rocky vagabundo, de aquellos pasos que van y vienen por la ciudad desde el puerto al Museo de Artes, entrecruzándose con hombres y mujeres, escuchando el chirrido de los frenos, los sonidos y las imprecaciones. Ella sabe entonces. Y casi acepta complacida la certeza de una brecha irremediable y el delicado mecanismo de su enfermedad.

Ocho días antes se aburría con su amigo, angustiosamente, paseándose por Mar del Plata. En las piedras de Cabo Corrientes el mar formaba grandes charcos verdes y mohosos. Por las mañanas, al abrir los ojos, vio las grandes pecas amarillas en la espalda desnuda que acaricia, apenas cubierta por las sábanas. Lo encuentra vano e infantil. Le habla de motores, de veleros y de armas; come en silencio y le hace el amor en el momento de salir para la calle. Día y noche acude a ella como un niño perdido en la oscuridad: le reprocha dureza y desamor. En una terca batalla permanente, casi echa de menos la relación de perro a amo que la mantiene unida a Raúl y aun a sus hijas; echa de menos la arquitectura de su cuarto, el decoro de ser la señora Ordóñez y una verdad extravagante de la que extrae impulso por las noches, al momento de dormir, apartándose de Rocky, como una niña enferma y malvada ejercitando su venganza. Inventa hasta una oración distraída, deletrea fatigosamente el nombre de Dios que nunca se ha caído de su boca, acude a Él, pide perdón, promete regresar a la aventura aterrorizada, sin sueños, atenta a la tranquila respiración de su compañero, exige de Dios un plazo expiatorio. También han recorrido aquella mole de la Rambla despoblada, con el viento y los famosos leones tal como fueran esculpidos para las multitudes, entre la mole roja del Hotel y el mar, grisáceo por la hora, prolijamente ondulado y silencioso. Busca la palabra para pronunciar porque el desacuerdo no es visceral sino en experiencia, en esencia, en fantasía. A menudo lo descubre grosero y empecinado con una larga tradición de vulgaridad. La aterra descubrir en las fotografías de un padre chacarero los rasgos del Rocky que bronceado por el sol, en saco marinero, la escolta por la ciudad con su perdido aire taciturno. Aquellos a quienes se ama no debieran tener nunca padre ni madre ni hermanos que muestran una alquimia similar y adormilada. Sería preciso crear íntegramente el color y el ardor de la criatura amada, inventarla en todo lo posible u obtenerla como un precioso ejemplar erótico y, desde luego, único. De modo que la aterraba la chatura del cuadro familiar que Rocky mostraba con impúdica inocencia.

—Somos humildes —dijo, y ella recuperaba de golpe todo su prejuicio de vieja trepadora. Mirándolo a la luz del sol,

descubría en la piel magnífica, trazos que se irían marcando,
cierta expresión de abulia, cierto gesto estúpido. Casi le
exigía detenerse en la edad del esplendor y, sobre todo, no
parecerse a su padre. Era muy cruel. Rocky protestaba al
intuir la trampa. Arrastrándose penosamente entre frases
encontradas al azar se muestra conforme y sin aristas, silencioso, atento a la naturaleza que lo arroba como un desquite
por aquello que no tuvo, complacido en referirse al mar y al
horizonte tras el mar como si fuera un objeto limpio de su
exclusiva posesión. Junto al parentesco de padres y de hermanos, Blanca se irrita por su forma de tomar café, su avidez de cigarrillos, su pelo rojo y encrespado y hasta la leve
desproporción de sus brazos y piernas. Ahora se revuelve
como una leona furiosa para exigirle perfección. Ella presentó su juego a cambio del absoluto y se siente con derechos
a la recompensa. Su juguete cruje. Pone al descubierto a su
pobre criatura y añora lo que dejó atrás. Acusa a Rocky de
aburrirla o de ser mezquino; echa mano de Ordóñez que
la ha tratado durante veinte años como a un ser convencional. Resulta ahora que la cargante solicitud de Ordóñez es
el pedestal; su pacífico egoísmo, la forma como se le abrió
la vida. Vagan por la Rambla día y noche, ya advertidos
ambos de la nueva atmósfera. Rocky descubre la maniobra
de su amiga, se queja y se le aferra, la posee con habilidad
y violencia para que de algún modo se sucedan los días
programados en que no cesa de llover ni ellos de vagar.
Blanca se aburre recordando con melancolía la otra Rambla
de madera y en ella, el aire todo de la Castellana, la gran
pollera de sarga azul y un ancho sombrero de fieltro y cintas de idéntico color. La niñita vacilante en la fotografía
es ella. En los escaparates, las cajas de caracoles y conchillas
mal pintadas y un espejo en la tapa. Asomándose descubre
su piel tan trasparente que hasta las venas se marcan en las
mejillas y el mentón. Recuerda los bolsillos de red con
caracoles barnizados y veleros y mates de porongo o cuerno
con la indicación de volver a Mar del Plata. A veces, por

la tarde, ella y su madre alquilan un par de sillas de mimbre verde oscuro y observan el ir y venir de los veraneantes. Teresa ha ido de pesca con papá, y a las seis de la tarde reaparece, la gran boca sonriente y su poca voluntad de ser feliz, malhumorada, reclamando su silla o el regreso inmediato al hotelito del que se sienten dueños. Teresa aún está consciente del esplendor de sus quince años que Papá y Mamá estrujan escrupulosamente. Como entonces, Blanca conserva bajo la nariz el curioso olor salino, la ráfaga que brota de las maderas podridas por la marea. A menudo el viento arrastra el agua y blanquea sus labios y mejillas. Misteriosas tiendas de gorras y bufandas reclaman su atención, ofrecen fantasías y la oportunidad única de comprar hipocampos, medusas y zapatillas de goma ribeteadas para el baño. Majestuosa Rambla de altas cúpulas bajo las que el gentío se protege en las tardes frías hasta que encienden las luces. Años después las dos hermanas recorren otra Rambla de piedra y mayor sofisticación. Recorren y rehacen el camino alrededor del Casino y el Hotel, Blanca de trece años, una gran trenza oscura a la espalda e idéntica avidez de mar y gente; ella ve, a la zaga de su hermana mayor, destiñéndose a medida que las tardes del único mes de veraneo pasan sin variantes. La Castellana reposa siempre en su mimbre verde oscuro y papá bebe un Cinzano en el Club de Pescadores, aliviado de librarse de aquellas tres grandes mujeres a las que se adhiere en triple posesión. Pero como un juego ordenado por el juez, las tres acuden al llamado de papá. Las tres gracias acuden a la cita —son las nueve de la noche— y hay que regresar al hotelito en cuyo comedor la Real Familia se aparta de los otros huéspedes, por timidez o recelo. Así es que Blanca posee la práctica del aburrimiento y sólo por momentos recupera en Rocky lo que la atormenta de amor en Buenos Aires, va, por cierto, del tedio a la exaltación interrogándose acerca del fin de la aventura mientras bebe un sorbo del café espeso y espumoso en un pequeño bar de Paraná y Arenales.

Es un sitio íntimo donde apretados los unos a los otros y en penumbras, con el fondo doliente de una canción francesa, con ese encanto impostado, sufre y ama la gente bien alimentada, con fragancia a sales de baño y a Christian Dior. Gente, en fin, como ella que no advierte la música ni la elegante pareja en la mesa vecina ni la diminuta campanilla de la registradora ni el bufido de la Pavoni en marcha. También Rocky bebe su café; sólo de vez en cuando sus ojos se encienden con antiguo amor y dicen:

—No debés llorar.

O también:

—Che, cada día te quiero más.

El amor sin futuro, a hurtadillas y compartido, es casi siempre un pobre amor. Ella ya conoce la forma en que Rocky armará sus días y sus noches, el nombre de los amigos que han de acompañarlo cuando el encanto se haya roto tal como se había quebrado el arco beatífico por no encomendarse a tiempo a sus ángeles y santos.

Deja sobre el platillo la taza de café y pronto vuelven a la intimidad como antiguos compañeros: la semana anterior les fue desfavorable y Rocky siente celos y se admite desdichado. A la vez, ella se sabe insustituible y al unísono y por caminos diferentes comienzan a desearse y piden más café para estirar la preciosa sensación.

—¿Qué hora es?

Aguardan otra noche harto dolorosa aunque ahora son dos amantes razonables enloqueciéndose el uno por el otro espaciadamente. Ya bromean sobre quién ha de suceder a Blanca y ambos conocen la ácida convicción de proseguir sólo por el hecho de haber empezado. Días vendrán en que la casa del jefe conozca otras voces, otro jadeo. Pensarlo los irrita por igual, cierran los ojos. No es posible que el misterio de vivir consista en la desaparición de cuanto se quiso alguna vez. Pero aún hay días en que se siente intrépida cuando su amante exige actitudes y definiciones. Llega hasta ponerle un plazo:

—No podés estar eternamente entre los dos. Te esperaré
un par de meses más. Digamos hasta julio, te doy julio aún.
Es fácil esgrimir viejas obligaciones, él, tus hijas, pero lo
cierto es que no quisiste construir conmigo, Blanca; por eso
te esperaré sólo un par de meses más.

También algo de esto constituye un ácido placer. Se
siente firmemente atada por la mano de un hombre fuerte
que la arrastra en pos, se siente dichosamente exigida. De
tal manera, aún cabe para la madura dama porteña la elección. Eso sería honesto, piensa Blanca Ordóñez con asombro. Seguir a Rocky, unirme a él, derribar la edad y el
bienestar para elegir una nueva forma de vida. Sería moral.
De haber descubierto veinte años antes este curioso concepto
de moral, lo hubiera aceptado; pero cuando por la noche
cae exhausta en el fondo de la cama, sabe que no se
moverá de aquella tumba plácida, cuidadosamente cons-
truida para ella. Hay entonces un hito en la forma en que
la pareja se contempla e interroga acerca de sus sentimientos: Rocky acusa el paso del tiempo y las abruptas vacilaciones de su amiga; es diferente querer si se sabe el desenlace y actuar de hecho como si no se conociera. Se aferra
uno a los recuerdos en común, las imágenes más tiernas de
las buenas épocas y, como gran recurso, el recio acoplarse
de los cuerpos. Aun así se acopla la pareja en una forma
diferente. Sólo el cuerpo de Rocky sobre el ·diván de la
casa del jefe, dorado y tenso en la semioscuridad, da a
Blanca idea de la solidez. El fino vello rubio se pierde en
un violento rizo bajo las axilas y sobre el vientre. Blanca
apoya sus oídos en la hirsuta pelambrera para auscultar esa
tensión que pone en evidencia sus temblores, sus humores,
su lamento animal. Toma a Rocky angustiándose por si esta
vez fuera la última. Y se oye repetir con asombro y admirable entereza:

—¡Qué maravilloso sos! Oh, Rocky, qué espléndido es
todo esto.

Después de Rocky, tendrá la soledad y el largo tiempo

de vagar por una ciudad hermana hasta que el recuerdo se
convierta en nada o le muestre un rostro cruel. Pensar que
se quiso tanto a un hombre y sólo nos despierta ahora una
melancólica irritación; quizá nunca más esa vieja enfermedad
de amor y hasta el inmaduro escozor de la sorpresa, o quizá
otro hombre y una siniestra repetición de alquimias y sus-
tancias. No debiera ser tan largo envejecer. Cierra la razón
a sus pensamientos y se remite a Rocky como una niña deslumbrada frente a la carroza que surge de la calabaza. Bas-
tará un poco de imaginación, y ni aun eso, ya que el amor
vuelve a dársele nuevamente en aquel sexo completo, esa
hermosura, ese prodigio de comunicación y salud, sin fisuras, sin repugnancia alguna, sin fealdad, quizá la única perfección posible para el hombre, su prodigiosa y única
posibilidad de entrega.

—Qué maravilla —repite, boca abajo sobre las sábanas,
viéndose a sí misma en una lasitud de hermosa, amada
y hermosa como es. Cierra los ojos para agradecer a Dios
y vuelve la cabeza para ver a Rocky, aplastada la cara adolescente contra la almohada, agitado aún, buscando su mano
o uno de sus hombros para dejar en él un beso de ternura.
A menudo dejan nacer palabras sobre la felicidad que se
procuran mutuamente o el paroxismo alcanzado; antes que
la ráfaga de violencia pase y sean devueltos a su dualidad
de hombre y mujer, yacentes y complejos, con los primeros
gestos y los pensamientos, las dudas y el impulso. Es decir,
antes de volver en sí y recomenzar la miserable ceremonia
de las frases en común, las experiencias y una palabra que
es sólo el estertor de lo que se concibió. Sólo el cuerpo es
la verdad y a los cuarenta años, Blanca Ordóñez asiste a la
prolija desintegración de su cuerpo. Sale del diván, plena
y feliz, para escudriñar su monstruosa cara de muchacha
permanente. Dice con horror:

—¡Cuánta hermosura!

Recibí un sobre largo y blanco con el escudo peronista. Y al estrujarlo sentí idéntica emoción a la de aquella tarde en que Cantó recitó el discurso de bienvenida. ¿Qué habría sido de ellos? Desde mi casamiento con Ordóñez alejaba el recuerdo de Pablo como quien quita disimuladamente una llave de la cerradura. Tras la puerta bien cerrada yacía Pablo en su ataúd. Raúl, entonces, no me compartía: en la beatitud de nuestros buenos años enterramos a Pablo otra vez.

"Compañera...", decía la carta.

El viejo tratamiento me procuró placer. La casa luminosa me pareció mejor. Los ruidos familiares tuvieron otro ámbito. Pablo irrumpía con un estruendo de ametralladoras y vidrios rotos.

"Compañera..."

El Consejo Superior, había otros nombres, otra gente, algún matiz diferente en la colocación de las palabras, menos seguridad en la forma imperiosa con que se me invitaba a concurrir al Gran Congreso del Partido. Era posible que mis compañeros de otrora hubieran sido barridos por las pruebas de la cárcel o el exilio; que las penosas aventuras de la clandestinidad quitaran al Partido su aparato. Ahora, ellos —ya no podía decir nosotros— se reagrupaban con esfuerzo alrededor de banderas derrotadas y banderas relucientes. La Argentina corría desde la montonera por los aullidos federales y las revoluciones radicales con Papá Maggi apuntando por una vez única a la cabeza de su coronel. Era un grito como una imprecación soez, un insulto y una turbia historia zigzagueante a la que seguíamos entre pajonales y cañadas, de la que apartábamos excrementos y cadáveres: historia de un país de bastardos, limpios y bien alimentados.

Se me invitaba entonces al Congreso. Por una semana

retornaría al heroísmo o a la confusión de asambleas y reivindicaciones como un lejano reconocimiento a la lealtad que Ordóñez domeñara con la buena vida. Él pertenecía a la Argentina que cumple su palabra y que progresa, a la orgullosa Argentina de la frase de Moreno, centelleante, en tanto él mismo caía al fondo del mar.

—Arrojá esa invitación a la basura —dijo Ordóñez en el teléfono.

Pero yo era la chusma. Bajo mis pies una tierra caliente que alguna vez tendría la forma del país, doblaba el lomo para despedirme. Berta y Garrigós se excitaron tanto como yo. Berta sobre todo, más abierta que el otro al confuso sentido de justicia y aventura. Toda experiencia es buena entre nosotros, tal como nos vemos, llamados a interpretar este país informe. Yo conservaba la nostalgia de la acción ferozmente interrumpida por la muerte de Pablo, y ahora, estaba cerca de sentirme identificada con el Movimiento, como todavía se lo llama: Berta admiró también lo blando y noble de mi naturaleza siempre lista para adaptarse a las cosas nuevas. Sucesivamente me había plegado a la viudez, al matrimonio, al tedio, a la velada propuesta de la carta. Sólo sabía resistirme a la infelicidad como una princesa de los cuentos de Calleja rescatada a tiempo.

Garrigós interpuso una pregunta:

—¿Qué harás con tu parte en nuestra galería?

Por una modesta suma de dinero que obtuviera de la Castellana me habían incorporado a la galería de pinturas sobre la calle San Martín, que ambos dirigían. Imaginaba de ese modo protegerme frente a la pacífica ocupación que Ordóñez hacía de mi espíritu. Siempre es bueno estar en guardia contra los que dicen protegernos. Si fabulaba contra Ordóñez de alguna manera me sentía mejor. Raúl pagó casi en seguida la deuda que contrajo con mi madre y no protestó. Desde la quiebra de nuestro arco beatífico había adoptado una pasividad impenetrable. Circulaba por los sitios habituales con un invisible cartelón sobre la cabeza:

soporto mi destino, adivinaba el prójimo. En la intimidad, por el contrario, juraba estar harto satisfecho. Se defiende de tus extravagancias, decía Berta.

¿Cuál era el juego de Raúl?

Mostrarse digno. Para cualquier espectador lo es. Soportarte es al mismo tiempo una forma de victoria. Ordóñez no cejará jamás. No dará su brazo a torcer. Me embarulla, protesté, me aniquila. No es ése su problema. Más bien, vos sos el problema, Blanca; tal como se mantiene, tendrá siempre opción a la última palabra.

Cavilé muchas veces acerca de la naturaleza de aquella última palabra entre nosotros.

Soy lo que se llama una mujer ansiosa caminando sobre planchas calientes y sonámbula. Mi marido juró dejarme caminar y lo hizo hábilmente; sentí su dogal al cuello, pero a menudo he recibido su piedad como una enfermera solícita alrededor de la cama de la moribunda. Sus continuas alabanzas han desconocido el grado de mi madurez; dice verme bella, me prefiere entre las otras, se aferra a un par de años dorados y felices en los que encontré la fórmula de la felicidad total. No hay nada que me asombre y que me humille más que esa misericordiosa asistencia conyugal. Se confunde con los términos amor, piedad o convicción como sinónimos en una relación escrupulosamente juzgada, intacta bajo la campana de vivisección. De mi cuello pende una cadena larga y fina. Puedo recorrer todas las esquinas del jardín. La empalizada cubre el mundo y basta el pequeño sacudón de la cadena.

—Los dos jugamos —dije a Berta eliminando al resto de la gente. Los amigos eran tropas de repuesto permanente, equipos de refresco que duraban un par de años. Berta perduraba. Me palmeó afectuosamente con sus bondadosos ojos israelitas que desdeñaban la burla.

—Ese es tu juego —contestó.

No estaba tan segura. Confié siempre en un buen golpe de timón y ahora era la oportunidad de ganar alguna ven-

taja sobre Ordóñez. Con la propuesta de la carta alguien
me alertaba desde una época de juventud que ya era el
pasado. Raúl no podía ser personaje de mi historia si es
que yo quería intentarlo todo: sólo el pedestal. Fui una
mediocre jugadora, sólo una curiosa cazadora.

—Acepto —dije.

También Raúl aceptó. Tras su conformidad, me pareció
viejo y mutilado. Llegó a un acuerdo con Berta y Garrigós
acerca de la forma en que me desligaría de la sociedad en
caso de aceptar lo que surgiera en el Congreso. Su forma
de ceder terreno y recuperarlo luego me ha parecido siempre admirable; también entonces. En un par de semanas
demostré a todos y a fuerza de entusiasmo cómo es que
me había conservado peronista y mi teoría de que el paréntesis dichoso fue el resultado de la biología aplicada a una
boda inteligente. Todos los planes buscaron ubicación en mi
cabeza, en tanto ordenaba la ropa que llevaría en las valijas
y repasaba viejos manuales partidarios. Un resto de temor
me impidió consultar a los dirigentes del Congreso y contesté la invitación con la tranquilidad que recordaba de los
tiempos de Pablo.

También yo usé el término compañeros como quien entra en una iglesia a oscuras. Frente al altar mayor, la luz
de la lámpara votiva indica el lugar donde aguarda el
corazón de Dios. El Sagrado Corazón señalado por Su Mano:
acudo a Ti, pensé.

—¿A quién acudo? —dije en el momento de dormir la
noche anterior a mi partida—. ¿A quién?

—Dormí —dijo Raúl.

A los dos nos aplastaba la tristeza. Las niñas tomaron
el viaje con indiferencia y casi todo parecía resuelto por un
camino irritante y pacífico de turismo social. Yo que había perseguido al Hombre en lo Notable dirigí en la oscuridad del dormitorio aquellas frases sin respuesta pero en seguida me quedé dormida. Al día siguiente viajé a Córdoba
según lo programado. La mañana me devolvió la sangre

fría y subí a mi tren sin remordimientos. Ya el vagón iba
atestado de grupos partidarios pero no hallé ninguna de las
viejas caras conocidas. Recién a la hora del almuerzo divisé
a Wanda detrás de sus anteojos negros; había cambiado de
peinado y una fea mancha rojiza se extendía desde el borde
del mentón hasta la sien. Llevaba una alianza de oro. Diez
años habían pasado entre un grito en la escalera de la
Alianza y la mesa del vagón comedor donde el vino, la
gaseosa y las aceitunas se bamboleaban. Diez años entre
la cabeza de Pablo, y:

—¿Vos? —preguntó.

Casi iba a mostrarle la carta invitación, pero me contuve a
tiempo. Había perdido el oficio de tratar a mis compañeros
catecúmenos. En esos casos es preciso simular seguridad,
sólo algo de interés y una bonhomía bien estudiada; resistir
el deseo de agresión, el impulso de mostrarse lúcido y arro-
gante. Política es la ciencia de una transacción. Tendría que
transigir con aquella harpía devastada tras los vidrios de
color. Ella tuvo hermosos ojos; su pelo, la fragancia de los
pinos en la Selva Negra donde pasó su infancia; después
de huir de Praga y ya en Polonia, los guerrilleros degolla-
ron a sus padres. ¿Esa era la historia? Había recalado en
la Argentina como sus tíos ricos que habían sobornado a
los guardiacárceles y al párroco del pueblo. Wanda arribó
llena de odio. El país estaba preparado, amable e impoluto
para Wanda. Asimismo traté de mostrar interés por ella
y simpatía:

—¿Vos? —repitió.

Cuando desvió los ojos imaginé que lo hacía porque
aquellos horribles ojos de cegata eran su antifaz. No me
invitó a compartir su mesa y sería peor reclamar un sitio a
los desconocidos que nos observaban. Un par de muchachos
en mangas de camisa y pantalón la saludaron desde lejos;
la mujer que viajaba enfrentándola también atendía la escena.

—¡Qué alegría, Wanda! —dije tercamente.

Ella regresó hacia mí con sacrificio y escuché su voz

espesa y ronca, aún sin el acento extraño que no había
olvidado.

—Te perdiste —dijo.

Me acordé del duro tiempo del aprendizaje: somos el ala
fuerte de Perón, obligaremos a Perón a ser fuerte, Achino,
Blanca, Maggi Blanca, proselitismo en el barrio de Saavedra. Segunda sección. Objetivos cura párroco, Barrio Cor-
nelio Saavedra.

—Hoy has hecho un par de casas menos —dijo Wanda
echándose el largo pelo hacia atrás. Ella contempla sólo
lo que soy. Me reprende sin piedad, pero ante el informe
sobre el párroco recupera el buen humor.

—Hasta estas niñas bien pueden cumplir una misión.

Fuma como una poseída.

—Bravo, muchacha. Si convencés a ese cura te ganarás
con buen sudor la próxima batalla. Podés usar tus armas.

Es muy cruel. Ahora también sigue siendo cruel. Y fea,
además, endurecida y vieja. La misma Wanda de la Selva
Negra colgada del brazo de su hombre recogiendo adhesión
y adiestrando a otros, posesa y feroz como un samurai. La
vida deshace cada una de las cosas; los más vulnerables
se asemejan a esta mujer manchada y fea que me enfrenta
ahora.

—No estuviste a tiro en estos años —dice.

Inútil recordarle la muerte de Pablo y la aparición de
Ordóñez. Ella diría:

—Estas niñas bien son unas frescas.

O también:

—Del mismo modo se las arreglan para parir las ovejas
y las campesinas. En Polonia las mujeres cortaban el cordón
umbilical con los dientes y las uñas. Una vez vi a una mujer
dar a luz sobre unos postes de alumbrado; a cada movimiento
de su cuerpo las astillas se le introducían en la piel. El niño
cayó al final, a un costado de los postes. Claro que vivió.

—Estuviste presa —insinué.

Buscó cuidadosamente en el menú sin contestarme. Junté

coraje y me deslicé en el asiento que aún quedaba libre,
al frente de ella. La mujer que estaba a mi lado se compadeció de mí.

—Leonor Antúnez, de Rosario —dijo tendiéndome la
mano.

Le dije que mi nombre era Blanca Ordóñez.

Wanda me miró sobre sus anteojos:

—Te llamabas Maggi.

—Me casé.

Eligió con cuidado un bife de lomo y berros. Pidió vino.
La otra y yo, para aliviar la tensión sobre la mesa, elegimos
el menú.

—Sí, estuve presa, casi tres años —dijo placenteramente.

Ahora venía con un buen cartel de heroína: categoría
jefe. Wanda siempre había sido un jefe.

—El movimiento ha crecido en la proscripción —repuse.

No sería fácil hacerme otra vez miembro de una secta.
El movimiento nos había dado —Pablo me lo dijo—, la
ilusión de manejar las grandes cosas. Todo era pálido y se
desintegraba junto a la idea del poder aunque éste fuera
solamente el borde de una capa regia para los hombros de
otro. Penetrar en el mecanismo parecía algo infantil. Había
que echar mano de un lenguaje especial, utilizar símbolos,
aferrarse a un sobreentendido. El grupo constituía una super-
estructura fuera de la realidad. Sin embargo aquel juego
peligroso podía convertirse en catástrofe. Pablo muerto sobre el umbral manchado por su sangre había sido un deli-
rante llamado de atención. Con el tiempo la realidad de
aquel llamado se mantuvo inalterable; y aun Cantó, con
las piernas quebradas después de un recorrido por la sección
especial, y la cara mutilada de Wanda ahora. Si yo fuera
una mujer razonable conseguiría sobre el rostro de Wanda
un objeto trágico. San Pablo lo elegiría y Garrigós, afirmando haber descubierto antes que nadie el sentido de la
creación, escribiría un elogio; pero no era seria y en
cambio, envejecía, arañaba la capa de los episodios y

decidía amar, cada vez; furiosamente. Descubriría ahora
cómo es que el mundo se dedica al erotismo, cómo olvida el triste hecho de su ser defectuoso. Descubriría la
triste aventura de la gente como yo. Me hubiera puesto
de rodillas frente a Wanda para confesarle. Pero Wanda,
sibilante, relataba los tres años de la Cárcel de Mujeres,
los traslados y la infinita maldad de las prostitutas y las
monjas.

—Son mujeres límite —decía.

Leonor o como se llamara asentía en silencio.

—Sólo la mujer de lucha tiene dignidad.

—Fijate en esas burguesas de los escaparates.

Soporté el buen corte de mi blusa de seda natural y mi
hermosa cartera de cuero pecarí, mis guantes.

—Las burguesas de los escaparates siempre están bien
limpias, recién salidas de la bañadera y perfumadas para
que las lleven a la cama otra vez. Yo haría con ellas un
buen ramo de basura con las monjas y las prostitutas.

Quizá debí decirle que yo era Blanca Maggi, hija de
hijos de inmigrantes, una porteña medio pelo, blanda y
fácil de llevar. Pero Wanda estaba furiosa conmigo. Me
atribuía los tres años de cárcel y las penurias del famoso movimiento que ahora resurgía. Yo no había decidido el bombardeo ni la quemazón de las iglesias; más bien
había estado siempre en contra de eso. Pero ella insistía con
las burguesas de los escaparates y sus funciones en la cama.
Su rencor contaminaba el aire del vagón. Fui una buena
mujer, supe lo que es el sufrimiento y Pablo era mi gran
contribución. ¿O acaso se había sacrificado a sí mismo?
Manteniéndome fiel y al lado del pueblo, cedí ante Ordóñez lo mejor de mi rebeldía, sólo en apariencia. Sólo en
apariencia y, de todos modos, la rebelión no consiste en hacerse matar a tiros por la calle.

—Cantó tuvo un par de niños, María Juana, dos —enumeró Wanda con cuidado.

Cuánto y bien habían procreado los compañeros de trabajo. Una de ellas crió a su hijo nueve meses en la cárcel. A otra se le murió un tercero en el hospital sin que pudiera salir a reclamarlo. Por ese lado Wanda mantenía fuertes reservas. Mis hijas desaparecieron en el tumulto de negras informaciones.

—El Congreso será una buena forma de encontrarnos —dijo Leonor poniendo buena voluntad. Pero Wanda resopló su ironía sobre la sopa hirviente.

—Buena voluntad, es claro. De vez en cuando es sano volver sobre la cara de uno; revisarla y recordar.

Levantó los ojos.

—Así que estás aquí —dijo estudiándome—. Pablo Achino era un hombre bravo.

El asco le ladeó la cara un poco más.

—Eras demasiado joven para comprender lo bravo, lo valioso que era.

Entonces, para mi fortuna, decidió darme una lección, como en las épocas de las duras ilusiones. En pocas frases indicó lo que se esperaba del Congreso cuyos resultados ya ponía en dudas a juzgar por las invitaciones como la que me incluía.

—Antes tenías fe —dije débilmente.

—Oíme: eso pasó. Nos demostraron que la fe sin acción y sin dureza puede condenarnos a trabajos forzados. Ahora sabemos que se lucha por una revisión completa de las cosas, por otra historia. Y hasta la victoria.

Habló un largo rato combinando hábilmente sus palabras, la sopa hirviente y trozos de pan que engullía con método. Ahora era la izquierda de Perón como antes había sido el ala fuerte.

Le pregunté por Cantó.

—Desertó —dijo con desprecio— como algunos pocos. Son los flojos. Los que se cansan o a los que es fácil comprar. Pero podés mirar en las filas del pueblo y las hallarás nutridas como nunca. En la cárcel me hice marxista.

—Creí que eras peronista —dijo Leonor ingenuamente.

—No hay más que dos opciones. Elegí. No fui yo quien dividió el mundo para vos. Yo hubiera dividido todo en partes desiguales para que el poder estuviera siempre en manos de mi gente. Debimos quemar el país aquella vez.

Mi blando universo de cretonas finas y párrafos de Flaubert quedaba atrás, en la curva de Retiro, donde se detuvo Ordóñez con su sonrisa fría. Esta mujer rotunda usaba su escalpelo y podía ser verdad o no. Pero su integridad, de alguna forma, estaba a salvo. Diez años antes, colgada del brazo de Cantó mezclaba el amor a la revolución. Sin embargo hoy afirmaba con pasión las mismas cosas. La aventura estaba al fin detrás de todo. Miré a Wanda con triste desaliento.

—Trato de entenderte —dije.

Ella, despreocupándose de mí, finalizó su almuerzo, cabeceó una siesta, se despertó tranquila y alisó bruscamente los cabellos lacios. Alrededor de las cinco de la tarde llegamos a la capital de Córdoba. Nos dividieron en grupos para alojarnos en hoteles y casas de familia, había mucha gente y divisé algunas caras conocidas. Eso me tranquilizó. Uno había sido Ministro de Perón, otra, secretaria de Eva Inmortal; un empleado de Informaciones que recordaba haber visto en compañía de Pablo se acercó:

—Este es un verdadero gusto —dijo estrechándome la mano— reencontrar a los buenos compañeros.

Pero le indicaron un lugar dentro del remise y volví a quedarme sola.

Leonor se compadeció y me tomó del brazo:

—Venga conmigo. Ahora sé quién es usted: todos lamentamos mucho lo de Achino.

Era como recibir honras póstumas por fin. Un tardío reconocimiento que escapara a la voracidad de Mamá Viuda y a los desvelos de la Castellana.

Envolvían a Pablo en una bandera gloriosa y Pablo era un muerto por la patria. Ese tipo de gloria me insensibilizaba.

El hotel donde se alojó el grueso de los congresales era de primera línea. En el hall, junto a un macizo de palmeras americanas, nos aguardaba público y los dirigentes mayores. Reconocía nombres que ahora encabezaban la lucha y un paso más atrás estaba Andrés. Venía de una izquierda agresiva y en tiempos de Pablo había militado con fervor de sindicalista. Ahora lo erigían en jefe. Con la práctica de mis largas mañas burguesas me ingenié para dar con él. También pude descubrir cómo es que Andrés me encontró en seguida. Borré a Ordóñez y a las niñas de mis posibilidades y me aboqué con absoluta convicción a representar el rol de viuda de las épocas heroicas, de prosélita desarraigada, de joven militante. La expresión de ingenuidad y limpieza debió ser efectiva porque me abrieron paso. Era otro Movimiento sin duda. La gente hablaba mejor, Andrés vestía un buen traje de sarga y más parecía un intelectual distinguido que un sindicalista de la primera hora. Era demasiado pálido, sonriente y usaba vidrios sin aro como anteojos. Pero valía la pena abordarlo y desistir de la atención de Wanda. Como joven militante estaba resultando una sorpresa. ¡Qué actriz se perdieron conmigo! Pronuncié el nombre de Andrés con la entonación precisa. Debo a mis dotes de eximia comedianta más éxitos que a mi razonamiento. Un tono de la voz, cierta vacilación pueden ser más efectivas que un ensayo. Atemporal, descendía la escalera de las Mercedarias y bailaba en brazos de Pablo atenta a la música y al abrazo. Mi familia actual y mi casa luminosa eran una versión para después, un eco extravagante, cuidadosamente sofocado.

Dije mi nombre.

—Ah, señora Ordóñez —dijo Andrés acercándose dolido. Desde mi boda con Raúl, por primera vez ejercía presión sobre un hombre ajeno. ¡Qué aventura! Todavía sentí un ramalazo de buena voluntad.

—Sí, señor —contesté.

—Oh, señora Ordóñez —me apartó del grupo, me llevó

con él del brazo, suavemente, detrás de las palmeras. Ya
algunos nos miraban y todo me resultó espléndido. Habiendo comprobado nuevamente mi poder de atracción, le
dediqué una mueca deliciosa.

—Debo rogarle, debo excusarme —dijo Andrés—. Señora
Ordóñez: en su invitación ha habido un error. Tanta gente,
gente nueva también y se han superpuesto inevitablemente
nombre y fechas.

—No comprendo —dije.

Me apretó el antebrazo porque estaba confundido y de
todos modos al majadero yo le gustaba, desde el primer
momento, una barbaridad.

—Se le ha hecho llegar una invitación equivocada —contestó con gran pesar—. Este Congreso es rígidamente partidario.

Afortunadamente estaban las palmeras y su mano. Debió
compadecerme aunque se mostró aliviado por la aclaración.
En los tiempos heroicos de su sindicalismo debió pegar primero y bien. Un hombre duro. Que yo fuera una linda
mujer estaba incluido en otra parte del programa.

—Lo siento, señora Ordóñez, le daremos todos los medios
para que regrese a Buenos Aires, lo mejor posible.

—No es necesario —alcancé a decir.

Entonces surgió el político.

—Eso no significa que pueda estar de nuevo con nosotros
si lo pide; si usted está lista a incorporarse al Movimiento
después de tanto tiempo. Todos seguimos siendo peronistas,
espero.

A la gente como yo se las llama trepadoras y suelen ocurrir-
les cosas semejantes; insensibilizan por un par de horas como
un buen narcótico. Después se ocultan cuidadosamente el dolor y cicatriz. A veces uno se ríe. Yo resolví que Andrés me
fascinaba. Ahora sugería tomar un buen café y en la pared de
la conserjería leí la fecha sobre un almanaque de la Esso.

—Esso y Shell son idiomas universales —dije atolondradamente.

Andrés me apretó otra vez.

—Está usted muy disgustada. Pero debe comprender. Todos somos peronistas en alguna forma. Ahora intentamos
un partido químicamente puro.

Era a fines de noviembre. Un mes más tarde Ordóñez
decidirá descansar en Punta del Este con su mujer e hijas.
Sus pacientes lo habían convencido que era más segura y
enteramente elegante aquella costa suave a la que bajan los
pinos. Veranearíamos entonces.

—Naturalmente —dije siguiendo a Andrés hasta el bar.

Raúl apoyó el pie en la barra y entreabrió el saco de
franela oscura para introducir su mano en el bolsillo. ¡Toda
una estampa! Bebió un trago y pude verlo de perfil: la
nariz aquilina de tantas generaciones de Ordóñez se recortó
contra el pulido bar de vidrios y maderas cuando sonrió, de
pronto, haciéndome intuir lo que sobrevendría. Aún tenía
tiempo de escapar porque la puerta del coqueto damas daba
sobre otra, de cristales, cerca de la calle. Me iría discretamente al aire de la noche, hacia Florida, pero Rocky avanzó
un par de pasos y ya no pude resolver en libertad. Algo me
fijaba esta vez al escenario frente al cual no era una simple
espectadora más, porque ellos, junto al bar, hacían alusión,
me discutían. Vi a Rocky hermoso y fuera de lugar como si
su belleza resaltara junto a Raúl y se empequeñeciera; como
si sus hombros anchos y el contorno de su pecho no tuvieran
cabida en el desolado lujo del hotel de moda, con el pequeño
rumor de los pocos que rodeaban las mesas bajas junto
a los ventanales, el cric del cristal de las botellas y hasta
el ritmo del barman ocupado con sus mezclas. Su hermosura
estaba fuera de lugar, lo hacía vulgar, absurdamente desvalido entre el brillo, la leve música funcional y aquel dedo
habilidoso de Raúl deslizándose entre el borde del saco y
el chaleco, es decir, todo lo que denotaba, en él, al argentino
seguro de su lugar.

—¿Entra o sale? —dijo una mujer con la que tropecé.

—Cabra —pensé— como todas las mujeres: cabra.

Pero sonreí con la antigua costumbre de la buena educación, tan liviana en mí, tan firme, sin embargo, y me hice a un lado.

La mujer del toilette debió comenzar a preguntarse si algo andaba mal.

—¿Señora? —preguntó.

—Espero a alguien —contesté fingiendo un fastidio que no sentía. Había entrado sin que ellos me vieran. Quería asistir al final. Era Raúl el que hablaba ahora y ya no estaba tan seguro porque movió una mano y comenzó a gesticular, lo que acentuó en seguida las líneas y rictus de la cara bronceada por el sol y en parte descompaginó su elegancia. Sentí un malvado placer observando el leve proceso de incoherencia en mi marido. Podía darse el caso de que no estuviera ni tan firme ni seguro a lo largo de veinte años de mala convivencia. Podía darse el caso de una resquebrajadura apenas, un orificio diminuto por el que se colara el desaliento, el punto vulnerable de aquel caballero andante atento a la cirrosis de la señora de Alvear y a las adherencias de un Fulano afortunado. Pero era Rocky el que me preocupaba porque ahora su belleza aparecía como una valija pesadísima que se deja en el andén, como un par de guantes nuevecitos con los que uno juega sin decidirse a calzarlos o a desprenderse de ellos. Era un Rocky acorralado y sin embargo digno, retrocediendo sin volverse, ofreciendo su cara colegial y silenciosa. Sufría, eso adiviné, y supe entonces, cuánto es que se puede amar a un ser humano que nos dio placer. Vi la mano de Raúl golpear con impaciencia el pulido borde del mostrador y su inestabilidad —debía estar algo borracho—, sus pies bien calzados que me resultaban admirables. Dejó la barra y repicó en el piso con idéntica impaciencia.

Fue curioso ver gesticular y reclamar a mi marido, no al doctor Ordóñez junto a la camilla o la cama de sábanas de hilo bien bordadas. Ese hombre fino pedía algo para sí como

tantas veces exigiera la vida o la salud para los otros; despojándose de su magnanimidad, Raúl Ordóñez ponía precio
a mi cabeza. Rocky, sin embargo, no estaba allí. O mejor
dicho era un delicado contorno de Rocky el que fumaba y
bebía sin cesar porque su cuerpo, su estridente armonía exterior, reposaba lejos de nosotros, en la casa del jefe quizá
o en algún puerto de Europa, en la planchuela de un barco
por el que descendía con una bolsa marinera y una espesa
barba crespa y colorada. Me preocupaba amar a aquel fantasma que traía reminiscencias de un ser total, por desgracia,
muy lejano. Algo no encajaba en él como el día en que lo
conocí, cuando le sobraban tantas cosas en su vestimenta,
el saco a cuadros, la bufanda, el pequeño sombrero francés.
Ahora era más bien su cuerpo y su cabeza hermosa, grandes
en exceso junto a la figura que gesticulaba y había envejecido bastante tiempo atrás, aquel furioso hermano, aquel
desconocido con el que compartía las buenas noches de
nuestro mal humor y el distraído comienzo para un nuevo
día. Porque mal o bien Ordóñez formaba un núcleo con los
grandes vasos ventrudos de cristal grueso en los que los
hombres de negocios florecientes bebían el escocés sobre
las rocas, de rigor. Ordóñez era parte de aquella mundana
geografía donde trascurrieran las horas de mi bienestar,
parte del foyer alfombrado por el que circulaba el maître
al que cualquiera hubiera podido confundir con un caballero
que se prepara para la cita con la ópera de Mozart, una
moldura más del lustroso mostrador de madera oscura y
las relampagueantes mezclas rojas y verdosas que el barman
disparaba hacia las mesas. Una dama japonesa sonreía blandamente al americano de turno, tan rapado y soso como los
demás americanos que se emborrachan plácidamente en sus
lugares favoritos, se emborrachan muy barato con un whisky
bueno que les cuesta un centavo de la misma manera que
el borracho de almacén distribuye su sueldo semanal en vinos
fuertes o en ginebra. Borrachos de algún modo, felizmente
borrachos, susurrando idiotas conversaciones fin del día,

aquella hora en que todos descubríamos de pronto, dentro
del hotel acogedor, la necesidad de divertirse un rato, de
olvidar de todos modos. La dama japonesa y una mesa de
cuatro que soltaban carcajadas y expresiones en inglés y
Antenor Guzmán, un abogado famoso, con su parálisis a
cuestas y la vieja amiga ya con el mismo aspecto venerable
de su esposa. Todos, acodados muellemente en la seguridad
de un buen trago a las siete de la tarde, a excepción de Rocky
escabulléndose como un hermoso animal salvaje hacia la
calle, todos a excepción de Rocky que por alguna razón
inocultable no encajaba. Pero mi diabólico marido poseía
inacabables argumentos y aún habló un buen rato antes de
que yo me decidiera. No podía ya con mi ansiedad cuando
la rubia tornó a dejar el toilette y me empujó esta vez en
forma fastidiosa. Nadie dudaría de que yo estaba espiando
a la pareja de hombres que desentonaban en mitad del bar.
Veía cuán endiabladamente distintos eran uno y otro, qué
ventajas largas y crueles se llevaban mutuamente, cuántas
capas superpuestas de mi vida representaban, tal como podía
ver la dama japonesa si se distraía de las frases sosas de su
americano, cada vez más rojo, más encendido y más borracho.
Entonces me acerqué avergonzada por esa pose inmadura
de mujer entre dos hombres, la luz y la penumbra, casi
Blanca Maggi recorriendo la nave principal mientras un
nuevo tenor se desgañita junto al órgano, Blanca, trasparente,
encaminada hacia Pablo Achino, atenta a la pequeña muchedumbre de intrusos, a la estridencia musical de Wagner
y a los odiosos gladiolos que adornaban los altares. Casi la
misma, pero ahora plena y satisfecha por tanto amor, por
tamaña solicitud, la temblorosa Blanca Maggi aferrada a la
mano de su padre, siempre suplicando amor o acaso comprensión o la seguridad de haber sido bienamada y protegida.
Muchas veces comprobé mi insensibilidad moral. Nunca
como ahora, contenta de interrumpir el diálogo ominoso,
sonriendo a uno y otro, feliz de traicionar en una forma tan
perfecta, insensibilizada por una larga circunstancia. Ellos

me escoltaban más o menos expectantes. Ordóñez pidió whisky para mí y ofreció a Rocky un cigarrillo. Debí empezar la conversación con naturalidad pero no acertaba a explicarme la presencia de Rocky en el bar a la hora en que me citara mi marido y éste parecía demasiado tranquilo para suponer de su parte siniestras complicidades. El whisky nos había reunido. Pero Rocky explicó que el azar lo había llevado al hotel en busca de un amigo ocasional, dio un nombre, algunas señas confusas. Lo miré de lleno en los preciosos ojos tan inexpresivos como sus mentiras.

—Raúl y yo tomábamos un trago.

—Celebraban —dijo.

Vi la roja señal de mi peligro.

—Oh, no —repuse rozándolo con la voz, con la mirada, con mi vibración—, un trago cualquiera.

—Celebre con nosotros —dijo Raúl bebiendo un largo sorbo de su vaso.

El cristal golpeó sobre el mostrador con un ruidito que me erizó la piel.

—Gracias, doctor, me voy.

Puse cara de espanto cuando Ordóñez me miró con sorna. Rocky sonrió piadosamente.

—Pero acabo de llegar —dije.

—No encontré a mi amigo, al fin. Vivo muy lejos y en invierno el regreso se hace penoso.

Hablaba de la casa del jefe con un acento monocorde que me lastimó.

—Vivís en Barrancas —le reproché—, no es el fin del mundo.

—Me voy de todas maneras.

Pero Raúl pidió otro whisky con esa asquerosa cordialidad de superficie que lo hace mundano y accesible.

Pensé:

Conozco todo de estos hombres. Ellos me flanquean naturalmente incómodos pero yo sé todo acerca de los dos. El objeto aparente había sido estar ahíta, saturada de amor. Y

bien: allí estábamos. ¿Qué pensarían los demás? Una pareja
entró en el bar con aspecto desolado. Ella fijó en el trío
una mirada de conocedora. Por lo general el hotel a esa
hora se llenaba de habitués. Marido y mujer y amigo, pensaría. También yo lo pensé pero no me impresionó. La fría
decisión que usaba para vivir desde la muerte de Pablo
volvía las cosas trasparentes. De haber compartido a un
hombre por dinero me hubiera dicho: soy una prostituta.
Prostituta es una denominación más. Mis ojos no hubieran
cambiado ni mi voz ni tal vez mi naturaleza íntima. Una
prostituta antes o después no cambiaba a Blanca Maggi,
tampoco la cambiaba un par de hombres que se acostaban
con ella. Me río de una moral común; yo, entre Raúl y
Rocky, seguía siendo la misma. Pero ellos conversaban ahora
acerca de la última revolución en el país y lo hacían en una
forma inarmónica y superficial. Por cierto que Raúl defendía
las viejas estructuras. Debían existir buenos médicos, grandes
clínicas, una clase poderosa para asegurar las investigaciones
y la prosperidad de unas y otras. Atribuía confusamente los
males de Argentina a la vieja dictadura, repasaba la historia.
Estaba capacitado para hablar de muerte porque al fin y al
cabo ella lo acompañaba a veces a visitar sus pacientes.

—Es preciso pues que corra sangre —dijo.

Vi la cara de Pablo chorreando su último sudor. Cómo
es que le había levantado la cabeza, incrédula:

—Es Pablo —dije.

Mi marido ahora hablaba de la sangre que debía correr.

Rocky, en desventaja, asentía con el pensamiento puesto
en el verdoso curso del río Amazonas. Súbitamente volvía
a la realidad y optaba por odiar. Era todo en el país lo que
lo rechazaba, su propia incapacidad de adaptación, su triunfante ribete de aprovechador. Casi no le quedaban fuerzas
para trepar. También yo, recién casada, había usado toda
clase de artimañas para reunir a mi alrededor un grupo
humano de significación. Bastaba conocer a un par de co-
merciantes zafios para que de inmediato urdiera una invita-

ción a casa. Nadie escapaba a mi avidez: vecinos, insignificantes conocidos, camaradas de los veraneos, de todos echaba mano para formar la base de mi pedestal. Raúl veía en esto una valiosa colaboración y me la agradecía pero Rocky, en cambio, se contentaba con la blandura de una vida otorgada por graciosa cortesía. Nadie puede humillarme si es que yo no quiero, solía decir.

También él creía en la sangre y la violencia. Evocando los suspiros de ambos me sentí muy mal. Había un desacuerdo venenoso en la tranquila escena del hotel y Rocky, de súbito, se dispuso a partir.

—Por favor —rogué.

No bien traspusiera la puerta volvería a caer sobre mí toda la insatisfacción que tornaba opresivas las horas junto a Ordóñez. Era preciso que lo retuviera pues. Sentí torvos temores y hasta presentimientos. El dolor se hizo presente ahora corriéndose desde la axila hasta la base del pulmón. De modo que el mal subyacía y era inútil esperar el paso de los días o atribuir el malestar a mi histerismo. Las mujeres de mi edad se enferman casi siempre. Imaginaba haber usado en Rocky los últimos destellos de una vida sana antes que se hicieran presentes los monstruos y las acechanzas para aquella máquina infalible de mi cuerpo. Pero cada mañana el dolor estaba y el pequeño nódulo hinchaba el pecho levemente cuando lo palpaba, como quien practica un rito obsceno y secreto. El dolor era una experiencia obsesiva e irritante que volvía inútiles las cosas más dispares. Rocky carecía de sentido en mi dolor porque yo necesitaba plenitud para gozar de Rocky y sólo encontraba el dolor. Su pelo rojo brillaba como la primera tarde en la exposición de objetos. Siempre me había gustado el rojo acerado de su pelo y Ordóñez hablaba sin cesar de la revisión histórica. Es extraño cómo puede permanecer un ser humano en medio de la tensión y el miedo. Si yo tenía que morir, ¿qué sería de ellos? Pero la muerte era una ceremonia para otros. El dolor significaba una pequeña depresión y el impedimento irritante de privarme de Rocky. Casi estaba sin resuello, bebiendo un whisky que no alcanzaba a emborracharme y totalmente desesperada.

—Hasta la vista —dijo Rocky, con tristeza.

Entonces me revolví hacia Raúl como un animal herido.

—¿Qué es lo que conversaste con él? ¿Por qué se va?

Raúl terminó su vaso e hizo señas al maître.

—Tu amigo estuvo bien —dijo. Sonrió con mucho whisky y mucho odio adentro—: Sabe callar —agregó.

A veces he alcanzado a descubrir en mí una fría determinación desagradable. Si María Luz o Silvia se hubieran acostado sobre los rieles, mi tren ardiente habría volado sobre ellas. Siempre vi a Raúl jugando metódicas plaquetas nacaradas, perdía o ganaba con el mismo ánimo metódico con que auscultaba a sus enfermos. Un divorcio a esa altura de la vida significaba para Ordóñez toda una contrariedad. Además, yo no le había pedido el divorcio. Vivíamos en un país católico donde se permite el éxito del homosexual, del adulterio, del aborto, de los manoseos prenupciales, de la práctica onanista; el divorcio no. ¿Qué divorcio?, diría Raúl desde el fondo de un asombro antiguo y criollo, presente en la sangre desde los bisabuelos españoles. ¿Qué es lo que significa un divorcio? De todos modos, él se había propuesto conmigo una perfecta parábola amorosa. No me amó por casualidad sino que la suya fue, más bien, una pirámide de cubos cuidadosamente acomodados para ofrecerme y ofrecerse. Sufría y ocultaba su herida con un pudor de enfermo.

Aún le quedaba jugar conmigo a la esposa díscola. Blanca era atolondrada, fantasiosa, irregular. ¿Y qué? Un buen médico como él, casi un gran médico, podía transigir con las indiscreciones de su esposa. Había puesto un especial cuidado en dibujarme frente a los espectadores como una frívola sin freno. Fue una maniobra singular que le ocupó la mitad del tiempo de nuestro matrimonio y una maniobra ingeniosa. Los espectadores apostarían a favor del muy culto y suave médico que era.

—Créame —decía al marido de Alicia—, instalaré para
mi mujer una clínica de muñecas.

Casi consiguió convertirme en eso. Pero yo sabía que
la gente gustaba imaginarlo como a una víctima especial.
Entre la señora Ordóñez y su marido se extendía esa clara
distinción que hace a los seres humanos débiles y aprove-
chados. Siempre era mejor dejarse estar en la pendiente
suave de las suposiciones. Se suponía que yo era infiel, alocada, desigual, y todo convergía confortablemente en la
aureola deslucida y muelle con que quería ceñirse Ordóñez.
Yo lo imaginaba frente al espejo condoliéndose con el tono
suave que usaba para diagnosticar el cáncer o las obstruccio-
nes: él sufría a Blanca Ordóñez y estaba doblemente decidido
a no dejarse derrotar ni a tomarse la molestia de obtener
otra mujer para dejar a la suya en paz. Yo sufriría aquella
fidelidad como el nódulo debajo del corpiño, o la sensación
extraña de ser considerada con una benevolencia que ocultaba odio.

—Sabe callar —insistió.

Pero Rocky estaba de nuevo junto a nosotros, tartamu-
deando, agitado, pretextando en forma ininteligible.

—Aceptaré un whisky, pues —dijo con desesperación.

Y el barman lo sirvió en parte sorprendido porque debíamos estar tomando actitudes extravagantes. Uno puede
hallar felicidad en cosas como ésa, en el hecho de que
Rocky jadeara confundiendo sus ojos con los míos, en la
callada ceremonia de querernos como locos en el hall de
un hotel de moda, frente a mi marido, con un cordón de
gente que bebía y se acaloraba entre los vitrales Tudor y los
cortinados. Él se apremiaba ahora con la vehemencia de sus
confusas relaciones; ambos me acunaban con su insólito
interés. ¿Por qué la relación de una pareja me recuerda
siempre la persecución entre los perros? Ellos jadeaban
olisqueándome. Pero yo volvía enternecida y llena de solicitud a mi amante juvenil que me devolvía todo lo perdido.
¡Cuánto nos amábamos!

Cuando Raúl contestó el saludo de un amigo, Rocky se escurrió a mi lado:

—No quiero irme. No quiero separarme ahora.

Toqué fondo en mi satisfacción, aquella victoria completa sobre todos mis fantasmas, la piel privada de frescura, mi venganza sobre los veinte años de las otras, el gomero de la Plaza San Martín a cuya sombra misteriosa Pablo y yo nos acogíamos para besarnos y planear. Rocky estaba aferrado a mi madurez con un lazo bien fuerte por ahora y yo sentía por él una sumisa gratitud, un resplandeciente amor. Dos días antes y cruzando la Avenida Alvear, Alicia nos había sorprendido tomados de la mano. Su cara de asombro y su reproche me amenazaron desde el cuidado automóvil gris que manejaba. Paseándome con Rocky había puesto en peligro las augustas hemorroides del marido. Los enfermos de ciertas capas sociales exigían virtud en la esposa de su médico. Yo era una esposa atolondrada e indiscreta.

—Quedate —dije con idéntica desesperación.

Pero Raúl sonrió al maître, terminó el whisky y regresó a nosotros con benevolencia.

—Pasemos a comer —sonrió.

Ahora a Rocky no le cabría más alternativa que partir. Además mostraba prisa. Estaba pálido cuando inclinó su cabeza en señal de despedida. Raúl me dio el brazo y lo seguí con incierta mansedumbre, consciente de que alguno nos miraba, la japonesa del americano y la rubia espléndida en parte parecida a una cabra. Era joven y se sentía admirada. Recibí íntegramente el hálito de aquella triste obsesión; sobre mi cabeza se unía la decadencia y la tristeza.

—Tendrás que reducirte a comer en mi compañía, amor —dijo Raúl.

Entonces me solté de su mano y corrí atravesando el bar hasta la salida. Afuera se detuvo un largo automóvil cargado de azafatas. Desde mi locura vi a Rocky doblar en Florida hacia Viamonte. Debí hacer una extraña impresión corriendo sobre los altos tacones, sin abrigo ni cartera, ciega por mi

insoportable excitación. Rocky caminaba muy ligero y torció
hacia Maipú. Algunos se volvían a mirarme; en la esquina
de Florida un diariero gritó divirtiéndose:

—Ehy, hey.

Yo había visto muchas veces mujeres corriendo por la
calle, llorando en los bares, hombres que abofeteaban a su
compañera. Un muchacho introdujo un cortaplumas en el
antebrazo de otro. La gente se agolpaba y la sangre brotaba
limpiamente por la herida. Frente a la Facultad de Medicina,
un jeep arrolló a la muchacha que cruzaba, vi sus zapatos
por el aire, el color de sus calzones, quedó reducida en su
tamaño, contraída, la cabeza abierta y aplastada, muy intacta
en la frente. La desesperación y la muerte en las calles llenas
de curiosidad, de angustia, y los hombres, las parejas rodean-
do todo con idéntica avidez. Ahora yo corría por Florida. Lo
llamé. Aquella carrera era anterior a mis reflexiones. Por
alcanzar a Rocky hubiera aplastado a Raúl, a María Luz, a
Silvia. Él se volvió sorprendido.

—¿Qué hacés? —dijo.

—Oh, Rocky, te han humillado, y no puedo soportarlo.
Escuchame.

Ahora parecía un hombre maduro y en parte algo afligido,
sacudiéndose para escapar.

—Yo te amo, Rocky.

Te amo Pablo, te amo Raúl, te amo Rocky. Amar. Qué
disparate. Una cara de veinte años poseía la magia y la
virtud. Nadie quiere transigir con ese largo cansancio de la
mitad de una vida. Me aferré a él, creo que también lo
abracé.

—Oh, comprendeme, ayudame.

—Mañana —dijo—. Te esperaré mañana como siempre.

Me convenció que regresara al hotel con una buena voluntad fraterna. Debía calmarme, él también se calmaría,
mañana podríamos reencontrarnos en la casa del jefe. Mientras volvíamos hacia Florida la gente que me viera correr
nos observaba y algunos comentaban y sonreían. Siempre

había tocado fondo en compañía de Rocky. Sentí un cansancio de muerte. Y el dolor en el pecho acentuado por la agitación. ¿Adónde iba Rocky? Mi dolor se adormeció imaginándolo.

—Debo empezar a trabajar —dijo Rocky en tal forma que me confundió—. Mañana, la semana entrante comenzaré a buscar un buen trabajo. Eso aclarará la situación.

Se arrastraba conmigo en pos de ese mañana o de esa semana próxima que se alejaba de sus ojos como el fantasma de la reverberación. Mañana sería un día lejano y una tregua nueva, se objetaba a sí mismo, se excusaba, mañana tal vez, de pronto irrumpiría la aventura o el hecho insólito, la suerte daría vuelta en la esquina hasta el encuentro con su alta figura musculosa. Poniendo un término preciso a su desarraigo, ganaba un tiempo precioso. Todavía un mes, una semana. La cosa era empero no decidir, no utilizar sus fuerzas, ser reflotado por mi brazo, por el diablo, acaso una ventaja más, algo más para arañar, un día más para su debilidad, la rapiña leve.

—Como quieras —contesté.

Él esperaría sabiamente que el cielo le hiciera llover sus dones. Era obvio que debía encontrarse con alguien y que hablaba para confundir. Hacía un par de semanas que yo lo fastidiaba de veras, pero lo amaba aún, rotando en su miseria.

—Blanca, quedate —rogó por compromiso.

Resplandecía junto a la vidriera.

—Hasta mañana, Rocky.

Entré al hotel con la cabeza baja. Raúl sentado a la mesa elegida se puso de pie, con solicitud, al verme.

—¿Estás bien, querida? —preguntó impasible.

—Sí —le respondí sentándome—, estoy bien.

Recién cuando los dedos hábiles palparon el pequeño nódulo, cuando lo deslizaron desprendiéndolo de la carne y de la piel, cuando lo extrajeron casi, sintió el dolor. No había contado con esa circunstancia como no se cuenta nunca con que la sucesión de días discretamente escalonados pueda sufrir interrupción, de modo que pasen juntos tres o cuatro o salten dos y aun media docena, tal como las botellas entrechocándose en una cinta sinfín. Ordóñez palpaba el pequeño nódulo, hábilmente —es un médico discreto, un generoso médico, un médico excelente— hasta que Blanca retrajo el seno diminuto, ahora demasiado chato, apenas una suave onda de piel y blandura, con el resto de pudor perdurable y el temor por las imperfecciones de su cuerpo. Muy cerca, aquel rostro de hombre maduro emanaba una monotonía infinita. Entre los cabellos rubios descubrió las raíces ralas y las canas, los gruesos trazos de la carne, el rictus. También él. Era como mirar las propias manos y excitarse hasta sentir piedad o afecto ante un trozo de pierna, de muslo, de antebrazo. Una parte poco vital aunque necesaria: e imposible sentir amor por eso. Vino el dolor deseando ardientemente no sentirlo porque la pequeña bolilla resultaría inofensiva cuanto más indolora; y aun, esforzándose, recibió el dolor y se lo dijo. Entonces sobrevino el médico y escuchó, detrás de la voz de su marido, cómo es que él descubría aquello en media docena de mujeres cada día en el hospital. Cómo es que la bolilla era un siniestro interrogante que aparecía y desaparecía. Hasta que Blanca puso en movimiento la imaginación a la que tuviera atrapada con esfuerzo y repitió las palabras: mutilación y extirpación. ¿Le preguntaría acaso si ella estaba dispuesta a la mutilación como a una pregunta del verdugo? Han dispuesto todo: pero la víctima no puede disponerse a bien morir.

Y luego, si ella se disponía a la mutilación, habría acabado una parte importante de la vida aunque esta siguiera en cierto modo con Ordóñez, convertido en una costumbre conveniente y hasta saludable, y las niñas, sus hijas, en esas dos grandes mujeres que ordenan con cuidado los meses y las estaciones. Aun papá y mamá parecían inmutables, y la existencia misma un bloque monolítico. Toda la familia, al fin, ese conjunto de perennidad. Sólo ciertas madrugadas dan la medida de lo que fue y pasó. Aún se ve transitando aulas, tan igual en el fondo a la mujer que ahora se revuelca en la cama y se desvela, sin un pensamiento amable para elegir, tan semejante al vivo olor de las tipas penetrando por el balcón hasta la pieza donde Teresa y ella duermen resguardadas, ignorantes y ansiosas por todo lo que puede acontecer. Vivir se convierte de ese modo en el Canto de Rolando con la cabeza destrozada entre cadáveres. Los que mueren y los desaparecidos, las casas en alquiler y la ropa para los niños pobres, el Ejército de Salvación y la misma blusa que antaño hiciera resaltar el color de los ojos y la piel. Nada más amargo que asistir a la desintegración de una casa o cobrarle aversión al hallarla solitaria y fría, la triste pieza de soltera desmantelada durante años y el modesto comedor donde el cristal de Baccarat subsiste como un anacronismo. La misma casa donde la Castellana, muy anciana, bebe su té inclinándose sobre la taza, versión final de la Castellana envejeciendo como una larga despedida. El tiempo es así esa ecuación siniestra, vertiginosa, que deja sin aliento, apenas si uno recuerda el intenso calor de la Navidad porteña con humedad y jazmines del Cabo en las esquinas, cuando las Fiestas Patrias están en todas las vidrieras y los balcones de los edificios. Viva la patria en una bandera desteñida y borrosa como el resto del país, viva la patria y otra vez, felicidades, con los ojos empañados y más ganas de llorar a gritos brindando con nuestro ácido champán. Y tantas otras circunstancias semejantes como Raúl cumpliendo los cincuenta años, agradeciendo la fina camisa de batista regalo de María Luz, ya al borde de los cincuenta y dos, vertiginosamente, se advierte un tiempo absurdo que se va, de domingos tediosos que se van, de veranos que se van y a fines de marzo no podemos evocar lo bien que pasamos entre el sol, el mar, la arena y ya están las muchachas reclamando —ahora— un discreto guardarropa de invierno. Quizá la vida continúe y tal como Raúl afirma con su voz monocorde y pacífica de médico en funciones, el nódulo también pase a la historia como tantas otras cosas que pasaron y aquellas terroríficas palabras mutilación o extirpación sean para otra. Finalmente, ella tuvo suerte casi siempre; la gente solía decir de Blanca: es una mujer que lo tiene todo.

Ahora Ordóñez le jura con solemnidad, juega con el nódulo, juguetea y lo desprende, le quita importancia y virulencia, se burla de eso y lo domina. Es un buen médico, caramba, que sabe lo que dice, hasta el punto de que Blanca advierte el extraño alivio de aquel hombre, su purísima alegría, su total gratitud hacia la ciencia que le permite aligerar circunstancias como ésa, domeñar el malestar de su mujer de siempre, proteger su vida, quererla viva y sana y aplastar el fantasma delante de sus ojos. También Blanca lo ama ahora —vivamente y sin amor— por reducir todo su mal a una espinilla bajo el brazo. Ahora ambos desean que ella no muera de eso aun cuando haya que pasar la prueba de la enfermedad, con su mundo insólito de aberraciones y dolores y se palmean amistosamente como un par de jugadores avezados. También es triste la conformidad con que la cabeza se niega a pensar y resolver, la conformidad con lo que se tiene todavía, largos años de ocaso y melancolía, el tiempo que es a la vez esa espesa gelatina y el disparatado tictac a su alrededor. El tiempo acumula sobre nuestros pies lo que no se supo hacer, lo que no se hizo, lo que pasó y fue la última vez que estrechamos contra el pecho aquella hermosa cabeza de hombre a la que amábamos, la última vez acumulada tantas veces, el tiempo del olvido que es siempre demasiado largo, el hermoso habitante de la cama, un buen muchacho algo mutable que se entristece por las noches y pasea con Nina o con Esperanza o con Cristina, aún gentilmente adherido a Blanca que lo ciñe con desesperación y amor en tanto juegan al ajedrez para pasar la tarde. Esa falsa frescura desaparecerá con él, habrá que pensar en Rocky convertido en un buen hombre somnoliento, regordete y bonachón. Lo verá pasar en compañía de otras caras trasparentes, de actrices pésimas y estudiantes de filosofía. No ha de soñar con la luna sobre la fogata en el campamento juvenil, tal como ella hubiera querido verse, de nuevo la esbelta adolescente de largo pelo lacio, la cabeza apoyada en el hombre sólido, vecino de su almohada, pero la madura señora Ordóñez se echará a llorar en cuanto dé vuelta en la esquina, los dedos apoyados en el antebrazo de Ordóñez, tañendo a muerte por la casa del jefe y aquellos mágicos trasportes ya imposibles de olvidar, aquella maravilla ya olvidada. O quién sabe alguno de ellos muera o sea condecorado o elegido Rey de Siam y el imprevisto otorgue a la madurez interminable, cierta elasticidad. Por ahora Rocky aguardaba su respuesta en el diminuto bar de Paraná y Arenales, con inclinación filial, tan triste como ella de sentirse ajeno y apenado, ciertamente hastiado del amor comprometido, derrotado y listo para la próxima aventura, aguardando el avión, el barco o la muleta que ha de trasladarlo lejos, donde los trópicos pongan telones a su paso y las mujeres aguardan misteriosamente. Mi buen Rocky. Mi buen Raúl. Mi buen Pablo, mi buena hija María Luz que nunca ha de ser niña nuevamente ni ella cobijará otros niños, amorosamente joven, mi buena hija María Luz quien avisó por la mañana que ha decidido establecer sus cuarteles en París por un par de años. Los Ordóñez ahora celebran la férrea decisión de la joven y fría habitante de la casa y hasta deciden aplaudirla porque de todos modos el andamiaje cede y la chica explica cómo es que hará para vivir, sin aspavientos. Todo se derrite y se desintegra en tanto Silvia, otra desconocida, crece y ama a un estudiante lerdo y bien sexual, con un dejo de arribismo que recuerda a Blanca la psicología de Rocky. Ahora los días han de adquirir otra coherencia ya que todo consiste en conservar los restos y ella admira la envidiable soltura con que Ordóñez pone en orden sus fichas, las anotaciones que conserva y sus planes para un estupendo fin de semana. Ahora Blanca usa la ironía frente al espejo y observa fríamente la línea que luego será un surco y más tarde el pliegue o la hendidura que convertirá en objeto. Con seguridad Ordóñez insiste en palpar el nódulo y repite el veredicto tan acorde con el hecho, el momento y el deseo de ambos, vivir aún, integrado a su mujer como si ambos fueran una definición de la palabra matrimonio. También las grandes ambiciones están desubicadas. Han pasado como ráfagas esos sueños demenciales; sólo resta la capacidad de fantasía y el caparazón de los seres y los días perseguidos. Así como tantos desaparecieron ella se encuentra por las tardes en Florida con Mamá Viuda Vieja que aún la ignora, o con Wanda que milita ferozmente. Aún está en el país todo por hacer y ahora Blanca piensa que Dorrego fue la otra historia y que también ella pudo ser otra mujer, empeñada realmente en otra cosa.

Son días de derrota y Raúl aprovecha la pausa larguísima de los pensamientos misteriosos, comunes sin embargo. Ya alrededor del matrimonio indisoluble se abren las flores misteriosas de los muertos, de los que huyeron, de los que quedaron tendidos en el campo de batalla.

—Dejame ver —dijo Raúl insistiendo en el examen. Los dedos siguieron hábilmente la dirección del tenso cordón hinchado, el delicado rosario de nódulos perdiéndose en la axila y en el pecho izquierdo.

—Ya verás, será una operación ligera —insistió.

Sentía ya un ávido interés por arrancar a la criatura humana de la trampa; entre sus dedos brillaba el bisturí como un arma milagrosa, con un destello ultraterreno, haciendo coincidir los rayos del sol, y la luz de la sala de operaciones crujiendo siempre como una abeja en vuelo. Lo llevaba ese

interés apasionado que había hecho de él un hombre
estimable frente a las ficciones y vicisitudes de Blanca, un
interés lleno de nobleza, ligeramente enmohecido por la
necesidad de ganar dinero. Pero al fijar sus ojos y sus manos
en un cuerpo enfermo, toda la legitimidad de su misión
quedaba al descubierto.

—He visto tantos casos similares, saldrás bien, yo te lo
aseguro.

Blanca suspiró. Puso sus manos sobre los hombros de
aquel hombre que era su marido.

—Quiero saberlo.

El médico sonrió. Ahora cabía en la sonrisa toda la buena
voluntad que es dado esperar de él. Casi lo vio enhiesto en
su caballo, el pecho y la espalda cubiertos por la cota, la
visera sobre los ojos, una adarga que cruzaba su cabalgadura
en diagonal.

—Hábleme —dice Ordóñez frunciendo las cejas rubias.

En la sala de espera, la Castellana repasa sin leer las viejas
revistas manoseadas. Estudia la calidad de los cuadros en
las paredes del pequeño consultorio, aguarda el fin de la
consulta para su hija.

—Hábleme.

—Usted me devuelve los deseos de vivir, doctor.

Ordóñez distendió aun más el contorno de su pecho de
viejo deportista.

—Niña: es necesario que no se sienta sola.

Hundió algo más las manos sobre el inmaculado delantal
hasta que crujió.

—Quiero saber, Raúl.

Jamás confesaría a su mujer una derrota. Su mujer era esa
hermosa muchacha de cabellos largos, ansiosa y fresca a la
que amara siempre moderadamente. Ella decía envejecer.

—Rezzio dirá la última palabra. No hay mayor autoridad
que la suya y te extirparemos el nódulo con la facilidad con
que despojás de hortigas el jardín.

—Lo juro —dijo humildemente.

De modo que saldría bien y el pecho quedaría marcado,
ya vio la roja cicatriz como tantas rojas cicatrices en el pecho, en el vientre, en la cintura de mujeres como ella. También la cicatriz era un documento del tiempo que pasó como
las líneas alrededor de la boca y de los ojos y la flojedad
de la piel en la barbilla. Así, ahora, la cicatriz sería un modo
de identificarse como la cesárea de Alicia o la extirpación
total de Berta. A ella le caía en suerte la marca cruel en el
pequeño pecho izquierdo, tan enhiesto y bello todavía, com-
parado, por Rocky, con una flor de magnolia. Ahora, como
las otras, tendría algo que ocultar y añadiría una nueva
limitación a la lista progresiva. El talle que engordaba y la
vena varicosa, la carne floja sobre el cinturón. Contemos
desde ahora el pequeño pecho mutilado a medias, señalado
por la enfermedad a la que Ordóñez espolea vigorosamente,
haciendo caso omiso de esos grandes ojos que interrogan.
Oh, sí, hoy, a los cuarenta años, la huida y el largo proceso
de su vida quedan atrás. Pero el ardor de otrora sigue sub-
sistiendo. ¿Fue la muerte de Pablo o el descubrimiento del
amor en la casilla del jefe? Ella se dijo:

—De modo que curaré de ésta y aún la vida seguirá,
prescindiendo de mi juventud, de un pedazo de mi pecho
y de la terrible aparición de otro Rocky en las esquinas, en
compañía de una nueva mujer desconocida.

Ordóñez no se había engañado frente a la enfermedad
que cedería o no como tantas otras frente a él. Tampoco
era ésa la hora de las definiciones trágicas sino una etapa
más en la lenta desintegración de un ser humano fino y
vulnerable salido al mundo para la derrota. Sólo una etapa
más. Blanca sentíase invadir de olores y visiones; la bacinilla
de papá, el color negro de sus ojos conduciéndolo hasta la
muerte, Pablo Achino forzando sus piernas y exhalando un
fresco olor a agua de Colonia, la sala de espera de Ordóñez
y su ardiente deseo de felicidad, Teresa echando formol en
el ataúd del hombre del Centro Naval, el olor a leche des-
natada en la piel de sus hijas, las dulzonas madreselvas aso-

madas por la ventana de la casa del jefe, Rocky y su olor
a vainilla y caramelo, la toca de la hermana Úrsula, saturada
de almidón y encierro. Todo había sido una ráfaga. Por
eso, a la hora de dormir, prefería atiborrarse de calmantes,
de pastillas, de whisky o de imágenes de televisión hasta
caer rendida. El pasado era solamente el espantoso tropel
de caballos y jinetes que habían muerto en la memoria y
todavía retorcíanse animosos. El pasado era la herida y en
todo caso lo que no pudo ser o ya no es, acaso sólo sea la
engañosa piel de una víbora al costado del camino. Tenía
los cuarenta años que la historia señalaba y ésa era una buena
edad para ser feliz, para pintar, para concebir objetos, para
casarse nuevamente, para irse al demonio, para llorar mirándose al espejo, para ser poderosa, útil y sentirse hermosa,
para morirse en paz y aun para hacer trampas a la vida e
insistir en la aventura.

Enterada del diálogo conyugal, Silvia entró en la habitación donde sus padres conversaban, con esa cauta seguridad que ponía en sus cosas. Sus tensas relaciones con el
novio apuesto y con ribetes de rufián eran harto saludables.
Ahora comprendía un poco más las extravagancias de su
madre y hasta recobraba una intensa simpatía hacia ella. Los
ojos de la chica eran hondos y sinceros cuando dijo:

—Todo saldrá muy bien.

Y en el mismo instante expuso cuidadosamente su plan
para el próximo verano: la existencia que piensa llevar en
adelante a la sombra de su amor descubierto con infantil
descaro y vivamente sostenido. María Luz se irá a París pero
ella sería la misma y todo andará maravillosamente con sólo
que mamá entre en razones. Ellos saben que Garrigós paseará
por Brasil los objetos que han traído a Blanca cierto prestigio, y padre e hijas presienten que es acaso éste un pasa-
tiempo más de acuerdo con la fórmula decorosa de la real
familia. Papá, mamá, María Luz y Silvia, una real familia
de insensatos. Todos digirieron el desaire que Blanca trajo
a su regreso tras el congreso en Córdoba; todos se sintieron

también extrañamente unidos ante el artero Movimiento
que los rechazaba como célula vital. Todos respiraron de
alegría y paz cuando mamá rechazó a su vez la invitación
formal de Andrés, el ex sindicalista, un desconocido con
categoría de jefe, vagamente intimando con mamá e inci-
tándola a unirse a una gran aventura colectiva como en los
neblinosos años del 45. Ellos, los Ordóñez, conformaban
la pequeña tertulia con que aún puede contarse en la
asquerosa sociedad en que vivimos.

—Una familia unida —dijo María Luz revisando el pa-
saporte y ya en parte distraída— una familia unida es un
fundamento poderoso. —Y eso se sostuvo cuando retornaron
a la tranquilidad en común porque mamá dijo no a la invitación, no a ese gran ramalazo que los sobrepasa con la
consistencia de una ola, no al dirigente Andrés que la llamara asiduamente por teléfono y hasta accedió al trabajo
para conformarse. Las cosas no eran sin embargo demasiado
malas, amándose y comprendiéndose según las horas, los
días o las temporadas. Sólo resultaba que mamá parecía
caminar sobre la tarima de los sacrificios y aún debía soportar pruebas como la invitación equivocada y ahora un bisturí implacable, presuntamente salvador.

Silvia amaba a su madre porque la sentía consciente de
aquel trozo de vida con que trabajaban todos, vagamente
relacionado en el pasado, tenuemente neblinoso en adelante.
De algún modo, ¿por qué no amar? Papá y mamá, ella
y María Luz, encerradas en una denominación común, buscaban con ardor su propia conveniencia. Papá amaba el
acto de buscar dinero en las tripas de los otros, María Luz
se amaba a sí misma y Mamá estaba ciegamente enamorada
de Rocky. Ella, Silvia, hallaba placer entre los brazos de un
hombre, prejuicioso y rudo, algo parecido al amante de su
madre. A veces, de visita en casa de su abuela, escuchaba a
la Castellana reflexionar acerca de la artrosis en la última
opinión del doctor Raoult. Todos sobrevivientes. Así los
Maggi y la madre de Blanca y la familia que engendrará

Silvia si es que insistía en el amor, conformaban el verdadero círculo de hierro que daba a la vida de todos una
perennidad solemne. Pero no a mi edad, se dijo Silvia
aliviada por desprenderse del exceso de ternura, no por
ahora y se contorsionó vivamente frente al tocadiscos que
ululaba bajo la estupenda balada medieval inglesa. No por
cierto, dijo y fue la contraseña para que papá y mamá sus-
pendieran la íntima comunicación, ya en la idea de que la
operación no revestía grandeza y era preciso, antes que todo,
abocarse a la compra del pasaje por avión que exigía María
Luz. Aquel campo de Marte estaría limpio de cadáveres no
bien Blanca Ordóñez recuperara algo de su buen sentido,
cuando aceptara haber perdido a Rocky, y el lobo furioso
que comía cuidadosamente uno de sus pechos durmiera un
sueño satisfecho, dejándola vagar por Buenos Aires, audaz-
mente sola, sin la venganza de aquel bello cuerpo joven,
recogiendo sus rezagos en la ardiente casilla del jefe, definitivamente desprendido, como el recuerdo de la Castellana
hurgando en el balcón su precaria realidad.

Entonces di otro paso bochornoso. La oficina donde atendía el detective era un lugar desnudo con algunos estantes
sobre la pared, atestados de papeles. El hombre me indicó
vagamente una silla y la mesa cubierta por volantes de publicidad: NO CONFÍE, INVESTIGUE A SU SOCIO. CUIDE SU
VIDA, SU DINERO, CONDUCTA, SEGUIMIENTOS, PARADEROS.
Un hombre esbozado ocupaba la mitad del aviso: CONDUCTA
vociferaba CONDUCTA - VIVA TRANQUILO. Vivir tranquilo,
pues, era aquella infamia. Del otro lado de la puerta llegaba
una voz de mujer. No necesitaba escuchar las explicaciones
porque la voz era como su dueña —supuse— una mujer
gorda, de edad mediana.

—No es por mí, es por la niña —decía.

—Seguro —dijo el detective.

Ahora enumeraba con prolijidad cómo es que podía perseguirse por medio Buenos Aires al hombre que describía la gorda. Todo era llegar a Retiro y para entonces ya habrían tomado las señas, el número de chapa, la filiación.

—Pero es preciso que siga, en Retiro podrían encontrarse en el tren, justamente. Sí: en el tren.

Y la voz paciente insistía en las ventajas de una persecución discreta, las cosas se descubren con facilidad cuando el otro está envuelto en una sutil atmósfera de amor. Él debía saber. Estaba allí, señora, hacía años que recolectaba estiércol como un cura en su confesionario. Nadie quiere investigar al prójimo si no está uno mismo lleno de veneno. Nadie hace una cosa semejante. Los caireles de la puerta resonaron y esta vez entró una mujer vieja y rubia seguida al parecer por el marido. Pero atisbaron tímidamente y prefirieron esperar afuera. Todos estábamos en aquel santuario como avergonzados, compartiendo el triste rito. Las paredes desnudas no invitaban a otro pensamiento que no fuera la abyección. Vi una fotografía con un par de detectives en Londres, un certificado de eficiencia expedido en Baltimore, el diploma de un congreso latinoamericano de la seguridad. Todo eso sostenía la CONDUCTA humana, aquello era el fortín de la moral, allí se cimentaba la perdurabilidad de los sentimientos, la insistencia, la disciplina, quererme, es preciso que me quieras, hemos firmado al pie del mismo contrato, cumplilo.

—¿Y eso es una prueba? —preguntó la gorda como quien se regodea devorando un caramelo.

—Oh, sí señora, es decir no del todo pero es casi una certeza. Los abogados suelen utilizarlo bien.

Quizá iba a descomponerme entre los papeles de CONDUCTA y HOMBRE ESBOZADO si es que la gorda no cesaba de explicar cómo es que su marido salía de la fábrica a las cinco menos cuarto, cómo es que esperaba el trolebús, los minutos que tardaba en el poste indicador, el instante del café antes del regreso al cepo, a la vieja celda familiar, el pobre tipo respirando con desesperación entre el poste indicador y el café espeso y sin azúcar bajo la amable protección de la cajera y el tucumano que sabía de fútbol y mujeres.

—A las seis y cuarto, y trece si le quiero ser exacta, debe estar en casa. A las seis y trece y desde el mes de diciembre, exactamente, señor, desde el trece de diciembre comenzaron las tardanzas y aun cuando he llamado a la fábrica tantas veces y luego a su amigo, el compañero en la oficina de contabilidad que dice no saber nada acerca de él (son cómplices, los hombres tienen todos un alto grado de complicidad), a pesar de haberlo seguido yo misma dentro de un taxi que me costó lo que un buen par de zapatos, aún no he conseguido descubrirlo.

El descubrimiento era la bocanada asfixiante que hacía latir fuertemente el corazón, que impedía la respiración, el pensamiento cuerdo. ¿Por qué lo habré intentado, pensaría? Ahora daba un paso atrás, hubiera sido preferible no saber. El pobre tipo salía de la fábrica a las cinco menos cuarto y las seis y trece había dejado de ser el horario de la perdurabilidad, a partir del trece de diciembre. Ahora la gorda se quebraba: muchas imágenes tomaban ubicación en aquella cabeza que buscaba excusas frente al detective.

—¿Por qué no debería saber, señora? Es preciso conocer con quién se vive, está usted en todo su derecho, vigilar una conducta es defenderse.

Volví los ojos al papel donde la frase resaltaba. Encendí un cigarrillo, dos y tres; los tragaba casi. El diálogo a través de la mampara de cristal proseguía interminable. Y bien: esto era la abyección pensándolo mejor, Rocky siempre había sido la abyección. Un ser abyecto, un inmundo pozo de veneno, un basural, un estercolero cubierto por plantas del rosal silvestre. Estaba muerto, corroído, podrido hasta los huesos, su linda espalda blanca ocultaba su miseria, sus anchos hombros los contornos de la fetidez, un pozo ciego, ahora buscaba cuidadosamente imágenes siniestras: una cloaca. —Oh, peor que todo eso, era un proxeneta, un vividor, cafisho —susurré— pasivo, mantenido, un gigoló barato.

Mis piernas se estremecían con violencia. Si aquellos dos no se detenían quizá mis aullidos podrían llegar a las oficinas del fondo donde funcionaba decorosamente una inmobiliaria. Había entrado allí por equivocación. Los empleados me miraron con curiosidad: otra, habrían pensado, otra en el desfile de abyectas, las desoídas, las desengañadas, las mujeres que se arrodillaban en ese gran confesionario recabando la roña del hombre que ya odiaban. Comprendí que sólo el odio pudo conducirme allí. Me alegró pensar que el amor había dado paso a un sentimiento cruel que me devoraba escrupulosamente las entrañas. Necesitaba saber.

—Es por la nena —insistió la gorda.

La nena no se enteraría de las aventuras del poste indicador de la fábrica. Entonces el detective dijo que sí, que la esperaba, y se oyó el ruido de las sillas y la dueña de la voz salió: claro que era gorda y algo madura. Con una cómica cara de asombro y de buena voluntad en su abyección personal. Incliné la cabeza y el detective me sonrió y dijo:

—Usted dirá.

No me ocuparía de mentir ahora y ya la historia real estaba en la punta de sus labios. Pero la detuve.

—Vea, señor, estoy en un aprieto.

Era bueno mezclar algo de dinero en cada frase. Bien sabía que la gente entiende mejor argumentos como ése y no los buenos sentimientos.

—En un aprieto. Quiero pedir el seguimiento.

Dio las señas de Rocky con tal precisión que sentí también ganas de reírme. Pensándolo mejor era ésta una gran jugada, la mejor que hiciera en mi vida y me alegraba que Rocky fuese su destinatario. El infeliz dormiría despatarrado en la casa del jefe en tanto yo manejaba astutamente los hilos de la ruina de ambos. Pero que el mundo se desplomara sin misericordia parecía ser en parte y también la única posibilidad. Allí estaba la filiación de Rocky, la

fotografía, la forma de peinarse y sus trajes, la costumbre
de su desempleo, sus vicios. Desnudo, en la habitación,
Rocky ocultaba su sexo con el contorno de las manos. Aquel
nudista sorprendido había sido el gran amor. El detective
anotaba sin cesar tecleando en una vieja máquina, repitiendo y deletreando a medida que la señora Ordóñez ponía
en orden la descripción del perseguido.

—Usted —dijo el empleado—, vamos a decir, la recurrente.

Repitió mucho la palabra a lo largo de la entrevista y
estampó la firma donde alguien imprimiera aquella frase
absurda: firma de la recurrente. En tal caso yo era recurrente y perseguía a Rocky.

—Entonces, quiere usted...

—Que lo persigan, que me averigüen todo.

—Todo —repetí con dolor— todo.

La recurrente exigía todo. El detective parecía ser una
buena persona.

—Trataremos de hacerlo lo mejor posible, señorita, en
estos casos hay que esperar ayuda de la suerte. Piense usted
si toma un taxi, si el taxi va de contramano. De todos
modos se hará todo lo posible.

Creí oportuno hablar ahora del dinero.

—No es sólo cuestión sentimental, hay dinero en el problema. —Pero la cara del hombre no cambió.

—Comprendo, señorita, lo haremos hoy y ojalá la suerte
esté con nosotros.

Casi nos abrazamos

Entonces prometí entregar a Rocky en la esquina de
Florida y Diagonal a las ocho de la noche, llevaría un traje
blanco, una cartera colgando desde el hombro. Alguien aguardaría allí y besé a Rocky con una prisa insólita, despreo-
cupada ahora de la fría despedida y de su distracción. Casi
era imposible sostener una conversación con él y la tarde
fue lenta y penosa.

Sentí que Rocky rechazaba mi contacto, que oponía repasos a mi voz, al tono de mi pelo. Como un sabio enardecido con la investigación, la señora Ordóñez anotaba los detalles: cómo se aburría, su prisa por dejarla atrás, su violencia. Cada señal me reconfortaba extrañamente. Podía decirse que aguardaba con júbilo el desastre y las muestras crueles de mi propia destrucción.

Aquel ejemplar de macho era un pobre rival para mí; conseguía hacerlo caer a cada instante, descubría su estupor, su remordimiento, la forma como desviaba la atención de otrora en una tibia relación de compañeros. No necesitaba la compañía de Rocky, más bien la había despreciado casi siempre como un adulto a un niño poco dotado. Era el cuerpo de Rocky lo que necesitaba y su alma podía irse desde ya al infierno. Pensándolo mejor, un alma para Rocky no dejaba de ser un estorbo, casi una paradoja. Yo perseguiría el cuerpo de Rocky y vi la sombra del detective, un muchacho flaco y joven mirando una vidriera.

—Hecho —pensé.

Me alejé rápidamente por Florida con el ánimo sereno. Otro ángel custodio que no era yo entraría en la noche de Rocky y la desmenuzaría. Por primera vez en mucho tiempo me sentí tranquila, casi feliz. La noche me acogió como si ahora, compartida con mi amado y a través de otra persona, aventara humillaciones y fantasmas. Comprendí también algo aterrada que confiaba en Rocky y que de pronto la cita con el detective y la persecución nocturna carecían de sentido. Nosotros habíamos tenido el amor. Caminé por Viamonte arriba y al llegar a la Facultad me sentí muy mal.

—Dios mío —rogué apoyando la frente en la pared descascarada—, haz que no sea verdad.

Pero esa madrugada, al despertarme, el insomnio acentuó mis temores y, de espaldas en la cama, con la pesada respiración de siempre y el zumbido del ventilador, imaginé que perseguía a Rocky por una razón mucho más clara que su abyección ilimitada. Comprendí también que era parte y víctima de una atroz simulación y algo comenzó a morir.

Bajo el camisón palpé el nódulo que crecía por las noches y que raspaba la axila como una larga espina dolorosa. Pero ahora no, pensé, ahora todavía no porque era preciso que supiera, y lo supe al día siguiente desde el bar, por el teléfono público que comunicaba mal y a través del cual la voz del detective (era otro esta vez) llegó con urgencia y energía.

—Hay novedades, pues, venga.

Tomé un taxi y corrí por Florida hasta la galería que se me indicara: en el ascensor apenas pude hablar.

—Es allí —indicó la ascensorista.

Entré en otra oficina, más importante ahora, con muchos estantes y diplomas y un escritorio provenzal de pretensiones que decía: subdirector. Y el subdirector resultó un hombre detestable que preguntó la causa de mi apuro, contestó el teléfono varias veces y requirió del joven flaco y enjuto un buen informe.

—Por favor —supliqué.

—Un momento, señorita —contestó el hombre, impaciente—. No podemos darle los datos en el aire. El trabajo se cumplió; ése es seguro, debo recabar un buen informe. Pase a la oficina y espérelo.

—Es mi vida me cago en la gran puta —debí decirle.

Pero sonreí y crucé las piernas con soltura porque el teléfono sonaba sin parar y aquel hábil jefe de oficina conversaba con Cabrera, exigía al morocho un servicio para la media tarde y se extrañaba que Reinoso no hubiera llevado a cabo su llamada mututina. Y llamó a Reinoso, al que le dijo complacido que la perseguida había tomado el té con una amiga y visitado a otra, pero sola.

Reinoso se aflojaría en el asiento. Reinoso reventaría de felicidad. Una tregua acaso, un nuevo período de bienestar, hasta que la mujer se sintiera segura o se cruzase con ella la aventura o simplemente Reinoso pasase a ser un amante engañado. Pero por ahora:

—Mejor así, señor Reinoso; yo también me alegro por usted, por ella.

—Por favor.

Aquel imbécil no parecía dispuesto a terminar. Salió agitado de la habitación hacia la mesa donde el morocho transcribía penosamente su informe.

Todavía creyó oportuno atender a un recién llegado. Los repartía cuidadosamente en las distintas oficinas, cerraba las puertas, pero hablaba a gritos y unos y otros se enteraban de sus mutuas cuitas. El teléfono sonaba sin cesar y era inenarrable comprobar cuán grande es el número de desesperados, qué cosa puerca y cruel es el amor, qué miserable la condición del que se puso a amar. Ya casi no podía respirar. Me dolía el estómago y los huesos de la pelvis; retenía náuseas intolerables, un cuchillo avanzaba por el espacio donde suponía encontrar mi corazón. Quizá podría arrojarme a través del vidrio hacia la calle no en busca de la muerte sino sólo como fin de la pesadilla. Ahora iba a saber. El que gesticulaba releyó el informe y avanzó. Rocky la había dejado en la esquina de Florida y Diagonal, y tomó entonces por Florida hasta Viamonte; entró en el café, donde telefoneó... Alguien llamaba al hombrón desde la salida, detrás de los cristales.

—Oh, no —gemí.

Pero el implacable cerró la carpeta con solemnidad y salió de la oficina llevándola consigo. Escuché los aullidos de mi naturaleza interior y la fantástica danza de todos mis recuerdos. Apreté mis sienes con dos manos heladas, chasqueé la boca seca.

—Oh, Dios —dije desde mi gran dolor—, Sagrado Corazón.

El Corazón de Jesús ardía y sangraba señalado por una fina mano; entre la túnica color rojo brillaba el Corazón. Regresé arrastrándome a la nave central en la capilla de las Mercedarias, el Sagrado Corazón brillaba débilmente en su rincón y me arrastré hacia él.

—Óyeme, dentro de Tus Llagas, escóndeme.

No volvería a rezar con igual desesperanza. Golpeaba

con los puños cerrados en ese Tierno Corazón de mi infancia
con la voz de papá que agonizaba y el jadeo de mamá y aun
con Pablo la cara vuelta hacia mí y la violencia aquietándose
en la muerte. Alguien tenía que escuchar. El hombre reapareció con la carpeta. Coloqué las manos bajo la barbilla
como si rezara.

Sí. Rocky había vagabundeado aquí y allá y telefoneó;
ese hombre parecía no cesar de telefonear en cada sitio,
un café —un café de estudiantes puntualizó el hombre—
mirando sobre los anteojos, otro café, otro teléfono. Dio
nuevas direcciones: Rocky, entraba y salía. Arenales al
2000, Arenales al 2400, entraba y salía, hasta que por fin.

—Bueno, ahora sí —dijo el hombre acomodándose.

—A las veintidós y treinta bajó por Ayacucho y se detuvo; al parecer, una vez que hubo avisado, le abrieron la
puerta desde arriba y se encontró con la mujer, que era
de talla mediana, morocha, de cabellos largos. Entraron.
ENTRARON.

—Entraron, entraron —dijo.

Cabellos largos. ENTRARON. Entraron mierda. Todo
aullaba como una tempestad de arena, una sirena aullaba
en el rincón, y un silbato aullaba y pasaba una manada de
búfalos atronando con sus patas, y lloraba un niño histérico
y aullaba un moribundo y un torturado y una chica judía
violada por los nazis.

Todos aullaban y el coro infernal levantaba los papeles
de la mesa del subdirector y lo despojaba del bigote y
mandaba por el aire el informe, y los teléfonos sonaron hasta
que a la baraúnda infernal sobrevino una quietud absoluta.

—¿Usted quiere saber si...?

—Nada quiero saber —dije con un cadáver cómodamente
instalado sobre el pecho. El trasero frío iba a dar a mi
nariz. El mundo recobraba su aplomo y yo separé las manos.
Todas las acciones de Rocky se alinearon con prolijidad y no
hubo en el conjunto la menor desarmonía. De modo que
era eso: una historia rutinaria de traición.

El amor, como la felicidad, es una ficción burguesa.

—Muchas gracias —dije sin temblar.

—Pero escuche ahora —dijo el hombre— esto no significa que usted abandone la partida. Él es hombre, apréndalo; esto no ha de significar forzosamente...

—Muchas gracias —repetí.

Deslicé sobre la mesa el pago a tan prolijos resultados. Cuando salí de la oficina el hombre aún me miraba entre sorprendido e intrigado. Cada ser humano reacciona en forma distinta. Ésta, por ejemplo, parecía casi contenta al comprobar que se la engañaba, pero —cosa incierta ahora— regresaba a la calle con la cara, el porte y el aliento de una mujer desconocida. ¿Cómo se llamaba? Blanca, Blanca Ordóñez. Y bien, era así de todos modos, pensó el subdirector contando el vuelto. Pero Blanca Ordóñez bajó por el ascensor, contestó al saludo de la muchacha que lo manejaba y salió a la calle, al mediodía de un sábado en Florida. Por suerte siempre hay un café cuando se sufre en Buenos Aires: entré al Faulista, ocupé una mesa y pedí café y papel. Un perro me devoraba las entrañas metiendo el hocico ardiente bajo el esófago. Ahora vendría el dolor. Rocky, escribí: ya sé lo que quieren decir las palabras: nunca más. Después me tambaleé hasta el baño, vomité y lloré tan fuerte que la encargada me acarició los hombros tiernamente, me aconsejó resignación y me hizo beber un vaso de agua tibia.

Todo iba a empezar como tantas otras veces, el mismo acto, los mismos movimientos, hasta el aire del dormitorio tomaba una consistencia espesa, aun las maderas de las camas y el recuadro ancho y gris de la ventana. Con tristeza todavía, sin fuerzas para decir que no, pensó que la cosa se desparramaría sobre ella. Podría haber dictado a su marido cada actitud. A eso la llevaba el largo matrimonio y aún abrió los ojos una vez más y en un ángulo absurdo advirtió la esquina

izquierda del cielo raso sin molduras, algo como un chispazo
en el que entraba el cuarto, los muebles y la amable realidad,
todo sin razón aparente mientras el rito comenzaba y ya
sí, entonces, sobrevino el asco y la rebeldía interior.

Raúl la acosaba hábilmente. Lo sintió con el pantalón
piyama sobre la carne y, con infinita repulsión, bajó ella
misma el elástico hasta palpar las nalgas musculosas. Si al
menos fuera piedad, pensó desesperada, y todo su cuerpo
huyó con espanto de la cama, es decir, su verdadero cuerpo,
porque ella se había aferrado a su delicada esquizofrenia
como un artista que preserva con pudor lo mejor de sí.

Pensó: no es posible, ahora insistirá en besarme y si llega a la boca me sentiré muy mal. Tanto mejor —sollozó con
un gemido seco que él entendió como de placer—, ojalá hubiera sido de esas felices mujeres a las que tanto da una cosa
como otra. Pero sólo tuvo la conciencia de ese beso espeso,
y el beso vino peor que de costumbre, más húmedo, más absurdo, como son siempre los besos sin amor, mancillándola, y mancillar es una palabra para la madre, para la
abuela, para las mujeres de otra época en que cosas como
ésa que ocurría ahora en su cama se absorbían a ojos cerrados, sin comunicación, como un último y necesario sacrificio
para retribuir la casa, los proveedores pagos y los hijos
entremezclándose en el afecto. El beso fue entonces hacia
el lado izquierdo de su cuello y sobrevino la envidia y
la melancolía por aquellos que amaban todavía; el beso
de Raúl, el olor de su saliva y su manía de repetir obscenidades para devolver al acto algo de esplendor. Pero del
comienzo afortunado sólo quedaban algunos gestos y la bestialidad, el ridículo despanzurrarse sobre las sábanas revueltas en tanto, un desconocido a veces, un hermano otras, introducía su mano y su hálito por la intimidad. Cuando bajó
por el cuello, todo se hizo inevitable porque él acometía la
empresa con una última generosidad, con masculina cortesía de procurarle placer, procurándoselo generosamente,
sin usura, con caricias que la ofendían y excitaban a la vez.

Sabe que si me acaricia todo terminará en seguida, insistió
estudiando el hecho con voracidad, como el cirujano sobre
el vientre abierto en la camilla. Era curioso asomarse al
mecanismo infinito de su cuerpo y a los restos de una sensualidad poderosa, viva aún, en tanto la sentía despertarse
como una bocanada liberadora. Reconoció la sensación erótica, la placidez y la perfidia con que su cuerpo recibía
aquellas caricias indeseables, plegándose a ellas, respondiendo devotamente como una alumna aplicada. Ya la
cosa se hacía tolerable, tristemente deseable, y agradeció la
oscuridad del cuarto que impedía a su marido ver el rictus
de su cara, que era de dolor, de auténtica desesperación, la
cara de una mujer que va a llorar junto a un cuerpo que empieza a retorcerse de gusto y a responder. Tan ridícula como
debía estar, el camisón arrollado casi hasta el cuello, mientras Raúl la apremiaba con la sana glotonería de sus buenas
relaciones, también su cuerpo de hombre liso y blando, un
cuerpo maduro que pesaba sin piedad, cada día más, ávido
y hábil, tan preciado por otras mujeres que necesitaran de
aquella idiota pantomima, no por ella que nunca consiguió
entregarse. Aún faltaba un escollo y, sumergiéndose en el
cenagal del coito por hábito, recibió el impulso imperioso
de Raúl, siempre joven, con una aterradora y amable disposición para el sexo tal como él lo entendía, tantos besos,
tantos apretujones e íntimas caricias; con frecuencia empecinada, de haberlo permitido hubiera sido el suyo un forcejeo diario. Entonces, en perfecta dualidad, sintiéndose
vejada y miserable, cedió con todas sus reservas y se puso
a desear ella misma las posturas de gimnasia y los miembros
de Raúl junto a los suyos; sus ardores coincidieron con el
ronco llamado de la carne y se dejó hacer. Respondió a su
vez, lo admitió para herirse mejor, íntimamente, pensando
que de ese modo se hundía y que ya no iba a ser posible
respirar. Todo estaba en orden. Los prolijos órganos alistados en su cuerpo con mágica precisión responderían; al
fin y al cabo aquel dúo grotesco era el origen de la vida,

la humanidad entera había pasado por aquello, la historia
recogía ávidamente el devenir de cópulas semejantes, confundidas con amor. También ahora sus órganos le exigían
la entrega; ya los balbuceos, las palabras desatinadas y los
besos no eran tan intolerables. Era preciso poner orden en
la cosa. En un relámpago se vio a sí misma cruzando tranquilamente la calle Directorio. Ya faltaba poco. Movió
acompasadamente las caderas, tomó a su marido por los
hombros y lo afirmó:

—Vamos —susurró con rabia, con desprecio, con humanidad, con melancolía.

—Vamos —insistió.

Era un segundo en el que precisaba liberarse de todo
lo que amaba en sí, otro Raúl, su delicadeza, el acto por
amor y sollozó de nuevo, ambos en la búsqueda furiosa, un
cuerpo de mujer, un cuerpo de hombre —cualquier hombre
o mujer hubiera sido lo mismo, reemplazándose—, quizá
ni antes ni después pero sí en el instante último, un signo
positivo para penetrar, uno negativo para recibir, fuera el
que fuese, ya estaba y sintió la ola explotando en algún lugar
de su cerebro, suspiró y escuchó con pena el resuello de Raúl
y su placer que pareció intenso en un principio, que se desdobló, que se quebró en dos o en tres, que se deshizo al fin
porque la mente había vuelto a purificar su noción de acto
y cuerpo y la gran ola de deseo quedó convertida apenas
en una leve oscilación de agua estancada. Algo se deshizo,
quedó colmado, magramente interrumpido sería el término
preciso, como si la corriente sensual dejara de fluir, como
una última y avara respuesta miserable a su deseo. Sabía
que era una respuesta pobre. Tenía memoria de las grandes
convulsiones del amor, de la explosión final, del fin,
del espasmo prodigioso al que se suceden una y otras palabras de ternura hasta el frenesí de afecto y gratitud por la
persona amada que procura el placer. Lo había sentido
con Raúl. Pero el placer pasó sobre la cama tan raudamente que ella volvió a las lágrimas en tanto su cuerpo

satisfecho se vaciaba y ya no pensó otra cosa que en salir de allí, y apoyando las palmas de las manos en los hombros de Raúl, lo apartó con fuerza. Él cayó hacia un lado besándola al pasar, besó su cara con una satisfacción que tenía mucho de tristeza. Pero no había piedad hacia su marido, sino piedad por ella. Saltó de la cama sin mirarlo; estaba desnudo y su gran cuerpo era impúdico y feo en su desnudez. Corrió de puntillas, ya con la cara cubierta por las lágrimas, vencida; otra vez la habían poseído como tantas infinitas veces, casi creía haberse pasado la vida en un inmenso vacío sin deseo, con el infinito desencanto de que no fuera más que eso, tan cándida en cada cosa que le tocaba vivir, abrigando la esperanza del milagro o de la maravilla. Salió del dormitorio y en el otro cuarto se dejó caer sobre el lavabo. Abrió las dos canillas y se arrancó el camisón. Puso sus pechos bajo el chorro frío, sus pechos largos y pesados de mujer madura, ahora enrojecidos. Una bocanada de asco, un ímpetu purificador le permitió hundirlos en el agua, y entonces lloró de veras, se echó a llorar por todo lo que no tendría nunca, por lo que había perdido y por aquello otro que existía en algún lugar del mundo que no era el suyo. Ya había hecho lo posible. Se miró al espejo, revisó con escrúpulo el estado de su lengua y de sus dientes. Se miró con interés hasta que la imagen, las lágrimas, el agua que corría y su gesto se mezclaron.

—He triunfado en algo —se dijo Blanca—; yo no disculpo mis fracasos encogiéndome de hombros. Quizá no debí ser como fui, pero hice cuanto pude.

La casa estaba quieta a su alrededor y un ladrido lejano le trajo el recuerdo melancólico de las calles, por la noche. Ahora tendría que dormir si es que quería continuar la historia. Pero aun así, antes de regresar al lecho, quiso confirmarse en el resto de su rebeldía:

—Sí —dijo la señora Ordóñez—, hice todo lo que pude.

●

Esta edición de 3000 ejemplares
se terminó de imprimir en
Compañía Impresora Argentina
Alsina 20*9, Buenos Aires,
en el mes de noviembre de 1987